朝鮮森林植物篇

中井猛之進著

馬兜鈴科	ARISTOLOCHIACEAE
木 通 科	LARDIZABALACEAE
小 蘗 科	BERBERIDACEAE
海桐花科	PITTOSPORACEAE
錦 葵 科	MALVACEAE
岩高蘭科	EMPETRACEAE
蕁 麻 科	URTICACEAE
樟 科	LAURACEAE
菝 葜 科	SMILACACEAE

（21・22輯収録）

第 9 巻

朝鮮森林植物篇

中井猛之進著

馬兜鈴科　ARISTOLOCHIACEAE

木　通　科　LARDIZABALACEAE

小　蘗　科　BERBERIDACEAE

海桐花科　PITTOSPORACEAE

錦　葵　科　MALVACEAE

岩高蘭科　EMPETRACEAE

蕁　麻　科　URTICACEAE

樟　　　科　LAURACEAE

菝　葜　科　SMILACACEAE

（21・22輯収録）

第 9 巻

朝鮮森林植物編

21輯

馬兜鈴科	ARISTOLOCHIACEAE
木通科	LARDIZABALACEAE
小蘗科	BERBERIDACEAE
海桐花科	PITTOSPORACEAE
錦葵科	MALVACEAE
岩高蘭科	EMPETRACEAE
蕁麻科	URTICACEAE

目次 Contents

第21輯

馬 兜 鈴 科　ARISTOLOCHIACEAE

頁　Page

　(一)　主要ナル引用書類
　　　Principal Literatures cited. ……………………………… 3〜12
　(二)　朝鮮産馬兜鈴科植物研究ノ歴史ト其効用，並ニ馬兜鈴科
　　　植物ノ植物自然系統上ノ位置
　　　History of investigation and Economic Uses of the
　　　Korean Aristolochiaceae; and also the natural posi-
　　　tion of Aristolochiaceae. ……………………………12〜14
　(三)　朝鮮産馬兜鈴科植物ノ分類
　　　Classification of the Korean Aristolochiaceae, with
　　　additional remarks on Aristolochiales and Raffiesi-
　　　ales, and also on two new genera Japonasarum
　　　and Asiasarum. ………………………………………14〜30

木 通 科　LARDIZABALACEAE

　(一)　主用ナル引用書類
　　　Principal Literatures cited. ……………………………33〜35
　(二)　朝鮮産木通科植物研究ノ歴史ト其効用
　　　History of investigation, and Economic Uses of the
　　　Korean Lardizabalaceae. ………………………………35〜36
　(三)　朝鮮産木通科植物ノ分類
　　　Classification of the Korean Lardizabalaceae. ……………37〜49

小 蘗 科　BERBERIDACEAE

　(一)　主用ナル引用書類
　　　Principal Litertures cited. ………………………………53〜57
　(二)　朝鮮産小蘗科植物研究ノ歴史
　　　History of investigation of the Korean Berberidaceae. …57〜58
　(三)　朝鮮産小蘗科植物ノ効用
　　　Economic Uses of Korean Berberidaceae. ………………58〜59
　(四)　朝鮮産小蘗科植物ノ分類
　　　Classification of the Korean Berberidaceae. ……………59〜79

海 桐 花 科　PITTOSPORACEAE

　(一)　主要ナル引用書類
　　　Principal Literatures cited. ……………………………83〜85
　(二)　朝鮮産海桐花科植物研究ノ歴史ト其効用
　　　History of investigation, and Economic Uses of the
　　　Korean Pittosporaceae. …………………………………85〜86
　(三)　朝鮮産海桐花科植物ノ記相文

Classification of Korean Pittosporaceae, with descriptions of the new Japanese Pittosporum. ·············86~93

錦 葵 花 MALVACEAE

(一) 主要ナル引用書類
Principal Literatures cited. ·······················97~100

(二) 朝鮮産錦葵科植物研究ノ歴史
History of investigation of the Korean Malvaceae. ···100~101

(三) 朝鮮産錦葵科植物ノ効用
Economic Uses of the Korean Malvaceae. ···············101

(四) 朝鮮産錦葵科植物ノ分類
Classification of the Korean Malvaceae, with special
remarks on the genus Paritium.·····················102~111

岩 高 蘭 科 EMPETRACEAE

(一) 主要ナル引用書類
Principal Literatures cited. ·······················115~116

(二) 朝鮮産岩高蘭科植物研究ノ歴史ト其効用
History of investigation, and Economic Uses of the
Korean Empetraceae. ·······························117

(三) 朝鮮産岩高蘭科植物ノ分類
Classification of the Korean Empetraceae. ···········117~126

蕁 麻 科 URTICACEAE

(一) 主要ナル引用書類
Principal Literatures cited. ·······················129~132

(二) 朝鮮産蕁麻科植物研究ノ歴史
History for investigation of the Korean Urticaceae.···132~136

(三) 朝鮮産蕁麻科植物ノ効用
Uses of the Korean Urticaceae.·····················136~137

(四) 朝鮮産蕁麻科植物ノ分類
Classification of the Korean Urticaceae. ·············137~172

朝鮮産ノ馬兜鈴科, 木通科, 小蘗科, 海桐花科, 錦葵科, 岩高蘭
科, 蕁麻科植物ノ木本類ノ和名, 朝鮮名, 學名ノ對稱表
The Japanese and Korean names of each ligneous species of
the Korean Aristolochiaceae, Lardizabalaceae, Berberidaceae,
Pittosporaceae, Malvaceae, Empetraceae, and Urticaceae. ······172

朝鮮産ノ馬兜鈴科, 木通科, 小蘗科, 海桐花科, 錦葵科, 岩高蘭
科, 蕁麻科植物ノ木本類ノ分布表
Distribution-tables of ligneous species of the Korean Aristolochiaceae, Lardizabalaceae, Berberidaceae, Pittosporaceae,
Malvaceae, Empetraceae, and Urticaceae. ···········173~177

圖版
Plates

馬兜鈴科

ARISTOLOCHIACEAE

(1) 主要ナル引用書類

著 者 名	書名又ハ論文ノ題ト其出版年代

ADANSON, M.

(1) *Aristolochiæ* in Familles des plantes II, 71-75 (1763).

AGARDH, C. A.

(2) *Asarineæ* in Aphorismi Botanici 244 (1817).

(3) *Aristolochieæ* in Theoria systematis plantarum 63–65, tab. V fig. 1 (1858).

AITON, W. T.

(4) *Aristolochia* in Hortus Kewensis ed. 2, V, 223–228 (1813).

ALLIONI, C.

(5) *Aristolochia* in Flora Pedemontana II, 362–363 (1785).

ANDRÉ, ED.

(6) *Aristolochia arborea* in Revue Horticole LXVII, 36–37, fig. 11–12 (1895).

(7) *Aristolochia elegans* in Revue Horticole LXX, 408–408, tab. col. (1898).

BAILEY. L. H.

(8) *Aristolochia* in Cyclopedia of American Horticulture I, 95–96 (1900).

(9) *Aristolochia* in Standard Cyclopedia of Horticulture I, 392–394 fig. 376–379 (1914).

BAILLON, H.

(10) Les *Aristolochiacées* in Traité de Botanique Médicale Phanérogamique 1170–1174, fig. 3053–3058 (1884).

(11) *Aristolochiacées* in Histoire des plantes IX, 1–27 (1888).

BARTLING, FR. TH.

(12) *Aristolochieæ* in Ordines naturales plantarum 79 (1830).

BAUHINUS, C.

(13) *Aristolochia* in Pinax Theatri Botanici 307 (1632).

BAUHINUS, J.

(14) *De Aristolochiis* in genere, in Historia Plantarum III, 556–563 cum 8 figs. (1651).

BEAN, W. J.

(15) *Aristolochia* in Trees and Shrubs hardy in the British Isles I, 206–208 (1914).

BERGIUS, P. J.

(16) *Aristolochia trilobata—A. Clematitis* in Materia Medica II, 715–720 (1778).

BERTOLONI, A.

(17) *Aristolochia* in Flora Italica IX, 640–648 (1853).

BENTHAM, G. & HOOKER, J. D.

(18) *Aristolochiaceæ* in Genera Plantarum III, 121–125 (1883).

BOISSIER, E.   (19) *Aristolochia* in Flora Orientalis IV, 1074–1082 (1879).

BONSTEDT, C.   (20) *Aristolochiaceæ* in PAREYS Blumengärtnerei I, Lief. 6, 505–508 (1931).

BROWN, R.   (21) *Aristolochiæ* in Prodromus Floræ Novæ Hollandiæ 349 (1810).

BUNGE, AL.   (22) *Aristolochia contorta* in Enumeratio Plantarum quæ in China boreali collegit, separat. ed. 58–59 (1831).

                      (23) *Aristolochia contorta* in Mémoires des savants étrangers de l'Académie des Sciences de St. Pétersbourg II, 132–133 (1833).

BURMANN, N. L.   (24) *Aristolochia* in Flora Indica 191 (1768).

CHAUMETON, POIRET & CHAMBERET
                      (25) *Aristoloche longou* in Flore Médicale I, t. 36 (1828).

CLUSINS, C.   (26) *Aristolochia & Pistolochia* in Rariorum Plantarum Historia, IV, LXIX–LXXIII cum 5 figs. (1601).

DALECHAMPS, J.   (27) *Aristolochia & Pistolochia* in Historia Generalis Plantarum I 976–981 cum 9 figs (1587).

DE JUSSIEU, A. L.   (28) *Aristolochiæ* in Genera Plantarum 73–74 (1789).

DE LAMARCK, J. B.   (29) *Aristoloche* in Encyclopédie Méthodique I, 251–258 (1783).

DE LAMARCK, J. B. & DE CANDOLLE, A. P.
                      (30) *Aristolochiæ* in Synopsis Plantarum in Flora Galliam descriptarum 188–189 (1806).

DE LOUREIRO, J.   (31) *Aristolochia* in Flora Cochinchinensis II, 528–529 (1790).

DE NECKER, NAT. JOS. (32) *Aristolochia* in Elementa Botanica III, 110 (1790).

DESFONTAINES, R.   (33) *Aristolochia* in Flora Atlantica II, 323–325 (1798).

                      (34) *Aristolochiæ* in Élémens de Botanique 31 (1800).

DIELS, L.   (35) *Aristolochiaceæ* in ENGLER, Botanische Jahrbücher XXIX, 307–310 (1900).

DIETRICH, F. G.   (36) *Aristolochia* in Vollständiges Lexicon der Gärtnerei und Botanik I, 710–717 (1802).

                      (37) *Aristolochia* in Nachträge zum Vollständigen

Lexicon der Gärtnerei und Botanik I, 307–312 (1815).

(38) *Aristolochia* in Neuer Nachtrag zum Vollständigen Lexicon der Gärtnerei und Botanik I, 367–379 (1825).

DIOSCORIDES, P.

(39) De omni *Aristolochia* etc. in Liber III cap. V, fol. 157–158 (1518).

DODOENS, R.

(40) *Aristolochia* et *Pistolochia* in A Niewe Herball 312–314 cum 4 figs (1578).

DUCHARTRE, P.

(41) Sur les prétendues stipules des *Aristoloches* in Bulletin de la Société botanique de France I, 56–60 (1854).

(42) Tentamen Méthodica divisionis generis *Aristolochia*, additis descriptionibus complurium novarum specierum novique generis *Holostylis*, in Annales des sciences naturelles 4 sér. II, 29–76, Pl. 5–6 (1854).

(43) *Aristolochiaceæ* in ALP. DE CANDOLLE, Prodromus systematis naturalis regni vegetabilis XV, pt. 1. 421–498 (1864).

DU MONT DE COURSET, G. L. M.

(44) *Aristolochiæ* in Botaniste Cultivateur II, 372–379 (1811), VII, 97–98 (1814).

DURANDE, J. F.

(45) Le *Aristoloches* in Notions élémentaires de Botanique 259 (1781).

EDWARDS, S.

(46) *Aristolochia labiosa* in Botanical Register VIII, 689 (1823).

EICHLER, A. W.

(47) *Aristolochieæ* in Blüthendiagramme II, 529–534 (1878).

ENDLICHER, S.

(48) *Aristolochieæ* in Genera Plantarum 344–345 (1836).

FORBES, F. B. & HEMSLEY, W. B.

(49) *Aristolochiaceæ* in The Journal of the Linnæan Society XXVI, 358–363 (1891).

FRANCHET, A.

(50) *Aristolochiæ* in Nouvelles Archives du Muséum, Paris, 2 sér. VII, 67–68 (1884).

(51) *Aristolochia moupiensis* in Nouvelles Archives du Muséum, Paris, 2 sér. X, 79 (1887).

FRANCHET, A. & SAVATIER, L.

(52) *Aristolochiaceæ* in Enumeratio Plantarum in Japonia sponte nascentium I, 416–420 (1875).

Fuchs, L.

(53) De *Arislotochia* in De Historia Stirpium Commentarii Insignes, 89–93 cum fig. *Aristolochiæ rotundæ* (1542), excl. descript. & fig. *Pistolochiæ*.

Gærtner, J.

(54) *Aristolochia* in De Fructibus et Seminibus Plantarum I, 45 t. 14 fig. 4 (1788).

Gleditsch, J. G.

(55) *Aristolochia* in Systema Plantarum 285 (1764).

Gmelin, J. F.

(56) *Aristolochia* in Systema Naturæ II, pt. 1, 528, 590–591 (1791).

Grenier, C.

(57) *Aristolochiées* in Grenier & Godron, Flore de France III, 71–73 (1855).

Hegi, G.

(58) *Aristolochiaceæ* in Illustrierte Flora von Mitteleuropa III, 160–165 fig. 519–520 taf. 89 fig. 3–4 b (1912).

Hölscher, J.

(59) *Aristolochia tricaudata* in Gartenflora XLII, taf. 1386 (1893).

Hooker, J. D.

(60) *Aristolochiaceæ* in The Flora of British India V, 72–77 (1886).

(61) *Aristolochia ridicula* in Botanical Magazine CXIII, t. 6934 (May 1887).

(62) *Aristolochia tricaudata* in Botanical Magazine CXIX, t. 6067 (Nov. 1873).

(63) *Aristolochia Goldieana* in Botanical Magazine CXIII, t. 5672 (Nov. 1867).

(64) *Aristolochia elegans* in Botanical Magazine CXII, t. 6909 (Dec. 1886).

(65) *Aristolochia hians* in Botanical Magazine CXV, t. 7073 (Sept. 1889).

(66) *Aristolochia altissima* in Botanical Magazine CVII, t. 6586 (Oct. 1881).

(67) *Aristolochia Westlandii* in Botanical Magazine CXIV, t. 7011 (Aug. 1888).

(68) *Aristolochia Duchartrei* in Botanical Magazine XCVII, t. 5880 (Jan. 1871).

(69) *Aristolochia longifolia* in Botanical Magazine CXII, t. 6884 (Jul. 1886).

(70) *Aristolochia clypeata* in Botanical Magazine CXXIII, t. 7512 (Jan. 1897).

(71) *Aristolochia barbata* in Botanical Magazine XCVI, t. 5869 (Nov. 1870).

(72) *Aristolochia ungulifolia* in Botanical Magazine

CXXI, t. 7424 (Jul. 1895).

(73) *Aristolochia ringens* in Botanical Magazine XCIV, t. 5700 (Apr. 1868).

HOOKER, W. J.

(74) *Aristolochia grandiflora* in Botanical Magazine LXXIV, t. 4368-9 (Apr. 1848).

(75) *Aristolochia ornithocephala* in Botanical Magazine LXX, t. 4120 (Nov. 1844).

(76) *Aristolochia saccata* in Botanical Magazine LXV, t. 3640 (March 1838).

(77) *Aristolochia caudata* in Botanical Magazine LXVI, t. 3769 (Dec. 1839).

(78) *Aristolochia ciliata* in Botanical Magazine LXVI, t. 3756 (Oct. 1839).

(79) *Aristolochia anguicida* in Botanical Magazine LXXIV, t. 4361 (March 1848).

(80) *Aristolochia gigantea* in Botanical Magazine LXXII, t. 4221 (Apr. 1846).

(81) *Aristolochia arborea* in Botanical Magazine LXXXVIII, t. 5295 (Feb. 1862).

(82) *Aristolochia Thwaitesii* in Botanical Magazine LXXXII, t. 4918 (June 1856).

HOST, N. T.

(83) *Aristolochia* in Flora Austriaca II, 549-550 (1831).

JARRY-DESLOGES, R.

(84) Culture de l'*Aristolochia ornithocephala* in Revue Horticole LXXVIII, 352 t. col. (1906).

KOCH, K.

(85) *Aristolochieæ* in Synopsis Floræ Germanicæ & Helveticæ ed. 1, 624-625 (1837).

KLOTZSCH, J. F.

(86) Die *Aristolochiacene* des Berliner Herbariums, in Monatbericht der Königlichen Akademie der Wissenschaften zu Berlin (1859) 57-626, Taf. I-II.

KOORDERS, S. H.

(87) *Aristolochiaceæ*, in Excursionsflora von Java II, 177-178 (1912).

KOMAROV, V.

(88) *Aristolochiaceæ*, in Flora Manshuriæ II, 110-113 (1904).

LEMAIRE, CH.

(89) *Aristolochia tricaudata*, in L'Illustration Horticole XIV, Pl. 522 (Jul. 1869).

(90) *Aristolochia anguicida*, in V. HOUTTE, Flore des Serres & des Jardine de l'Europe IV, t. 344 (May 1848).

(91) *Aristolochia grandiflora*, in ibidem. t. 351-352.

LINDEN, J. & ANDRÈ, ED. (92) *Aristolochia clypeata*, in L'Illustration Horticole XVII, 223–224 Pl. XL (1870).

LINDLEY, J. (93) *Aristolochiæ*, in An Introduction to the Botany 72–73 (1830).

(94) *Aristolochiaceæ* in A Natural System of Botany 205–206 (1836).

(95) *Aristolochiaceæ* in Vegetable Kingdom ed. 1, 792–794 (1846).

(96) *Aristolochia gigas*, in EDWARDS, Botanical Register XXVIII, t. 60 (Nov. 1842).

LINK, H. F. (97) *Aristolochinæ*, in Enumeratio Plantarum Horti Regii Botanici Berolinensis altera II, 373–374 (1822).

(98) *Pistolochinæ*, in Handbuch der Erkennung der nutzbarsten und am häufigsten vorkommenden Gewächse I, 367–371 (1829).

LINNÆUS, C. (99) *Aristolochia*, in Genera Plantarum ed. 1, 275 (1737).

(100) *Sarmentaceæ*, in Philosophia Botanica ed. 1, 32–33 (1751).

(101) *Aristolochia*, in Species Plantarum, ed. 1, 960–962 (1753).

(102) *Aristolochia*, in Genera Plantarum ed. 5, 410 (1754).

(103) *Aristolochia*, in Systema Naturæ ed. auct. 133 (1756).

(104) *Aristolochia*, in Systema Naturæ ed. 13, 600–601 (1770).

LODDIGES, C. (105) *Aristolochia tomentosa*, in Botanical Cabinet VII no. 641 (1822).

(106) *Aristolochia sempervirens*, in Botanical Cabinet III no. 231 (1818).

LOURY. (107) *Aristolochia tricaudata*, in Revue Horticole XLIV, 467–468, figs. 51–52 (1872).

LUDWIG, C. F. (108) *Aristolochia*, in DIETRICH, Pflanzenreich 2 Aufl. III, 21–25 (1799).

LUDWIG, C. G. (109) *Aristolochia*, in Definitiones Generum Plantarum 81 (1747).

MALPIGHI, M. (110) *Aristolochia longa*, in Anatomes Plantarum Idea 58, 62, t. XXIV fig. 135, t. XXIV fig. 172 (1687).

MASTERS, MAXWELL T.   (111)   *Aristolochiaceæ*, in MARTIUS, Flora Brasiliensis IV, pt. 2, 78–114 Pl. 17–26 (1878).

MATTHIOLI, A.   (112)   *Aristolochia*, in Medici Senenses Commentarii ed. 1, 311–313 cum figs. *A. rotundæ & A. longæ* (1554); ed. 2, 347–350 cum figs (1558).

MEISNER, C. F.   (113)   *Aristolochiaceæ*, in Plantarum Vascularium Genera I, 333–334 (1836); II, 246 (1843).

MERRILL, ELMER D.   (114)   *Aristolochia macgregori*, in Philippine Journal of Science V, 174–175 (1910).

(115)   *Aristolochia leytensis*, in Philippine Journal of Science X, 4–5 (1915).

(116)   *Aristolochia humilis*, in Philippine Journal of Science XIII, 9–10 (1918).

(117)   *Aristolochia foveolata*, in Philippine Journal of Science XIII, 280–281 (1918).

(119)   *Aristolochia membranacea*, in Philippine Journal of Science XIV, suppl. 381–382 (1919).

(120)   *Bragantia brevipes*, in Philippine Journal of Science XVII, 248–249 (1920).

(121)   *Aristolochia hainanensis*, in Philippine Journal of Science XXI, 341–342 (1922).

(122)   *Aristolochiaceæ*, in An Enumeration of Philippine Flowering Plants II, fasc. 2, 119–120 (1923).

(124)   *Aristolochia ramosii*, in Philippine Journal of Science XXIX, 478 (1926).

(125)   *Thottea philippinensis*, in Philippine Journal of Science XLI, 322–323 (1930).

MIQUEL, F. A. GUIL.   (126)   *Aristolochieæ*, in Annales Musei Botanici Lugduno-Batavi II, 133–136 (1865).

MŒNCH, C.   (127)   *Aristolochia*, in Methodus ad Plantas Agri & Horti Botanici Marburgensis I, 718 (1794).

MORISON, R.   (128)   *Aristolochia*, in Historia Plantarum Oxoniensis III, Sect. XII, 508–511, t. 7 (1699).

NICHOLSON, G.   (127)   *Aristolochia*, in An Encyclopedia of Horticulture I, 112–113 fig. 149 (1888).

OLIVER, D.   (128)   *Saruma Henryi*, in HOOKER, Icones Plantarum XIX, Pl. 1895 (1887).

PAXTON, J.   (129)   *Aristolochia trilobata*, in Magazine of Botany III, t. 2 cum text figs. (1837).

(130)   *Aristolochia hyperborea*, in Magazine of Bot-

any VI 53–54, t. (1839).

PENA, P. & DE LOBEL, M. (131) *Aristolochia & Clematitis*, in Stirpium Adversaria Nova, 264–266 cum 2 figs. (1570).

PERSOON, E. H. (132) *Aristolochia*, in Synopsis Plantarum II, 526–528 (1807).

PLANCHON, L. (133) Les *Aristoloches* (1891).

POLLICH, J. A. (134) *Aristolochia Clematitis*, in Historia Plantarum II, 546–547 (1777).

PURSH, F. (135) *Aristolochia*, in Flora Americæ Septentrionalis II, 596 (1814).

RADL, FL. (136) Dankbar blühende *Aristolochien*, in Gartenflora XLI, 181–188 Abb. 34–36 (1892).

(137) Zwei empfehlenswerte Schlingpflanzen des Warmhauses, in Gartenflora XLII, 565–566 Abb. 116–117 (1893).

RAY, J. (138) De *Aristolochia*, in Historia Plantarum I, 761–764 (1686).

REHDER, A. & WILSON, E. H.

(139) *Aristolochiaceæ*, in SARGENT, Plantæ Wilsonianæ III, pt. 2, 323–324 (1916).

REGEL, E. (140) *Aristolochia galeata*, in Gartenflora XXIII, 146 fig. 2 (1874).

REICHENBACH, LUD. (141) *Aristolochieæ*, in Flora Germanica Excursoria I, 182–183 (1830).

(142) *Aristolochiaceæ*, in Icones Floræ Germanicæ & Helveticæ XII, 14–16, Pl. DCLXVIII–DCLXXII (1850).

RIDLEY, H. N. (143) *Aristolochiaceæ*, in the Flora of the Malay Peninsula III, 14–19 (1924).

SCHMIDT, O. C. (144) *Aristolochiaceæ*, in Natürliche Pflanzenfamilien 2 Aufl. 16 a, 204–242 (1935).

SCHRANK, F. P. (145) *Aristolochia*, in Baiersche Flora II, 651–652 (1789).

SCHUMANN, K. & LAUTERBACH, K.

(146) *Aristolochiaceæ*, in Die Flora des Deutschen Schutzgebiete in der Südsee 302 (1901).

SCOPOLI, I. A. (147) *Aristolochia*, in Flora Carniolica II, 208–209 (1772).

SIMS, J. (148) *Aristolochia Sipho*, in Botanical Magazine XV, t. 534 (Sept. 1801).

(149) *Aristolochia tomentosa*, in Botanical Magazine

XXXIII, t. 1369 (Apr. 1811).

(150) *Aristolochia glauca*, in Botanical Magazine XXVIII, t. 1115 (June 1808).

(151) *Aristolochia labiosa*, in Botanical Magazine LII, t. 2545 (Feb. 1825).

(152) *Aristolochia sempervirens*, in Botanical Magazine XXVIII, t. 1116 (June 1808).

SMALL, J. K. (153) *Aristolochiales*, in Flora of the Southeastern United States, 1130–1134 (1903).

SMITH, J. E. (154) *Aristolochia Clematitis*, in English Botany VI, t. 398 (1797).

(155) *Aristolochia*, in Flora Britannica III, 947 (1804).

SMITH, J. (156) *Aristolochia macradenia*, in Botanical Magazine LXXV, t. 4467 (Sept. 1849).

SOLEREDER, H. (157) Beiträge zur vergleichenden Anatomie der *Aristolochiaceen* nebst Bemerkungen über den systematischen Wert der Secretzellen bei den *Piperaceen* und über die Structur der Blattspreit bei den *Gyrocarpeen*, in ENGLER, Botanische Jahrbücher X, 410–523 Taf. XII–XIV, (1889).

(158) *Aristolochiaceæ*, in ENGLER & PRANTL, die Natürlichen Pflanzenfamilien III, 264–273 (1889).

SPACH, ED. (159) *Aristolochiées*, in Histoire naturelle des Végétaux X, 544–545 t. 71 (1841).

SPRENGEL, C. (160) *Aristolochia*, in Systema Vegetabilium III, 750–755 (1826).

SWARTZ, O. (161) *Aristolochia obtusata—A. grandiflora*, in Flora Indiæ Occidentalis III, 1565–1568 (1806).

ST. HILAIRE, J. (162) *Aristolochiæ*, in Exposition des familles naturelles et de la germination des plantes II, 172–174 t. 27 (1805).

TOURNEFORT, J. P. (163) *Aristolochia*, in Institutio Rei Herbariæ 162 t. 71 (1700).

TRIMEN, H. (164) *Aristolochiaceæ*, in A Handbook of the Flora of Ceylon III, 421–423 (1895).

VAN HOUTTE, L. (165) *Aristolochia Thwaitesii*, in Flore des Serres XII, 105–106 Pl. 1235 (1857).

(166) *Aristolochia ornithocephala*, in Flore des Serres XVII, 145–146, Pl. 1797 (1868).

(167)　*Aristolochia tricaudata*, in Flore des Serres XX, 97–98, Pl. 2111 (1874).

Vitman, F.　　(168)　*Aristolochia*, in Summa Plantarum V, 257–262 (1791).

von Dalla Torre, K. W. & Ludwig Graf von Sarthein

(169)　*Aristolochiaceæ*, in Flora der Gefürsteten Grafschaft Tirol des Landes Vorarlberg und des Fürstenthumes Liechtenstein VI, 82–83 (1909).

Ventenat, P.　　(170)　*Asaroideæ*, in Tableau du règne végétale II, 226–229 (1799).

Walpers, G. G.　　(171)　*Aristolochiaceæ*, in Annales Botanices Systematicæ III, 334–335 (1852).

Wight, R.　　(172)　*Aristolochia acuminata*, in Icones Plantarum Indiæ Orientalis III, 4 t. 771 (1843).

Willdenow, C. L.　　(173)　*Aristolochia*, in Species Plantarum IV, pt. 1, 151–164 (1805).

(174)　*Aristolochia trilobata—A. Clematitis*, in Enumeratio Plantarum Horti Regii Botanici Berolinensis 947–948 (1809).

Willkomm, M. & Lange, J.

(175)　*Aristolochia*, in Prodromus Floræ Hispanicæ I, 303–305 (1870).

Wright, C. H.　　(176)　*Aristolochia moupiensis*, in Botanical Magazine CXXXVI, t. 8325 (Jul. 1910).

(177)　*Aristolochia gigantea*, in Botanical Magazine CXL, t. 8542 (March 1914).

(178)　*Aristolochia longicaudata*, in Botanical Magazine CXLII, t. 8613 (June 1915).

Woodville, W., Hooker, W. J. & Spratt, G.

(179)　*Aristolochia serpentaria—A. Clematitis*, in Medical Botany 3 ed. I, 153–160 Pl 59–60 (1832).

Zabel, H.　　(180)　*Aristolochia ridicula*, in Gartenflora XXXVII, 124–125 Abb. 30 (1888).

---

(2)　朝鮮産馬兜鈴科植物研究ノ歴史ト其効用竝ニ馬兜鈴科植物ノ植物自然系統上ノ位置

多クノ學者ハ馬兜鈴科ハ細辛科 *Asaraceæ* ヲ加ヘルノガ常デアルガ細辛

科ハ小草本デアリ茎ハ臛擧シタリ木本ニナツタリスルコトハナク花被ハ永
存性デ馬兜鈴科植物ノ樣ニ子房ニ關節スルコトハナク雄蕊ハ雌蕊カラ離レ
テ居ルコト（此點ハ ADANSON 氏ガ 1763 年ニ既ニ書キ遺シテ居ル）。果實
ガ裂開セゼシテ腐敗スルニツレテ破レ（Fructus putrefactus）テ種子ヲ出
シ馬兜鈴科植物ノ樣ニ胞間裂開（Fructus septicide dehiscens）又ハ胞背裂
開（Fructus loculicide dehiscens）スルノトハ大ニ異ナルカラ細辛科ハ全
然馬兜鈴科カラ分離スルガ正當デアル。又馬兜鈴科ノ一族細辛族ニ屬スル
一新屬トシテ記載サレタ支那産ノ Saruma 屬ハ兩科カラモ異ナルモノト考
ヘル卽チ

    1）葉ノ對生スルコト   2）蕚ハ基ノミ子房ニ附着スルコト

    3）花ニ明亮ナル花瓣ノアルコト   4）葯ガ内開スルコト

    5）果實ハ蓇トナリテ腹面デ裂開スルコト

等ノ諸點デさるま科 Sarumataceæ ヲ建テルノガ最モ正シイ分類法ト考ヘ
ル。斯クスルト此3科ニハ次ノ各屬ガ隷屬スルコトトナル。

    1）細辛科 Asaraceæ LINK

        1．をながさいしん屬 Asarum L.

        2．かんあふひ屬 Heterotropa MORREN & DECAISNE

        3．ふたばあふひ屬 Japonasarum NAKAI（新屬）

        4．うすばかんあふひ屬 Asiasarum F. MAEKAWA（新屬）

    2）馬兜鈴科 Aristolochiaceæ LINDLEY

        1．アバマ屬 Apama LAMARCK

        2．うまのすずくさ屬 Aristolochia L.

        3．ブラガンチア屬 Bragantia LOUREIRO

        4．キクロヂスクス屬 Cyclodiscus KLOTZSCH

        5．ユーグリフア屬 Euglypha CHODAT

        6．ホロスチリス屬 Holostylis DUCHARTRE

        7．パラリストロキア屬 Pararistolochia HUTCHINSON & DALZIEL

            （Aristolochia Sect. Polyanthera BENTHAM & HOOKER）

        8．おほばうまのすずくさ屬 Hocquartia DUMORTIER

                        （Siphisia Rafinesque）

        9．トツテア屬 Thottea ROTTBŒLL

    3）サルマ科 Sarumataceæ NAKAI

        1．サルマ屬 Saruma OLIVER

扨テ又馬兜鈴科植物 Aristolochiaceæ ハ「ラフレツシア」科 Rafflesiaceæ
「ヒドノラ」科 Hydnoraceæ ト共ニ馬兜鈴目 Aristolochiales ヲ作ルモノト
サレテ居ルガ余ノ見解デハ是亦不當デアルト思フ。卽チ寄生植物デナイ馬

兜鈴科、細辛科、サルマ科ハ併セテ馬兜鈴目ヲナシ寄生植物ナル「ラフレ
ツシア」目トハ全ク區別シテ次ノ各群ニスルノガ正當デアル。

Ordo *Aristolochiales* 馬兜鈴目

    1. *Asaraceæ* 細辛科

    2. *Sarumataceæ* サルマ科

    3. *Aristolochiaceæ* 馬兜鈴科

Ordo *Rafflesiales* ラフレツシア目

    1. *Apodanthaceæ* VAN TIEGHEM アボダンテス科

    2. *Cytinaceæ* LINDLEY キチヌス科

    3. *Hydnoraceæ* SOLMS-LAUBACH ヒドノラ科

    4. *Mitrastemonaceæ* MAKINO やつこさう科

    5. *Rafflesiaceæ* DUMORTIER ラフレツシア科

此等目又ハ科ノ區分ヲ如何ニスベキカハ朝鮮森林植物編トハ餘リ關係ナ
キコト故邦文欄ニテハ特ニ論及セズ對外ノ意味又ハ廣ク學界ニ學說ヲ發表
スル意味ニ於テ歐文欄ニ詳說シ置ク故進ンデ其區分法ヲ知ラントスル人ハ
歐文欄ヲ參照サレタイ。

以上ノ樣ニ馬兜鈴科ヲ限定スルト朝鮮ノ同科植物ヲ始メテ世ニ出シタノ
ハ露國ノ VLADIMIR KOMAROV 教授デアツテ 1903 年ニ Acta Horti Petro-
politani 第 22 卷ニまるばうまのすずくさ *Aristolochia contorta* BUNGE ト
きだちうまのすずくさ *Aristolochia manshuriensis* KOMAROV (新種) トガ
北朝鮮ニ産スルコトヲ記シテ居ル。

1911 年版ノ拙著 Flora Koreana 第 2 卷ニモ同樣ノ 2 種ヲ載セ。1918
年版ノ拙著金剛山植物調查報告書ニモ同樣 2 種ヲ載セ。1922 年森爲三氏
ノ著朝鮮植物名彙ニモ之ヲ轉載シテ居ルニ過ギナイ。

本科植物ニハ藥用トナルモノ多ク例令バ合衆國南部ニアル *Aristolochia
Serpentaria* ハ「ガラガラ」蛇ニ蛟マレタ時又ハ狂犬ニ蛟マレタ時ニ之ヲ
治スルニ用キラレ、*Aristolochia longa, A. rotunda, A. Clematitis* 等ハ通
經、墮胎等ニ其根ヲ用キ、漢法ニテハ廣クうまのすずくさ屬植物ノ根ヲ肺
病、欬嗽、痔瘻等ヲ治スルニ用キ又蛇毒、虫毒ヲ去リ、食當リニ飲マセテ
之ヲ吐カシメルナド其用途ハ相當廣イ、唯遺憾ナ事ニハ未ダ其主成分ガ各
種ニツイテ研究シテナイノデ依然數百年來ノ用法ヲ其儘用ヒテ居ルニ過ギ
ナイノデアル。

(3) 朝鮮産馬兜鈴科植物ノ分類

馬　兜　鈴　科

多年生ノ草本又ハ灌木又ハ小喬木狀多クハ卷纏ス、葉ハ互生一年生又ハ

二年生、有柄、單葉全緣又ハ 3—7 裂片ヲ有ス、花ハ葉腋ニ 1 個宛又ハ數
個宛又ハ集束シ又ハ總狀花序ヲナス、花梗ニ苞アルモノトナキモノトア
リ、花被ハ合萼 1 列輻狀相稱又ハ左右相稱子房ニ對シテ上位萼筒ハ屢々屈
曲シ基部ハ子房ト關節ス、萼片ハ兩唇トナリ又ハ 3 裂シ又ハ 3 個ノ尾狀ニ
伸長ス、雄蕊ハ 6（4-多數）個花柱ノ癒合シテ柱狀ヲナス部分ノ外側ニ 1 列
ニ並ビテ花柱ニ癒着ス、葯ハ 2 室外ニ開キ裂口ハ縱ナリ、子房下位 6（4 又
ハ 5）室往々不完全ナル室ヲ有スル事アリ、胎坐ハ側壁ニアルカ又ハ中軸
ニアリ多數ノ縱ニ 2 列ニ並ブ卵子ヲツク、果實ハ蒴、基ヨリカ又ハ先ヨリ
胞間又ハ胞背裂開スルカ又ハ胎坐ノ所ニテ裂開ス、種子ハ多數、種皮ニ光
澤アルモノ皺アルモノナドアリ多肉ノ胚乳ヲ有ス、胚ハ極メテ小サク臍ノ
附近ニ位置ス。

熱帶、溫帶ニ亘リ 9 屬 250 餘種アリ、朝鮮ニハ 2 屬 2 種ヲ產ス。

花柱ハ 3 叉ス、雄蕊ハ 2 個宛對ヲナシテ相接シ花柱ノ分枝ニ對生ス、蒴
ハ先ヨリ胞背裂開ス。……………………おほばうまのすずくさ屬

花柱ハ 6 叉ス、雄蕊ハ 6 個共等距離ニ位置シ蒴ハ基ヨリ胞間竝ニ胞背
裂開ス。……………………うまのすずくさ屬

（第 I 屬）うまのすずくさ屬 Aristolochia L.

本屬ニハ朝鮮產トシテ草本植物ナルまるばのうまのすずくさ *Aristolo-chia contorta* Bunge アリ、咸北、濟州島ヲ除キ北ハ平北ヨリ南ハ全南ニ至
ル各地ニ分布ス、草本植物故本編ニハ圖解セズ。

（第 II 屬）おほばうまのすずくさ屬 Hocquartia DUMORTIER

根ハ多年生又ハ匐枝ヲ有シ木質トナルアリ、地上莖ハ草本ナルヤハ概ネ
一年生ナルガ木本トナレバ太キ蔓トナルモノアリ、木本莖ノ老成セルモノ
ニテハ皮ハ多ク木栓質ニ富ム、葉ニ托葉ナク葉柄アリ、1-2 年生單葉又ハ
3-7 叉ス、花ハ葉腋ニ出デ罩生ヨリ總狀花序迄種々アリ、苞ハナキカ又ハ
各花梗ニ 1 個宛アリ。花被ハ子房ノ上ニツキ子房ト關節ス、萼筒ハ或ハ曲
リ萼片ハ 3 叉、2 叉又ハ長ク 3 裂ス、雄蕊ハ 6 個ニシテ 2 個宛對ヲナシテ
花柱ノ裂片ト對生ス、葯ハ外裂、花柱ハ 3 叉ス、子房下位 3 室、胎坐ハ中
軸、卵子ハ 2 列ニ縱ニ各胎坐ニツキ水平ニ出デ倒生、珠孔ハ內側ニ向ク、
蒴ハ圓柱狀又ハ橢圓形先ヨリ胞背裂開ス。種子ハ扁平、種皮ハ堅ク胚乳多
シ、胚ハ極メテ小サク臍ニ近ク位置ス。

約 20 種溫帶又ハ熱帶ニ產シ其中 1 種ハ朝鮮ニアリ。

きだちうまのすずくさ

(朝鮮名) 通草^{トンチョー}、通脱木^{トンテヤルモツク}

(第 I 圖)

莖ハ木質ニシテ高ク他ノ木ニカラミ太キ部分ハ直徑 1-3 cm. トナル、樹皮ハ淡褐色又ハ灰褐色木栓質發達シ縱ニ溝アリ、芽ニハ絹毛アリ、葉ハ 1 年生、葉柄ハ屈曲シ又ハ卷キテ卷鬚ノ用ヲナシ長サ 5-13 cm. 幅 3-5 mm. アリ殆ンド無毛多數ノ小サキ皮目ノ點アリ、葉身ハ丸キ心臟形長サ 6-17 cm. 幅 6-16 cm. 全緣、基ハ深サ 1-3 cm. 程彎入ス、先端ハ或ハ丸ク或ハ尖リ、表面ハ綠色無毛裏面ハ始メ絹毛アレドモ後微毛ノミアリ。花ハ芽ノ基部ノ鱗片葉ニ腋生シ各枝ニ 1-2 個ヨリ出デス、花梗ハ細ク絲狀長サ 13-32 mm. 無毛中央ニ 1 個ノ苞アリ彎曲シテ垂ル、苞ハ無柄心臟形葉質ニシテ長サ 10-18 mm. 子房ハ下位長サ 7-9 mm. 萼ハ帶黃白色ニシテ紫色ノ脈ヲ有シ萼筒ハ長サ 22-25 mm. 許ニテ急ニ立チ更ニ 20-25 mm. 程直立セル部分ハ幅 10-12 mm. アリ萼孔ハ丸ク紫色ノ輪狀帶アリ、萼片ハ 3 個其中 2 個ハ上部ノ兩側ニ位置シ 1 個ハ下部中央ニアリ 3 裂片共殆ンド同大ニシテ丸ク緣ト內側トニ微毛アリ、花柱ハ圓柱狀ニシテ長サ 5 mm. 幅 2.5 mm. 先ハ 3 叉ス、雄蕊ハ 6 個花柱ト癒合シ 2 個宛對ヲナシテ相寄リテ 3 對ノ雄蕊群トナリ花柱ノ裂片ノ下ニ位置ス、葯ハ廣針形 2 室縱孔ニ依リテ外側ニ開ク、子房ハ 3 室、卵子ハ多數アリテ 2 列ニ竝ビテ中軸胎坐ニツク、蒴ハ長橢圓形ニシテ下垂シ長サ 7.5-9 cm. 徑 23-30 mm. 長サ 4 cm. 徑 3 mm. 許ノ花梗上ニツク、成熟スレバ先ヨリ胞背裂開ス、種子ハ多數水平ニ相重ナリ扁タク長サ 10 mm. 幅 8 mm. 許。

咸北、咸南、平南、江原ノ諸道ニ分布シ朝鮮ノ特產ナリ。

Aristolochiaceæ LINDLEY, Nat. Syst. Bot. 205 (1836); MEISSNER, Pl. Vasc. Gen. I 333 (1836); DUCHARTRE in ALP. DE CANDOLLE, Prodr. XVI. pt. 1, 421 (1844); LINDLEY, Veget. Kingd. ed. 1, 792 (1846); KLOTSCH in Monatbericht König. Akad. Wiss. Berlin (1859) 582, excl. α. *Asarineæ*; MASTERS in MARTIUS, Fl. Brasil. IV, pt. 2, 77 (1878); BENTHAM & HOOKER, Gen. Pl. III, 121 (1880); HOOKER, Fl. Brit. Ind. V, 72 (1886); SOLEREDER in ENGLER & PRANTL, Nat. Pflanzenfam. III, Abt. 1, 264 (1889); TRIMEN, Handb. Ceyl. III, 421 (1895); KOORDERS, Excurs. Jav. II, 177 (1912); RIDLEY, Fl. Malay Penins. III, 14 (1924).

Syn. *Aristolochiæ* [MATTIOLI, Med. Senen. Comment. 312 (1554); ed.

2, 348 (1558)]; ADANSON, Fam. Pl. II, 71 (1763); DURANDE,
Not. Elém. Bot. 259 (1781); JUSSIEU, Gen. Pl. 72 (1789);
DESFONTAINES, Elém. Bot. 31 (1800); J. ST. HILAIRE, Expos.
Fam. Pl. I, 172 (1805); LAMARCK & DC. Syn. Fl. Gall. 188
(1806); R. BROWN, Prodr. Fl. Nov. Holland. 349 (1810); DU
MONT DE COUREST, Bot. Cult. II 373 (1811); MIRBEL, Elém.
872 (1815); DUMORTIER, Comm. Bot. 55 (1822); EDWARDS in
Bot. Regist. VIII t. 689 (1823); LINDLEY, Intr. Bot. 72 (1830);
ENDLICHER, Gen. Pl. 344 (1836); AGARDH, Theor. Syst. Pl.
63 (1858).

Sarmentaceæ LINNÆUS, Phil. Bot. ed. 1, 32 (1751), pro parte;
Prælect. Ord. Nat. Pl. ed. GISEKE 294 (1791), pro parte.

Asaroideæ VENTENAT, Tab. Règn. Végét. II, 226 (1799), excl.
Asarum & Cytinus.

Asarineæ AGARDH, Aphoris. Bot. 244 (1817).

Aristolochinæ LINK, Enum. Pl. Hort. Berol. II, 373 (1822), nom.

Pistolochinæ LINK, Handb. I, 367 (1829), excl. subord. *Cytineæ &
Nepenthinæ.*

Aristolochieæ REICHENBACH, Fl. Gern. Excurs. I, 182 (1830);
EICHLER, Blütendiagr. II, 529 (1878).

Aristolochieæ BARTLING, Ord. Nat. Pl. 78 & 79 (1830); SPACH,
Hist. Végét. X, 544 (1841).

Aristolochieæ JUSSIEU apud KOCH, Syn. Fl. Gern. & Helv. ed. 1,
624 (1837); GRENIER & GODRON, Fl. Franc. III, 71 (1855).

Aristolochiaceæ JUSSIEU apud REICHENBACH, Icon. Germ. & Helv.
XII, 14 (1850).

Herbæ perennes vel frutices vel arborescentes vulgo volubiles. Folia
alterna annua vel biennia, petiolata, simplicia, integra vel 3–5 lobata.
Flores axillares, solitarii vel gemini vel fasciculati vel racemosi. Ped-
unculi bracteati vel ebracteati. Perianthium 1–seriale gamosepalum
actinomorphum vel zygomorphum superum tubo sæpe curvato basi
cum ovario articulato, limbo labiato vel trilobato vel tricaudato.
Stamina 6 (4–∞), circum columnam stylorum uniserialia et columnæ
adnata. Antheræ biloculares extrorsæ rima longitudinali apertæ.
Ovarium inferum 6 (4 v. 5)—loculare, interdum imperfecte loculare.
Placenta centralia vel parietalia cum ovulis ∞, 2–serialibus. Capsula

ex basi vel ex apice septicide vel loculicide vel placenticide dehiscentia. Semina numerosa lævia vel rugosa carnoso-albuminosa. Embryo minimus circa hilum positus.

Genera 9 species 250 per regiones temperatas et tropicas late distributæ. In Korea genera 2 et species 2 sunt indigenæ.

> Styli apice trilobi. Stamina 6 in 3 paria sub lobis stylorum posita. Capsula loculicide ab apice dehiscens. ....*Hocquartia*.
> Styli apice 6–lobi. Stamina 6 æquidistantia. Capsula ex basi septicide et placenticide dehiscens. ....*Aristolochia*.

Recent botanists regard *Aristolochiaceæ* and *Asaraceæ* as the same family. However, the plants of *Asaraceæ* are small herbs with never twining stems, the perianth are persistent destitute of articulation between the ovary, stamens free from ovary (this fact is observed by ADANSON in 1763), fruits are not dehiscent and lay the seeds when the fruits are rotten. These remarkable characteristics of *Asaraceæ* are enough to distinguish itself from *Aristolochiaceæ*. *Saruma* was described by OLIVER[1] as a new genus of the Tribe *Asarineæ*, but it is also distinct from both *Aristolochiaceæ* and *Asaraceæ* with opposite leaves, flowers provided with distinct petals (this can not be compared with the rudimental petals of *Asarum*), introrse stamens, and follicles bursting at the ventral suture. So, I regard it as a separate family *Sarumataceæ*. These three families make the real *Aristolochiales* and the natural position of this order is between *Balanophorales* and *Rafflesiales*, a new order. The genera belonging to *Aristolochiales* are the followings.

I. *Aristolochiales*.

   1. *Asaraceæ* LINK.

      1. *Asarum* L.

      2. *Heterotropa* MORREN & DECAISNE.

      3. *Japonasarum* NAKAI, gen. nov.[2] (type *Japonasarum caulescens* vel *Asarum caulescens* MAXIMOWICZ).

---

(1) *Saruma Henryi* OLIVER in HOOKER, Icones Plantarum XIX, Pl. 1895 (1889).
(2) **Japonasarum** NAKAI, gen. nov.
Rhizoma repens. Folia in apice caulis opposita; lamina æstivatione conduplicata. Pedunculus terminalis uniflorus pilis multicellularibus hirtellus. Ovarium inferum 6–angulare et 6–loculare. Sepala 3 in alabastro valvata, infra medium connata et sub anthesin lobi tenues perfecte reflexi tubum et partem superiorem ovarii arcte obtegentes; tubus intus planus sub lente papillosus in fructu sæpe

4. *Asiasarum* F. MAEKAWA, gn. nov.[3] (type *Asiasarum Sieboldii* vel *Asarum Sieboldii* MIQUEL).

2. *Aristolochiaceæ* LINDLEY.

  1. *Apama* LAMARCK.

  2. *Aristolochia* L.

  3. *Bragantia* LOUREIRO.

  4. *Cyclodiscus* KLOTZSCH.

  5. *Euglypha* CHODAT.

  6. *Hocquartia* DUMORTIER (*Siphisia* RAFINESQUE).

  7. *Holostylis* DUCHARTRE.

  8. *Pararistolochia* HUTCHINSON & DALZIEL (*Aristolochia* Sect. *Polyanthera* BENTHAM & HOOKER).

  9. *Thottea* ROTTBŒLL.

3. *Sarumataceæ* NAKAI, nov. fam.

  1. *Saruma* OLIVER.

partim liber. Stamina 12 basi tubi perianthii affixa et supra discum adhærentia et in basi columnæ stylorum libera et erecta, fere stylis æquialta; filamenta subulata; antheræ binæ sublaterali-extrorsæ; connectivum productum sed inappendiculatum. Stylus erectus anguste fistulosus apice 6-lobus, lobis brevibus recurvis intus sulcatis et apice triangulari-stigmatosis. Ovula in quoque ovarii loculo biserialia anatropa horizonali placentis axillaribus affixa, micropylo infero. Testa seminum fusca nitida. Funiculus in fructu carnosus et sulcum ventralem seminum occupat.

Genus monotypicum. Typus: *Japonasarum caulescens*. (*Asarum caulescens* MAXIMOWICZ).

This genus is closely allied to *Asarum*, but in the latter, lobes of perianth are free from the beginning upright and thick, stamens has long appendages, and column of styles is solid. In the genus *Heterotropa*, ovary is semisuperior, the perianth makes a distinct tube whose inner surface is elevated netway and make a oral ring at the mouth, style are nearly free, and stigma is situated at the outer side of style.

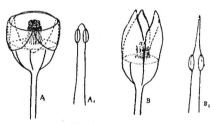

Expl. Fig. I.

A. Flower of *Japonasarum*.

A₁. Stamen of *Japonasarum*.

B. Flower of *Asarum europæum*.

B₁. Stamen of *Asarum europæum*.

All of them were sketched from the living materials, but are shown more or less diagrammatically.

(3) **Asiasarum** F. MAEKAWA gen. nov.[1]

Perennis. Rhizoma repens, internodiis abbreviatis. Squamæ 2-3. Folia 2 alterna sed valde approximata petiolata annua herbacea vel crassiuscula in gemmâ

---

1) *Asiasarum* auctore FUMIO MAEKAWA.

duplicato-corrugata. Flos unicus terminalis pedicellatus, trimerus. Calyx carnosus inferne tubulosus superne trilobatus; tubus urceolatus extus glaber intus longitudinaliter multi-costatus fauce angustatus sæpe constrictus sed nunquam annulatus. Calycis lobi valvati ovati patentes vel erecto-patentes. Petala nulla. Stamina 12 vel 6, ad faciem ovarii supernem inserta homomorpha. Filamentum antherâ 1–2–plo longius complanatum, antherâ parvâ, loculis parallelis extrorsis, connectivo crassiusculo inappendiculato. Ovarium semi-superum, inferne obconicum superne conicoideo elevatum 6–loculare, quoque loculo ovula biserialia in placentâ basilari-axiale disposita, seriis cum 3–4 ovulis constitutis. Ovula recta anatropa; raphe ventrale. Styli 6 raro 3 breves ventrale canaliculati prope apicem stigmate ovoideo vel globoso ornati apice bilobulati. Capsula carnosa cum calyce persistente obtecta putrefacta sed secus suturas ventrales simul loculicide dehiscens. Semina crustacea glabra ventre cum funiculo carnoso obtegentia.

Typus generis: *Asiasarum Sieboldii* (MIQUEL) F. MAEKAWA.

This new genus has closer affinity with *Heterotropa* than with *Asarum*, having the calyx tube, separate and not columnous styles and perfectly six-celled ovary. But it can be clearly distinguished from the latter by its long-stalked stamens (filaments are at least 1–2 times longer than anther cells), non-existence of ring in the mouth of calyx tube and annual leaves folded in bud. In the Far Eastern region of Asia, there are 4 species belonging to this genus, which are separable each other by the following key:

1 {
  Folia in primo hiemis etiam persistentia crassiuscula supra atro-viridia atque albo-maculato-variegata. Calycis lobi planati acuti. Filamenta antheris æquilonga. ....*Asiasarum maculatum* (NAKAI) F. MAEKAWA.
  Folia in auctumno jam emarcida textu herbaceo membranacea viridia nunquam variegata. Filamenta antheris 1.5–3–plo longiora. 2
}

2 {
  Styli 3. Stamina 6. Folia minora 4–5 cm. longa ambitu pentagono-ovato cordata atro-viridia. Calycis lobi ovato-cuspidati apice distincte recurvato-recti. ....*Asiasarum dimidiatum* (F. MAEKAWA) F. MAEKAWA
  Styli 6. Stamina 12. Folia majora nunquam atro-viridia ovato-cordata vel semireniformia. 3
}

3 {
  Calycis lobi ovati apice acuminati rectim reflexi primo erecto-patentes in fructu horizontali patentes. Folia sæpe acuminata glabra vel subtus ad venas sparse ciliolata, petiolo absque margine canaliculi glabro. ....*Asiasarum Sieboldii* (MIQUEL) F. MAEKAWA.
  Calycis lobi ex basi recurvati, late ovati vel ovato-reniformes apice acuti vel obtusiusculi deplanati crassi. Folia acuta vel obtusa. 4
}

4 {
  Calycis lobi apice sæpe obtusi. Folia sæpe cordato-reniformia apice acutiuscula vel obtusa, subtus glabra vel sparse ciliolata. ....*Asiasarum heterotropoides* (FR. SCHMIDT) F. MAEKAWA.
  Calycis lobi apice acuti. Folia ovato-cordata apice acuta, subtus dense hirsuta vel glabriuscula. 5
}

5 {
  Folia utrinque molliter hirsuta. Petioli scabro-pubescentes. ....*Asiasarum heterotropoides* var. *scoulense* (NAKAI) F. MAEKAWA.
  Folia sæpe glabriuscula. Petioli sæpe glabri. ....*Asiasarum heterotropoides* var. *mandshuricum* (MAXIMOWICZ) F. MAEKAWA.
}

1) **Asiasarum maculatum** F. MAEKAWA comb. nov.
Syn. *Asarum maculatum* NAKAI in FEDDE, Repert. Sp. Nov. Regn. Veget. XIII, p. 267 (1914), in Bot. Mag. Tokyo XXVIII, p. (519) (1914), Veg. Isl. Quelpært p.

40 no. 538 (1914), Report Veg. Isl. Wangtô p. 6 (1914)–MATSUMURA, Shokubutsu-Mei-I, rev. et enlarg. ed., II p. 48 (1916)–MORI, Enum. Corean Pl. p. 128 (1922).

Rhizoma ascendens crassiusculum purpurascens, internodiis 1–10 mm. longis 1–5 mm. latis, radicibus numerosis gracilibus albis instructum. Squamæ 2 vel 3 sub-membranaceæ valde duplicatæ sub anthesi persistentes, extima minima angusta, intima amplissima late ovata 5–15 mm. longa atro-purpurea. Folia 2, in primo hiemis etiam persistentia sed in medio jam emarcida longe petiolata, petiolo 2.5–16 cm. longo gracile purpurascente glabro ; lamina late ovato-cordata vel subauri-culato-cordata 4–8.5 cm. longa et lata apice acuta vel breviter acuminata basi profunde cordata vel subauriculata, lobis basalibus magnis globosis vel subglobosis ca. laminâ 3–plo brevioribus vel minoribus inter se haud imbricatis, crassiuscula supra lævissima viridissima inter costam et margines albido-maculato-variegata, ad venas primarias minute ciliolata secus et ad marginem sub lente sparsissime ciliolata cetera glaberrima, subtus pallidior glabra. Flos inter folia hornotina terminalis erectiusculus floret in Maio, pedunculo ca. 2 cm. longo gracile ; tubus calycis 7–8 mm. longus 10–13 mm. latus globoso-urceolatus, apice constrictus basi obtusus extus glaber atro-purpureus intus purpureus glaberrimus longitudine lamellato-costatus, lamellis ca. 21, aterrimis medio altissimis utrinque sensim de-crescentibus; limbus trisectus, lobis tubo brevioribus 6 mm. longis latissime deltoideo-ovatis apice breviter acuminatis atro-purpureis patenti-recurvatis glaber-rimis. Ovarium semi-superum, parte inferiore hemi-globosâ ca. 3 mm. longâ, parte superiore conicoideo-globosâ glaberrimâ tubi 2/3 æquilongâ ; styli 6, brevissimi ca. 1 mm. longi crassi aperti apice obtusissimi atque emarginati exteriorem stigma parvum globosum sed bilobulatum producti. Stamina 12, homomorpha ca. 2 mm. longa, antheris oblongis, filamento complanato glabro antheram æquilongo, con-nectivo elliptico obtusissimo apice inappendiculato. Fructus ca. 2 cm. longus latus-que longe pedunculatus (4.5 cm. longus).

Nom. Jap. *Atsuba-Kan-aoi* (T. NAKAI, 1916).

Hab. Corea Australis : prov. Zennan, Insula Wang-tô (T. NAKAI, Jun. 20, 1913–no. 821–Typicorum speciminum pars in Herb. Imp. Univ. Tokyo.), Quelpært, Mt. Hallaisan (T. NAKAI, Maio 10, 1913–Typicorum speciminum pars in Herb. Imp. Univ. Tokyo.), Mt. Hallaisan, Soppa 1000 M. (T. NAKAI, Jun. 12, 1913–Typicorum speciminum pars), parte australi (T. NAKAI, Nov. 1 et 4, 1917–no. 6168), ibid. (S. SEGI, Aug. 23, 1933).

prov. Keinan, Insula Nankai-tô, in monte templi Ryûmonzi (T. NAKAI, Maio 16, 1928–no. 11110).

2) **Asiasarum heterotropoides** F. MAEKAWA comb. nov.

Syn. *Asarum heterotropoides* FR. SCHMIDT in Memoires l'Acad. Imp. Sci. St. Pétersb. VII–sér., XII–2, p. 171 (1868) (Reisen Amurl. u. Insel Sachalin)–HERDER in Acta Hort. Petrop. XI–11, p. 349 (1891) (Pl. Radd. Apetalæ, III)–HARA in Bot. Mag. Tokyo, XLVIII, p. 889 (1934).

Asarum Sieboldi (non MIQUEL), KOIDZUMI in Journ. Coll. Sci. Imp. Univ. To-kyo, XXVII–13, p. 52 (1910) (Pl. Sachalin. Nakaharanæ)–MATSUMURA, Index Pl. Jap. II–2, p. 53 (1912) pro parte–MIYABE et MIYAKE, Fl. Saghalin, p. 399 (1915)–KUDO in Journ. Facult. Agricult. Hokkaido Imp. Univ. Sapporo XII–1, p. 32 (1923) Con-tribut. Knowledge Fl. North. Saghal.), Report Veget. North. Saghal., p. 108 (1924)–KOMAROV et K.-ALISOVA, Key Plants Far East. Reg. USSR I. p. 453 (1931)–MIYABE et KUDO in Journ. Facult. Agricult. Hokk. Imp. Univ. Sapporo XXVI–4, p. 493 (1934) (Fl. Hokk. Saghal. IV)

Asarum Sieboldi var. *sachalinensis* MAXIMOWICZ in Mél. Biol. VIII, p. 399 (1871), in Bull. Acad. Sci. St. Pétersb. XVII, p. 164 (1872) in observatione.

Nom. Jap. *Okuyezo-Saishin* (F. MAEKAWA ex HARA 1934).

Hab. Sachalin et Yezo.

2–a) **Asiasarum heterotropoides** var. **seoulense** F. MAEKAWA comb. nov.

Syn. *Asarum Sieboldi* var. *seoulense* NAKAI in FEDDE, Repert. Sp. Nov. Regn. Veget. XIII, p. 267 (1914), in Bot. Mag. Tokyo XXVIII, p. (519) (1914)–MORI, Enum. Corean Pl. p. 128 (1922)–NAKAI, Kôryôshikenrin no Ippan p. 31 (1932).

Asarum Sieboldi (non MIQUEL), FORBES et HEMSLEY in Journ. Linn. Soc. London, XXVI, p. 360 (1891) (quoad pl. ex Seoul Mountain)–PALIBIN in Acta Horti Petrop. XVIII–2, p. 185 (1900) (Cospect. Fl. Kor. II, p. 39) (Quoad pl. ex montes prope Seoul), lc. XIX p. 149 (1901) (Cospect. Fl. Kor. III, p. 49)–NAKAI in Journ. Coll. Sci. Imp. Univ. Tokyo, XXXI, p. 175 (1911) (Fl. Kor. II).

Flowers of *Asiasarum heterotropoides* var. *seoulense*. Notice that the lobes of perianth reflexed remarkably. Photograph was taken from the living specimens sent by Mr. To-Hô-Syô from Keizyô (or Seoul).

Rhizoma ascendens, internodiis 1–5 mm. longis 2–4 mm. latis, carnosum viridulum vel purpurascens. Squamæ 2 vel 3, intima maxima latissima ovata vel rotundato-ovata apice sæpe obtusissima vel truncata purpurascens herbacea 7–10 mm. longa. Folia bina approximata erecta vel erecto-patentia; petiolus elongatus longitudine laminam superans 12–20 cm. longus toto vel prope basin atque apicem scabro-pubescens viridis vel sordide purpurascens. Lamina ovato-cordata vel cordato-auriculata 5.5–12 cm. longa 7–13 cm. lata apice acuta vel subacuminata basi profunde cordata, lobis basalibus apertis semiglobosis 2–3.5 cm. longis, supra viridis vel luteo-viridis opaca per totam paginam vel ad venas tantum brevissime denseque ciliolata, subtus paulum pallidior dense raro sublaxe molliter crispato-hirsuta. Flos inter folia terminalis pedunculatus, 12–19 mm. latus erectus vel subdeclinatus viridi-purpureus vel purpurascens. Pedunculus erectus gracilis viridis sæpe ciliolatus. Calycis tubus trapezoideo-urceolatus extus glaber intus costatus, costis 18–

21, fauce constrictus planus exannulatus. **Lobi** ex basi patentes ovato-cordati vel late ovati 9–15 mm. longi 11–15 mm. lati apice acuti crassi planati atro-purpurei intus dense papillosi. Ovarium semi-superum, in fructu semiglobosum. Styli 6, breves ca. 1 mm. longi apice exteriorem stigmatosi. Stamina 12, homomorpha 3 mm. longa, filamento antherâ 1.5 plo longiore. Fructus putrefactus. Semina 3–3.5 mm. longa ovato-conicoidea acutissima basi obtuso-truncata glaberrima crustacea, funiculo semine longitudine superante.

Nom. Jap. *Usuge-Saishin* (T. NAKAI ex MORI 1922).

Hab. Corea. prov. Keiki: Mt. Hokkanzan, Keizyô (N. OKADA, Apr. 28, 1912–pars speciminum typicornum in Herb. Imp. Univ. Tokyo), ibid. (N. OKADA, Maio 5, 1912–pars speciminum typicornum), ibid. (T. MORI, Maio 16, 1910–no. 87), ibid. (T. UCHIYAMA, Jul. 28, 1902), Nanzan, Keizyô (T. UCHIYAMA, Jul. 16, 1902), prope Keizyô (To-Hô-SHÔ, Jun. 5, 1936), Insula Kôka-tô (To-Hô-SHÔ, Jun. 5, 1936), Kôryô (T. NAKAI, Apr. 26, 1913).

prov. Kôgen: Mt. Kongôsan (T. UCHIYAMA, Aug. 20, 1902).

prov. Kanhoku: Kyôzyôgun, Shuotsuon-men, Hozyôdô (T. NAKAI, Jul. 17, 1918–no. 6940).

Manchoukuo, prov. Chien-tao: ad fluvium Sungari (K. HATTA), occidental., Tasha-hê-k'ou-tzû (legitor ?, Jun. 1908).

prov. An-tung: Fêng-huang-shan (M. KITAGAWA, Maio 20, 1932).

Prof. NAKAI noticed that his *Asarum Sieboldii* var. *seouleuse* is conspecific with *Asarum heterotropoides* FR. SCHMIDT when he looked upon the co-type specimens at the herbarium of the Paris Natural History Museum in 1924. Of this he told me when I began my study on the Japanese *Asaraceæ*. However, he still claims that *A. heterotropoides* and *A. Sieboldii* make the different variety of the same species. *A. heterotropoides* has more obtuse leaves and more reflexed lobes of perianth than *A. Sieboldii*, and hairy variety *seoulense* and glabrescent variety *manshuricum* make the two extremities of the hairiness of *Asarum heterotropoides*.

2-b) **Asiasarum heterotropoides** var. **mandshuricum** F. MAEKAWA comb. nov.

Syn. *Asarum Sieboldi* var. *mandshurica* MAXIMOWICZ in Mél. Biol. VIII, p. 399 (1871) in observatione, in Bull. Acad. Sci. St. Pétersb. XVII, p. 164 (1872).

Asarum Sieboldi (non MIQUEL), BAKER et MOORE in Journ. Linn. Soc. XVII, 386 (1879)–KOMAROV in Actà Horti Petrop. XXII, p. 110 (1903) (Fl. Mansh. II)–NAKAI, Report Veg. Quelpært p. 40 (1914), Report Veget. Mt. Chiisan p. 30 (1915), Report Veget. Diamond Mts., Corea p. 170 (1918)–MORI, Enum. Corean Pl. p. 128 (1922).

Folia supra ad venas tantum sub lente ciliolata, subtus glabriuscula vel glabra, petiolo glabro vel raro basi pubescente. Cetera cum var. *seoulense* sat similia.

Nom. Jap. *Keirin-Saishin* (nom. nov.)

Nom. Cor. *Choripul* vel *Sesin*.

Hab. Corea, prov. Zennan: in sylvis Insl. Quelpært (E. TAQUET, Maio 1911–no. 5941), ibid. 1500 m. alt. (T. ISHIDOYA, Aug. 14, 1912–no. 83), ibid. Hallasan (T. NAKAI, Maio 17, 1913–no 1330), ibid. (T. NAKAI, Maio 10, 1913), Insl. Wang-tô (T. NAKAI, Maio 30, 1928–no. 11108), Insl. Baikwa-tô (T. ISHIDOYA et TEI-DAI-GEN, Aug. 29, 1919–no. 3452).

prov. Keinan: Mt. Chiisan (T. MORI, Aug. 1912–no. 106), ibid. (T. NAKAI, Jul. 2, 1913), Mt. Mirokusan, Tôei (T. NAKAI, Maio 13, 1928–no. 11109), Insl. Kyosai-tô, Mt. Gyokuzyo-hô (T. NAKAI, Maio 5, 1928–no. 11111).

prov. Kôgen: Mt. Kongôsan, Gunsenkyô (T. NAKAI, Jul. 31, 1916–no. 5373), ibid. Utikongô (M. KOBAYASHI, Aug. 2, 1932–no. 28), Heikô-gun, Shasôri (T.

By this chance, I should like to make the distinction of families belonging to the order *Rafflesiales* more clearly. Whether the number of integments of ovules are one or two are not the characteristics available only in classifying the *Rafflesiales*. One must take many other remarkable characteristics jointly.

Rafflesiales, ordo nov.

Parasiticæ in radicibus vel in ramis plantarum lignarum. Radix haustorioides. Caulis abbreviatus squamosus vel nudus. Flores terminales solitarii vel breve racemosi hermaphroditi vel monœici vel dioici. Ovarium inferum vel superum. Stamina 1) circum columnam stylorum uniseriale conniventia et apice poro rotundato aperta, 2) in basi columnæ stylorum annulari collocata et apice poro rotundato

---

NAKAI, Aug. 18, 1930–no. 14076).

prov. Keiki : Hô-tô (Y. Hanabusa).

prov. Kôkai : Tyôzankan (T. NAKAI, Jul. 26, 1929–no. 13181).

prov. Heinan : Rôrinsan (legitor?, Jul. 22, 1916).

prov. Heihoku : Unzan-gun, Mt. Hakuhekizan (T. ISHIDOYA, Maio 19, 1912–no. 79).

prov. Kannan : Sanbô (TO-HÔ-SHÔ, Maio 1936).

prov. Kanhoku : Fluvium Tumingan, Districtus Musang, circa Encaui (V. KOMAROV, Jul. 15, 1897).

3) Asiasarum Sieboldii F. MAEKAWA comb. nov.

Syn. *Asarum Sieboldi* MIQUEL in Ann. Mus. Bot. Lugd. Batav. II, p. 134 (1865). (Prol. Fl. Jap., p. 66)–MAXIMOWICZ in Mél. Biol. VIII, p. 397 (1871) pro majoribus partibus, in Bull. Acad. Sci. St.–Pétersb. XVII, p. 163 (1872)–FRANCHET et SAVATIER, Enum. Pl. Jap. I, p. 417 (1874)–MATSUMURA, Index Pl. Jap. II–2, p. 53 (1912) pro parte–MAKINO et NEMOTO, Fl. Jap. ed. 2, p. 250 (1931)–MIYABE et KUDO in Journ. Facult. Agricult. Hokk. Imp. Univ. Sapporo, XXVI–4, p. 493 (1934) (Fl. Hokk. Saghal. IV) pro parte.

Asarum Sieboldi var. *japonica* MAXIMOWICZ in Mél. Biol. VIII, p. 399 (1871), Bull. Acad. Sci. St.–Pétersb. XVII, p. 164 (1872) in observatione.

Nom. Jap. *Usuba-Saishin.*

Hab. Yezo, Hondo borealis et media, et Tsushima.

4) Asiasarum dimidiatum F. MAEKAWA comb. nov.

Syn. *Asarum dimidiatum* F. MAEKAWA in ASAHINA Journ. Jap. Bot. XII, p. 30, fig. 58–60 (1936).

Asarum Sieboldi var. *sikokianum* NAKAI schedl. in Herb. Imp. Univ. Tokyo.

Nom. Jap. *Kurofune-Saishin* (F. MAEKAWA 1936).

Hab. Japonia, Kiusiu : prov. Hizen, Nagasaki (F. C. GREATREX–Typus in Herb. Imp. Univ. Tokyo), Mt Unzen (F. C. GREATREX, Apr. 1931–no. 13/31).

Shikoku : prov. Awa, Oe-gun, Mt. Kôtsu (J. NIKAI, Maio 14, 1905–no 1519), prov. Tosa, Oppido Nanokawa (T. MAKINO, Apr. 17, 1890), Nagaoka-gun, Kazigamori K. ITÔ, Jun. 22, 1930).

Hondo : prov. Yamato, Mt. Sanzyogatake (M. TSUZIBE, Aug. 1935).

aperta, 3) cum floribus dioicis vel monoeicis synangia cylindrica formantia et antheræ 1–3 seriales longitudine vel horizontali-dehiscentes, 4) cum antheris in apice annulorum medio perianthii congestim collocatis, 5) circum ovarium superum cylindrum formantia et apice loculos antherarum multiseriatos instructa et antheræ poro rotundato apertæ. Ovaria unilocularia septis incompletis multis parietalibus instructa. Ovula ∞ in tota facie interiore ovarii dispersa, anatropa, cum integumentis 1 vel 2. Fructus carnosus baccatus. Semina albuminosa. Embryo parvus rotundus vel ovatus.

Familiæ quinque huc ducentæ in sequenti modo inter sese distinguendæ.

1 { Ovarium superum. Flores hermaphroditi terminales. Caulis cum squamis imbricatis obtectus. Perianthium unicum urceolatum apice truncatum. Filamenta tubulosim connata et ovarium amplectentia. Antheræ in apice tubi filamentorum oligoseriales et saccas numerosas urceolatas formantes et poris rotundatis apertæ. Ovarium 1–loculare parietale incomplete ∞–septatum, intus toto facie ovulatum. Integumentum 1. Parasiticæ in radicibus *Castanopsidis*. ....*Mitrastemonaceæ* MAKINO.

Ovarium inferum. Perianthium 2–9 lobatum, lobis imbricatis vel valvatis. 2

2 { Ovarium irregulari–∞–locellatum. Caulis esquamosus. Rhizoma caret. Flos hermaphroditus in apice caulis solitarius. Perianthii lobi imbricati vel valvati. Antheræ rotundatæ circum basin stylorum ∞, apice poro rotundato apertæ. Integumenta 1–2. In radicibus *Vitacearum* parasiticæ.

.................*Rafflesiaceæ* ENDLICHER.

Ovarium 1–loculare. 3

3 { Caulis esquamosus ex rhizomate repente monopodialis. Rhizomata ex hosta radiata. Flos terminalis solitarius. Perianthium 3–4 lobatum, lobis valvatis margine involutis, carnosum et intus medio annulari productum sed annulus lobos perianthii oppositim sinuatus. Margo annuli toto antheris angustis uniseriali-congestis longitudine dehiscentibus instructa. Placenta ab apice ovarii pendula vel parietali 3–4 lamellata. Integumentum 1. In radici-

bus *Mimosacearum* parasiticæ. ....*Hydnoraceæ* SOLMS.
Caulis squamosus erhizomatus. Perianthii lobi imbricati.

...................4

Dioicæ. Flos terminali-solitarius. Ovarium intus integrum. Antheræ circum androphorum annulari 2–3 seriales horizontali apertæ. Integumenta 2. Perianthii lobi 2–6 imbricati. In ramis *Fabacearum* et *Flacourtiacearum* parasiticæ.

................*Apodanthaceæ* VAN TIEGHEM.

4
(*Rafflesiaceæ*-Tib. *Apodantheæ*).

Monœicæ raro dioicæ. Flores breve racemosi. Antheræ in apice androphori 1–seriales longitudine apertæ. Integumentum 1. Perianthii lobi 4–9 imbricati. Ovarium cum placentis parietalibus ramosis. In radicibus *Cistacearum*, *Asteracearum* et *Hamamelidacearum* parasiticæ. ....*Cytinaceæ* DC (partim).

Gn. 1. **Aristolochia** [PLINIUS, liber XXV, caput VIII (1469); DIOSCORIDES, liber III Caput V, fol. 157 (1518); BRUNFELS, Herb. I, 29 (1532); FUCHS, Hist. 89 (1542); MATTHIOLI, Medic. Senen. Comm. 311 (1554); DODOENS, Niew Herb. 312 (1578); DALECHAMPS, Hist. I, 976 (1587); BAUHINUS, Pinax 307 (1632); Malpigi, Anat. Pl. Idea 58 t. XXIV f. 135, 62 t. XXIX f. 172 (1687); MORISON, Hist. III, 508 (1699); TOURNEFORT, Instit. 162 t. 71 (1700); LINNÆUS, Gen. Pl. ed. 1, 275 (1737); LUDWIG, Definit. Gen. Pl. 81 n. 283 (1747)]; LINNÆUS, Gen. Pl. ed. 5, 410 (1754), Syst. Nat. ed. auct. 133 (1756); Hill, Brit. Herb. 129 (1756); ADANSON, Fam. Pl. II 75 (1763); GLEDITCH, Syst. Pl. 285 (1764); LINNÆUS, Gen. Pl. ed. 6, 467 (1764), Gen. Pl. ed. noviss. 467 (1767), Syst. Nat. ed. 13, 600 (1770); MURRAY, Syst. Veg. ed. 13, 686 (1774); POLLICH, Hist. Pl. Palatin. II, 546 (1777); LAMARCK, Encyclop. I, 251 (1783); GILIBERT, Syst. Pl. Europ. IV, 452, 476 (1785); ALLIONI, Fl. Pedemont. II, 362 (1785); SCHRANK, Baier. Fl. II, 651 (1789); GÆRTNER, Fruct. Sem. Pl. I, 45 t. 14, f. 4 (1788); JUSSIEU, Gen. Pl. 73 (1789); SCHREBER, Gen. Pl. 608 (1789); NECKER, Elem. Bot. III, 110 (1790); LOUREIRO, Fl. Cochinch. II, 528 (1790); GMELIN, Syst. Nat. II, pt. 1, 528 (1791); MOENCH, Method. 718 (1794); LEERS, Fl. Herborn. 196 (1798); DESFONTAINES, Fl. Atlant. II, 323 (1798); VENTENAT, Tab. Règn. Végét. II, 226 (1799);

DESFONTAINES, Elém. Bot. 32 (1800); SMITH, Fl. Brit. III, 947 (1804); WILLDENOW, Sp. Pl. IV, pt. 1, 151 (1805); J. ST. HILAIRE, Exposit. I, 172 t. 27 (1805); LAMARCK & DC, Syn. Fl. Gall. 188 (1806); PERSOON, Syn. Pl. II, 526 (1807); R. BROWN, Prodr. Fl. Nov. Holland. 349 (1810); DU MONT DU COURSET, Bot. Cult. II, 273 (1811); LINK, Handb. I, 370 (1829); EDWARDS, Bot. Regist. VIII, sub t. 689 (1823); REICHENBACH, Fl. Germ. Excurs. I, 182 (1830); ENDLICHER, Gen. Pl. I, 345 (1836); PAXTON, Magaz. Bot. III, sub t. 2 (1837); DUCHARTRE in ALP. DC. Prodr. XV, pt. 1, 432 (1844); REICHENBACH, Icon. Fl. Germ. & Helv. XII, 15 (1850); BERTELONI, Fl. Ital. IX, 640 (1853); GRENIER & GODRON, Fl. Franc. III, 72 (1855); KLOTZSCH in Monatbericht. Berl. (1859) 593; WILLKOMM & LANGE, Fl. Hisp. I, 303 (1870); BOISSIER, Fl. Orient. IV, 1074 (1879); BENTHAM & HOOKER, Gen. Pl. III, 123 (1880); MASTERS in MARTIUS, Fl Brasil. IV, pt. 2, 82 (1878); HOOKER, Fl. Brit. Ind. V, 74 (1886); BAILLON, Hist. Pl. IX, 22 (1888); SOLEREDER in ENGLER & PRANTL, Nat. Pflanzenfam. III, Abt. 1, 272 (1889); TRIMEN, Handb. Ceylon Pl. III, 422 (1895); SMALL, Fl. Southeast. U.S. 1132 (1903); RIDLEY, Fl. Malay. Penins. III, 17, (1924).

Syn. *Endodeca* RAFINESQUE, Fl. Thellur. IV, 98 (1836); KLOTZSCH in Monatbericht Berl. (1859) 605.

Howardia KLOTZSCH l. c. 607.

Glossula (non LINDLEY) REICHENBACH, Handb. Pflanzensyst. 173 (1837).

Niphus RAFINESQUE ex STEUDEL, Nomencl. ed. 2, I, 133 (1840).

Pistolochia (non BERNHARDI 1800) RAFINESQUE, Fl. Thellur. IV, 98 (1836).

Rhizoma hypogæum vel repens, vel radix lignosa. Caulis herbaceus annuus vel lignoso-perennis, fruticosus vel arborescens. Cortex sæpe suberosus. Folia exstipullata petiolata, annua vel biennia simplicia integra vel 3–7 lobata. Flores axillares solitarii vel gemini vel fasciculati vel racemosi. Bractea 0 vel in quoque pedicello 1. Perigonium superum cum ovario articulatum, tubo recto vel deflexo et reflexo, limbo labiato vel 3–lobato. Stamina 6 (4–10) circum stylos 1–serialia, antheris extrorsis 2–locularibus. Ovarium inferum 1– vel 3–loculare. Styli columnam formantes apice 6 (4–10) lobulati. Placenta parietalia vel axillaria. Ovula ∞ longitudine 2–serialia placento horizontali affixa anatropa, micropylo interiore. Capsula globosa vel elliptica ex basi septicide atque loculicide dehiscentia, loculis sæpe lamellato-septatis. Semina compressa, testa crustacea vel indurata, albumine copioso. Embryo minimus circa hilum positus.

Species circ. 200 in regionibus temperatis vel tropicis late expansa. In Korea species unica herbacea indigena est, quæ in sectione *Euaristolochia*[1] est.

1) **Aristolochia contorta** BUNGE.

Aristolochia contorta BUNGE,[2] Enum. Pl. Chin. bor. 58, separat. (1831), in Mém. Sav. Etrang. l'Acad. Sci. St. Pétersb. II, 58 n. 328 (1833); NAKAI, Fl. Kor. II 176 (1911).

Nom. Jap. *Maruba-no-umano-suzukusa.*

Hav.

Prov. Zennan : in monte Reisyuzan oppidi Sanzitu, distr. Reisui (T. NAKAI no. 11112); in silvis oppidi Kagen distr. Kainan (T. NAKAI no. 9614).

Prov. Keiki : in monte Nankanzan (T. UCHIYAMA); Syôteiri (T. UCHIYAMA); Kôryô (T. MORI no. 190).

Prov. Kôgen : in dumosis basi montium Kongosan (T. NAKAI no. 5372).

Prov. Kôkai : in insula Sekitô (T. NAKAI no. 12685).

Prov. Heinan : in monte Katudjiturei (T. MORI).

Prov. Heihoku : Syodjinri oppidi Nanmen distr. Unzan (T. ISHIDOYA).

Distr. Hondo, Korea, Manshuria, Amur, Jehol, China bor.

Gn. 2. **Hocquartia** DUMORTIER, Comm. Bot. 20 (1822).

Syn. *Siphisia* RAFINESQUE, Medic. Fl. I, 62 (1828); KLOTZSCH in Monat-

---

(1) Sect. *Euaristolochia* KLOTZSCH in Monatbericht der Academien der Wissenschaften zu Berlin, (1859) 593.

(2) According to P. DUCHARTRE'S note mentioning of the paper of BUNGE under *Aristolochia contorta* in ALP. DE CANDOLLE : Prodromus Systematis Naturalis Regni Vegetabilis XV pt. 1, 488, which read

'In Act. Acad. Sci. Petrop. 1831, seorsum impress. p. 58 ',

the paper of BUNGE entitled ' Enumatio Plantarum quas in China boreali collegit ' had been published separately in 1831 as is impressed in its title page. The publication of the entire volume of the second volume Mémoires des savants étrangers de l'Académie des sciences de St. Pétersbourg ended in 1835 ; however, the part containin~ ᴛhe paper of BUNGE was published either in 1832 or 1833.

bericht Berl. (1859) 601, t. 2 fig. 10, a–b, fig. 11, a–b, fig. 12, a–b, excl. *Siphisia sericea* et *Brachycalyx.*

Aristolochia, pro parte, auct. plur.

Aristolochia sect. *Siphisia* DUCHARTRE in Ann. Sci. Nat. ser. 4, II, 29 t. 5 f. 6 (1854), in ALP. DE CANDOLLE, Prodr. XV, pt. 1, 435 (1864).

Genus ab *Aristolochia* distinctum in sequenti modo separatum.

Hocquartia (type *H. Sipho* & *H. tomentosa*).

Columna stylorum trilobata. Stamina in paria lobos columnæ opposita. Capsula ab apice dehiscentia. Species circ. 20.

Aristolochia.

Columna stylorum 6–lobata. Stamina æquidistantia; Capsula a basi dehiscentia. Species circ. 200.

Radix lignosa. Caulis lignoso-perennis. Folia simplicia petiolata integra vel 3–lobata. Flores axillari-solitarii. Bractea in quoque pedicello 1. Perigonium deflexum, limbo 3–lobato. Stamina 6 in 3 paria lobos stylorum opposita, antheris extrorsis. Styli columnam apice 3–lobatam formantes. Ovarium 3–loculare. Placenta axillaria. Ovula ∞ longitudine 2–serialia placento horizontali affixa anatropa. Capsula cylindrica ab apice loculicide dehiscentia. Semina compressa, albumine copioso. Embryo minimus circa hilum positus.

Species circ. 20 quarum unica in Korea endemica.

2) **Hocquartia manshuriensis** NAKAI.
(Tab I).

Hocquartia manshuriensis (KOMAROV) NAKAI, comb. nov.

Syn. *Aristolochia manshuriensis* KOMAROV in Acta Horti Petrop. XXII, 112 (1903), Fl. Mansh. II, 112 (1904); NAKAI, Fl. Kor. II, 176 (1911), Veget. Diamond Mts. 170 (1918); MORI, Enum. Cor. Pl. 138 (1922); O. C. SCHMIDT in ENGLER, Pflanzenfam. 2 Aufl. 16 b, 237 (1935).

Aristolochia mandshuriensis KOMAROV apud BONSTEDT in PAREYS Blumengärtn. I, 506 (1931).

Caulis lignosus alte scandentes ultra 1 cm. latus. Cortex fuscescens vel cinereo-fuscus suberosus longitudine varie fissus. Gemmæ velutinæ. Folia annua; petioli flexuosi vel volubiles 5–13 cm. longi sub-

teretes 3–5 mm. lati fere glabri lenticellis minutis creberrime punctu-
lati ; lamina rotundato-cordata integerrima 6–7 cm. longa 6–16 cm. lata,
basi 1–3 cm. longa sinuata 2.5–6 cm. aperta, apice rotundata vel acu-
tiuscula, supra viridis glabra infra primo sericea demum pilosa. Flores
1–2 ex gemmis annotinis in basi innovationis in squamis axillares.
Pedunculi filiformes 13–32 mm. longi glabri medio 1–bracteati arcuato-
dependentes. Bractea sessilis cordata 10–18 mm. longa foliacea.
Ovarium 7–9 mm. longum inferum. Perianthium ochroleucum pur-
pureo-venosum ovario articulatum tubo ex apice partis dependentis
22–25 mm. longæ subito erecto circ. 20–25 mm. alto 10–12 mm. lato,
ore rotundato annulato-atro-purpureo, lobis 3 quorum 2 superiores
laterales, omnibus subrotundatis, margine et intus pilosellus. Columna
stylorum cylindrica 5 mm. longa 2.5 mm. lata apice breve 3–lobata.
Stamina 6 columnam affixa in paria 3 approximata et lobos opposita.
Antheræ subulatæ 2–loculares extrorsæ. Ovarium 3–loculare ovulis ∞
longitudine 2–serialibus. Capsula oblonga pendula 7.5–9 cm. longa
23–30 mm. lata basi in pedunculos circ. 4 cm. longos 3 mm. latos at-
tenuata ab apice loculicide dehiscentia. Semina ∞ horizontali affixa
compressa fere obtriangularia 10 mm. longa 8 mm. lata.

Nom. Jap. *Kidati-Umano-Suzukusa.*

Nom. Kor.*Tongchô* 通草, *Tong Thal Mok* 通脱木.

Hab.

Kanhoku : in dumosis inter Kamenkôkô & Mosan (T. NAKAI no. 1971,
16 Aug. 1914) ; in silvis inter Nodjidô et Sankamen (T. NAKAI no.
1970, 14 Aug. 1914) ; Sankamen (T. ISHIDOYA no. 2932, 2 Jun.
1918).

Kannan : in silvis montis Risôrei (T. NAKAI no. 1969, 23 Jul. 1914).

Heinan : in silvis Yôtoku (T. NAKAI no. 12404, 15 Jun. 1928).

Kôgen : in Mte. Kongosan (T. UCHIYAMA, 15 Aug. 1902) ; ibidem (T.
NAKAI no. 5370, 31 Jul. 1916 ; no. 5371, 15 Aug. 1916) ; in montibus
Setugakusan (T. NAKAI no. 17365, Jul. 1936).

Planta endemica.

木 通 科

LARDIZABALACEAE

(1) 主要ナル引用書類

| 著 者 名 | 書名又ハ論文ノ題ト其出版年代 |

BARCLEY, F. W.
(1) *Stauntonia*, in BAILEY, Standard Cyclopedia of Horticulture VI, 3232–3233 f. 3685 (1917).

BARCLEY, F. W. & NEHRLING, H.
(2) *Stauntonia*, in BAILEY, Cyclopedia of American Horticulture IV, 1720 f. 2395 (1902).

BARTLING, FR. TH.
(3) *Menispermeæ—A. Lardizabalea*, in Ordines Naturales Plantarum 243 (1830).

BENTHAM, G. & HOOKER, J. D.
(4) *Berberidaceæ—Lardizabaleæ*, in Genera Plantarum I, pt. 1, 40–41, 42–43 (1862).

ecAISNE, J.
(5) Mémoire sur la Famille des *Lardizabalées*, in Archives du Muséum d'Histoire naturelle I, 143–213 Pl. XI–XIII (1839).

DE CANDOLLE, A. P.
(6) *Menispermeæ Veræ*, in Regni Vegetabilis Systema naturale I, 510–514 (1818).

(7) *Menispermaceæ* trib. *Lardizabaleæ*, in Prodromus Systematis Naturalis Regni Vegetabilis I, 95–96 (1824), excl. *Buraraia*.

DE SIEBOLD, PH. FR. & ZUCCARINI, J. G.
(8) *Stauntonia—Akebia*, in Flora Japonica I, fasc. 16, 138–147, t. 76–78 (1841).

DIELS, L.
(9) *Lardizabalaceæ*, in ENGLER, Botanische Jahrbücher XXIX, 342–344 (1900).

DIETRICH, FR. GOTT.
(10) *Rajania*, in Vollständiges Lexicon der Gärtnerei und Botanik VIII, 42–43 (1808).

DON, G.
(11) *Menispermaceæ* trib. *Lardizabalaæ*, in General System of Gardening and Botany I, 103–104 (1831).

EICHLER, A. W.
(12) *Lardizabalaceæ*, in Blüthendiagramme II, 143–144 (1878).

ENDLICHER, S.
(13) *Menispermaceæ* Subord. *Lardizabaleæ*, in Genera Plantarum 828–829 (1840).

FRANCHET, A. & SAVATIER, L.
(14) *Lardizabaleæ*, in Enumeratio Plantarum Japonicarum I, ed. 1, 21–22 (1874).

GAGNEPAIN, F.
(15) *Lardizabalacées*, in LECOMTE, Flore Générale de L'Indo-Chine I, fasc. 2, 155-157 f. 16, 1–5 (1908).

GMELIN, J. F.
(16) *Rajania*, in Systema Naturæ II, pt. 2, 580–581 (1791).

HAYATA, B.
(17) *Stauntonia*, in Icones Plantarum Formosanarum VIII, 1–6 Pl. 1 (1918).

HEMSLEY, W. B.
(18) *Sinofranchetia chinensis, Stauntonia Brunoniana, S. elliptica, S. filamentosa, S. chinensis, S. obovata, S. longipes, S. parviflora*, in HOOKER, Icones Plantarum XXIX, t. 2842-2849 (1907).

HOOKER, J. D. & THOMSON, T.
(19) *Lardizabaleæ*, in Flora Indica I, 211–215 (1855).

ITO, T.
(20) *Berbidearum Japoniæ Conspectus*, in Journal of the Linnæan Society XXII, 422–437 t. XXI (1887).

KOCH, K.
(21) *Berberidaceæ Unterf. Lardizabaleæ*, in Dendrologie I, 390–391 (1869).

LINDLEY, J.
(22) *Akebia quinata*, in Botanical Register XXXIII t. 28 (1847).

(23) *Menispermaceæ Subord? Lardizabaleæ*, in Natural System of Botany 216 (1836).

(24) *Lardizabalaceæ*, in The Vegetable Kingdom ed. 1, 303–304 (1846).

LOTSY, J. P.
(25) *Lardizabalaceæ*, in Vorträge über Botanische Stammesgeschichte III, 594–597, f. 398–400 (1911).

MEISNER, C. F.
(26) *Menispermaceæ Trib. III. Lardizabaleæ*, in Plantarum Vascularium Genera I, 5 (1836).

MIQUEL, F. A. GUIL.
(27) *Lardizabaleæ*, in Annales Musei Botanici Lugduno-Batavi III, 9 (1867).

MURRAY, A.
(28) *Rajania*, in Systema Vegetabilium ed. 14, 888 (1784).

OLIVER, D.
(29) *Holboellia cuneata*, in HOOKER, Icones Plantarum 3 ser. IX, Pl. 1817 (1889).

PETZOLD, E. &. KIRCHNER, G.
(30) *Menispermaceæ*, in Arboretum Muscaviense 119–120 (1864).

POIRET, J. L. M.
(31) *Raiane*, in LAMARCK, Encyclopédie Méthodique VI, 56–60 (1804).

PRANTL, K.   (32) *Lardizabalaceæ*, in Die natürliche Pflanzen-familien III, Abt. 2. 67–70 (1888).

REHDER, A.   (33) *Akebia*, in BAILEY, Standard Cyclopedia of Horticulture I, 242 f. 152–153 (1914).

(34) *Lardizabalaceæ*, in Journal of the Arnold Arboretum V, no. 3, 137–138 (1924).

(35) *Lardizabalaceæ*, in Manual of Cultivated Trees and Shrubs hardy in North America 229–232 (1927).

REHDER, A. & WILSON, E. H.

(36) *Lardizabalaceæ*, in SARGENT, Plantæ Wilsonianæ I, pt. 3, 344–352 (1913).

ST. HILAIRE, J.   (37) *Lardizabala*, in Exposition des Familles naturelles II, 83 (1805).

SCHNEIDER, C. K.   (38) *Lardizabalaceæ*, in Illustriertes Handbuch der Laubholzkunde I, 294–296 f. 192 (1905).

(39) *Decaisnea & Sinofranchetia* in Illustriertes Handbuck der Laubholzkunde II, 912 f. 571–572 (1912).

SMITH, J.   (40) *Lardizabala biternata*, in CURTIS, Botanical Magazine LXXVI, t. 4501 (1850).

SPACH, E.   (41) *Menispermaceæ* trib. III *Lardizabaleæ*, in Histoire naturelle des Végétaux VIII, 25 (1839).

THUNBERG, C. P.   (42) *Raiania*, in Flora Japonica 148–149 (1784).

VENTENAT, E. P.   (43) *Lardizabala*, in Tableau du règne Végétal III, 80–81 (1799).

WEHRHAHN, H. R.   (44) *Lardizabaliaceæ* in Pareys Blumengärtnerei I, 7 Lief. 615–617 (1931).

WILLDENOW, C. L.   (45) *Rajania*, in Species Plantarum IV, pt. 2, 787–789 (1805).

WITTMACK, L.   (46) Früchte von *Akebia quinata* DECAISNE, in Gartenflora XLVIII, 288–291. f. 58–59 (1899).

---

(2) 朝鮮產木通科植物研究ノ歷史ト其効用

1886 年 5 月 松村任三氏ハ帝國大學理科大學植物標品目錄ヲ著ハシ、其第 3 部ニ朝鮮植物ヲ記セシ中ニあけび *Akebia quinata* DECAISNE ヲ記ス。

同年同月 英國ノ W. B. HEMSLEY 氏ハ 1859 年ニ CHARLES WILFORD 氏ガ巨文島ニテ採集シタルむべ *Stauntonia hexaphylla* DECAISNE ト W.

CARLES 氏ガ其後（正確ノ年代不明）ニ仁川デ探ツタあけびト R. OLDHAM 氏ガ 1863 年ニ巨文島デ探ツタあけびトヲ The Journal of the Linnæan Society XXIII, 423 ニ記ス。

1887 年 伊藤篤太郎氏ハあけびトむベトヲ The Journal of the Linnæan Society XXII ニ朝鮮ニモ産スル事ヲ記ス。

1888 年 獨乙ノ K. PRANTL 氏ハ ENGLER 氏トノ共著 Die Pflanzen-familien III, Abt. 2 ニむベガ朝鮮ニ産スル事ヲ記ス。

1898 年 露國ノ J. PALIBIN 氏ハ Acta horti Petropolitani XVIII ニあけびトむベトガ朝鮮ニアル事ヲ記ス。

1904 年 墺土利ノ C. K. SCHNEIDER 氏ハ其著 Illustriertes Handbuch der Laubholzkunde I ニあけびガ朝鮮ニ産スル事ヲ記ス。

1909 年 中井猛之進ハ Flora Koreana I ニあけびトむベトヲ記ス。

1914 年 3 月 中井猛之進ハ朝鮮植物第 I 巻ヲ著ハシあけびトむベトヲ記ス。

1914 年 4 月 中井猛之進著 朝鮮總督府出版ノ濟州島竝莞島植物調査報告ニハあけびトむベトヲ記ス。

1915 年 中井猛之進著 朝鮮總督府出版ノ智異山植物調査書ニハあけびヲ記ス。

1919 年 中井猛之進著 朝鮮總督府出版ノ欝陵島植物調査書ニハあけびヲ記ス。

1922 年 森爲三氏著 朝鮮總督府出版ノ朝鮮植物名彙ニハむベトあけびトヲ記ス。

1932 年 中井猛之進ハ 朝鮮總督府林業試驗場出版ノ光陵試驗林一班中ニあけびヲ記ス。

———————

朝鮮ニテハあけびハ中部以南ニ産スレドモ其産額多カラザル故果實ヲ杣人又ハ小兒ガ時々探リテ食フ外殆ンド何ノ用ニモナラヌ。從テ內地ニアツテみつばあけびノ蔓デ籠ヲ作ルナド云フ樣ナ事ハナイ。藥用ニモ別ニ用キテ居ラヌ。恐ラクむベ同樣ニ厄介ナ蔓物位ニヨリ思ハレテ居ナイ。然シ之ヲ利用スレバ生墻ニモナリ、日蔭棚ニモナリ、花モ優雅デアリ果實ハ食ベラレルカラ用ヒ樣ニ依ツテハ相當效果アル蔓植物デアル。

又むベハ全南、慶南ノ南部俗ニ云フ朝鮮多島海ノ島々ト濟州島トニアルガ是亦何等住人ニ利用サレテ居ラヌ。むベノ果實ハ相當美味デアリ鹿兒島デハ品種改良迄シテ果物ノ一ニナツテ居ル程デアルカラ南朝鮮ノ樣ナ所デハ此常綠ノ葉ヲ利用シテ生墻ニシタリスレバ果實ト相俟ツテ重寶ガラレルモノニスル事ガ出來ヤウ。

(3) 朝鮮産木通科植物ノ分類

木 通 科

木本、直立ノ灌木又ハ卷纏性、雌雄異株又ハ同株、葉ハ互生一年生又ハ
二年生、掌狀複葉又ハ 1-3 回三出、又ハ羽狀、小葉ハ全緣又ハ缺刻アリ。
花序ハ總狀又ハ繖房狀腋生、蕚片 3 個鑷合、花瓣ハナキカ又ハ 3 個狹長キ
モノト幅廣キモノトアリ。僞雄蕋ハ無キカ又ハ 6 個アリ。アル場合ハ雄蕋
ト對生シ屢々花瓣樣ナレドモ小型ナリ。雄蕋ハ 6 個離生又ハ花絲ガ相癒合
シテ筒ヲナス。葯ハ 2 室外開、葯室ハ突出スルモノトセザルモノトアリ、
雌花ニテハ雄蕋ハ無性又ハ痕跡ニスギズ。心皮ハ 3 個又ハ多數各 1 室但シ
雄花ニテハ退化シテ小サシ、卵子ハ 1 個又ハ多數ガ 2-12 列ニ側壁ニツキ
直生、2 珠皮ヲ有シ胎坐ヨリ生ゼルモ毛ニテ包マル。果實ハ肉質成熟スレ
バ縱ニ裂開シテ廣ク開孔スルモノト全然開カヌモノトアリ。胎坐ハ成熟シ
テ軟カキ肉質又ハ膠質トナリ往々食シ得、種皮ハ殼質、胚乳ハ多量、胚ハ
直立又ハ屈曲シ幼根ハ下向。

9 屬ニ屬スル 20 餘種アリテ主トシテ東亞細亞ノ産、少數ハ南米ニ産ス。
其中朝鮮ニハ唯 2 屬 2 種 1 變種アルノミ。屬ノ區別ハ次ノ如シ。

葉ハ 2 年生常綠、花瓣ハ狹長シ、花絲ハ筒狀ニ相癒合シ葯間ハ通例長ク
　突出ス。心皮ハ 3 個、果實ハ成熟スルモ裂開セズ。

　　　　　　　　　　　　　　　　……………むべ屬

葉ハ主トシテ 1 年生、花瓣ハ無キカ又ハ幅廣シ、雄蕋ハ離生、葯間ニ附
　屬物ナシ、心皮ハ 6 個、成熟スレバ縱ニ腹面ニテ開孔ス。

　　　　　　　　　　　　　　　　………………あけび屬

（第 I 屬） **む べ 屬**

木本植物外物ニ卷キ附ク刺ナシ、葉ハ互生有柄 2 年生掌狀ニ 3-9 小葉ヲ
ツケ小葉ハ葉柄ト關節シ全緣ニシテ質アツシ。花ハ雌雄異花又ハ雌雄異株
總狀又ハ繖房樣總狀、花序ハ若枝ノ基部ニ 1-數個ツク、苞ハ小型、花梗ニ
毛ナシ、蕚片ハ 3 個鑷合狀、花瓣ハ 3 個蕚片ト互生シ狹長ク開花時ハ通例
外ニ反ル。僞雄蕋ナシ。雄蕋ハ雄花ニアリテハ 6 個花絲ハ相癒合シテ柱狀
トナリ葯間ハ長ク突出スルモノトセザルモノトアリ。雌花ノ雄蕋ハ退化シ
テ痕跡ニスギズ。心皮ハ雄花ニアリテハ痕跡ノミナルモ雌花ニテハ 3 個直
立シ各 1 室、卵子ハ側膜ニ多列ニツク、果實ハ多肉ニシテ裂開セズ。胎坐
ハ種子ヲ包ミテ膠質トナリ食シ得。種子ニ胚乳多ク種皮ハ堅シ。

東亞ノ産ニシテ 15 種アリ。東印度、印度支那、支那、臺灣、琉球、本州、四國、九州、朝鮮ノ南部ニ分布ス。

むべ 一名 ときはあけび

（朝鮮名）モーグクル、ム、メウング（濟州島）
モーンヨルチユル（莞島）
モンノツクブル（外羅老島）

（第 II 圖）

木本植物朝鮮ニアリテハ未ダ幹ノ直徑 5 cm. 以上ノモノヲ見ズ。樹皮ハ灰色、技ハ長ク外物ニ卷キ附キ若キ時ハ綠色光澤アリ。髓ハ白色充實ス。葉ハ 2 年生互生、葉柄ハ長サ 3-14 cm. 基部太ク、無毛、小葉ハ掌狀ニ 3-7 個アリ。各長サ 1-4 cm. ノ小葉柄ヲ有ス。葉身ハ長橢圓形乃至廣卵橢圓形長サ 2.5-15 cm. 幅 1-8.5 cm. 厚ク表面ハ光澤ニ富ミ裏面ハ淡綠色、基ハ心臟形又ハ尖リ先ハ尖ル。花ハ雌雄同株ニシテ若枝ノ基部ニ腋生シ花梗及ビ小花梗ハ無毛苞ナシ。小花梗ハ花梗ト關節シ直又ハ曲ル。雄花ハ無毛、蕚片 3 個長橢圓形又ハ披針狀長橢圓形長サ 15-17 mm. 幅 6-7 mm. 淡綠色內面ハ半以下ニ濃紫色ノ班アリ先端ハ外ニ反リ蕾ニテハ鑷合狀、花瓣ハ白色狹長ク長サ 12-14 cm. 外ニ反ル。雄蕊ハ 6 個花絲ハ筒狀ニ相癒合シ藥問ハ長ク尾狀ニ突出シ幅廣ク外面ニ兩側ニ各 1 個ノ藥室アリ。藥ハ縱ニ裂開ス。3 個ノ子房ノ痕跡アリ。雌花ハ雄花ト同形ナレドモ別個ノ花序ヲナシ雄蕊ハ 6 個アレドモ退化シテ極メテ小サクナル子房ハ 3 個反對ニ大キク綠色長橢圓形先端ニ無柄ノ柱頭アリ。各 1 室中ニ多數ノ卵子ガ 8-12 列ニツク、果實ハ未ダ朝鮮ニテハ見ザレドモ內地ニテハ橢圓形ノ淡紫色ノモノヲ結ビ裂開セズ。

（全南）濟州島、莞島、珠島、大黑山島、所安島、佐治島、珍島、外羅老島、突山島、巨文島、甫吉島、智島、梅加島、海南大芚山、（慶南）巨濟島、麥島、（忠南）外烟島等ニ産ス。

（分布）本州、四國、九州、對馬、琉球。

（第 II 屬）あけび屬

木本植物、莖ハ外物ニ卷キ附ク、葉ハ互生有柄一年生ナレドモ暖地ニテハ一部分 2 年生トナル。掌狀ニツク 3-9 個ノ小葉ヲ有シ稀ニ鳥趾狀ヲナシ全緣又ハ粗鋸齒アリ。花序ハ總狀、葉腋ニ獨生、花ハ花序ノ基ノモノ 1-2 個ガ雌花ニシテ他ハ皆雄花（稀ニ全部ガ雄花）ナリ。雌花ハ花序ノ基ニツキ長キ小花梗ヲ有シ、蕚片 3 個幅廣ク蕾ニテハ鑷合狀、花後凋落ス。花瓣ハ

ナキカ又ハ 3 個 (ほながあけび)、雄蕊ハ全クナキカ又ハ 6 個痕跡狀、子房
ハ 6 個 (退化シテ 4-5 個トナル) 開出シ圓筒狀、柱頭ハ無柄、胎坐ハ側膜多
列、卵子ハ多數直生、雄花ハ多數特ニたいわんあけびニテハ多シ、小花梗
ヲ有ス。 蕚片 3 個蕾ニテハ鑷合狀、花瓣ハナキカ又ハ 3 個 (ほながあけ
び)、雄蕊 6 個離生、花絲ハ短ク葯間ハ幅廣ク外側ニ 2 個ノ葯室アリ。葯室
ハ縱裂ス。心皮ハ 6 個アレドモ痕跡ノミ。果實ハ長橢圓形ニシテ各果梗ニ
1-5 個宛放射狀ニツキ成熟スレバ腹面ガ縱ニ開孔ス。胎坐ハ膠質ニシテ甘
シ種子多ク種皮ハ光澤アリ。胚乳多ク胚ハ小サク臍ニ近クアリ。

北海道南部、本州、四國、九州、對馬、朝鮮中部以南、臺灣、支那ニ亙
リ 6 種ヲ產ス。其中朝鮮ニ 1 種 1 變種アリ。

あ け び

(朝鮮名) ユルン、ノトン、チヨルゲンイ、ユールムノンチユル (濟州
島)、ウクロムヨンチユル (莞島)、オールム (長城)、ウフル
ムノギユル (東醫寶鑑)、オルムナム (字釋)

(第 III 圖)

木本植物外物ニ卷キ附キ幹ハ朝鮮產ニテハ直徑 10 mm. ニ達ス。皮ハ帶
灰褐色小サキ皮目アリ。葉ハ朝鮮ニテハ 1 年生互生又ハ短枝ニテハ集束ス。
葉柄ハ長サ 1-10 cm. 直徑 0.5-1 mm. 基脚ハ太ク全體ニ毛ナシ、小葉ハ掌
狀ニ 3-5 個長サ 2-16 mm. ノ小葉柄ヲ具ヘ葉身ハ無毛長橢圓形又ハ倒卵
圓形長サ 1-7.5 cm. 幅 5-40 mm. 全緣表面ハ深綠色裏面ハ淡綠色、基ハ楔
形、又ハ丸ク先ハ丸キカ又ハ凹入ス。花序ハ短枝ヨリ出ヅルヲ常トス。花
梗ハ長サ 15-90 mm. 直徑僅ニ 1 mm. 花ハ雌雄異花ニシテ同一花序ニツキ
繖房花序ヲナス。基ノ 1-2 個ハ雌花ニシテ殘リハ先迄雄花ナリ。雌花ハ
長サ 40-50 mm. ノ小花梗ヲ具ヘ蕾ニテハ丸シ、蕚片ハ紫色、帶綠紫色又ハ
濃紫色長サ 10-20 mm. 幅 8-15 mm. 花瓣ナシ、雄蕊ナキカ又ハ退化シテ
小サキモノ 6 個アリ。心皮ハ 6 個又ハ減數シテ 3-5 個ホボ圓筒狀ニシテ先
ハ截形柱頭トナル。雄花ハ雌花ヨリモ小サク、長サ 13-20 mm. ノ小花梗
ヲ有シ蕚片ハ長サ 6-10 mm. 幅 4-6 mm. 紫色又ハ淡紫色、雄蕊ハ 6 個內
ニ曲リ長サ 4-5 mm. 花絲ハ長サ 1-1.5 mm. 葯ハ外ニ開キ、子房ハ痕跡ノ
ミナレドモ 3-6 個アリ。果梗ハ下垂シ直徑 2-4 mm. 果實ハ橢圓形又ハ長
橢圓形各果梗ニ 1-5 個宛ツキ長サ 5-8 cm. 幅 3-4 cm. 成熟スレバ紫色ト
ナリ腹面ガ縱ニ裂開ス。種子ハ光澤ニ富ム。

(全南) 濟州島、莞島、智島、木浦露積山、智異山、青山島、外羅老島、
巨文島、甫吉島、海南大芚山、長城白羊山、(全北) 蘆嶺、裡里、(慶南)

巨濟島、東萊郡竹島、鎮海、（慶北）達城解顏面、欝陵島、（忠南）雞龍山、（忠北）俗離山、淸州、（京畿）仁川、豐島、江華島、鞍峴山、光陵、龍門山、（黃海）長山串、椒島、白鷁島、滅惡山、首陽山、大靑島、長壽山、殷栗、瑞與、等ニ產ス。

（分布）本州、四國、九州、對馬、支那。

一種葉ハ通例 6-8（減數シテ 4-5 個ヲ交フ）個ノ小葉ヲ有スルモノアリ。之ヲ**やつであけび**ト新稱ス。全北俗離山、信川ニ產ス。

Lardizabaleceæ LINDLEY, Veget. Kingd. ed. 1, 303 (1846); EICHLER, Blütendigr. II, 143 (1878); PRANTL in ENGLER & PRANTL, Nat. Pflanzenfam. III, Abt. 2, 66 (1888); SCHNEIDER, Illus. Handb. Laubholzk. I, 294 (1904); LOTSY, Stammesgesch. III, 594 (1911).

Syn. *Menispermoideæ* VENTENAT, Tab. Régn Végét. III, 78 (1799), pro
parte.

Menispermeæ J. ST. HILAIRE, Exposit. Fam. Nat. II, 82 (1805), pro
parte.

Menispermeæ Veræ § I.A.P. DE CANDOLLE, Syst. Veg. I, 510 (1818),
excl. *Burasaia.*

Menispermaceæ trib. 1 *Lardizabaleæ* A. P. DE CANDOLLE, Prodr.
I, 95 (1824), excl. *Burasaia*; G. DON, Gen. Hist. I, 102, 103
(1831), pro parte; MEISNER, Pl. Vasc. Gen. I, 5 (1836), pro
parte, II, 7 (1843), pro parte; SPACH, Hist. Végét. VIII, 25
(1839).

Menispermæ—A. *Lardizabalea* BARTLING, Ord. Nat. Pl. 243 (1830).

Menispermaceæ Subord.? *Lardizabaleæ* LINDLEY, Nat. Syst. Bot.
216 (1836).

Menispermaceæ Subord. *Lardizabaleæ* ENDLICHER, Gen. Pl. 828
(1840).

Lardizabaleæ DECAISNE in Arch. Mus. Nat. Hist. I, 185 (1839);
HOOKER & THOMSON, Fl. Ind. I, 211 (1855); AGARDH, Theor.
Syst. Pl. 71 (1858).

Berberidaceæ Trib. I. *Lardizabaleæ* BENTHAM & HOOKER, Gen.
Pl. I, pt. 1, 40 (1862).

Berberidaceæ Unterfam. *Lardizabaleæ* KOCH, Dendrol. I, 390 (1869).

Berbéridacées 1 *Lardizabaleæ* BAILLON, Hist. Pl. III, 71 (1872).

Lardizabaliaceæ WEHRHAHN in PAREYS, Blumengärtn. I, 615 (1931).

Planta lignosa, fruticosa erecta vel alte scandens. Folia alterna annua vel biennia, composita, alia digitata, alia 1–3 ternata, alia pinnata ; foliola integra vel lobulata. Inflorescentia racemosa vel corymbosa axillaris. Sepala 3 valvata. Petala 0 vel 3 angusta vel dilatata tum sepalis conformia. Staminodia 0 vel 6 staminibus opposita sæpe petaloidea sed parva. Stamina 6 libera vel filamentis tubum formantibus, antheris bilocularibus extrorsis, connectivo producto vel haud producto, in floribus fæmineis sterilia vel abortiva. Carpella 3 vel plura unilocularia sed in floribus masculis abortiva. Ovula solitaria vel plura 2–12 serialia fere sparsa orthotropa dichlamydea pilo obvallata. Fructus carnosus maturitate clausus vel hians. Placenta pulposa vel gelatinosa, interdum edulia. Testa seminum crustacea. Albumen copiosum. Embryo rectus vel curvatus, radicula infera.

Genera 9 species ultra 20, maxime in Asia orientali, paucæ in America australi incola. In Korea tantum 2 species 1 varietas generum 2 indigenæ sunt.

Folia biennia. Petala angusta. Filamenta columnali-connata. Connectivum sæpe appendiculatum. Carpella 3. Fructus maturitate indehiscens. ....*Stauntonia.*

Folia maxime annua. Petala 0 vel dilatata. Stamina libera inflexa. Connectivum exappendiculatum. Carpella 6. Fructus maturitate ventrali-hians. ....*Akebia.*

Gn. 1. **Stauntonia** A. P. DE CANDOLLE, Syst, Veg. I, 513 (1818) ; Prodr. I, 96 (1824) ; ENDLICHER, Gen. Pl. II, 828 (1836) ; DECAISNE in Arch. Mus. Hist. Nat. I, 191 t. 13 fig. A—B. (1839) ; BENTHAM & HOOKER, Gen. Pl. I, pt. 1, 42 (1862); BAILLON, Hist. Pl. III, 72 (1872); PRANTL in ENGLER & PRANTL, Nat. Pflanzenfam. III, Abt. 2, 69 (1888).

Syn. *Rajania* (non L.) MURRAY, Syst. Veg. ed. 14, 888 (1784), etc.

Plantæ lignosæ volubiles vel scandentes inermes. Folia alterna petiolata biennia digitatim 3–9 foliolata, foliolis cum petiolulis et petiolis articulatis integerrimis coriaceis. Flores monœci vel dioici, racemosi vel corymboso-racemosi. Inflorescentia ad basin innovationis solitaria vel gemina. Bracteæ minimæ. Pedicelli glabri. Sepala 3 æstivatione valvata. Petala 3 sepalis alterna angusta sub anthesin vulgo reflexa. Nectaria nulla. Stamina florum masculorum 6, filamentis columnali connatis, antheris bilocularibus rima longitudinali extrorsim apertis, connectivo longe producto vel haud producto. Stamina florum fœmineorum abortiva. Carpella florum masculorum abortiva, florum fœmineorum 3 erecta unilocularia. Ovula ∞ placento parietali pluriserialia. Fructus carnosus indehiscens! Pulpa gelatinosa edulis. Semina in pulpa immersa, testa crustacea, albuminosa.

Species 15 in Hondo, Sikoku, Kiusiu, Corea austr., Liukiu, Taiwan, China, Indo-China, et India orient. incola.

Stauntonia hexaphylla DECAISNE
(Tab. II)

Stauntonia hexaphylla (THUNBERG) DECAISNE in Arch. Mus. Nat. Hist. I, 192 Pl. XIC (1839); STEUDEL, Nomencl. ed. 2, II, 634 (1841); SIEBOLD & ZUCCARINI, Fl. Jap. I, 140 t. 76 (1841) figura fructus mala; in Abh. Muench. Akad. IV, 3, 189 no. 194 (1845); A. GRAY, PERRY'S Exped. 307 (1857); MIQUEL in Ann. Mus. Bot. Lugd. Bat. III, 9 (1867); Prol. II, 197 (1867); FRANCHET & SAVATIER, Enum. Pl. Jap. I, 21 (1874); anonymus in Gard. Chron. V, 597 (1876); K. ITO, Catal. Pl. Koishikawa Bot. Gard. 6 (1877); K. ITO & KAKU, Koishikawa Shokubutuen Somoku Dzusetu II, Pl. 3 (1884); MATSUMURA, Nippon Shokubutu Meii 186 (1884); MAXIMOWICZ in ENGLER, Bot. Jahrb. VI, 58 (1885); MATSUMURA, Catal. Pl. Herb. Coll. Sci. Imp. Univ. 9 (1886); FORBES & HEMSLEY in Journ. Linn. Soc. XXIII, 30 (1887); OKUBO, Catal. Pl. Bot. Gard. Imp. Univ. 11 (1887); T. ITO in Journ. Linn. Soc. XXII, 423 (1887); NICHOLSON, Illus. Dict. III, 493 (1888); PRANTL in ENGLER & PRANTL, Nat. Pflanzenfam. III, 2, 69 (1888); MATSUMURA, Shokubutu Meii 283 (1895); PALIBIN in Acta Hort. Petrop. XVIII, 21 (1899); ITO & MATSUMURA in Journ. Coll. Sci. Tokyo XII, 289 (1899); BARCLEY & NEHRLING in BAILEY, Encycl. Americ. Hort. IV, 1720 f. 2395 (1902); SCHNEIDER, Illus. Handb. Laubholzk. I, 295 (1905); NAKAI in Journ. Coll. Sci. Tokyo XXVI, art. 1, 40 (1909); MATSUMURA, Ind. Pl. Jap. II, 2, 127 (1912); BEAN, Trees & Shrubs, Brit. II, 550 (1914); NAKAI, Veget. Quelpært Isl. 47 (1914), Veget. Wangto 7 (1914), Chosen Shokubutu I, 85 fig. 79

(1914) ;Barcley in Bailey, Stand. Cyclop. VI 3233 f. 3685 (1917) ; Makino & Nemoto, Fl. Jap. 951 (1925) ; Wehrhahn in Pareys Blumengärtn. I, 616 (1931) ; Makino & Nemoto, Fl. Jap. ed. 2, 344 (1931).

Syn. *Rajania hexaphylla* Thunberg, Jap. mspt. ex Murray, Syst, Veget. ed. 14, 888 (1784) ; Vitman, Summa Pl. V, 423 (1791) ; Gmelin, Syst. Nat. II, pt. 1, 581 (1791) ; Poiret in Lamarck, Encyclop. VI, 60 (1804) ; Persoon, Syn. Pl. II, pt. 2, 620 (1807) ; Dietrich, Vollständ. Lexic. Gärtn. & Bot. VIII, 43 (1808) ; Sprengel, Syst. Veget. II 154 (1825).

Raiania hexaphylla Thunberg, Fl. Jap. 149 (1784) ; Persoon, Syst. Veget. ed. 15, 930 (1797).

Caulis lignosus, in Korea truncus usque ad 5 cm. latus. Cortex trunci cinereus. Rami elongati flexuosi vel voluliles virides glaberrimi lucidi cum medulla solida alba. Folia biennia alterna ; petioli 3–14 cm. longi recti basi tumidi glaberrimi teretes ; foliola 3–7 digitata, petiolulis 1–4 cm. longis ; lamina oblonga—late ovato-oblonga 2.5–15 cm. longa 1–8.5 cm. lata coriacea lucida subtus albescentia basi cordata vel acuta apice acuta vel acutiuscula. Flores monœci racemosi parte basale innovationis axillares. Pedunculi et pedicelli glaberrimi ebracteati. Pedicelli cum pedunculo articulati recti vel arcuati. Flores masculi glaberrimi ; sepala 3 oblonga vel lanceolato-oblonga 15–17 mm. longa 6–7 mm. lata ochroleuca intus infra medium atro-purpureo-maculata apice reflexa, æstivatione valvata ; petala alba linearia vel subulata 12–14 mm. longa reflexa. Stamina 6 cum filamentis tubuloso-connatis ; connectivum oblongum extus loculis antherarum binis instructum apice caudato-appendiculatum ; antheræ rima longitunali apertæ ; rudimenta carpellorum 3. Flores fœminei masculis conformes sed vulgo in racemis distinctis evoluti ; stamina 6 abortiva minima ; carpella viridia oblonga conniventia apice stigmatibus sessilbus terminantia unilocularia pluri-ovulata ; ovula longitudine 8–12 serialia. Fructus in speciminibus Koreanis ignotus sed in Japonicis ellipticus indehiscens ; pulpa edulis. Semina castanea nitida.

Nom. Jap. *Mube, Tokiwa-Akebi.*

Nom. Kor. *Mông-Kul, Mu, Meung* (Quelpært), *Môngyolchul* (Wangtô) ; *Monnokpul* (Gairarôtô).

Hab. in

Quelpært: in dumosis (U. Faurie n. 1671, Jul. 1907); in silvis (E. Taquet no. 168, Jul. 1907; no. 547, Apr. 1908); Hallasan (T. Ishidoya n. 215, 1553, Aug. 1912); in silvis 700 m. (T. Nakai n. 1313, Maio 1913); in silvis Porioron (T. Nakai n. 4934, Nov. 1917); in silvis 700 m. (T. Nakai n. 4934, Nov. 1917); in silvis (T. Nakai n. 4936, Nov. 1917); in silvis secus torrentes (T. Nakai n. 4935, Nov. 1917).

Zennan: in insula Gyoktô (T. Nakai n. 849, Jun. 1913); in Syoantô (Y. Hanabusa); in silvis Wangto (T. Nakai, Jun. 1913); ibidem (T. Ishidoya n. 1554); in insula Daikokuzantô (T. Ishidoya no. 3473, Aug. 1914); in insula Sadjitô (T. Nakai n. 9670, Jun. 1921); in monte Sensatuzan insulæ Tintô (T. Nakai no. 9669, Jun. 1921); Sinkinri insulæ Gairarôtô (T. Nakai no. 11184, Maio 1928); Zinpo insulæ Totuzantô (T. Nakai no. 11183, Maio 1928); in insula Nisizima insularum Kyobunto vel Port Hamilton (T. Nakai no. 11186, Maio 1929); Port Hamilton (C. Wilford); in monte Taitonzan, Kainan (S. Fukubara); insula Hokitudo (T. Nakai 1921); insula Tyôtô (T. Nakai no. 9670, Jun. 1921); insula Baikatô (T. Ishidoya & Tei no. 3473, Aug. 1914).

Keinan: Gakenri insulæ Kyosaitô (T. Nakai no. 11187, Maio 1928); insula Mugisima (T. Nakai no. 11184, Maio 1928).

Tyûnan: insula Gaientô (legitor?).

Distr. Hondo, Sikoku, Kiusiu, Tusima, Liukiu.

Gn. 2. **Akebia** Decaisne in Arch. Mus. Hist. Nat. I, 195 (1839); Endlicher, Gen. Pl. II, 828 (1836); Bentham & Hooker, Gel. Pl. I, pt. 1, 42 (1862); Koch, Dendrol. I, 390 (1869); Baillon, Hist. Pl. III, 72 (1872); Prantl in Engler & Prantl, Nat. Pflanzenfam. III, Abt. 2, 69 (1888); Schneider, Illus. Handb. Laubholzk. I, 296 (1904); Rehder, Manual 231 (1927).

Syn. *Rajania* (non L.) Murray, Syst. Veget. ed. 14, 888 (1784), etc.

Plantæ lignosæ volubiles. Folia alterna petiolata, vulgo annua in regionibus calidis sæpe partim biennia; foliola digitatim 3–9 rarius pedata petiolulata integra vel grosse dentata. Inflorescentia racemosa axillari-solitaria pedunculata, floribus præter 1–2 basalibus ♂. Flores

♀ 1–2 basi racemi positi; sepala 3 dilatata æstivatione valvata post anthesin decidua; petala 0 vel 3 (*Akebia diplochlamys* NAKAI); stamina 0 vel abortiva 6; carpella 6 (abortive 4–5) divaricata cylindrica; stigmata sessilia; placenta parietalia pluriserialia; ovula ∞. Flores ♂ numerosi (in *Akebia longeracemosa* HAYATA, species Formosana perdistincta numerosissima) pedicellati; sepala 3 æstivatione valvata concava patentia; petala 0 vel in *Akebia diplochlamys* NAKAI 3; stamina 6 libera, filamenta brevia, connectiva dilatata extus antheris 2 instructa, antheræ extrorsæ rima longitudinali apertæ, carpella abortiva 6. Fructus oblongi in quoque pedunculo 1–5 ventrali longitudine hiantes carnosi. Semina numerosa in pulpa gelatinosa immersa ∞-serialia, testa nitida crustacea, albuminosa. Embryo minimus circa hilum positus.

Species 6 in Yeso, Hondo, Sikoku, Kiusiu, Tusima, Korea, Taiwan et China incola.

Akebia quinata DECAISNE
(Tab. III).

Akebia quinata (THUNBERG) DECAISNE in Arch. Mus. Nat. Hist. Paris I, 195, Pl. XIII A (1839), in Ann. Sci. Nat. 2 sér. XII, 167 (1839); SIEBOLD & ZUCCARINI, Fl. Jap. I, 143 t. 77 (1841); SCHNIZLEIN, Iconogr. III, t. 172 a (1843); SIEBOLD & ZUCCARINI in Abh. Muench. Akad. IV, 3, 189 (1845); LINDLEY in Bot. Regist. XXXIII, t. 28 (1847); DECAISNE in Rev. Hort. 4 sér. II, 141 f. 8 (1853); V. HOUTTE, Flore des Serres X, 83 t. 1000 (1854–5); W. J. HOOKER in CURTIS, Bot. Mag. LXXXI, t. 4884 (1855); A. GRAY in PERRY's Expedit. 307 (1857); AGARDH, Theor. Syst. Pl. t. 5 (1858); MIQUEL in Ann. Mus. Bot. Lugd. Bat. III, 9 (1867); Prol. 197 (1867); KIRCHNER, Arbor. Musc. 120 (1864); KOCH, Dendrol. I, 390 (1869): BAILLON, Hist. Pl. III, 72 (1872); FRANCHET & SAVATIER, Enum. Pl. Jap. I, 21 (1874); K. ITO, Catal. Pl. Koishikawa Bot. Gard. 6 (1877); LAUHE, Deutsch. Dendrol. ed. 2, 365 (1883); K. ITO & KAKU, Koishikawa Shokubutuen Somoku Dzusetu II, Pl. 1 (1884); MATSUMURA, Nippon Shokubutsu meii 8 (1884); Catal. Pl. Herb. Coll. Sci. Imp. Univ. 9 & 271 (1886); FORBES & HEMSLEY in Journ. Linn. Soc. XXIII, 30 (1886); OKUBO, Catal. Pl. Bot. Gard. Imp. Univ. 11 (1887); T. ITO in Journ. Linn.

Soc. XXII, 424 (1887); PRANTL in ENGLER & PRANTL, Nat. Pflanzenfam. III, Abt. 2, 67 (1888); NICHOLSON, Illus. Dict. I, 45 (1888);
KŒHNE, Deutsch. Dendrol. 162 (1893); REGEL in Gartenfl. XLII,
184 f. 40 (1893); MATSUMURA, Shokubutu Meii 13 (1895); WITTMACK
in Gartenfl. XLVIII, 288 f. 58–59 (1899); REHDER in BAILEY, Encyclop. Americ. Hort. I, 39 (1900); DIELS in ENGLER, Bot. Jahrb. XXIX,
344 (1900); SCHNEIDER, Illus. Handb. Laubholzk. I, 296 f. 192 (1904);
BEISSNER in Mitteil. Deutsch. Dendrol. Gesells. XVI, 97 (1907); NAKAI
in Journ. Coll. Sci. XXVI, Art. 1, 40 (1909); PAMPANINI in Nouv.
Gional. Bot. Ital. n. sér. XVII, 273 (1910); LOTSY, Vorträge Bot.
Stammesg. III, 595 f. 397 (1911); MATSUMURA, Ind. Pl. Jap. II, 2,
127 (1912); REHDER & WILSON in SARGENT, Pl. Wilson. I, pt. 3, 247
(1913); NAKAI, Chosen Shokubutsu 85 f. 80 (1914), Veget. Quelpært
47 (1914), Veget. Wangto 7 (1914); REHDER in BAILEY, Stand. Cyclop. Hort. I, 242 f. 152–153 (1914); BEAN. Trees & Shrubs Brit. I,
176 (1914); NAKAI, Veget. Mt. Chirisan 32 (1915), Veget. Dagelet Isl.
19 (1919); LOESNER in Beihefte Bot. Centralb. XXXVII, 124 (1920);
MORI, Enum. Pl. Cor. 164 (1922); MAKINO & NEMOTO, Fl. Jap. 95
(1925); REHDER in Journ. Arnold Arboret. IX, 42 (1928); WEHRHAHN
in PAREYS, Blumengärtn. I, 616 cum fig. (1931); MAKINO & NEMOTO,
Fl. Jap. ed. 2, 344 (1931); NAKAI, Veget. Kôryô Experim. Forest 34
(1932).

Syn. *Rajania quinata* THUNBERG in Nov. Act. Reg. Soc. Sci. Upsal. IV,
40 (1783); MURRAY, Syst. Veget. ed. 14, 888 (1784); GMELIN,
Syst. Nat. II, pt. 2, 581 (1791); VITMAN, Summa Pl. V, 423
(1791); POIRET in LAMARCK, Encycl. VI, 60 (1804); WILL
DENOW, Sp. Pl. IV, pt. 2, 789 (1805); PERSOON, Syn. Pl. II, pt.
2, 620 (1807); DIETRICH, Vollst. Lexic. VIII, 43 (1808); SPREN
GEL, Syst. Veget. II, 154 (1825).

Raiania quinata THUNBERG, Fl. Jap. 148 (1784); PERSOON, Syst.
Veget. ed. 15, 930 (1797).

Caulis lignosus volubilis in speciminibus Koreanis truncus usque ad
10 mm. latus. Cortex cinereo-fuscus vel fuscus lenticellatus. Folia in
Korea propter frigido hieme omnia decidua, alterna vel in ramis
brevibus fasciculata; petioli 1–10 cm. longi, 0,5–1 mm. lati basi tumidi
glaberrimi; foliola 3–5 digitata, petiolulis 2–16 mm longis; lamina

glabra oblonga—obovato rotundata 1-7.5 cm. longa 5-40 mm. lata inte-
gerrima supra viridissima subtus pallida basi cuneata—obtusa apice
rotundata—emarginata. Inflorescentia ex ramulis abbreviatis· evoluta.
Pedunculi 15–90 mm. longi circ. 1 mm. lati glabri. Flores monœici
Corymbosi, basales 1–2 fæminei, ceteri interdum omnes masculi.
Flores fæminei 40–50 mm. longe-pedicellati, in alabastro inflati ; sepala
valvata purpurea vel purpurascentia 10–20 mm. longa 8–15 mm. lata ;
petala 0 ; stamina 0 vel abortive 6 ; carpella 6 (reductim 5-3) sub-
cylindrica apice truncata stigmatosa. Flores masculi 13–20 mm. longe-
pedicellati ; sepala 6–10 mm. longa 4–6 mm. lata purpurea vel viridi-
purpurascentia ; stamina 6 arcuato-incurva libera 4–5 mm. longa ; fila-
menta 1–1.5 mm. longa ; antheræ incurvæ extrorsæ ; carpella abortiva
3–6. Pedunculi et pedicelli fructiferi fusci 2–4 mm. lati penduli.
Fructus in quoque pedicello 1–5, ellipsoidei vel oblongi 5–8 cm. longi
3–4 cm. lati maturitate purpurascentes ventre longitudine dehiscentes.
Pulpa alba gelatinosa dulcis. Semina castanea nitida.

Nom. Jap. *Akebi.*

Nom. Kor. *Yuran, Noton, Cholgen-i, Yûrûm-monchul* (Quelpært) ;
   Ukuromyongchul (Wangto) ; *Ôrumu* (Zenla).

Hab. in

Quelpært ; in dumosis (U. Faurie n. 1672, Jun. 1907) ; in sepibus
   (E. Taquet n. 2601, Maio 1909) ; in dumosis (E. Taquet n. 4612,
   Apr. 1908) ; in dumosis 250 m. (T. Ishidoya n. 172, Aug. 1912) ;
   circa Saisyu (T. Nakai n. 972, Maio 1913) ; ibidem (T. Nakai n.
   4938, Oct. 1917) ; Ryutanri (T. Nakai n. 4939, Oct. 1917) ; secus
   torrentes lateris australis (T. Nakai n. 4937, Nov. 1917).

Zennan : in monte Chiisan (T. Nakai, Jun. 1913) ; insula Gyokuto
   (T. Nakai, Jun. 1913) ; in monte Rosekizan, Moppo (T. Nakai n.
   9668, Jun. 1921) ; insula Chito (T. Nakai n. 9667, Jun. 1921) ;
   insula Seizanto (T. Nakai no. 11171. Maio 1928) ; Siyôri insulæ
   Gairarôtô (T. Nakai n. 11178, Maio 1928) ; Kyobunto (R. Oldham
   n. 34 Mart. 1863) ; in monte Hakuyôzan, Tyôdjô (T. Tate) ; in
   monte Taitonzan, Kainan (S. Fukubara) ; insula Hokitutô (T.
   Nakai).

Zenhoku : monte Rorei (T. Nakai n. 1198, Maio 1913) ; Riri (T.
   Nakai, Maio 1913).

Keinan : Gakenri insulæ Kyosaitô (T. NAKAI n. 11180, Maio 1928) ;
Tiktô oppidi Kityo, Tôrai (T. NAKAI n. 11182, Maio 1928) ; Tinkai
(T. NAKAI n. 11179, Maio 1928).

Keihoku : in rupibus oppidi Kaiganmen, Tatudjô (T. NAKAI n. 7850,
Jul. 1920) ; Dagelet (K. OKAMOTO) ; ibidem (T. ISHIDOYA n. 1551,
Maio 1916).

Tyunan : Keiryuzan (T. KONDO) ; in monte Keiryuzan (T. NAKAI n.
7854, Jul. 1920).

Tyuhoku : in monte Zokurisan (T. NAKAI no. 14943 bis, Aug. 1934) ;
ibidem (S. FUKUBARA) ; Seisyû (legitor ?).

Keiki : Zinsen (M. ENUMA n. 158) ; ibidem (W. CARLES n. 14, 16) ;
Koonpo insulæ Hôtô (Y. HANABUSA) ; in monte Ryumonzan (T.
SAWADA) ; in oppido Kisshômen insulæ Kôkatô (S. KOBAYASI) ; in
monte Ankenzan (S. KOBAYASI) ; in silvis Kôryô (T. NAKAI, Apr.
1913) ; ibidem (M. KOBAYASI, 10 Maio 1932).

Kôkai : Tyôzankwan (T. NAKAI n. 12794–12796, Aug. 1929) ; ibidem
(TEI DAI GEN) ; insula Syôtô (T. NAKAI n. 12798, Aug. 1929) ;
ibidem (TEI DAI GEN) ; insula Hakureitô (T. NAKAI n. 12797, Jul.
1929) ; in monte Metuakusan (C. MURAMATU) ; in monte Shuyôzan
(C. MURAMATU) ; insula Taiseitô (TEI DAI GEN) ; in monte Tyôdzu-
san (TEI DAI GEN) ; Inritu (legitor ?) ; Zuikô (legitor ?).

Distr. Hondo, Sikoku, Kiusiu, Tusima, China.

Akebia quinata var. **polyphylla** NAKAI, var. nov.

Folia vulgo digitatim 6–8 foliolata sed interdum 4–5 foliolata inter-
mixta.

Nom. Jap. *Yatude-Akebi.*

Hab. in

Tyûhoku : in silvis pede montis Zokurisan, vulgaris (T. NAKAI n.
14942, typus, Aug. 1934) ; Sinsen (T. NAKAI, Aug, 1934).

Among the Chinese *Akebia* having been sent from Nanking Univer-
sity under the name of *Akebia quinata*, a specimen collected by Mr.
S. CHEN belongs to an undescribed species.

Akebia micrantha NAKAI, sp. nov.

Rami sordide cinereo-fusci flexuosi. Folia in apice ramorum brevi-
um congesta ; petioli 40–62 mm. longi ; foliola 5 digitata petiolulata

oblonga vel obovato-oblonga vel late elliptica 15–38 mm. longa 7–20 mm. lata basi cuneata vel obtusa apice obtusa vel emarginellata et apiculata supra viridia infra pallida. Inflorescentia racemosa, cum pedunculo 30–40 mm. longo 70–80 mm. longa. Pedicelli 5–6 mm. longi. Sepala 4 mm. longa 3 mm. lata atro-rubro-purpurea. Stamina 6 sub-sessilia. Antheræ 2 mm. longæ incurvæ extrorsæ.

Hab. in China.

Prov. Che-Kiang : Yüan-hai 雲和 (S. CHEN, no. 2946, typus, Apr. 1934).

This comes to the next of *Akebia quinata* which is also found in China, but its inflorescence is raceme instead of corymb with its shorter pedicelled flowers. Flowers are darker coloured as in *Akebia trifoliata* (*A. lobata*), and anthers are smaller and nearly sessile. *Akebia longeracemosa* HAYATA of Formosa is generally regarded as a variety of *Akebia quinata*, but it is evergreen and its inflorescence is racemose and twice as much longer as that of *Akebia quinata*, and bears very many (nearly twenty) male flowers.

小蘗科

BERBERIDACEAE

(1) 主要ナル引用書類

著 者 名	書名又ハ論文ノ題ト其出版年代
ADANSON, M.	(1) *Papavera*, in Familles des plantes II, 425–433 (1763).
BAILLON, H.	(2) *Berbéridacées*, in Histoire des Plantes III, 43–76 (1872).
BAKER, J. G. & MOORE, S.	(3) *Berberidæ*, in The Journal of the Linnæan Society XVII, 377–378, Pl. XVI, fig. 3–4 (1879).
BARTLING, FR. TH.	(4) *Berberideæ*, in Ordines Naturales Plantarum 241–242 (1830).
BAUER, G.	(5) Beiträge zur Kenntniss der *Berberidaceen*, in Mitteilungen der Deutschen Dendrologischen Gesellschaft no. 44, 42–46 (1932).
BAUHINUS, C.	(6) *Berberis*, in Pinax Theatri Botanici 454 (1623).
BEAN, W. J.	(7) *Berberis*, in Trees & Shrubs hardy in the British Isles I, 232–253 (1914).
BOISSIER. ED.	(8) *Berberideæ*, in Flore Orientalis I, 98–103 (1867).
BRUNFELS, O.	(9) *Berberis*, in Novi Herbarii Tomus II, 174 (1532); III, 183 (1536).
CLUSIUS, C.	(10) *Berberis vulgaris*, in Rariorum Plantarum Historia I, 120 fig. (1601).
DE CANDOLLE, A. P.	(11) *Berberideæ*, in Regni Vegetabilis Systema Naturale II, 1–30 (1821).
	(12) *Berberideæ*, in Prodromus Systematis Naturalis Regni Vegetabilis I, 105–110 (1824).
DE JUSSIEU, A. L.	(13) *Berberides*, in Genera Plantarum 286–287 (1789).
DE LAMARCK, J. B. & DE CANDOLLE, A. P.	
	(14) *Berberideæ*, in Synopsis Plantarum in Floram Galliam descriptarum 367 (1806).
	(15) *Berberideæ*, in Flore Française ed. 3, IV, pt. 2, 627–628 (1815).
DELESSERT, B.	(16) *Berberideæ*, in Icones Selectæ Plantarum II, 1–2 t I–IV (1823).
DODOENS, R.	(17) *Berberis*, in A Niewe Herball 683–684 (1578).

Don, G.   (18) *Berberidæ*, in A General History of Dichlamy-
                                    deous Plants I, 114–120 (1831).

Durante, C.   (19) *Berbero*, in Herbario Nuovo 67–68 (1585).

Endlicher, S.   (20) *Berberideæ*, in Genera Plantarum 851–854
                                    (1840).

Eichler, A. W.   (21) *Berberideæ*, in Martius, Flora Brasiliensis
                                    XIII, pt. 1, 228–235 t. 52–53 (1864).

                               (22) *Berberideæ*, in Blüthendiagramme II, 134–138
                                    (1878).

Forbes, F. B. & Hemsley, W. B.
                               (23) *Berberideæ*, in The Journal of the Linnæan
                                    Society XXIII, 30–33 (1886).

Franchet, A. & Savatier, L.
                               (24) *Berberideæ*, in Enumeratio Plantarum Japoni-
                                    carum I, 22–25 (1874).

Fuchs, L.   (25) *Oxyacantha*, in De Historia Stirpium Com-
                                    mentarii insignes etc. ed. 1, 542–544 cum
                                    tab. (1542).

Gærtner, J.   (26) *Berberis*, in De Fructibus et Seminibus Plan-
                                    tarum I, 200 t. 42 f. 6 (1788).

Hooker, J. D. & Thomson, T.
                               (27) *Berberideæ*, in Flora Indica I, 215–232 (1855).

Ito, T.   (28) *Berberidearum* Japoniæ Conspectus, in The
                                    Journal of The Linnæan Society XXII,
                                    422–437, t. XXI (1887).

Koch, K.   (29) *Berberidaceæ*, in Dendrologie I, 389–419 (1869).

Komarov, V.   (30) *Berberidaceæ*, in Acta Horti Petropolitani
                                    XXII, 322–332 (1903).

Kuntze, O.   (31) *Berberidaceæ*, in Revisio Generum Plantarum
                                    I, 10 (1891).

Lindley, J.   (32) *Berberideæ*, in An Introduction to the Botany
                                    30–31 (1830).

                               (33) *Berberaceæ*, in A Natural System of Botany
                                    29–30 (1836).

                               (34) *Berberidaceæ*, in The Vegetable Kingdom ed.
                                    1, 437–438 (1846).

                               (35) *Berberidaceæ*, in The Vegetable Kingdom ed.
                                    3, 437–438 fig. CCCV (1853).

Linnæus, C.   (36) *Berberis*, in Genera Plantarum ed. 1, 94 (1737).

                               (37) *Berberis*, in Genera Plantarum ed. 5, 379
                                    (1754).

MEISNER, C. F.   (38) *Berberideæ*, in Plantarum Vascularium Genera I, 6 (1836) ; II, 7–8 (1843).

MIQUEL, F. A. GUIL.   (39) *Berberideæ*, in Annales Musei Botanici Lugduno-Batavi II, 69–71 (1865).

MOENCH, C.   (40) *Berberis*, in Methodus Plantas Horti Botanici et Agri Marburgensis 274 (1794).

NAKAI, T.   (41) *Berberidaceæ*, in Tyosen-Syokubutu I, 85–91 f. 81–87 (1914).

    (42) *Berberidaceæ*, in Flora Koreana I, 41–43 t. V. B (1909).

    (43) *Berberidaceæ*, in Flora Koreana II, 436–437 (1911).

PALIBIN, J.   (44) *Berberideæ*, in Acta Horti Petropolitani XVII, 21–23 t. I, (1899).

PETZOLD, E. & KIRCHNER, G.

    (45) *Berberideæ*, in Arboretum Muscaviense 130–142 (1864).

POIRET, J. L. M.   (46) *Vinettier, Épine-Vinette, Berberis*, in LAMARCK, Encyclopédie Méthodique VIII, 615–622 (1808).

    (47) *Vinettier Berberis*, in LAMARCK, Encyclopédia Méthodique, supplement V, 480–481 (1817).

PRANTL, K.   (48) *Berberidaccæ* in ENGLER & PRANTL, Natürliche Pflanzenfamilien III, 2, 70–77 (1888).

REGEL, E.   (49) Synopsis *Berberidis* specierum varietatumque sections foliis simplicibus caducis Europam, Asiam mediam, Japoniam et Americam borealem incolentium, in Acta Horti Petropolitani II, pt. 2, 407–421 (1873).

REHDER, A.   (50) *Berberis*, in BAILEY, Standard Cyclopedia of Horticulture I, 487–493, f. 538–542 (1914).

    (51) *Berberidaceæ*, in Manual of Cultivated Trees and Shrubs 232–250 (1927).

REHDER. A. & CARD, FRED. W.

    (52) *Berberis*, in Cyclopedia of American Horticulture I, 153–156 f. 224–224 (1900).

ST. HILAIRE, J.   (53) *Berberideæ*, in Exposition des Familles Naturelles et de la germination des plantes II, 85–87 t. 87 (1805).

SCHMIDT, E.   (54)· Untersuchungen über *Berberidaceen*, in Beihefte zum Botanischen Centralblatt XLV,

Heft 2, 329–396 (1928).

SCHNEIDER, C. K   (55) Die Gattung *Berberis* (*Euberberis*). Vorarbeiten für eine Monographie, in Bulletin de l'herbier Boissier 2 sér. V, 33–48, 133–148, 391–403, 448–464, 655–670, 800–831 (1905).

(56) *Berberidaceæ*, in Illustriertes Handbuch der Laubholzkunde I, 297–324 f. 193–202 (1905).

(57) *Berberis* & *Mahonia*, in Illustriertes Handbuch der Laubholzkunde II, 912–925 f. 573–575 (1912).

(58) *Berberis*. in SARGENT, Plantæ Wilsonianæ I, pt. 3, 353–378 (1913).

SCHULTES, J. A. & SCHULTES, J. H.

(59) *Berberis—Leontice*, in Systema Vegetabilis VII, pt. 1, 1–23 (1829).

SMITH, J. ED.   (60) *Berberis*, in Flora Britannica I, 387 (1800).

SOWERBY, J. & SMITH, J. E.

(61) *Berberis vulgaris*, in English Botany I, t. 49 (1790).

SPACH, E.   (62) *Berberideæ*, in Histoire Naturelle des Végétaux VIII, 29–72, Pl. 124, (1839).

(63) *Menispermaceæ — Nandineæ*, in Histoire Naturelle des Végétaux VIII, 26–28 (1839).

TABERNÆMONTANUS, J. T. (64) *Oxyacantha*, in Neu vollkommen Kräuter-Buch 1448–1449 cum fig. *Oxyacantha Galeni* (1731).

THOMÉ, O. E.   (65) *Berberidaceæ*, in Flora von Deutschland, Oesterreich und der Schweiz II, 155–156 t. 262 (1904).

TOURNEFORT, J. P.   (66) *Berberis*, in Institutio Rei Herbariæ I, 614 t. 385 (1700).

TRAGUS, H.   (67) De *Oxyacantha*, in De Stirpium Historia Commentariorum, interprete D. KYBERO III, 992–994 fig. (1552).

VENTENAT, E. P.   (68) *Berberideæ*, in Tableau du règne Végétale III, 83–86 (1799).

VON SCHLECHTENDAL, F. L.

(69) *Berberideæ*, in Linnæa XII, 360–388 (1838).

WEHRHAHN, H. R. & SCHELLE, E.

(70) *Berberidaceæ*, in PAREYS Blumengärtnerei, Lief. 7, 617–622 (1931).

WIGHT, R. & ARNOTT, G. A. W.
(71) *Berbèrideæ*, in Prodromus Floræ Peninsulæ
Indiæ Orientalis I, 15–16 (1831).

WITHERING, W.
(72) *Berberis*, in A Systematic Arrangement of
British Plants ed. 4, II, 344 (1801).

---

(2) 朝鮮産小蘗科植物研究ノ歴史

1886年 英國ノ W. B. HEMSLEY 氏ハ The Journal of the Linnæan Society 第23巻ニいかりさう (*Epimedium macranthum*) トたつたさうガ朝鮮ニ産スルト記シテ居ルガ前者ハてうせんいかりさうデアル。同時ニたうめぎ (*Berberis sinensis*) トいぬえんごさく (*Leontice microrhyncha*) ガ Laoling ニ産スト記シテ居ル此 Laoling ヲ朝鮮ト誤ツテ居ルノハ狼林山ト滿洲ノ老爺嶺トヲ取リ違ヘタノデアル。

1889年 露國ノ IWAN PALIBIN 氏ハ HEMSLEY 氏ノ書イタモノヲ其儘寫シ其上ニてうせんめぎ (*Berberis koreana*) ヲ新種トシテ始メテ圖解シタ。

1903年 露國ノ VLADIMIR KOMAROV 氏ハ Acta Horti Petropolitani 第22巻ニたつたさうトいかりさう (てうせんいかりさうナリ) トなんぶさう (*Achlys japonica*) トガ北鮮ニ産スル事ヲ記シタガ、てうせんいかりさうトなんぶさうノ朝鮮ノ國籍ニ入ツタ始メデアル。

1905年 墺國ノ C. K. SCHNEIDER 氏ハ其著 Illustriertes Handbuch der Laubholzkunde 第1巻ニ朝鮮ニてうせんめぎトたうめぎトガ産スル事ヲ記ス。

1906年 同氏ハたうめぎノ學名ヲ從來 *Berberis sinensis* POIRET ニシテ居タノヲ惡イトシテ *Berberis Poiretii* SCHNEIDER ニ改メル事ヲ Mitteilungen der Deutschen Dendrologischen Gesellschaft ニ記シタ。

1908年 同氏ハ Bulletin de l'herbier Boissier 2 séries 第8巻ニたうめぎトてうせんめぎガ朝鮮ニ産スル事ヲ記シテ居ル。

同年 中井猛之進ハ東京植物學雜誌第22巻ニ三島愛之助氏ガ咸南摩天嶺デ採集シタ植物ノ目錄ヲ記シタ中ニたうめぎトいかりさう (てうせんいかりさう) トヲ舉ゲテ居ル。

1909年 中井猛之進著 Flora Koreana 第1巻ニハてうせんめぎ、おほばめぎ、たうめぎ、いぬえんごさく、るゐえふぼたん、たつたさうノ6種ヲ記シテ居ル。

1911年 中井猛之進著 Flora Koreana 第2巻ニハ更ニてうせんめぎ、た

うめぎ、たつたさう、てうせんいかりさうノ新産地ヲ記シ且ツなんぶさう
ヲ加ヘタ。

1912 年 中井猛之進ハ東京植物學雜誌第 26 卷ニ米國醫學博士 RAELF G.
MILLS 氏ガ北鮮デ探ツタ植物ヲ記シタ中ニハ るゐえふぼたん ヲ擧ゲテ居
ル。

1913 年 中井猛之進ハ濟州島産ノ一新種トシテ さいしうめぎ Berberis
quelpærtensis ヲ東京植物學雜誌第 27 卷ニ記述シタ。

1914 年 3 月 中井猛之進ハ朝鮮植物第 1 卷ヲ著ハシおほばめぎ、てうせ
んめぎ、さいしうめぎ、るゐえふぼたん、てうせんいかりさう、なんぶさ
う、たつたさうノ 7 種ヲ記述圖解シタ。

同年 4 月 中井猛之進ハ濟州島植物調査報告ニ さいしうめぎ ヲ記シ又莞
島植物調査報告ニハるゐえふぼたんヲ記シタ。

同年 5 月 中井猛之進ハ FEDDE 氏監修ノ Repertorium Novarum Spe-
cierum 第 13 卷 ニ 欝陵島ノ新植物 ひろはめぎ Berberis amurensis v.
latifolia ヲ記述シタ。

1915 年 中井猛之進ハ智異山植物調査報告書ニおほばめぎヲ記ス。

1918 年 中井猛之進ハ金剛山植物調査報告書ニおほばめぎ、ひろはめぎ、
るゐえふばたんノ 2 種 1 變種ヲ記シタ。

1918 年 中井猛之進ハ白頭山植物調査報告書ニおほばめぎヲ記ス。

1919 年 中井猛之進ハ欝陵島植物調査報告書ニひろはめぎヲ記ス。

1922 年 森爲三氏著朝鮮植物名彙ニハ なんぶさう、おほばめぎ、ひろは
めぎ、てうせんめぎ、さいしうめぎ、たうめぎ、るゐえふぼたん、いかり
さう（てうせんいかりさうナリ）、いぬえんごさく、たつたさうヲ記シタガ
皆前人ノ調査シタモノヲ列記シタニ過ギヌ。

1932 年 中井猛之進ハ光陵試驗林一班中ニてうせんめぎヲ記シタ。

(3)　朝鮮産小蘗科植物ノ效用

ぬぎ科植物ニハ有用ノモノガ多イ。草本デハ朝鮮いかりさうノ根ハ淫羊
藿ト云ヒ強腎藥トシテ著名デアル。支那デハ古來本種類似ノモノヲ仙靈脾、
放杖草、三枝九葉草ナドト稱シ酒ニ加ヘテ飲ミ又ハ煎ジテ飲ミ陰痿及ビ女
子ノ不姙ヲ治シ利尿ニ用キナドシタ。此草ノ花ハ淡黃色デ美シク庭ニ植ヱ
タリ鉢植ニシテ賞美スル値ガアル。

たつたさうノ名ハ日淸戰爭ノ當時龍田艦ノ乘組員ガ黃海中ノ一小島（名
ヲ逸ス）ニ上陸シ始メテ之ヲ探ツテ歸ツテカラ同艦ヲ紀念シテ附ケタノデ
アルガ、其葉ガ絲卷狀デアルカラ滿洲ノ同好者間デハいとまきさうノ名デ

通ツテ居ル。朝鮮デハ之ヲ土黄蓮ト云ヒ黄蓮ノ根ノ様ニ苦味ハアルガ淫羊藿同様ニ強腎藥トシテ用キテ居ル。北鮮ノ各地ニ多ク殊ニ平安北道ノ江界郡ハ有名ナ産地デアツテ韓國時代ニハ商人ガ江界ニ行商ニ行キ當時土地ノ名物デアツタ妓生ニ溺レテ無一文トナルト山ニ入ツテ土黄蓮ヲ採集シ之ヲ鬻ヒデ歸郷ノ資ニシタト云フ事ハ餘リニモ周知ノ事實デアルガ今モ尚ホ同様ノ事ガアルト傳ヘ聞イテ居ル。但シ總督府ノ初期ニ内地人ガ其効用ヲ過信シ一時茶ノ代用ニ迄シテ飲ンダガ餘リ効果的デナカツタカラ評判程ノ藥効ガアルノデハアルマイ。然シ此草ハ藥用ニスルヨリモ其花ト葉トヲ見ル爲メニ盆栽ニスル方ガヨイ。朝鮮産ノ山草中デ春早ク咲クモノヽ中デハ最モ美シイモノヽ一デアル。

めぎ類ハ其内皮ノ黄色ノ部ヲ煎ジテ飲ムガ是モ亦苦味デアル。漢法デハ口瘡ヲ治シ又虫下シニ用キ又利尿ノ効ヲ利用シテ婦人ノ産後ヤ脚氣病者ニ用キタ。主成分ハ Berberin デアル。美シイ紅果ヲ結ブ灌木デアルカラ外人ハ殊ニ賞美シ殊ニ亞米利加合衆國ノ東部デハめぎ類ハ庭園用ニ無クテナラヌ灌木デアル事ハ恰モ東京ノ庭ニ南天ヤしやりんばいヲ用キルノト同様デアル。

(4) 朝鮮産小蘗科植物ノ分類

小 蘗 科

多年生草本又ハ半灌木又ハ灌木、莖ハ直立シ決シテ卷纏セズ、葉ハ互生單葉又ハ 1-3 回 3 出又ハ羽狀複葉、1 年生又ハ 2 年生、全縁又ハ鋸齒ガアル。無毛又ハ有毛、めぎ類デハ長枝上ノ葉ハ刺ニ變化ス。花序ハ頂生又ハ腋生總狀又ハ單花ヲツケ直立又ハ下垂シ通例苞アリ、花ニハ小花梗アルヲ常トス。萼ハ 3 數稀ニ 4 數 6-15 個ガ 2-3 列ニ並ビなんぶさう屬ニテハナシ、花瓣ハ 4 個又ハ 6 個屢々距アリ、但シなんぶさうデハ花被ナシ、雄蕊ハ 4-9 個離生、葯ハ 2 室 1-2 個ノ辨ニテ 上方ニ開ク、心皮ハ 1 個、1 室、卵子ハ多數アル時ハ腹面ニ 2 — 數列ニツキ 1-8 個ナル時ハ基ヨリ直立ス。果實ハ蒴又ハ漿果、蒴ノ場合ハ胞狀無裂開ナルカ又ハ 2 瓣ニ裂開シ又ハ先ニ近ク横又ハ斜ニ裂開ス。るねえふぼたん屬デハ子房ノ壁ハ發育シナイ爲メ卵子ハ壁ヲ破ツテ早クヨリ露出シ漿果様又ハ核果様ノ種子ヲ附ケル。

北半球ノ産デ 12 屬 200 餘種ガ知レテ居ル。其中 6 屬 8 種ガ朝鮮ニ産スル其ハ次ノ檢索表ノ様ニ區別スル。「ホドフイルム」科 *Podophyllaceæ* トなんてん科 *Nandinaceæ* トハ科トシテ分ツベキ充分ノ特徴ガアルカラめぎ科カラ除外スル。

A. 灌木、葉ハ單葉、長枝ニテハ刺ニ化シ眞正葉ハ集束シテ出ヅ、花ハ總
状頂生、果實ハ漿果、卵子ハ 2-4 個子房ノ底ヨリ直立ス。
　B. 葉ハ全緑狹長、果實ハ紅色長橢圓形、　　　　……………たうめぎ
　B. 葉緑ニハ針狀ノ鋸齒アリ、
　　C. 葉ハ殆ンド圓形又ハ廣橢圓形又ハ廣倒卵形、
　　　　　　　　　　　　　　　　　　　　　……………ひろはめぎ
　　C. 葉ハ長橢圓倒披針形又ハ長橢圓形、
　　　D. 葉緑ノ鋸齒ハ頗ル密ナリ、葉質薄シ、
　　　　E. 分岐少ク葉ハ長サ通例 4-8 (3-10) cm.
　　　　　　　　　　　　　　　　　……………おほばめぎ
　　　　E. 分岐多キ灌木、葉ハ長サ通倒 1-3 (1-5) cm.
　　　　　　　　　　　　　　　　　……………さいしうめぎ
　　　D. 葉質ヤ、アツク葉緑ノ鋸齒ハヤ、疎ナリ、
　　　　E. 葉ハ橢圓形又ハ倒卵形又ハ倒卵長橢圓形、
　　　　　　　　　　　　　　　　　……………てうせんめぎ
　　　　E. 葉ハ長橢圓倒披針形、…………ながばてうせんめぎ
A. 多年生ノ草本、
　B. 葉ハ單葉先端凹入ス、花梗ハ直立シ唯 1 花ヲツク、花ハ菫色美シ、
　　葯ハ長キ 2 辨ニテ下ヨリ上ニ開ク、卵子ハ多數腹面ニ數列ニツク、
　　蒴ハ紡錘狀斜ニ裂開ス、　　　　　……………たつたさう
　B. 葉ハ複葉、
　　C. 種子ハ核果樣ニシテ露出シ各小果梗上ニ 1-3 個宛ツキ柄アリ、
　　　葉ハ始メ 3 出シ更ニ羽狀ニ分ル、花序ハ莖ノ先ニ圓錐花叢又
　　　ハ繖房樣圓錐花叢ヲナス、小葉ハ全緑又ハ缺刻アリ、匐枝ハ
　　　地下生多肉、　　　　　　　　　……………るゐえふぼたん
　　C. 種子ハ果實內ニアリ、果實ハ蒴、
　　　D. 蒴ハ裂開セズ、匐枝ハ球根樣、葉ハ 1 個 3 出シ小葉ハ 3
　　　　裂ス、總狀花序ハ莖ノ先ニ出デ卵子ハ 2-4 個宛子房ノ底
　　　　ヨリ直立ス、　　　　　　　　……………いぬえんごさく
　　　D. 蒴ハ裂開ス、
　　　　E. 葉ハ 1 囘 3 出ス、花莖ニ葉ナシ、花ハ穗狀花被ナシ、
　　　　　葯ハ丸ク幅廣キ葯間ノ兩側ニアリ丸キ辨ニテ上方ニ
　　　　　開ク、卵子ハ 1 個子房ノ基ヨリ直立ス、匐枝ハ横ニ
　　　　　地下ヲ匐フ、　　　　　　　……………なんぶさう
　　　　E. 葉ハ 2-3 囘 3 出ス、小葉ハ卵形又ハ簇形、穗狀花序
　　　　　ハ枝ノ先ニ出デ花瓣ハ淡黄色距アリ、卵子ハ多數子

房ノ腹面ニ2列ニツク、蒴ハ2辨ニ裂開ス、

..................てうせんいかりさう

1. 草 本 類

1. **なんぶさう**（南部草ノ意）、（學名）**Achlys japonica** Maximowicz.
   （産地）咸南ノ北部森林中、
   （分布）本島北部、北海道、

2. **るゐえふぼたん**（類葉牡丹ノ意）、
   （學名）**Caulophyllum robustum** Maximowicz.
   （産地）江原道、（金剛山、劍拂浪、雪岳山）、京畿道（光陵）、全南（莞島）、平南（黄草嶺）、平北（江界）、
   （分布）樺太、北海道、本州、四國、九州、滿洲、烏蘇利、アムール、

3. **てうせんいかりさう**（朝鮮碇草ノ意）、
   （學名）**Epimedium koreanum** Nakai.
   （産地）咸北（清津、朱乙、普天堡）、咸南（元山、摩天嶺、甲山）、平北（白碧山、朔州）、平南（寧遠、大聖山）、江原（劍拂浪）、
   （分布）滿洲國安東省、

4. **たつたさう**（龍田草ノ意）、
   （學名）**Plagiorhegma dubium** Maximowicz.
   （産地）咸北（清津、羅南）、平北（江界、龍西里）、
   （分布）滿洲、アムール、

5. **いぬえんごさく**（狗延胡索ノ意）（中井新稱）、
   （學名）**Leontice microrhyncha** S. Moore.
   （産地）平北、
   （分布）滿洲國安東省、奉天省、

2. 木 本 類

（第 I 屬）**めぎ** 屬

灌木、莖ハ基ヨリ簇生ス。樹膚ハ縱ニ溝多シ、長枝ノ葉ハ通例廣針形又ハ披針形ノ刺トナリ單一又ハ2-7裂シ永存性ナリ。短枝ノ葉ハ集束シ有柄單葉、針狀ノ鋸齒アルモノト全緣ノモノトアリ。1年生又ハ2年生、總狀

花序ハ腋生 1-多數ノ花ヲツケ下垂シ苞アリ、花ニ小花梗アリ、蕚片 6 個 2 列、內列ノ 3 個ハ大ナリ。花瓣ハ 3 個又ハ 6 個基ニ內側ニ 2 個ノ腺アリ。雄蕋ハ 6 個藥間ハ幅廣キ爲メ藥ハ相離ル。藥ハ 2 ツノ瓣ニテ上ニ開ク。子房ハ 1 室、卵子ハ 2-6 個底ヨリ立ツ。柱頭ハ無柄臍狀、果實ハ漿果紅色、朱色、樺色又ハ黑色、球形又ハ橢圓形、2-4 個ノ核ヲ藏ス。胚乳ハ多肉、胚ハ直、子葉ハ幅廣ク幼根ハ下向。

北半球ニノミ産シ約 150 種アリ、朝鮮ニ 3 種アリ次ノ 2 節ニ屬ス。

葉ハ 1 年生、披針形、長橢圓形又ハ箆狀通例全緣、花ハ總狀、
..................たうめぎ節
たうめぎ之ニ屬ス。

葉ハ 1 年生常ニ針狀ノ鋸齒アリ、花ハ總狀又ハ集束ス、
..................おほばめぎ節
おほばめぎ、てうせんめぎ之ニ屬ス。

1. た う め ぎ

(第 IV 圖)

高サ 1-1.5 m. ノ灌木、枝ハ集束シテ出テ帶紅栗色又ハ帶紫栗色縱ニ稜角アリ。刺狀葉ハ單一又ハ 3 分シ長サ 2-5 mm. 葉ハ短枝上ニ集生シ、無毛倒披針形又ハ狹倒披針形、全緣又ハ上部ニ少數ノ鋸齒アリ、緣ハ少シク裏ヘ反ル。長サ 30-60 mm. 幅 1.5-13 mm. 表面ハ光澤ニ富ミ綠色裏面ハ淡白ク網脈著シ、先ハ尖リ稀ニ丸ク基ハ長ク尖ル。花序ハ未ダ朝鮮産ノモノヲ探集セズ、但シ滿洲産ノモノニテ見ルニ長サ約 3 cm. ニシテ下垂ス。苞ハ狹長ク稀ニ 3 叉シ長サ 1.5-2 mm. 小花梗ハ下垂シ長サ 5 mm. 無毛先ハ多少肥厚ス。花ハ黃色、蕚ハ 6 個 2 列ニシテ外側ノ 3 個ハ鱗片狀內側ノモノハ大型ニシテ長サ 3-4 mm. 花瓣ハ 6 個、內側ノ蕚片ヨリモ小サク內面ニ縱ニ 2 個ノ腺アリ。雄蕋ハ 6 個、雄蕋ハ長サ 2 mm. 果序ハ花梗ヲ併セテ長サ 3-5.5 cm. 苞ハ披針形ニシテ先ハトガリ長サ 1-2 mm. 小花梗ハ長サ 3-7 mm. 果實ハ長橢圓形紅緋色長サ 9-11 mm.

平北 (渭原、雲山郡白碧山、楚山、昌城、朔州) ニ産ス。

(分布) アムール、滿洲、熱河、河北省。

おほばめぎ

(第 V 圖)

高サ 1-3 m. ノ灌木、樹膚ハ灰白色又ハ灰褐色、縱ニ幾多ノ不規則ノ溝アリ。幹ノ直徑ハ大ナルハ 5 cm. 位ニ達ス。刺ハ 3-5 裂シ長サ 1-35 cm. 開出ス。葉ハ短枝上ニ集生シ長橢圓形又ハ倒卵長橢圓形基ハ葉柄ニ向ヒテトガリ先ハ尖ルモノ又ハ丸キモノアリ緣ニハ密ニ針狀ノ鋸齒アリ。葉身ノ長サ 1.2-13 cm. 幅 4-47 mm. 表面ハ光澤乏シク葉脈ハ凹メドモ裏面ハ光澤アリテ往々白キ粉ヲフキ脈ハ凸出ス。花序ハ短枝ノ先ニ近ク出デ下垂シ無毛花梗ト併セテ長サ 3-8 cm. 密ニ花アリ。萼片ハ 6 個外側ノ 3 個ハ長橢圓披針形ニテ長サ僅ニ 1 mm. 內側ノ 3 個ハ殆ンド半球形黃色長サ 4-6 mm. アリ。花瓣ハ 6 個倒卵形內側ニ縱ニ 2 個ノ腺アリ。雄蕋ハ 6 個、雌蕋ハ長サ 2-2.5 mm. 柱頭ハ臍狀無柄、果實ハ長橢圓形又ハ橢圓形長サ 6-12 mm. 紅朱色。

全南（智異山、白雲山）、慶南（伽倻山）、京畿（南山）、江原（長淵里、金剛山、太白山、雪岳山）、平南（上南洞、陽德、德山大極面、价川德川、社倉、狼林山、劍山嶺、小白山）、平北（飛來峯、澤銅山、江界、雲山、避難德、楚山板面、達覺山）、咸南（新浦、蔥田嶺、赴戰高原、摩天嶺、西湖津、寶泰山、千佛山、泗水山、楸愛山、甲山、定平、元山）、咸北（鏡城湯地洞、淸津、明川上雩南面、飯山、富寧富居面、鏡城朱北面、明川上古面、吉州長白面、明川溫水坪）等ニ產ス。

（分布）烏蘇利、アムール、滿洲、熱河、河北省、北海道、樺太、本島。

變種ニツアリ。一ハ葉圓形又ハ廣橢圓形ニシテ穗ハ密ニ花ノ附クモノニシテ之ヲ**ひろはめぎ**（第 VI 圖）ト謂ヒ欝陵島竝ニ金剛山ニ產シ、一ハ分枝多ク葉ハ小型ニシテ通例長サ 1-3 cm. 許、花序ハ短ク花梗ヲ併セテモ長サ僅ニ 2-3 cm. 位ナリ、之ヲ**濟州めぎ**ト云ヒ濟州島漢拏山ノ標高 1000 m. 以上ノ所ニ生ズ。

てうせんめぎ

(第 VII 圖)

高サ 1-2.5 m. 許リニ達スル灌木、幹ノ直徑ハ 2.5 cm. 許、樹膚ハ灰褐色、小枝ハ紅色又ハ帶紅栗色又ハ帶紫紅色縱ニ溝アリ、無毛、萌枝ノ下部ノ葉ハ下方ノモノハ丸ク長サ 5-45 mm. 許ノ葉柄ヲ有シ葉身ハ長サ 25-70

mm. 幅 15-69 mm 鋭キ鋸齒ヲ有シ表面ハ無毛光澤アレドモ裏面ハ白キ粉
ヲフキ脈著シ、上方ノ葉ハ無柄ニシテ長クトガリ刺狀ニ數多ノ裂片トナレ
ドモ葉質ナリ長サハ 20-30 mm. 長枝ノ葉ハ刺ニ化シ厚ク 3-7 裂シ裂片ハ
下ニ反レドモ極メテ短キ刺ニテハ立ツ、短枝ノ葉ハ密集シ長橢圓形又ハ倒
卵形大型ノモノノミニ葉柄アリ、葉質ハヤ、厚キ洋紙質先ハ丸ク緣ニハ針
狀ノ鋸齒アリ基ハ楔形、表面ハ綠色ナレドモ秋ニハ美事ニ紅葉ス。裏面ハ
始メ白キ粉ヲフキ後ニハ淡綠白色トナリ脈著シ。總狀花序ハ短枝ノ先ニ出
デ下垂シ長サ 35-60 mm. 無毛ニシテ花軸ニ稜角アリ。苞ハ長サ 1-2 mm.
長橢圓形ニシテ先ハ芒狀ニトガル。小花梗ハ長サ 5-7 mm. 萼片ハ 2 列、
外側ノ 3 個ハ小サク橢圓形ニシテ長サ 1-2 mm. 內側ノ 3 個ハ黃色大キク
廣倒卵形又ハ圓狀倒卵形內凹、長サ 5-7 mm. 花瓣ハ 6 個、黃色倒卵長橢
圓形長サ 4-5 mm. 雄蕋ハ 6 個、果實ハ紅色球形ニシテ長サ 10 mm. 許。

　　京畿（北漢山、佛岳山、華岳山、冠岳山、阿峴、光陵）、江原（干葵告、
北屯址、春川）、咸南（元山、楸愛山）ニ産シ朝鮮ノ特産種ナリ。

　　變種ニツアリ一ハ果實ノ長橢圓形ノモノニシテ之ヲ**ながみのてうせんめ
ぎ**（新稱）ト呼ビ江原道劍拂浪ノ長止門山ニテ發見シ、一ハ葉ノ長橢圓倒披
針形ニシテ葉柄長ク長サ 5-25 mm. ニ達シ、果實ハ長橢圓形ナリ。之ヲ**ほ
そばのてうせんめぎ**（新稱）ト云ヒ、江原道劍拂浪ニテ 前者ト共ニ 筆者自
ラ發見セリ。

Berberidaceæ TORREY & A. GRAY, Fl. North America I, 49 (1838) ;
LINDLEY, Veget. Kingdom ed. 1, 437 (1846) ; KOCH Dendrol. I, 389
(1869) ; PRANTL in ENGLER & PRANTL, Nat. Pflanzenfam. III, Abt. 2,
70 (1888) ; REHDER, Manual 232 (1927).

Syn. *Papavera*, ADANSON Fam. Pl. II, 425 (1763), pro parte

　　Berberides DURANDE, Not. Elém. Bot. 283 (1781), excl. *Hama-
　　melis* ; JUSSIEU, Gen. Pl. 286 (1789), excl. *Rinorea & Conoria.*

　　Berberideæ VENTENAT, Tab. Règn. Végét. III, 83 (1799) ; J. ST.
　　HILAIRE, Exposit. Fam. Nat. II, 85 t. 87 (1805) ; LAMARCK &
　　DE CANDOLLE, Syn. Fl. Gall. 367 (1806), Fl. Franc. ed. 3 IV,
　　2, 627 (1815) ; A. P. DE CANDOLLE, Regn. Veget. II, 1 (1821);
　　DUMORTIER, Comm. Bot. 63 (1822) ; DE CANDOLLE, Prodr. I,
　　105 (1824) ; BARTLING, Ord. Nat. Pl. 241 (1830) ; LINDLEY,
　　Introd. Bot. 30 (1830) ; G. DON, Gen. Hist. Dichl. Pl. I, 114
　　(1831) ; WIGHT & ARNOTT, Prodr. Fl. Penins. Ind. Orient. I,
　　15 (1831) ; ENDLICHER, Gen. Pl. 851 (1836) ; MEISNER, Pl.

Vasc. Gen. I, 6 (1836); Spach, Hist. Végét. VIII, 29 (1839); Meisner, l. c. II, 7 (1843); Hooker & Thomson, Fl. Ind. I, 215 (1855); Agardh, Theor. Syst. Pl. 138 (1858); Bentham & Hooker, Gen. Pl. I, pt. 1, 40 (1862), excl. trib. *Lardizabaleæ*; Eichler in Martius, Fl. Brasil. XIII, pt. 1, 229 (1864); Boissier, Fl. Orient. I, 98 (1867); Eichler, Blütendiagramme II, 134 (1878).

Berberaceæ Lindley, Nat. Syst. Bot. 29 (1836).

Herbæ perennes vel suffrutices vel frutices, nunquam scandentes. Folia alterna simplicia vel 1–3 ternatim decomposita vel 1–pinnata, annua vel biennia, integra vel serrata, glabra vel pilosa in *Berberide* ramorum turionum in spinas simplices vel palmatas transformantia. Inflorescentia terminalis vel axillaris racemosa vel uniflora erecta vel pendula bracteata. Flores pedicellati. Sepala trimera rarius tetramera 2–5 serialia, sed in *Achlyde* 0. Petala 4 vel 6, sæpe calcarata, in *Achlyde* 0. Stamina 4–9 libera. Antheræ biloculares valvis 1–2 sursum dehiscentes. Carpellum solitarium 1–loculare. Ovula ventraliaffixa 2–serialia, vel 1–8 ex basi loculi ovarii erecta. Fructus capsularis vel baccatus, et si capsularis alia vesicaria indehiscens, alia bivalvatim dehiscens, alia sub apice rima horizontali vel obliqua dehiscens. In *Caulophyllo* tamen ovarium mox evanescens et semina globosa drupacea exposa.

Genera 12 species circ. 200 in boreali-hemisphærica incola. In Korea species 8 generum 6 sunt indigenæ, quæ in sequenti modo inter sese distinguendæ sunt.

A. Herbæ perennes.

    B. Folia simplicia utrinque emarginata. Scapi erecti uniflori nudi. Flores violacei pulchri. Antheræ oblongæ valvis elongatis binis sursum dehiscentes. Ovula ∞ ventrali-pluriserialia. Capsula fusiformes oblique dehiscens.

        ....*Plagiorhegma dubium* Maximowicz.

    B. Folia decomposita.

        C. Ovarium post anthesin emarcidum ita semina mox exposa in quoque pedicello 1–3 stipitata. Folia ternato-pinnata. Inflorescentia paniculata vel corymboso-paniculata. Foliola integra vel lobata. Rhizoma repens crassum.

.................*Caulophyllum robustum* MAXIMOWICZ.

C. Fructus capsularis. ita semina nunquam exposa.

    D. Capsula indehiscens. Rhizoma bulbosum. Folium 1 caulinum ternatum, segmentis trisectis. Racemus erectus. Ovula 2–4 ex basi ovarii loculi erecta.

.................*Leontice microrhyncha* S. MOORE.

    D. Capsula dehiscens.

        E. Folia tripartita. Scapus aphyllum. Flores spicati achlamydei. Antheræ rotundatæ in lateribus connectivi dilatati distantes, rima rotundata sursum apertæ. Ovulum 1 erectum. Rhizoma repens, tenue. ....*Achlys japonica* MAXIMOWICZ.

        E. Folia 2 (–3) ternata. Foliola ovata vel sagittata. Recemus in apice caulis terminalis. Flores dichlamydei. Petala flavida longe calcarata. Ovula ventrali–2–serialia ∞. Capsula bivalvatim dehiscens. ....*Epimedium koreanum* NAKAI.

A. Frutex. Folia simplicia, turionum in spinis transformantia, vera fasciculata. Flores racemosi. Fructus baccatus. Ovula in quoque carpello 2–4 ex basi erecta.

    B. Folia integra angusta. Fructus oblongi.

.................*Berberis Poiretii* Schneider v. *angustifolia* NAKAI.

    B. Folia spinuloso-serrata vel argute serrata.

        C. Folia tenuia vel tenue-chartacea, margine dense spinuloso-serrulata.

            D. Folia subrotunda vel latissime elliptica vel latissime obovata. ....*Berberis amurensis* RUPRECHT

                              var. *latifolia* NAKAI.

            D. Folia oblongo-oblanceolata vel oblonga.

                E. Minus ramosa. Folia vulgo majora 4–8 (3–10) cm. longa. ....*Berberis amurensis* RUPRECHT.

                E. Ramosissima. Folia 1–3 (1–5) cm. longa.

.........*Berberis amurensis* RUPRECHT

                              var. *quelpærtensis* NAKAI.

        C. Folia chartacea argute serrulata.

            D. Folia elliptica vel obovata vel obovato-oblonga.

E. Fructus sphæricus.

.................*Berberis koreana* PALIBIN.

E. Fructus ellipsoideus vel oblongus.

.........*Berberis koreana* PALIBIN

var. *ellipsoidea* NAKAI.

D. Folia oblongo-oblanceolata distincte petiolata. Fructus ellipsoides. ....*Berberis koreana* PALIBIN

var. *angustifolia* NAKAI.

Podophyllaceæ DC, Prodr. I, 111 (1824) sensu div. (including genera *Podophyllum*, *Glaucidium*, *Diphylleia*) and *Nandinaceæ* (represented by a single genus *Nandina*) are good distinct families, and are excluded here from *Berberidaceæ*. Botanist who regarded *Nandina* as a distinct family is C. A. AGARDH, however, he used *Nandineæ* for the family-name.

Nandinaceæ NAKAI, nom. nov.

Syn. *Berberaceæ* § 2. *Nandineæ* LINDLEY, Nat. Syst. Bot. 29 & 30 (1836), pro parte.

Berberideæ—Berberideæ—Veræ MEISNER, Pl. Vasc. Gen. I, 6 (1836), II, 7 (1843), pro parte.

Menispermaceæ Trib. 4. *Nandineæ* SPACH, Hist. Nat. Végét. VIII. 26 (1839), pro omnino.

Berberidaceæ § 2. *Nandineæ* LINDLEY, Veget. Kingdom ed. I, 438 (1846), pro parte.

Nandineæ AGARDH, Theor. Syst. Pl. 71, Tab. V, fig. 4 (1858), pro omnino.

Berberideæ Trib. II, *Berbereæ* BENTHAM & HOOKER, Gen. Pl. I, 41 (1862), partim.

Berberidaceæ B. *Epimedieæ* TISCHLER in ENGLER, Bot. Jahrb. XXXI, 722 (1902), partim.

Berberidaceæ Unterfam. *Berberidoideæ* § *Epimedieæ* ENGLER, Syllab. ed. 3, 125 (1903), partim.

Frutex. Caulis indivisus vel pauciramosus (rarius arborescens). Phyllotaxis 1/2. Folia biennia, petiolata; petioli persistentes cum segmentis articulati; segmenta 2–3 ternato-pinnata articulatim decomposita; foliola integerrima. Stipulæ 0. Inflorescentia terminalis thyr-

soides sed definita vel ex floribus terminalibus floret. Flores herma-
phroditi, basi bibracteati. Sepala 12, 4-serialia imbricata. Petala 6,
2-serialia. Stamina 6 subbiserialia; filamenta brevissima; antheræ
elongatæ loculis binis interiore affixis sed laterali subextrorsim vel vere
extrorsim rima longitudinali aperti. Pollina sphærica longitudine
membranaceo-trizonata. Ovarium uniloculare; placentum ventrale
biovulatum. Ovula horizontalia apotropa ie. superius cum micropylo
supero, inferius cum micropylo infero. Stylus 1 terminalis. Stigmata
2 obovata dorsali divergentia eroso-marginata. Fructus coccineus
drupaceus. Pyrena hemisphærica.

Familia monotypica : *Nandina* THUNBERG, Nov. Gen. Pl. I, 15 (1781).
Species unica : *Nandina domestica* THUNBERG, 1. c. 16.

Plantæ Herbaceæ

1) **Achlys japonica** MAXIMOWICZ in Bull. Acad. Imp. Sci. St. Pétersb.
   XII, 61 (1868); KOMAROV in Acta Horti Petrop. XXII, 324 (1903);
   NAKAI, Fl. Kor. II, 437 (1911); MORI, Enum. 163 (1922)..
   Nom. Jap. *Nanbusô.*
   Hab. in Korea : ad ripas fl. Jalu (V. KOMAROV).
   Distr. Yeso, Hondo bor.

2) **Caulophyllum robustum** MAXIMOWICZ in Mém. Prés. Acad. Imp.
   Sci. St. Pétersb. div. sav. IX, 33 (1859).
   Syn. *Caulophyllum thalictroides* (non MICHAUX) REGEL in Bull. Acad.
       Sci. St. Pétersb. XV, 471 (1857); NAKAI, Fl. Kor. I, 43 (1909),
       in Tokyo Bot. Mag. XXVI, 30 (1912); Chosen-shokubutsu I,
       89 f. 94 (1914), Veget. Isl. Wangto 7 (1914); Veget. Diamond
       Mts 173 (1918); MORI, Enum. 164 (1922).
   Nom. Jap. *Ruiyô-botan.*
   Hab.
   Kôgen : in silvis Kenfuturô (T. NAKAI no. 14115, Aug. 1929); Mt.
       Kongôsan (T. NAKAI, n. 5446. Aug. 1916, fruct.); ibidem (T. UCHI-
       YAMA, Sept. 1902, fruct.).
   Keiki : Kôryô (T. NAKAI, Apr. 1913, fl.); ibidem (T. MORI n. 208,
       Jul. 1912, fruct.).

Zennan : in silvis montis Kannonsan insulæ Wangtô (T. NAKAI, n. 815, Jun. 1913).

Heinan : in monte Kôsôrei (T. MORI, Jul. 1916, fruct.).

Heihoku : Kôkai (R. G. MILLS n. 334, Maio 1911).

Distr. Sachalin, Yeso, Hondo, Sikoku, Kiusiu, Ussuri, Manshuria, Amur.

3) **Epimedium koreanum** NAKAI, sp. nov.

Syn. *Epimedium macranthum* (non MORREN & DECAISNE) FORBES & HEMSLEY in Journ. Linn. Soc. XXIII, 32 (1886) ; KOMAROV, Fl. Mansh. II, 324 (1904) ; NAKAI in Tokyo Bot. Mag. XXII, 180 (1908) Fl. Kor. ·II, 437 (1911), Chosen-shokubutsu I, 90 f. 85 (1914) ; MORI, Enum. 164 (1922).

Epimedio macrantho affine sed ex omnibus partibus majus et flores flavidi.

Rhizoma repens 3–5 mm. crassum fusco-castaneum, radices fibrosas creberrime ramosas multas surgit, apice foliis squamosis 3–4 amplectum. Caulis sympodialis sub anthesin 13–21 cm. altus arcuato-ascendens glaber 3–4 mm. latus apice folio unico et racemo unico portat, si caulis inevolutus folium solitarium radicale terminale. Folium radicale biternatum ; petiolus 90–200 mm. longus glaber ; petioluli primarii 55–125 mm. longi 1.5–2.3 mm. lati glabri ; petioluli secundarii 25–50 mm. longi 1–1.2 mm. lati glabri, in axillis pilis ʼelongatis multicellularibus fuscis barbati ; foliola terminalia late elliptica vel elliptico-rotundata 50–100 mm. longa 33–72 mm. lata supra viridia nitidula infra pallida vel glaucina reticulato-venosa pilis fuscis persistentibus hirtella basi profunde subimbricato-sinuata apice mucronata margine spinescenti-serrulata ; foliola lateralia late oblique-ovata 50–135 mm. longa 35–75 mm. lata basi limbo interiore rotundato exteriore sagittato-mucronato. Folium caulinum biternatum sub anthesin immaturatum, in fructu petioli 45–85 mm. longi ; petioluli primarii 66–125 mm. longi ; petioluli secundarii 25–50 mm. longi ; laminæ in forma cum radicalibus conformes sed minores. Pedunculi basi petioli subvaginante vel stipulis binis amplectentes cum racemo 46–50 mm. longo 80–110 mm. longi. Bracteæ 1–4 mm. longæ falcato-subnaviculares. Pedicelli 8–15 mm. longi graciles. Sepala 4 oblonga 8–10 mm. longa flavida decidua.

Petala flavida 4 limbo erecto apice truncato 7–10 mm. alto postico in nectarium ascendens 18–20 mm. longum calcarato. Stamina 4 libera 4–5 mm. longa ; antheræ oblongæ valvis elongatis sursum dehiscentes. Ovarium glabrum fusiforme subsessile in stylum brevem attenuatum. Stigmata apice sulcata. Capsula 10–13 mm. longa 5–6 mm. lata fusiformis subsessilis apice in stylum 5 mm. longum attenuatum. Semina matura ignota.

Nom. Jap. *Chôsen-ikarisô*.

Hab. in Korea.

Heihoku : in monte Hakuhekizan (T. Ishidoya, Jun. 1912, fl., typus in herb. Univ. Imp. Tokyo); Sakusyu (T. Ishidoya, Oct. 1910).

Heinan : Neien (T. Mori, Jul. 1916) ; in monte Taiseizan (H. Imai, Maio 1912).

Kôgen : in silvis inter Kenfuturô & Shasôri (T. Nakai n. 14117, Aug. 1929).

Kannan : in colle circa Genzan (T. Nakai, Jun. 1909) ; in monte Matenrei (A. Misima) ; Kôzan (V. Komarov n. 736, Jun. 1897) ; inter Futempô & Hôtaidô (T. Nakai n. 3235, Aug. 1914).

Kanhoku : Seisin (T. Nakai, Jun. 1909, fruct.) ; Shuotu-onmen (T. Nakai n. 7054, Jul. 1918).

in Manshuria.

An-tung : in monte Fêng-huang-shan (M. Kitagawa, Maio 1832, fl.).

4) **Leontice microrhyncha** S. Moore in Journ. Linn Soc. XVII, 377, t. 16, fig. 3–4 (1879) ; Palibin in Acta Hort. Petrop. XVII, 23 (1899) ; Nakai, Fl. Kor. I, 42 (1909) ; Mori, Enum. 164 (1922).

Nom. Jap. *Inu-engosaku* (T. Nakai).

Hab.

Heihoku : Wah-Lin (R. G. Mills, in herb. Kew).

Distr. Manshuria.

Laoling where Webster first found this plant is a mountain range in the Manchurian side of Jalu-river.

5) **Plagiorhegma dubium** Maximowicz in Mém. prés. Acad. Imp. Sci. St. Pétersb. div. sav. IX, 43 t. 2 (1859).

Syn. *Jeffersonia dubia* Bentham & Hooker apud Baker & Moore in Journ. Linn. Soc. XVII, 377 (1879) ; Forbes & Hemsley in

Journ. Linn. Soc. XXIII, 33 (1886); Palibin in Acta horti Petrop. XVII, 23 (1899); Komarov in Acta horti Petrop. XXII, 322 (1903); Nakai, Fl. Kor. I, 43 (1909), II, 437 (1911), Chô-sen-shokubutu I, 91 f. 87 (1914); Mori, Enum. 164 (1922).
Jeffersonia manchuriensis Hance in Trimen, Journ. Bot. IX, 258 (1880).

Nom. Jap. *Tatutasô* (T. Makino); *Itomakigusa* (Y. Yabe).
Hab.

Kanhoku: Seisin (T. Nakai, Jun. 1907, fruct.); Ranan (I. Ono, Apr. 1913 fl.).

Heihoku: Kôkai (T. Nakai, ful. 1913); Ryuseiri oppidi Gunnaimen districtus Hakusen (Kôjynmei).

Distr. Manshuria, Amur.

Plantæ lignosæ

Gn.) **Berberis** [Brunfels, Novi Herb. II, 174 (1532), III, 183 (1536); Dodoens, Niewe Herb. 683 (1578); Bauhinus, Pinax 454 (1623); Tournefort, Instit. 614 t. 385 (1870); Linnæus, Gen. Pl. ed. I, 94 (1737)] Linnæus, Gen. Pl. ed. 5, 153 n. 379 (1754); Hill, Brit. Herb. 520 (1756); Adanson, Fam. II, 433 (1763); Jussieu, Gen. Pl. 286 (1789); Schreber Gen. Pl. 232 (1789); Necker, Elem. Bot. II, 370 (1790); Moench, Method. 274 (1794); Gærtner, Fruct. Sem. Pl. I, 200 (1788); Ventenat, Tab. Règn. Végét. III, 84 (1799); Persoon, Syn. I, 387 (1805); Lamarck & DC, Syn. Fl. Gall. 369 (1806); Poiret in Lamarck, Encyclop. VIII, 615 (1808); Lamarck & DC, Fl. Franc. ed. 3, IV, pt. 2, 627 (1815); A. P. de Candolle, Reg. Veg. II, 4 (1821), Prodr. I, 105 (1824); G. Don, Gen. Hist. I, 114 (1831); Wight & Arnott, Prodr. Fl. Penins. Ind. Orient. I, 15 (1831); Endlicher, Gen. 853 (1840); Spach, Hist. Végét. VIII, 35 (1839); Bentham & Hooker, Gen. Pl. I, 43 (1862), pro parte; Eichler in Martius, Fl. Brasil. XIII, pt. I, 229 (1864); Boissier, Fl. Orient. I, 162 (1867); Koch, Dendrol. I, 392 (1869), excl. Gruppe *Mahonia*; Baillon, Hist. Pl. III, 78 (1872); Prantl in Engler & Prantl, Nat. Pflanzenfam. III, 2, 77 (1888).

Syn. *Oxyacantha* Fuchs, Hist. Stirp. 542 cum fig. (1542); Tragus,

Stirp. Hist. Comm. 992 fig. (1552).

Berberus DURANTE, Herb. Nuov. 67 (1585).

Frutices. Caulis ex basi cæspitosus, cortice truncorum longitudine sulcata. Folia turionum subulato- vel lanceolato-spinata 1–7 fida rigida persistentia. Folia ramorum brevium fasciculato-congesta petiolata simplicia spinuloso-serrulata vel integra annua vel biennia. Racemus 1–∞ florus, axillaris nutans bracteatus. Flores pedicellati. Sepala 6 biserialia, interiora 3 majora. Petala 3 vel 6 basi intus longitudine biglandulosa. Stamina 6 ; connectivum dilatatum ita antheræ distantes ; antheræ valvis sursum dehiscentes. Ovarium 1–loculare, ovulis 2–6 e basi erectis. Stigma sessile umbilicatum. Fructus baccatus coccineus vel ruber vel niger sphæricus vel ellipsoideus 2–4 spermus. Albumen carnosum. Embryo rectus. Cotyledon latus. Radicula infera.

Species circ. 150 maxime in boreali hemisphærica incola. In Korea 3 species sunt indigenæ quæ in sectionibus duabus sunt.

Berberis sect. **Sinenses** SCHNEIDER in Bull. Herb. Boiss. 2 sér. V, 463 (1905), excl. subsect. *Sieboldiæ*.

Folia decidua, lanceolata, oblonga vel spathulata, plerumque integra. Flores racemosi.

Species 10 in Asia, Europa, et in America septentrionali indigenæ, quarum unica in Korea indigena.

Berberis Poiretii SCHNEIDER v. **angustifolia** (REGEL) NAKAI

(Tab. IV)

Berberis Poiretii SCHNEIDER in Mitt. Deutsch. Dendrol. Gesells. XV, 180 (1906).

var. **angustifolia** (REGEL) NAKAI, comb. nov.

Syn. *Berberis chinensis* (non POIRET) DESFONTAINES apud SCHULTES, Syst. Végét. VII, pt. I, 4 (1829), excl. specimen in Europa cultum ; BUNGE, Enum. Pl. Chin. bor. 78 (1831), in Mém. Sav. Étrang. Acad. St. Pétersb. II, 78 (1832 ?).

Berberis sinensis (non DESFONTAINES) SCHLECHTENDAL in Linnæa XII, 377 (1838) ; MAXIMOWICZ, Amur. 32 (1859) ; KOCH, Dendrol. I, 404 (1869), pro parte ; HANCE in TRIMEN, Journ. Bot. IV, 130 (1875) ; BAKER & MOORE in Journ. Linn. Soc. XVII,

377 (1879) ; J. D. Hooker in Bot. Mag. CVIII, t. 6573 (1881) ;
Forbes & Hemsley in Journ. Linn. Soc. XXIII, 31 (1886) ;
Palibin in Acta Hort. Petrop. XVII, 20 (1899) ; Komarov in
Acta Hort. Petrop. XXII, 328 (1903) ; Schneider in Bull.
Herb. Boiss. 2 sér. V, 655 (1905) ; Nakai, Fl. Kor. I, 42 (1909),
Chosen-Shokubutsu I, 87 f. 87 (1914) ; Bean, Trees & Shrubs
I, 248 fig. (1914) ; Mori, Enum. Cor. Pl. 163 (1922).

Berberis sinensis var. *angustifolia* Regel in Acta Hort. Petrop.
II, pt. 2, 416 (1873) ; Franchet in Nouv. Arch. Mus. Paris 2
sér. V, 178 (1882), Pl. David. I, 26 (1884) ; Schelle in Pareys
Blumengärtn. 7 Lief. 618 (1931).

Berberis sinensis forma *weichangensis* Schneider in Sargent, Pl.
Wils. I, pt. 3, 372 (1913).

Berberis sinensis var. *weichangensis* Schneider, l. c. in nota sub
Berberis Purdomii

Berberis sinensis Desfontaines quæ ex hac specie separanda foliis
oblongis vel fere obovatis instructa est. Hæc varietas recedit a typo
bracteis brevibus et foliis vetustis subtus glaucinis.

Frutex circ. 1–1.5 m. altus. Ramus diffusus rubro-castaneus vel
purpureo-castaneus longitudine angulato-sulcatus. Spinæ simplices vel
trifidæ 2–5 mm. longæ. Folia in ramulis brevibus fasciculata glabra
oblanceolata vel lineari-oblanceolata integerrima vel superiore pauci-
dentata margine leviter recurva 30–60 mm. longa 1.5–13 mm. lata supra
viridia nitida infra glaucina reticulato-venosa apice acuta vel mucro-
nata rarius obtusa basi longe attenuata. Inflorescentia cernua in
speciminibus Koreanis adhuc ignota sed in speciminibus Manshuricis
cum pedunculo circ. 3 cm. longa ; bracteæ 1.5–2 mm. longæ angustæ
interdum trifidæ ; pedicelli cernui circ. 5 mm. longi glabri apice parce
incrassati ; flores flavi ; sepala 6 biserialia, exteriora minima squamosa,
interiora 3 majora obovata 3–4 mm. longa ; petala 6 sepalis interioribus
minora obovata basi longitudine 2-glandulosa ; stamina 6 ; pistillum
2 mm. altum. Infructescentia cum pedicello 3–5.5 cm. longa. Bracteæ
lanceolato-acuminatæ 1–2 mm. longæ. Pedicelli 3–7 mm. longi. Bacca
oblonga coccinea 9–11 mm. longa.

Nom. Jap. *Tômegi*.

Hab.

Heihoku : Igen (H. IMAI n. 250, Aug. 1912 fruct. semimat.) ; in monte Hakuhekizan, Unzan (T. ISHIDOYA n. 48, Sept. 1912, fruct. mat.) ; Sozan (T. NAKAI n. 2014, Jun. 1914, fruct. jun.) ; Syôzyô (T. SAWA-DA) ; Syôzyô Yûmen (T. SAWADA) ; Sakusyû Gainanmen (T. SAWA-DA).

Distr. Amur, Manshuria, Jehol, Chili.

The type of *Berberis Poiretii* is a peculiar form with elongated bracts and simple spines. It is not *Berberis sinensis β. angustifolia* REGEL, nor the form which J. D. HOOKER had illustrated in Botanical Magazine t. 6573 under the name of *Berberis sinensis*, or the ordinary form in North China, Manchuria, and North Korea. Forma *weichangensis* SCHNEIDER is this ordinary form. I regret that the name of this Chinese *Berberis* has been intentionally changed to *Berberis Poiretii* from *B. sinensis* while the latter has good synonyms such as *Berberis spathulata* SCHRADER, *B. Guimpeli* KOCH & BOUCHÉ, *B. serotina* LANGE.

Berberis sect. **Vulgares** SCHNEIDER in Bull. Herb. Boiss. 2 sér, V, 660 (1905).

Folia decidua, semper spinuloso-serrata. Flores racemosi, rarissime fasciculati. Species 20 in Asia et Europa restrictæ, quarum 2 in Korea indigenæ sunt.

Berberis amurensis RUPRECHT

(Tab. V)

Berberis amurensis RUPRECHT in Bull. Acad. Imp. Sci. St. Pétersb. XV, 260 (1857), in Mél. Biol. II, 517 (1857) ; MAXIMOWICZ, Amur. 32 (1859) ; FR. SCHMIDT in Mém. Acad. Imp. Sci. St. Pétersbourg 7 sér. XII, no. 2, 33 (1868) ; LAVALLÉE, Arb. Segrez. 13 (1877) ; KOMAROV in Acta Hort. Petrop. XXII, 329 (1903), Fl. Mansh. II, 329 (1904) ; SCHNEIDER, Illus. Handb. Laubholzk. I, 315 fig. 200 h-m. (1905), in Bull. Herb. Boiss. 2 sér. V, 665 (1905) ; REHDER & CARD in BAILEY, Cyclop. Americ. Hort. I, 154 (1900), excl. var. *japonica* ; REHDER in BAILEY, Stand. Cyclop. Hort. I, 489 (1914) ; BEAN, Trees & Shrubs, I, 252 (1914) ; NAKAI, Chosen-Shokubutsu I, 88 f. 82 (1914), Veget, Chirisan 32 (1915), Veget. Diamond Mts. 142 (1918) ; MORI, Enum. Cor. Pl. 163 (1922) ; REHDER, Manual 249 (1927).

Syn. *Berberis vulgaris* (non LINNAEUS) REGEL in Mém. Acad. Imp.
Sci. St. Pétersb. 7 sér. IV, no. 4, 14 (1861); FORBES & HEMS-
LEY in Journ. Linn. Soc. XXIII, 32 (1886).

Berberis vulgaris var. *amurensis* RUPRECHT apud REGEL, 1. c;
Pl. Radd. I, 126 (1862), in Acta Hort. Petrop. II, pt. 2, 414
(1873); FRANCHET in Nouv. Arch. Mus. Paris 2 sér. V, 177
(1882), Pl. David. I, 25 (1884).

Berberis amurensis REGEL apud KOCH, Dendrol. I, 396 (1869), in
nota sub *B. vulgaris*.

Berberis vulgaris var. *japonica* (non REGEL) FRANCHET & SAVA-
TIER, Enum. Pl. Jap. II, 273 (1876); T. ITO in Journ. Linn.
Soc. XXII, 427 (1887); NAKAI, Fl. Kor. I, 42 (1909).

Berberis vulgaris f. *amurensis* KORSCHINSKY in Acta Hort. Pet-
rop. XII, 302 (1892).

Frutex 1–3 metralis altus. Cortex cinereus longitudine sulcatus.
Truncus usque 5 cm. latus. Spinæ 3–5 partitæ subulatæ divaricatæ
1–3.5 cm. longæ. Folia in ramulis brevibus fasciculata oblonga vel
obovato-oblonga basi in petiolos breves attenuata apice acuta vel ob-
tusiuscula vel obtusa vel rotundata margine spinuloso-serrulata 12–130
mm. longa 4–47 mm. lata supra opacis venis sæpe impressis, subtus
nitida vel subspinosa venis elevatis reticulatis. Inflorescentia in apice
ramulorum terminalis arcuato-dependens glabra cum pedunculo 30–80
mm. longa racemosa densiflora. Sepala 6, exteriora 3 oblongo-lan-
ceolata circ. 1 mm. longa, interiora 3 subrotundata concava 4–6 mm.
longa flavida. Petala 6 obovata intus basi longitudine 2–glandulosa.
Stamina 6. Pistillum 2–2.5 mm. longum. Stigma umbonatum sessile.
Bacca oblonga vel ellipsoidea 8–12 mm. longa coccinea.

Nom. Jap. *Ôba-megi*.

Hab.

Zennan: in montibus Chirisan (T. NAKAI, no. 619, Jul. 1913); ibidem
(YANAGIDA).

Keinan: in montibus Kayasan (T. ISHIDOYA n. 5011).

Keiki: in monte Nanzan, Keizyô (N. OKADA, Maio 1908, florif.).

Kôgen: Tchôenri (T. UCHIYAMA, Aug. 1902, florif.); in montibus Kon-
gôsan (T. NAKAI, n. 5442, Aug. 1916; n. 5443, Aug. 1916, fructif.);
ibidem (TEI DAN GEN); in monte Taihakusan (T. ISHIDOYA n. 5569);

in monte Setugakusan (T. Ishidoya, n. 6336) ; ibidem (T. Nakai, n. 17405–6, Jul. 1936).

Heinan : Zyônandô (T. Mori, Jul. 1916) ; Yôtoku (Y. Takaiti) ; Toksan Taikyokumen (T. Kondo n. 94) ; Kaisen-Tokusan (T. Ishidoya) ; Shinseimen (S. Kobayashi) ; Shasô (legitor ?) ; in monte Rôrinsan (K. Okamoto) ; in promontorio Kenzanrei (T. Ishidoya n. 4288) ; in monte Shôhakusan (T. Ishidoya, n. 4289).

Heihoku : in monte Hiraihô (T. Nakai, n. 2013, Jun. 1914, florif.) ; in monte Takudôzan, Kôkai (T. Nakai n. 2015, Jul. 1914, fructif.) ; Unzan (H. Imai n. 142, Aug. 1912) ; Kôtiri, Kôkai (M. Furumi n. 482, Sept. 1917, fructif.) ; in monte Hinantokuzan (S. Fukubara n. 1319) ; Sosan-Hanmen (S. Fukubara n. 1087) ; in monte Takkakusan (T. Sawada).

Kannan : Shinpo (T. Nakai, Jun. 1909) ; in monte Sôdenrei (T. Nakai n. 1504, Jul. 1914, fruct. immat.) ; Fusenkôgen (T. Nakai n. 15464, Aug. 1935) ; Matenrei (A. Misima, Jul. 1902, florif.) ; Seikosin (T. Nakai, Jun. 1909, fruct. immat.) ; inter Hôtaizan et Kyokôrei (T. Nakai n. 2017, Aug. 1914, fructif.) ; in monte Sisuizan (Tei Dai Gen) ; in monte Syûai-zan (S. Fukubara) ; Fukeimen Kôzan (S. Gotô) ; Teihei (Kin Sô Kan) ; in montibus Ouensan (U. Faurie n. 219, Aug. 1901) ; ibidem (U. Faurie n. 539, Aug. 1906) ; in monte Senbutusan (T. Nakai, n. 17074, Jul. 1936).

Kanhoku : Tôtidi, Kyôzyô (T. Nakai n. 7053, Jul. 1918) ; ibidem (T. Nakai n. 7052, Jul. 1918, fructif.) ; Seisin (T. Nakai n. 2012, Sept. 1914, fructif.) ; Zyô-u-nanmen, Meisen (S. Fukubara n. 1761) ; in monte Sôzan (Tei Dai Gen n. 769) ; Funei-Fukyomen (Tei Dai Gen n. 1431) ; Kyôzyô Shuhokumen (T. Sawada) ; Meisen-Zyôkomen (T. Kondo n. 408) ; Kissyû-Tyôhakumen (S. Fukubara n. 1763) ; Meisen-Onsuihyô (T. Nakai, n. 7708).

Distr. Ussuri, Amur, Manshuria, Jehol, China, bor., Yeso, Sachalin, Hondo.

Berberis amurensis var. **latifolia** Nakai (Tab. VI) in Fedde, Repert. Nov. Spec. XIII, 270 (1914); Veget. Diamond Mts. 172 (1918), Veget. Dagelet Isl. 19 (1919) ; Mori, Enum. Corean Pl. 163 (1922).
Folia rotundata vel late elliptica. Flores densissima.

Nom. Jap. *Hiroha-megi.*

Hab.

Dagelet : Dôdô (T. NAKAI n. 4291, Jun. 1917, fruct. immat.) ; in monte
Mirokuhô (T. NAKAI n. 4292, Jun. 1917, florif.) ; Bôrôdai (T. ISHI-
DOYA n. 1542, Jun. 1916, fruct. immat. ; n. 1543, 1544) ; Kigan (K.
OKAMOTO).

Kôgen ; in montibus Kongôsan (legitor ?, fructif.).

Berberis amurensis var. **quelpærtensis** NAKAI, comb. nov.

Syn.   *Berberis quelpærtensis* NAKAI in Tokyo Bot. Mag. XXVII, 31
        (1913), Chôsen Shokubutsu I, 88 (1914), Veget. Isl. Quelpært
        46 (1914).

Frutex vulgo vix 1 m., rarius 1.5 m. altus. Truncus usque 4 cm. latus.
Folia vulgo 1–3 cm. (rarius 4–5 cm.) longa. Inflorescentia circ. 2–3 cm.
longa. Infructescentia 2.5–4 cm. longa.

Nom. Jap. *Saisyû-megi.*

Hab.

Quelpært : Hallasan 1000 m. (T. ISHIDOYA n. 198, Aug. 1912 fructif. ;
typus in Herb. Univ. Imp. Tokyo) ; in sepibus Yengsil 1000 m. (E.
TAQUET n. 546, Aug. 1908) ; in cratere summo montis Hallasan 2000
m. (T. NAKAI n. 924, Maio 1913) ; Hallasan 1000 m. (U. FAURIE n.
1674, Jun. 1907 florif.) ; Hallasan 1500 m. (T. NAKAI n. 4940, Oct.
1917, fructif.) ; Hallasan (T. MORI n. 43, 1911 fructif.).

Berberis koreana PALIBIN

(Tab. VII)

Berberis koreana PALIBIN in Acta Hort. Petrop. XVII, 22 t. I, (1899) ;
SCHNEIDER in Bull. Herb. Boiss. 2 sér. V, 688 in nota sub *Berberidis
japonicæ* (1905), VIII, 261 (1908) ; NAKAI in Journ. Coll. Sci. Tokyo
XXVI, Art. 1, 41 Pl V, fig. B. (1909), XXXI, 436 (1911) ; REHDER
in BAILEY, Stand. Cyclop. I, 490 (1914) ; NAKAI, Chôsen Shokubutsu
I, 88 fig. (1914) ; REHDER, Manual 248 (1927) ; NAKAI, Kôryô 35
(1932).

Frutex circ. 1–2.5 m. altus. Truncus usque 2.5 cm. latus. Cortex
trunci cinereo-fuscescens longitudine varie sulcatus. Ramuli rubri vel
rubro-castanei vel purpureo-rubri longitudine sulcati glabri. Folia

turionum inferiora rotundata vel ovato-rotundata, petiolis 5–45 mm. longis, laminis 25–70 mm. longis 15–69 mm. latis argute serratis supra glabris nitidis infra glaucis venosis, superioribus sessilibus acuminatissime spinoso-multilobatis textu foliaceis 20–30 mm. longis. Folia ramorum elongatorum crassum 3–7 lobata, lobis reflexis vel minoribus erectis spinosis. Folia ramorum brevium fasciculata oblonga vel obovata majora tantum petiolata, chartacea apice obtusa margine spinulososerrata basi cuneata, supra viridia sed in autumno pulchri-erubescentia, infra primo pruinosa deinde albescentia venosa. Racemus in apice ramulorum brevium terminalis solitarius nutans 35–60 mm. longus glaber, axi angulata. Bracteæ 1–2 mm. longæ oblongæ aristatæ. Pedicelli 5–7 mm. longi. Sepala 2-serialia 6, exteriora 3 minora elliptica 1–2 mm. longa, interiora majora late obovata vel rotundato-obovata concava 5–7 mm. longa. Petala 6 obovato-oblonga 4–5 mm. longa. Stamina 6. Bacca rubra sphærica 10 mm. longa.

Nom. Jap. *Tyôsen-megi.*

Hab.

Keiki: in monte Hokkanzan (vel Pauck-san) (A. SONTAG, Maio 1894, florif.—Syntype); ibidem (T. UCHIYAMA, Oct. 1900 fructif.); Kôryô (T. MORI n. 134, Jun. 1912, florif.); ibidem (T. NAKAI n. 2018, Maio 1914, florif. & fructif.); ibidem (T. ISHIDOYA n. 1539–1541, 2386); in monte Butuganzan (T. ISHIDOYA); in monte Kagakusan (T. SAWADA); in monte Kangakusan (T. ISHIDOYA n. 1538); Aken (Y. YAMASHITA).

Kôgen: Kanhatkok (T. UCHIYAMA, Aug. 1902, fructif.); Hok-ton-si (T. UCHIYAMA, Aug. 1902, fructif.); Shun-sen (legitor?).

Kannan: in montibus Genzan (vel Ouensan) (U. FAURIE, Aug. 1901); in monte Syû-ai-zan (S. FUKUBARA).

Planta endemica!

Berberis koreana var. **ellipsoidea** NAKAI, var. nov.

Fructus·ellipsoideus. Cetera ut typica.

Nom. Jap. *Nagami-no-Tyôsen-megi.*

Hab.

Kôgen: in silvis montis Tchôsimonzan, Kenfuturô (T. NAKAI, n. 14116, Aug. 1929, fructif.).

Berberis koreana var. **angustifolia** NAKAI, var. nov.

Folia oblonga-lanceolata distincte petiolata, petiolis 5–25 mm. longis. Fructus ellipsoideus.

Nom. Jap. *Hosoba-no-Tyôsen-megi.*

Hab.

Kôgen : in silvis Kenfuturô (T. NAKAI, n. 14114, typus, Aug. 1929, fructif.).

海桐花科

PITTOSPORACEAE

(1) 主要ナル引用書類

著者名	書名及論文ノ題目ト其出版年代

AITON, W. T.

(1) *Pittosporum*, in Hortus Kewensis ed. 2, 27–28 (1811).

BAILLON, H.

(2) *Saxifragaceæ — Pittosporeæ*, in Histoire des Plantes III, 443–445 (1872).

BARTLING, F. T.

(3) *Pittosporeæ*, in Ordines Naturales Plantarum 377–378 (1830).

BEAN, W. J.

(4) *Pittosporum*, in Trees & Shrubs hardy in the British Isles II, 196–198 (1914).

BENTHAM G. & HOOKER, J. D.

(5) *Pittosporeæ*, in Genera Plantarum I, pt. 1, 130 –133 (1862).

BROWN, R.

(6) *Pittosporeæ*, in M. FLINDER'S, A Voyage to Terra Australis II, appendix, General remarks, geographical and systematical, on the Botany of Terra Australis 542 (1814).

DAVY, J. B.

(7) *Pittosporum*, in BAILEY, Cyclopedia of American Horticulture III, 1360–1361, fig. 1836–1837 (1901).

DE CANDOLLE, A. P.

(8) *Pittosporeæ*, in Prodromus Systematis Naturalis Regni Vegetabilis I, 345–348 (1824).

DE LAMARCK, J. B. A. M.

(9) *Fusain odorant*, in Encyclopédie Méthodique II, 574 (1786).

DON, G.

(10) *Pittosporeæ*, in A General History of Dichlamydeous Plants I, 372–375 (1831).

EICHLER, A. W.

(11) *Pittosporaceæ*, in Blüthendiagramme II, 369–370 (1878).

ENDLICHER, S.

(12) *Pittosporeæ*, in Genera Plantarum 1081–1083 (1840).

GÆRTNER, J.

(13) *Pittosporum*, in de Fructibus & Seminibus Plantarum I, 286 t. 59 f. 7 (1788).

GAGNEPAIN, F.

(14) *Pittosporacées*, in LECOMTE, Flore Générale de L'Indo-Chine I, 237–242 (1909).

GRAY, A.

(15) *Pittosporum Brackenridgei, P. tobiroides, P. rhytidocarpum, P. confertiflorum*, in Atlas, Botany, Phanerogamia I, 19 (1857).

HALL, H. M.

(16) *Pittosporum*, in BAILEY, The Standard Cy-

clopedia of Horticulture V, 2653–2655 fig. 2988–2989 (1916).

Hooker, J. D. & Thomson (17) *Pittosporeæ*, in Flora of British India I, 197–200 (1872).

Koorders, S. H. (18) *Pittosporaceæ*, in Excursionsflora von Java II, 308–310 (1912).

Lindley, J. (19) *Pittosporeæ*, in An Introduction to the Botany 138–139 (1830).

(20) *Pittosporaceæ*, in A Natural System of Botany 31–32 (1836).

(21) *Pittosporaceæ*, in Vegetable Kingdom ed. 1, 441–442 (1846).

(22) *Pittosporaceæ*, in Vegetable Kingdom ed. 3, 441–442 (1853).

Meisner, C. F. (23) *Pittosporeæ*, in Plantarum Vascularium Genera I, 16 (1836); II, 47–48 (1843).

Merrill, Elm. D. (24) *Pittosporaceæ*, in An Enumeration of Philippine Flowering Plants II, 221–224 (1923).

Nakai, T. (25) *Pittosporaceæ*, in Chosen Shokubutsu I, 128–130 f. 145 (1914).

Nicholson, G. (26) *Pittosporum*, in The Illustrated Dictionary of Gardening III, 153–154 (1888).

Pax, F. (27) *Pittosporaceæ* in Engler & Prantl, Die Natürlichen Pflanzenfamilien III, 2 a, 106–114 (1891).

Persoon, C. H. (28) *Pittosporum*, in Synopsis Plantarum I, 248 (1805).

Poiret, J. L. M. (29) *Pittospore*, in Lamarck, Encyclopédie Méthodique V, 361–362 (1804).

(30) *Pittosporum*, in Lamarck, Encyclopédie Méthodique Supplement IV, 426–427 (1816).

Pritzel, E. (31) *Pittosporaceæ*, in Engler, Pflanzenfamilien 2 Aufl. 18 a, 265–286 (1930).

Rehder, A. & Wilson, E. H.

(32) *Pittosporaceæ*, in Sargent, Plantæ Wilsonianæ III, pt. 2, 326–330 (1916).

Ridley, H. N. (33) *Pittosporeæ*, in The Flora of the Malay Peninsula I, 135–137 (1922).

Roemer, J. J. & Schultes, J. A.

(34) *Pittosporum*, in Systema Vegetabilium V, 430–432 (1819).

St. Hilaire, J.　　　　　　(35) *Pittosporum*, in Exposition des Familles Naturelles II, 266, (1805).

Schelle, E.　　　　　　　(36) *Pittoporaceæ*, in Pareys Blumengärtnerei, Lief. 8, 725–726 (1934).

Schreber, C. D.　　　　　(37) *Pittosporum*, in Genera Plantarum 150 (1789).

Sims, J.　　　　　　　　(38) *Pittosporum Tobira*, in Curtis, Botanical Magazine XXXV, t. 1396 (Jul. 1811).

Spach, M. E.　　　　　　(39) *Pittosporeæ*, in Histoire Naturelle des Végétaux II, 413–420 (1834).

Sprengel, C.　　　　　　(40) *Pittosporum*, in Systema Vegetabilium V, 430–432 (1819).

Wight, R. & Arnott, G. A. W.

　　　　　　　　　　　(41) *Pittosporeæ*, in Prodromus Floræ Peninsulæ Indiæ orientalis I, 153–154 (1831).

---

(2)　朝鮮産海桐花科植物研究ノ歴史ト其効用

1886 年 5 月 英國ノ W. B. Hemsley 氏ガ The Journal of the Linnæan Society 第 23 巻ニ C. Wilford 氏採集ノ巨文島産ノとびらのきヲ記ス。

1899 年 露國ノ J. Palibin 氏ハ Acta Horti Petropolitani 第 17 巻ニ同種ヲ記ス。

1909 年 中井猛之進ハ Flora Koreana 第 1 巻ニ同種ヲ記ス。

1914 年 中井猛之進ハ濟州島植物調査報告 及び莞島植物調査報告ニ各同種ヲ記ス。

1914 年 中井猛之進ハ朝鮮植物第 1 巻ニ同種ヲ記載圖示セリ。

1922 年 森爲三氏ハ朝鮮植物名彙ニ同種ヲ記ス。

1930 年 獨乙國ノ E. Pritzel 氏ハ Pflanzenfamilien 第 2 版 18 a 中ニ同種ヲ記ス。

朝鮮ニハ本科ニハ唯とびらのきアルノミ、內地ニアリテハもつこく、まるばしやりんばい等ト共ニ庭園樹ニ用キラレテ居ルガ朝鮮ハ氣候ガ寒イカラ東萊、釜山、鎭海、麗水、木浦等ノ慶南、全南ノ南岸地方デナクテハ庭園ニ植エテモ枯レテシモウ。生木ヲ薪木ニスル爲メニ斧デ割ルト一種謂フニ云ハレヌ不快ナ臭氣ヲ發シ甚ダシイ場合ハ斧ヲ放棄スル迄ニナル。其故內地デハ昔カラ惡魔除ニ用ヒ節分ニ門扉ノ傍ニ其枝ヲ立テタモノデアル。「扉の木」ノ名ハ之ニ起因シテ居ルガ其異樣ノ惡臭ノ爲メとべらトモ云フ。

其惡臭ノ何物デアルカハ未ダ誰モ研究シタ事ハナイ。

　大木ニナラヌカラ薪ニスル外用途ハナイガ南部ノ海岸林ノ一要素デアリ、つばき、まさき、ひさかき、しやりんばい、ナドト共ニ防風、砂止ノ用ヲナス。

(3)　朝鮮産海桐花科植物ノ記相文

海桐花科

　灌木又ハ喬木、直立又ハ纏卷性、無毛又ハ有毛、葉ハ互生、托葉ナク、有柄、全緣又ハ鋸齒アリ、花ハ兩全花、繖房花序又ハ圓錐花叢ヲナシ又ハ單獨、直立又ハ下垂シ、有柄、整正又ハ少シク歪形、蕚片5個緣ハ重ナリ。離生又ハ基ガ相癒合ス。花瓣ハ5個蕚片ト互生シ白色、黄色又ハ紅色、又ハ碧色相重ナリ、通例基ハ爪狀ニトガル。雄蕊ハ5個花瓣ト互生離生、花絲ハ絲狀又ハ稍幅廣シ、葯ハ內向2室丁字形ニツキ縱裂ス。子房ハ2-5個ノ心皮ニテ成リ一室又ハ不完全ノ2-5室、側膜胎坐ニハ2列ノ倒生卵子アリ、果實ハ胞背裂開稀ニ胞間裂開シ又ハ全然裂開セズ、皮ハ硬シ、種子ハ通例多數稀ニ唯1個ニシテ假種皮アルモノアリ、胚乳ハ堅シ。胚ハ極メテ小サク臍ノ近クニアリテ幼根ハ下ニ向フ。

　9屬ニ屬スル200餘種アリテ主トシテ熱帶、半熱帶地方ニ產ス。朝鮮ハ南部ニ唯一種自生ス。

とびらのき屬

　灌木又ハ喬木、葉ハ2年生互生通例枝ノ先ニ密生シ有柄通例全緣托葉ナシ、花序ハ頂生又ハ側生苞アリ、繖房、繖房狀圓錐花叢、總狀、又ハ頭狀、又ハ唯1花ヲツク、蕚片ハ5個離生又ハ基ガ相癒合ス。花瓣ハ5個基部相重ナル。雄蕊ハ5個子房ノ基ニツキ花絲ハ細ク葯ハ丁字形ニツキ2室內向、子房ハ無柄又ハ短柄ヲ有シ1室2-5個ノ側膜胎坐ヲ有ス。花柱ハ長シ、柱頭ハ平板狀又ハ2-5叉ス。果實ハ2-5個ノ辨ニ割レ又ハ裂開セズ木質ナリ。種子ハ平滑粘質ナリ。

　阿弗利加洲、マダガスカル島、東印度、馬來、東亞、濠洲、ニュージーランド、ニューギニア、ポリネシア、布哇等ニ亙リ約170種程記載サレ居レドモ其特徵種々ニシテ明ニ數個ノ屬ニ區分スベキモノ、如シ。朝鮮ニハ唯1種アルノミ。

とびらのき

（朝鮮名）　トンナム、ピトンナム（濟州島）、
　　　　　ケボートルナム（莞島）

（第 VIII 圖）

灌木又ハ小喬木朝鮮ニテハ高サ 2-5 m. ニ達シ分枝甚シ、葉ハ 2 年生ニ
シテ小枝ノ先ニ集生シ枝ノ上ニ出ヅルトキハ疎ニ相離レテ付ク有柄、若キ
時ハ白キ毛ニテ密ニ被ハルレトモ後早ク無毛トナル。葉柄ハ長サ 2-12
mm. 基脚ハ幅廣シ、葉身ハ長橢圓形又ハ倒卵長橢圓形又ハ倒卵形、長サ
20-90 mm. 幅 10-30 mm. 表面ハ深緑色ニシテ光澤アリ裏ハ淡緑色、縁ハ
多少外ニ反ル。花序ハ枝ノ先端ニツキ繖房花序ヲナシ始メ密毛ニ被ハレ花
時ニハ微毛トナル。花ハ香氣ニ富ム。萼片ハ 5 個緑色基ハ相癒合シ相重リ
凋落セズ、卵形又ハ長橢圓卵形長サ 2-5 mm. 外面ハ微毛アリ縁ニハ鬚毛
アリ、花瓣ハ 5 個白色ナレドモ後黄色トナリ長サ 8-12 mm. 倒卵長橢圓
形、基部ハ相寄リ相重ナル。央以上ハ外ニ反ル。花後凋落ス。雄蕊ハ 5 個
花瓣ト互生シ長サ 7-8 mm. 花瓣ト共ニ落ツ、花絲ハ廣針形白色、葯ハ黄
色卵形長サ 2 mm. 花柱ハ柱狀長サ 3 mm. 白色、柱頭ハ不明亮ニ 3 角形
ヲナシ粘質ナリ。子房ハ卵形又ハ廣紡綞狀密白毛アリ、3 個ノ心皮ヨリ成
リ 1 室 3 個ノ側膜胎坐ヲ有ス。果實ハ球形直徑約 15 mm. 永存性ノ花柱ヲ
頂キ成熟時ニハ胞背裂開ス。種子ハ長サ 5-7 mm. 帶紅色粘質ナリ。

濟州島、全南（巨文島、靑山島、甫吉島、莞島、珠島、梅加島、艾島、突
山島、木浦）、慶南（南海島、巨濟島、東萊海雲臺、機張面竹島）ニ産ス。

（分布）對馬、壹岐、九州、屋久島、四國、本州中部以南、豆南列島、八
丈島、靑ケ島、支那（江蘇省）。

琉球及ビ臺灣ニ本種ガ産スル如ク記シアレドモ何レモ別種ナリ。其記相
文ハ歐文欄ヲ參照スベシ。

Pittosporaceæ LINDLEY, Nat. Syst. Bot. 31 (1836) ; Veg. Kingd. ed.
1, 441 (1846) ; ed. 3, 441 (1853) ; AGARDH, Theor. Syst. Pl. 196 (1858) ;
EICHLER, Blüthendiagr. II, 369 (1878) ; Pax in ENGLER & PRANTL,
Nat. Pflanzenfam. II, 2 a, 106 (1891) ; KOORDERS, Excursionsfl. Java II,
308 (1912) ; PRITZEL in ENGLER, Pflanzenfam. 2 Aufl. 18 a, 265 (1930).
Syn.　*Cisti* III, *Sect.* ADANSON, Fam. Pl. II, 447 (1763), pro parte.

　　　Rhamneæ J. ST. HILAIRE, Exposit. Fam. Pl. II, 264 (1805), pro
　　　parte.

　　　Pittosporeæ R. BROWN in FLINDER's Voy. II, appendix 542
　　　(1814) ; A. P. DE CANDOLLE, Prodr. I, 345 (1824) ; BARTLING,

Ord. Nat. Pl. 377 (1830); LINDLEY, Introd. Bot. 138 (1830);
G. DON, Gen. Hist. Dichlamy. Pl. I, 372 (1831); WIGHT & AR-
NOTT, Prodr. Fl. Penins. Ind. Orient. I, 153 (1831); SPACH
Hist. Végét. II, 413 (1834); MEISNER, Pl. Vasc. Gen. I, 66
(1836); ENDLICHER, Gen. Pl. 1081 (1840); BENTHAM & HOOKER,
Gen. Pl. I, pt. I, 130 (1862); HOOKER & THOMSON in HOOKER,
Fl. Brit. Ind. I, 197 (1872).

Saxifragacées—Pittosporeæ Baillon, Hist. Pl. III, 443 (1872).

Frutices vel arbores, erecti vel volubiles, glabri vel tomentosi. Folia
alterna exstipullata petiolata, integra vel dentata. Flores hermaphroditi
vel abortive polygami corymbosi vel paniculati vel solitarii, erecti vel
nutantes, pedicellati, regulares vel paulo obliqui. Sepala 5, imbricata,
libera vel basi connata. Petala 5 sepalis alterna, alba, flava, vel
erubescentia, vel cærulea imbricatia, vulgo basi unguiculata. Stamina
5 petalis alterna libera; filamenta filiformia vel plus minus dilatata;
antheræ 2-loculares introrsæ versatiles rima longitudinali deniscentes.
Ovarium ex carpidiis 2-5 constitutum uniloculare vel imperfecte 2-5
loculare; placenta parietalia. Ovula 2-serialia anatropa. Fructus lo-
culicide rarius septicide dehiscens, vel indehiscens tum durus, vel
coriaceus vel drupaceus. Semina ∞, rarıus 1, nunc arillata. Al-
bumen durum. Embryo minimus circa hilum positus; radicula infera.

Genera 9, species circ. 200 in regionibus tropicis vel subtropicis
rarius temperatis incola. In Korea tantum species unica indigena.

Pittosporum BANKS ex sched. SOLANDRI in GÆRTNER, Fruct. &
Semin. Pl. I, 286 t. 59 (1788); SCHREBER, Gen. Pl. 150 n. 379 (1789);
J. ST. HILAIRE, Exposit. Fam. II, 266 (1805); PERSOON, Syn. Pl. I,
248 (1805); A. P. de Candolle, Prodr. I, 346 (1824); G. Don, Gen.
Hist. Dichl. Pl. I, 373 (1831); WIGHT & ARNOTT, Prodr. Fl. Penins.
Ind. Orient. I, 153 (1831); SPACH, Hist. Végét. II, 416 (1834); END-
LICHER, Gen. Pl. 1082 n. 5661 (1840); BENTHAM & HOOKER, Gen. Pl.
I, pt. I, 131 (1862); HOOKER & THOMSON in HOOKER, Fl. Brit. Ind.
I, 198 (1872); BAILLON, Hist. Pl. III, 443 (1872); PAX in ENGLER &
PRANTL, Nat. Pflanzenfam. III, 2 a, 110 (1891); GAGNEPAIN in LE-
COMTE, Fl. Général Indo-Chine I, 237 (1909); KOORDERS, Excursionsfl.
II, 308 (1912); PRITZEL in ENGLER, Nat. Pflanzenfam, 2 Aufl. 18 a

273 (1930).

Syn. *Tobira* ADANSON, Fam. Pl. II, 449 (1763).

 Evonymus pro parte. MURRAY, Syst. Veget. ed. 14, 238 (1784);
  PERSOON, Syst. Veget. ed. 15, 249 (1797); WILLDENOW, Sp.
  Pl. I, pt. 2, 1130 (1799); PERSOON, Syn. Pl. I, 243 (1805).
 Euonymus pro parte. GMELIN, Syst. Nat. II, pt. I, 300 & 407
  (1791).

Frutices vel arbores, sempervirentes. Folia alterna sæpe in apice ramulorum congesta petiolata vulgo integra, exstipullata. Inflorescentia terminalis vel lateralis bracteata. Flores corymbosi, corymboso-paniculati, racemosi, vel capitati, vel solitarii. Sepala 5 libera vel basi coalita. Petala 5 imbricata. Stamina 5 hypogyna; filamenta angusta; antheræ versatiles 2-loculares introrsæ. Ovarium sessile vel breviter stipitatum, uniloculare, placentis parietalibus 2-5. Styli elongati. Stigma discoideum vel 2-5 lobulatum. Capsula valvis 2-5 lignosis, vel indehiscens. Semina lævia viscosa.

Species circ. 170 in Asia orientali, Malesia, India, Australia, N. Zealandia, N. Guinea, Polynesia, Hawii, Madagascar & Africa incolæ. In Korea tantum species unica est indigena.

The classification of this genus remains still in the condition of Linnæan age, and a new critical classification is necessitated.

Pittosporum Tobira AITON
(Tab. VIII)

Pittosporum Tobira AITON, Hort. Kew. ed. 2, II, 27 (1811); SIMS in CURTIS, Bot. Mag. XXXIV, t. 1396 (1811); DONN, Hort. Cantab. 7 ed. 63 (1812); SWEET, Hort. Suburb. Lond. 46 (1818); ROEMER & SCHULTES, Syst. Veget. V, 430 (1819); LINK, Enum. Pl. Hort. Berol. I, 233 n. 2235 (1821); TRATTINICK, Ausw. Gartenpfl. II, t. 167 (1821); STEUDEL, Nomen. Bot. ed. 1, I. 628 (1821); A. P. DE CANDOLLE, Prodr. I, 346 (1824); SPRENGEL, Syst. Veget. I, 791 (1825); SWEET, Hort. Brit. 2 ed. 48 (1830); G. DON, Gen. Hist. Dichl. Pl. I, 373 (1831); SPACH, Hist. Végét. II, 417 (1834); DIETRICH, Neu. Nachtrag Voll. Lex. VII, 44 (1837); LOUDON, Arb. & Frutic. Brit. I, 358 f. 82 (1838); STEUDEL, Nomen. Bot. 2 ed. II, 347 (1841); SIEBOLD & ZUCCARINI in Abh. Muench. Akad. IV, 2, 152 (1845); KIRCHNER, Arb. Musc. 177

(1864) ; FRANCHET & SAVATIER, Enum. Pl. Jap. I, 44 (1874) ; MATSU-
MURA, Nippon Shokubutsumeii 141 (1884), Cat. Pl. Herb. Coll. Sci.
Imp. Univ. 19 (1886) ; FORBES & HEMSLEY in Journ. Linn. Soc. XXIII,
58 (1886) ; OKUBO, Cat. Pl. Bot. Gard. Imp. Univ. 22 (1887) ; NICHOL-
SON, Illus. Encyclop. Gard. III, 154 (1888) ; PAX in ENGLER & PRANTL,
Nat. Pflanzenfam. III, 2 a, 111 (1891) ; MATSUMURA, Shokubutsu Meii
220 (1895) ; PALIBIN in Acta Hort. Petrop. XVII, 37 (1899) ; SHIRA-
SAWA, Icon. Ess. Forest. Pl. Jap. I, Pl. 75 f. 14–27 (1900) ; MATSUDA
in Tokyo Bot. Mag, XX, [106] (1906) ; NAKAI, Fl. Kor. I, 74 (1909) ;
MATSUMURA, Ind. Pl. Jap. II, 2, 192 (1912), excl. specim. ex Liukiu &
Formosa ; NAKAI, Chosen Shokubutsu I, 129 f. 145 (1914), Veget. Isl.
Quelpært 51 (1914), Veget. Isl. Wangto 8 (1914) ; BEAN, Trees &
Shrub. Brit. Isl. II, 197 (1914) ; HALL in BAILEY, Stand. Cyclop. V,
2654 (1916) ; MORI, Enum. Pl. Cor. 187 (1922) ; MAKINO, Shokubutsu
Dzukwan 1070 f. 2080 (1925) ; MAKINO & NEMOTO, Fl. Jap. 845 (1925),
ed. 2, 452 (1931) ; SCHELLE in PAREYS Blumengärtn. 725 (1934).
Syn. *Tobira* KÆMPFER, Amoen. Exot. 796 (1712).

Tobera, Kæmpfer, l. c. in fig. in 798.

Evonymus Tobira THUNBERG in Nova Acta Reg. Soc. Sci. Upsal.
III, 28 (1780), Fl. Jap. 99 (1784) ; PERSOON, Syst. Veget. ed.
15, 249 (1797) ; WILLDENOW, Sp. Pl. I, pt. 2, 1130 (1799) ;
DIETRICH, Vollst. Lexic. Gärtn. & Bot. IV, 117 (1804) ; PER-
SOON, Syn. Pl. I, 243 (1805).

Evonymus tobira THUNBERG jap. mspt. ex Murray, Syst. Veget.
ed. 14, 238 (1784) ; LAMARCK, Encyclop. Méthod. II, 574
(1786) ; VITMAN, Summa Pl. II 33 (1789).

Euonymus Tobira THUNBERG apud GMELIN, Syst. Nat. II, pt. I,
407 (1791).

Celastrus tobira THUNBERG, Pl. Jap. Nov. Sp. 6 (1824).

Pittosporum tobira AITON apud MIQUEL in Ann. Mus. Bot. Lugd.
Bat. III, 108 (1867), Prol. 272 (1867) ; K. ITO, Cat. Pl. Koishi-
kawa Bot. Gard. 11 (1877) ; PRITZEL in ENGLER, Nat. Pflan-
zenfam. 2 Aufl. 18 a, 279 (1930), excl. syn. *P. boninense* & *P.
parvifolium*.

Pittosporum Tobira ʹDRYANDER apud DAVY in BAILEY, Cyclop.
Americ. Hort. III, 1361 (1901).

Frutex vel arborescens, in Korea usque ad 2-5 m. alta, ramosissima. Folia biennia in apice ramulorum conferta, supra ramos alterna distantia, petiolata, juventute pilis albis tomentosa sed mox glabrescentia; petioli 2-12 mm. longi basi dilatati; laminæ oblòngæ vel obovato-oblongæ vel obovatæ 20-90 mm. longæ 10-30 mm. latæ supra viridissimæ nitidæ infra pallidæ, margine plus minus reflexa sæpe subrevolutæ. Inflorescentia in apice ramorum hornotinorum terminalis corymbosa primo lanata sed sub anthesin pilosa. Flores suaveolentes. Sepala 5 basi coalita, imbricata, persistentia ovata vel oblongo-ovata 2-5 mm. longa extus pilosella margine fimbriata. Petala 5 alba sed demum flavescentia 8-12 mm. longa obovato-oblonga basi conniventi-imbricata supra medium reflexa, decidua. Stamina 5 petalis alterna hypogyna 7-8 mm. longa post anthesin decidua; filamenta subulata alba; antheræ flavæ ovatæ 1 mm. longæ. Styli columnales 3 mm. longi albi. Stigmata inconspicue trigonalia papillosa viscida. Ovarium ovoideum vel late fusiforme tomentosum, carpidiis 3 constitutum 1-loculare, placentis 3 parietalibus. Capsula globosa circ. 15 mm. lata, stylis persistentibus coronata, maturitate valvis lignosis tribus loculicide dehiscens. Semina 5-7 mm. longa rubescentia facie viscosa.

Nom. Jap. *Tobira-no-ki*, vel *Tobera*.

Nom. Kor. *Tong-nam*, *Pitong-nam* (Quelpært), *Kebôtol-nam* (Wangtô). Hab.

Quelpært: in latere australe (T. NAKAI n. 4976, Nov. 1917, fructif.); in dumosis inter Taisei & Hôkanri (T. NAKAI n. 144, Maio 1913, florif.); Ryûtanri (T. NAKAI n. 1241, Maio 1913); sine loco speciali (T. MORI n. 60, 1911); sine loco speciali (T. ISHIDOYA n. 278, Aug. 1912, fructif.); in littore (U. FAURIE n. 553, Oct. 1906; n. 568, Maio 1908).

Zennan: insula Kyobuntô (T. NAKAI n. 11335-11336, Maio 1928, florif.); Gyokuto (T. NAKAI, Jun. 1913); ibidem (T. ISHIDOYA n. 1396); insula Totuzantô (T. NAKAI n. 11326, Maio 1928; n. 11325, florif.); insula Kaitô (T. NAKAI n. 11323, Maio 1928); insula Gaira-rôtô (T. NAKAI n. 11324, Maio 1928, fiorif.); insula Baikwatô (ISHIDOYA et TEI n. 3507-3509, Aug. 1919, fructif.); insula Seizantô (T. NAKAI n. 11322, Maio 1928); insula Wangtô (T. ISHIDOYA n. 1295); Moppo (T. UCHIYAMA, Nov. 1900 fructif.).

Keinan : insula Tikutô, Tôrai (T. NAKAI n. 11331–11332, Maio 1928) ;
insula Botantô, Nankai (T. NAKAI n. 11327, Maio 1928) ; Kaiundai,
Tôrai (T. NAKAI n. 11329–11330, Maio 1928) ; Gakenri insulæ Kyo-
saitô (T. NAKAI n. 11320–11321, Maio 1928) ; Sekkyôri, Nankai (T.
NAKAI n. 11328, Maio 1928) ; insula Mugishima circa insulam Kyo-
saitô (T. NAKAI n. 11333–11334, Maio 1928) ; Fusan (T. UCHIYAMA,
Nov. 1900, fructif.).

Distr. Tsusima, Iki, Kiusiu, Yakusima, Sikoku, Hondo, Ins. Hatidjo,
Ins. Aogasima, China (Kiang-su).

The northermost distribution of this species begins from the Pacific
coast of the province of Hitati, Hondo in Japan, and the south end
is the Island of Yakusima south of Kiusiu, and then jumps to the
Eastern China (Prov. Kiang-su). The specimens from Liukiu and
Formosa which had been identified with this represent two new
species.

1) **Pittosporum denudatum** NAKAI, sp. nov.

Syn. *Pittosporum Tobira* (non AITON) ITO & MATSUMURA in Journ.
Coll. Sci. Tokyo XII, 309 (1899) ; MATSUMURA, Ind. Pl. Jap. II,
pt. 2, 192 (1912), pro parte, quoad specimen in Liukiu lectum ;
MAKINO & NEMOTO, Fl. Jap. 845 (1925), excl. specim. ex Hon-
do, Kiusiu, Bonin & Formosa.

Habitu ut *Tobira* sed ramuli et folia ab initio glabra, inflorescentia
pilosella multiflora, flores minores, petala circ. 8 mm. longa (in *Tobira*
11–13 mm. longa).

Nom. Jap. Ryûkyû-Tobira.

Hab.

Ins. Okinawa : Nago (G. NAKAHARA, Apr. 1907–typus floris in Herb.
Imp. Univ. Tokyo) ; circa Shuri (K. MIYAKE, Sept. 1899) ; Idzumi-
zaki (J. MATSUMURA).

Ins. Amami-Ôsima : sine loco speciali (T. UCHIYAMA, Nov. 1900, typus
fructus in Herb. Imp. Univ. Tokyo).

2) **Pittosporum Makinoi** NAKAI, sp. nov.

Syn. *Pittosporum Tobira* (non AITON) HENRY in Trans. Asiat. Soc.
Jap. XXIV, Suppl. 18 (1896) ; MATSUMARA & HAYATA in
Journ. Coll. Sci. Tokyo XXII, 33 (1906) ; HAYATA, Icon. Pl.

Formos. I, 63 (1911); Matsumura, Ind. Pl. Jap. II, pt. 2, 192 (1902), pro parte; Hayata, Gen. Ind. Form. 6 (1916); Kanehira, Formos, Trees 46 cum fig. (1917); Makino & Nemoto, Fl. Jap. 845 (1925), pro parte; Sasaki, List Pl. Formosa 209 (1928); Makino & Nemoto, Fl. Jap. ed. 2, 452 (1931), pro parte; Masamune, Short Fl. Formosa 82 (1936); Kanehira, Formos. Trees ed. 2, 250 f. 194 (1936).

Pittosporum Tobira var. *calvescens* Ohwi in Journ. Jap. Bot. XII, no. 5, 331 (1936).

Habitu ut antea, sed inflorescentia perbrevis tantum 2-5 flora. Ovarium subglabrum. Fructus 1-3 apice acutus.

Frutex ramosissimus. Rami hornotini cum foliis ab initio glaberrimi. Folia biennia in apice ramulorum conferta obovata vel obovato-oblonga vel oblongo-oblanceolata; petioli 2-15 mm. longi supra sulcati; laminæ 13-85 mm. longæ 7-35 mm. latæ, supra lucida viridissima infra pallida nervis inconspicuis. Flores corymbosim 2-5. Axis inflorescentiæ sub lente minute sparsim pilosella. Bracteæ lanceolatæ 1-2 mm. longæ deciduæ. Sepala 5 ovata circ. 3 mm. longa sub lente minute fimbriato-ciliolata. Petala 5 circ. 5 mm. longa glabra; filamenta subulata; antheræ flavæ 2 mm. longæ sagittatæ. Styli 4 mm. longi glabri. Ovarium 3 (2) carpidiatum apice pilosellum. Fructus subglobosus apice acutus diametro 10-15 mm. loculicide 2-3 valvis cum pedicello 15-20 mm. longo. Semina circ. 5 mm. longa.

Nom. Jap. *Takasago-Tobira.*

Hab. in

Formosa: Tansui (T. Makino, type of fruits, Nov. 1896); Shintik (S. Honda, Sept. 1897, fructif.); Kelung (T. Makino, Oct. 1896, fructif.); ibidem (C. Ôwatari, Nov. 1896, fruct.); ibidem (S. Nagasawa, 1903, fructif.); Bôbokusi (S. Nagasawa, type of flowers, Apr. 1903).

錦葵科

MALVACEAE

(1) 主要ナル引用書類

著 者 名	引用セル書名及ビ論文題目ト其出版年代

ADANSON, M.   (1) *Malvæ* in Familles des Plantes II, 390–401 (1763).

BAILLON, H.   (2) *Malvaceæ* in Histoire des Plantes IV, 57–160 (1873).

BARTLING, F. T.   (3) *Malvaceæ* in Ordines Naturales Plantarum 344–346 (1830).

BENTHAM, G. & HOOKER, J. D.

     (4) *Malvaceæ* in Genera Plantarum I, pt. 2, 145–213 (1862).

BLUME, C. L.   (5) *Malvaceæ* in Bijdragen tot de Flora van Nederlandsch Indië 2 stuk 64–79 (1825).

BONPLAND, A.; HUMBOLDT, A.; & KUNTH, C. S.

     (6) *Malvaceæ* in Nova Genera & Species Plantarum V, 197–229 (1821).

CAVANILLES, A. J.   (7) *Sida*, in Monadelphiæ Classes Dissertationes decem I, 1–47, Tab. I–XIII, (1785).

     (8) *Salva*, *Serra* etc. in Monadelphiæ Classes Dissertationes decem II, 43–106 t. XIV–XXXV (1786).

     (9) *Ruizia* etc. in Monadelphiæ Classes Dissertationes decem III, 107-186 t. XXXVI-LXXIV (1787).

CHAPMAN, A. W   (10) *Malvaccæ*, in Flora of the Southern United States 52–58 (1872).

CORRÉA DE SERRA, M.   (11) *Thespesia populnea*, in Annales du Muséum d'histoire naturelle IX, 290–291 Pl. 25 f. 1 (1807).

DE CANDOLLE, A. P.   (12) *Malvaceæ* in Prodromus Systematis Naturalis Regni Vegetabilis I, 429–474 (1824).

DE JUSSIEU, A. L   (13) *Malvaceæ Sect. I–III*, in Genera Plantarum 271–274 (1789).

DE LAMARCK, J. B. A. M. & DE CANDOLLE, A. P.

     (14) *Malvaceæ* in Synopsis Plantarum in Floram Galliam Descriptarum 404–406 (1806).

     (15) *Malvaceæ* in Flore Française IV, pt. 2, 826–838 (1805).

De St. Hilaire, A. & de Jussieu, Adr.

(16) *Malvaceæ* Trib. *Malvæ*, in Flora Brasiliæ meridionalis I, pt. 2, 173–257 (1827).

Dillenius, J. K.

(17) *Urena sinica*, in Hortus Elthamensis II, 430–431, t. 319 (1732); *Malvinda bicornis–M. unicornis*, l. c. 211–217 t. 171–t. 172 fig. 212.

Don, G.

(18) *Malvaceæ*, in General History of Dichlamydeous Plants I, 458–505 (1831)

Eichler, A. W.

(19) *Malvaceæ*, in Blüthendiagramme II, 277–288 (1878).

Endlicher, S.

(20) *Malvaceæ*, in Genera Plantarum 978–986 (1840).

Forbes, F. B. & Hemsley, W. B.

(21) *Malvaceæ*, in The Journal of the Linnæan Society XXIII, 83–89 (1886).

Franchet, A. & Savatier, L.

(22) *Malvaceæ*, in Enumeratio Plantarum Japonicarum I, 62–65 (1874).

Gærtner, J.

(23) *Gossypium—Malviscus*, in De Fructibus & Seminibus Plantarum II, 246–253 t. 134 f. 1–t. 135 f. 3 (1791).

Gagnepain, F.

(24) *Malvacées*, in Lecomte, Flore Générale de L'Indo-Chine I, 397–454 f. 40–44 (1910).

Garcke, A.

(25) Kritische Bemerkungen zu der Familie der *Malvaceen* nebst Beschreibung neuer Arten aus derserben, in Botanische Zeitung VII, 818–825, 833–841, 849–855 (1849).

Grisebach, A. H. R.

(26) *Malvaceæ*, in Flora of the British West Indian Islands 71–87 (1864).

Gürke, M.

(27) *Malvaceæ* II, in Martius, Flora Brasiliensis XII, pt. 3, 458–623 t. 81–114 (1891).

Hochreutiner, B. P. G.

(28) Revision du genre *Hibiscus*, in Annuaire du Conservatoire et du Jardin botanique Génére IV, 23–190 (1900).

Koorders, S. H.

(29) *Malvaceæ*, in Excursionsflora von Java II, 579–588 (1912).

Kunth, C. S.

(30) *Malvaceæ* 3–4 (1822).

Kuntze, O.

(31) *Malvaceæ*, in Revisio Generum Plantarum I, 65–75 (1891).

Linnæns, C.

(32) *Urena–Trionum*, in Genera Plantarum ed. 1, 204–207 (1737).

(33) *Urena–Hibiscus*, in Genera Plantarum ed. 5,

306–310 (1754).

(34) *Columniferæ*, in Prælectiones in Ordines Natureles Plantarum ed. P. D. Giseke, 451–473 (1792).

LINDLEY, J.

(35) *Malvaceæ*, in An Introduction to the Botany 33–34 (1830).

(36) *Malvaceæ*, in A Natural System of Botany 95–97 (1836).

MASTERS, MAXW. T.

(37) *Malvaceæ*, in HOOKER fil, Flora of British India I, 317–353 (1874).

MEISNER, F.

(38) *Malvaceæ*, in Plantarum Vascularium Genera I, 26–27 (1836).

MERRILL, E. D.

(39) *Malvaceæ*, in An Enumeration of Philippine Flowering Plants III, 32–45 (1923).

MIQUEL, F. A. G.

(40) *Malvaceæ*, in Flora Indiæ Batavæ I, 136–164 (1859).

(41) *Malvaceæ*, in Annales Musei Botanici Lugduno-Batavi III, 19–20 (1867).

MOENCH, C.

(42) *Palava–Abutilon*. in Methodus plantas horti botanici et agri Marburgensis 609–620 (1794).

NAKAI T.

(43) *Malvaceæ*, in Flora Koreana I, 101–103 (1909).

(44) *Malvaceæ*, in Flora Koreana II, 454 (1911).

(45) *Malvaceæ*, in Chosen Shokubutsu I, 168–170 f. 203–205 (1914).

REICHENBACH, L.

(46) *Malvaceæ*, in Flora Germanica Excursoria II, 770–775 (1832).

RIDLEY, H. N.

(47) *Malvaceæ*, in The Flora of the Malay Peninsula I, 253–266 (1922).

ROXBURGH, W.

(48) *Hibiscus*, in Flora Indica III, 190–214 (1832).

RUMPHIUS, G. E.

(49) *Novella*: *Daun Baru*, in Herbarium Amboinense II, 218–221 t. 73 (1740).

ST. HILAIRE, J.

(50) *Malvaceæ*, in Exposition des Familles naturelles II, 57–75 t. 81–82 (1805).

SCHUMANN, K.

(51) *Malvaceæ*, in Die Natürlichen Pflanzenfamilien III, Abt. 6, 30–53 (1890).

(52) *Malvaceæ* I, in MARTIUS, Flora Brasiliensis XII, pt. 3, 254–255 t. 51–80 (1891).

SIEBOLD, PH. F. & ZUCCARINI, J. G.

(53) *Hibiscus Hamabo*, in Flora Japonica I, 176–177 t. 93 (1841).

SPACH, E.

(54) *Malvaceæ*, in Histoire Naturelle des Végétaux

| | | | III, 340–442, Pl. 23 (1834). |

Swartz, O. (55) *Sida arguta–Achania pilosa*, in Flora Indiæ Occidentalis II, 1205–1224 (1800).

Tournefort, J. P. (56) *Ketmia*, in Institutio Rei Herbariæ 99 f. 26 (1700).

van Haller, A. (57) *Columniferæ*, in Historia Stirpium indigenarum Helvetiæ II, 21–24 (1768).

van Rheede, H. (58) *Pariti*, in Hortus Indicus Malabaricus I, 53–54 f. 30 (1678).

Ventenat, E. P. (59) *Malvaceæ*, in Tableau du règne Végétale III, 179–203 (1799).

Wallich, N. (60) *Hibiscus macrophyllus*, in Plantæ Asiaticæ Rariores I, no. 3, 44 t. 51 (1829).

Wight, R. (61) *Paritium tiliaceum*, in Icones Plantarum Indiæ Orientalis I, no. 1, t. 7 (1840).

Wight, R. & Arnott, C. A. W.

(62) *Malvaceæ*, in Prodromus Floræ Peninsulæ Indiæ Orientalis I, 45–59 (1831).

Willdenow, C. L. (63) *Side–Achania*, in Species Plantarum III, pt. 1, 734–840 (1800).

---

(2)　朝鮮産錦葵科植物研究ノ歴史

1899年 露國ノ Iwan Palibin 氏ハ Acta Horti Petropolitani XVII, 卷ニ *Malva verticillata* L. ふゆあふひ、*Abutilon Avicennæ* Gærtner いちび、*Hibiscus Trionum* L. ぎんせんくわノ三種ガ朝鮮ニアル事ヲ記ス。

1909年 中井猛之進ハ Flora Koreana 第I卷ニふゆあふひ、いちび、ぎんせんくわ、わたノ4種ヲ記ス。其中ぎんせんくわヲ除ク外ハ皆栽培種ナリ。

1911年 中井猛之進ハ Flora Koreana 第II卷ニ更ニふゆあふひトぎんせんくわトノ新産地ヲ記ス。

1914年3月 中井猛之進著朝鮮植物 第I卷ニハふゆあふひ、りようりあふひ、わた、ぎんせんくわ、むくげノ5種ヲ記ス。

同年4月 中井猛之進提出總督府出版ノ濟州島植物調査報告書 ニハはまぼう1種ヲ記ス。

同年10月 中井猛之進ハ植物學雜誌ニ朝鮮特産栽培植物トシテてうせんふゆあるひ *Malva olitoria* Nakai トりようりあふひ *Malva olitoria* var. *crispa* Nakai ナル一種一變種ヲ發表ス。

1915 年 12 月 A. REHDER, E. H. WILSON ノ兩氏ハ SARGENT 氏監脩ノ Plantæ Wilsonianæ II 卷第 2 部ニむくげガ濟州島ニアル事ヲ記ス。

1922 年 森爲三氏ハ朝鮮植物名彙中ニ錦葵科ノ栽培種トシテ とろろあふひ、いちび、たちあふひ、わた、ふやう、ぜにあふひヲ揭ゲ自生種トシテハはまぼう、むくげ、ぎんせんくわ、てうせんふゆあふひヲ揭ゲ居レドモぜにあふひハふゆあふひノ誤記又むくげ、てふせんふゆあふひハ共ニ自生品ニ非ズ。

(3) 朝鮮産錦葵科植物ノ効用

本科植物デ朝鮮ニ自生スルノハ利用ノ價値ガ乏シク僅ニぎんせんくわガ内地デ觀賞用ニ用キラレル事ガアル位デアル。はまぼうモ美シイ黃花ヲ開ク灌木デアルカラ庭園樹ニ利用シタイノデハアルガ暖地ノモノデアツテ朝鮮デハ先ヅ其望ハナイ。然シ栽培植物ニハ利用スベキモノガ多イ其ノ第一位ニアルノハ陸地綿 Gossypium barbadense L. デアリ紡績會社迄モ建ツテ居ル程デアル。昔ハ漁業ノ外ハ致シ方ノナイ地ト思ハレテ居タ珍島ナドモ綿ノ栽培ニ成功シテカラハ豐ナル農村トナツタ。昔ハ所謂わた Gossypium. herbaceum L. ヤ支那わた Gossypium Nanking C. A. MEYER ヲ植エテ居タケレドモ今ハ陸地綿ニ推サレテ僻地デナイト見ラレナイ。

とろろあふひハ朝鮮紙ヲ作ル時ノ糊ニ用キラレテ今モ殘ツテ居ル。いちび Abutilon Avicennæ GÆRTNER モ亦僻阪ノ地ニハ植エラレテ居ルガ之ハ滿洲程發育ハヨクナク麻ノ方ガ勝レテ居ルカラ一般ニハ植エナイ。

食用ニスル目的デハ汁ノ實ヤ疏菜トシテぜにあふひノ類ヲ用キル其葉ノ縮ムモノハ内地デモ「をかのり」ト謂ツテ食ベタモノデアルガ今ハ内地デハ顧ラレナイ樣ニナツタガ朝鮮デハ寺ヤ農家ニ宿レバヨク食膳ニ出ル。併合後庭園植物トシテ移入サレタたちあふひ、ふやう、そこべにあふひ、オクラ等ハ別トシテむくげハ南鮮至ル所ニ植エラレテ居リ。往々自生狀態ニナツテ居ルモノモアルガ本來ノ自生デハナイ樣デアル。朝鮮ニハむくげガ至ル所ニアルカラ槿卽チむくげカラ朝鮮ヲ槿域ト云フナドト朝鮮ガむくげノ原産地デデモアルカノ樣ニ云フ人ガアルケレドモ吾々植物學者カラハ否定シタイ事デアル。恰度學名ガ Hibiscus syriacus L. トアルカラ原産地ハ「シリア」デアルト云フト似タ事柄デアル。今明ニ自生ノアルノハ支那ト九州ト中國筋ノ西部トデアル。

(4)　朝鮮産錦葵科植物ノ分類

(1)　歸化植物

歸化植物ト云フノハ外國産ノ植物ガ逸出シテ野生狀態トナツテ居ルモノデアル。

1. *Abutilon Avicennæ* GÆRTNER.
   いちび　　　　　　　　オジユウエ（濟州島）

2. *Hibiscus syriacus* L.
   むくげ　　　　　　　　ブクムホア（全南）

3. *Malva verticillata* L.
   ふゆあふひ　　　　　　アオク（京畿、忠北、忠南、全南等）、オウク（平南）、カーレ（濟州島）

4. *Malva verticillata* L. var. *olitoria* NAKAI.
   てうせんふゆあふひ　アオク（朝鮮名）

5. *Malva verticillata* var. *olitoria* f. *crispa* NAKAI.
   りやうりあふひ　　　アオク（朝鮮名）

6. *Malva verticillata* var. *crispa* L.
   をかのり　　　　　　　アオク（朝鮮名）

(2)　自生草本植物

1. *Hibiscus Trionum* L.
   ぎんせんくわ
   　朝鮮ノ平野、河原、畑地ノ全部ニアル。

(3)　自生木本植物

はまぼう屬

　灌木又ハ喬木、直立又ハ屈曲橫臥傾上ス。　葉ハ互生、有柄單葉掌狀脈、主脈上ニハ腺狀部アリ、裏面ニハ通例星狀毛多シ。托葉ハ大ナレドモ早落性、花ハ葉腋ニ1個又ハ若枝ノ先端ニ總狀花序又ハ殆ンド複總狀花序ヲナシ花梗アリ。外蕚ハ 10-14 個ノ裂片アリ、蕚ハ5裂片ヲ有シ裂片ハ始メ鑷合狀ニ排列ス。花瓣ハ5個旋囘シ基脚ハ相連ル。雄蕊柱ハ花柱ヨリモ短シ。蒴ハ胞背裂開シ各心皮ハ緣ガ內曲ス。各室ニ多數ノ種子アリ、種子ハ有毛又ハ乳頭狀ノ突起アリ。

約30種アリ主トシテ熱帯地方ノ産、但シ朝鮮ニテハ濟州島ニ唯1種アルノミ。

は ま ぼ う

(第 IX 圖)

高サ 3-5 m. ニ達スル灌木ニシテ分岐頗ル多シ。若枝ニハ星狀ノ短毛密生シテ灰白色ヲ呈ス。托葉ハ長橢圓形又ハ橢圓形內面ハ綠色ニシテ星狀毛散生スレドモ外面ハ密生セル星狀毛ニテ灰白色ヲ呈ス。早ク脱落ス。葉柄ハ長サ 5-30 mm. 圓柱狀ニシテ星狀毛密生ス。葉身ハ横廣キ圓板狀又ハホボ5角形又ハ廣倒卵形長サ 22-75 mm. 幅 23-80 mm. 表面ハ綠色ニシテ短キ星狀毛疎生スレドモ裏面ハ2型(長クシテ立ツモノト短クシテ平ニツクモノト)ノ星狀毛密生ス。掌狀ノ5本ノ主脈アリ。花ハ葉腋又ハ枝ノ先ニ1個宛出デ、花梗ハ花時長サ 7-12 mm. 太クシテ星狀毛密生ス。外萼ハ長サ 8-10 mm. 10個ノ披針形ノ裂片ヲ具ヘ星狀毛密生ス。萼ハ永存性長サ 18-25 mm. 5個ノ卵形ノ萼齒アリ、各萼齒ニハ顯著ナル3脈アリ。花冠ハ脱落性黃色ナレドモ落ツル前ニハヤ、紅化ス。基部ハ黑紫色ナリ。花瓣ハ丸ク長サ 4-6 cm. 內面ハ殆ンド無毛ナレドモ外面ニハ星狀ノ微毛アリ、雄蕋柱ハ長サ 15-18 mm. 葯ハ腎臟形ニシテ横長ク幅 1.2-1.5 mm. 花柱ハ抽出シ柱頭ハ 5 裂ス。蒴ハ褐色ノ星狀ノ密毛アリ卵形ニシテ先ハ尖り長サ 20-30 mm. 5室ニシテ胞背裂開ス。種子ハ褐色腎臟形長サ 5 mm. 表面ハ疣狀ノ突起アリ。

濟州島ノ海岸ニ稀ニ生ズ。

(分布) 琉球、九州、對馬、四國、本州ノ暖地ノ海岸地方。

Malvaceæ JUSSIEU, Gen. Pl. 271 (1789), pro parte; VENTENAT, Tab. Règn Végét. III, 179 (1799); J. ST. HILAIRE, Exposit. Fam. Nat. II, 57 (1805); LAMARCK & DC, Syn. Fl. Gall. 404 (1806); BONPLAND, HUMBOLDT & KUNTH, Nov. Gen. & Sp. V, 197 (1821); KUNTH, Malv. 3 (1822); DUMORTIER, Demonst. Bot. 62 (1822); A. P. DE CANDOLLE, Prodr. I, 429 (1824); BARTLING, Ord. Nat. Pl. 344 (1830), excl. B. *Bombacea*; G. DON, Gen. Syst. I, 458 (1831); SPACH, Hist. Végét. III, 340 (1834); LINDLEY, Nat. Syst. 95 (1836); ENDLICHER, Gen. Pl. 978 (1836); AGARDH, Theor. Syst. Pl. 272 (1858); BENTHAM & HOOKER, Gen. Pl. I, pt. 1, 195 (1862); EICHLER, Blüthendiagr. II, 277 (1878); K. SCHUMANN in ENGLER & PRANTL, Nat. Pflanzenfam. III, 6, 30 (1890); BONSTEDT in PAREYS Blumengärtn. I, Lief. 10, 896 (1931).

Syn. *Columniferæ* LINNÆUS, Phil. Bot. ed. 1, 31 (1751), pro parte ;
  HALLER, Hist. Stirp. II, 21 (1768) ; LINNÆUS, Prælect. Ord.
  Nat. ed. GISEKE 451 (1792), pro parte.

Malvæ ADANSON, Fam. Pl. II, 390 (1763), pro parte ; DURANDE,
  Not. Elém. Bot. 281 (1781). pro parte.

Hibisceæ AGARDH, Theor. Syst. Pl. 275 (1858).

Herbæ, frutices vel arbores, fibris corticis sæpe tenacissimis. Folia
stipulata, alterna vel subopposita, annua vel biennia, integra vel lobata
vel palmatim decomposita. Flores axillari-solitarii vel fasciculati vel
racemosi vel paniculati. Bracteolæ 0 vel ∞ calyculiformes. Flores
regulares, hermaphroditi vel polygami vel rarius dioici. Sepala 5
(3–4) in calycem coalita, lobis vulgo valvatis. Petala 5 hypogyna basi
cum partem infimam columnæ staminum adhærentia et eacum decidua,
æstivatione contorta. Stamina ∞ ; filamenta columnam formantia ;
antheræ vulgo 1–loculares longitudine dehiscentes. Pollina muricata.
Ovarium carpidiis 5–∞ constitutum. Styli carpidiis isomeri vel dupli-
cati. Stigmata capitata. Ovula in quoque loculo ovarii 1–∞ angulo
interiore affixa amphitropa vel subanatropa. Fructus capsularis loculi-
cide dehiscens. Carpella laterali-uniserialia vel inordinatim capitato-
congesta. Semina reniformia, hirsuta, papillosa vel lævia. Albumen
parcum vel copiosum vel 0. Embryo reniforme curvatus. Cotyledones
sæpe plicati. Radicula hilo spectans.

Species circ. 800 generum 45 in regionibus temperatis vel tropicis
incola. In Korea species 2 generum 2 sunt indigenæ sed nonnullæ
cultæ sæpe elapsæ sunt.

(1) Species elapsæ et cultæ

1. **Abutilon Avicennæ** GÆRTNER, Fruct. & Semin. Pl. II, 25, t.
135 f. 1 (1791).

  Nom. Jap. *Itibi.*

  Nom. Quelpært. *Ojuwe.*

2. **Hibiscus syriacus** L. Sp. Pl. ed. 1, 695 no. 9 (1753) ; NAKAI, Cho-
sen Shokubutsu I, 170 (1914) ; REHDER & WILSON in SARGENT, Pl.
Wils. II, pt. 2, 374 (1915) ; MORI, Enum. Pl. Corea. 249 (1922).

  Nom. Jap. *Mukuge.*

Nom. Kor. *Bukumuhoa.*

3. (a) **Malva verticillata** L. Sp. Pl. ed. 1, 689 no. 12 (1753); PALI-BIN in Acta Horti Petrop. XVII, 46 (1899); NAKAI, Fl. Kor. I, 101 (1909), Chosen Shokubutsu I, 168 (1914).

Syn. *Malva sylvestris* L. var. *mauritiana* (non BOISSIER) MORI, Enum. Pl. Cor. 250 (1922).

Nom. Jap. *Fuyu-Aoi.*

Nom. Kor. *Aok, Auck, Kâre.*

(b) **Malva verticillata** L. var. **crispa** L. Sp. Pl. ed. 1, 689 (1753).

Nom. Jap. *Oka-nori.*

Nom. Kor. *Aok.*

(c) **Malva verticillata** L. var. **olitoria**   comb. nov.

Syn. *Malva olitoria* NAKAI in Tokyo Bot. Mag. XXVIII, 309 (1914); MORI, Enum. Pl. Corea. 250 (1922).

Nom. Jap. *Tyôsen-Fuyu-Aoi.*

Nom. Kor. *Aok.*

(d) **Malva verticillata** L. var. **olitoria** f. **crispa** NAKAI, comb. nov.

Syn. *Malva olitoria* var. *crispa* NAKAI l. c. 310 (1914).

Nom. Jap. *Ryôri-Aoi.*

Nom. Kor. *Aok.*

(2) Species spontanea herbacea

1. **Hibiscus Trionum** L. Sp. Pl. ed. 1, 697 no. 20 (1753); PALIBIN in Acta Horti Petrop. XVII, 47 (1899); NAKAI, Fl. Kor. I, 102 (1909), II, 454 (1911), Chosen-Shokubutsu I, 170 f. 205 (1914), MORI, Enum. Pl. Cor. 250 (1922).

Nom. Jap. *Ginsenkwa.*

Nom. Kor.

Hab.

Quelpært: in agris Mokan (E. TAQUET n. 2697); in agris Sineum (E. TAQUET n. 596); in hortis (E. TAQUET n. 190); sine loco speciali (T. ISHIDOYA n. 158).

Zenhoku: Unpô (T. MORI n. 220).

Keiki: Zinsen (M. ENUMA n. 66); inter Kasyôkyori et Nansen (T.

UCHIYAMA) ; Suigen (H. UYEKI n. 508).

Kôkai : Zuikô (T. NAKAI n. 2829) ; Tyôzankwan (T. NAKAI, n. 13142).

Heinan :. Heidyô (H. IMAI).

Heihoku ; Kôkai (R. G. MILLS n. 199) ; Sohori Unzan (T. ISHIDOYA).

Kannan : Kankô (SEKI TYÛ MEI n. 27).

Kanhoku : Seisin (K. DYÔ).

(3) Species spontanea lignosa

Gn.) **Paritium** A. JUSSIEU in A. DE ST. HILAIRÉ, Fl. Brasil. Merid. I,
pt. 2, 255 (1827) ; WIGHT & ARNOTT, Prodr. Fl. Penins. Ind. Orient. I,
52 (1831) ; G. DON, Gen. Hist. Dichl, Pl. I, 484 (1831) ; SPACH, Hist.
Végét. III, 386 (1834) ; ENDLICHER, Gen. Pl. 983 (1836) ; MEISNER, Pl.
Vasc. Gen. II, 23 (1843) ; GRISEBACH, Fl. Brit. West Ind. Isl. 30 (1864).

Syn. *Pariti* [RHEED, Hort. Malab. I, 53 t. 30 (1678)] ADANSON, Fam.
Pl. II, 401 (1763).

Novella [RUMPHIUS, Herb. Amb. 218 t. 73 (1741)].

Hibiscus pro parte, LINNÆUS, Gen. Pl. ed. 5, 310 n. 756 (1754) ;
SCHREBER, Gen. Pl. 468 n. 1139 (1789) ; JUSSIEU, Gen. Pl. 273
(1789) ; NECKER, Elem. Bot. II, 406 (1790) ; GMELIN, Syst.
Nat. II, no. 2, 1000 n. 1062 (1791) ; WILLDENOW, Sp. Pl. III,
575 n. 806 (1800) ; etc.

Hibiscus Sect. *Azanzá*, fl. mex. ic. ined. ex A. P. DE CANDOLLE,
Prodr. I, 453 (1824) ; SCHUMANN in ENGLER & PRANTL, Nat.
Pflanzenfam. III, Abt. 6, 49 (1890) ; HOCHREUTINNR in Ann.
Conserv. Jard. Bot. Génève IV, 58 (1900).

Azanza MOCQUIN & SESSÉ ex A. P. DE CANDOLLE. 1. c. pro syn.

Hibiscus, Involucro monophyllo multidentato & Fruticosi s. arbores-
centes SPRENGEL, Syst. Veget. III, 106 (1826).

Hibiscus Sect. *Azanza* Subsect. *Paritium* GARCKE in Bot. Zeit.
VII, 825 (1849).

Hibiscus Sect. *Paritium* BENTHAM & HOOKER, Gen. Pl. I, 208
(1862) ; MASTERS in HOOKER fil., Fl. Brit. Ind. I, 343 (1874).

Hibiscus Sect. IV, *Azanza* GARCKE apud GÜRKE in MARTIUS.
Fl. Brasil. XII, pt. 3, 544 (1891).

Frutices vel arbores, erecti vel ascendentes, ramis sæpe flexuosis.

Folia alterna petiolata simplicia palmatinervia subtus supra venas primarias glanduligera. Stipulæ amplæ deciduæ. Flores pedunculati, axillari-solitarii vel terminali-racemosi vel subpaniculati. Calyculus 10–14 dentatus. Calyx 5–lobatus lobis valvatis. Petala 5 contorta basi coalita. Columna staminum stylo 5–fido brevior. Capsula 5 vel 10–locularis loculicide dehiscens, carpellis margine involutis vel valvatis, loculis ∞–spermis. Semina hirsuta vel papillosa.

Species circ. 30 sub hoc genere enumeratæ sunt, sed sequentes 8 sunt distinctissimæ et *Paritium verum* formant.

1 ⎰ Corollæ lobi oblanceolati obtusi vel acuti. Corolla 8–10 cm. longa.
⎱ Capsula ovato-oblonga obtusa aureo-pubescens. ....*P. elatum*
Corollæ lobi subrotundati, imbricato-contorti. Corolla 4–10 cm.
longa.
.................2

2 ⎰ Carpidia septis destituta. Flores axillari- vel terminali-solitarii.
.................3
⎱ Carpidia involuto-septata. Flores racemosi vel subpaniculati.
.................5

3 ⎰ Flores breve pedicellati. Pedicelli floriferi vulgo calyce breviores.
Pedicelli et rami stellato-lanati. Folia basi sæpe truncati.
.................*P. Hamabo*
⎱ Flores longe pedicellati. Pedicelli calyce longiores. Pedicelli et rami
glabri vel glabrescentes. Folia basi leviter cordata.................4

4 ⎰ Rami et pedicelli adpressissime stellato-pilosi. Folia subtus pilis
stellatis adpressissimis vestita, ita oculis nudis glaucescentia.
Pedicelli vulgo longissimi calycem 2–4 plo superantes.
.................*P. boninense*
⎱ Rami et pedicelli glabri. Folia glaberrima lucida, subtus viridia.
.................*P. glabrum*

5 ⎰ Folia infra fuscescenti-tomentosa, supra stellato-pilosa, ramorum
juvenilium sæpe basi aperte cordata. Calyx fuscescenti-tomentosus.
.................6
⎱ Folia infra albo-lanata supra glabriuscula, ramorum juvenilium basi
sæpe imbricata. Calyx albo-lanatus.
.................7

6 ⎰ Folia infra in quaque vena primaria glandulibus linearibus 1–3.
Corolla 4–7 cm. longa. ....*P. simile*
⎱ Folia infra in medio venarum primariarum 1–glandulosa. Corolla

{ 10 cm. longa. ....*P. macrophyllum*

7 {
(Calyculus calyce 2–3 plo (vulgo duplo) breviores. Folia supra viridissima lucida, subtus juventute tomentosa adulta valde venosa.
..................*P. abutiloides*

Calyculus calyce 2–4 plo (vulgo 3–4 plo) breviores. Folia subtus juventute adpresse pubescentia, venis modestis. 8

8 {
(Folia ramorum floriferorum cordata vel cordato-ovata.
..................*P. tiliæfolium*

Folia adpressissime ciliata, ramorum floriferorum distincte dimorpha, alia cordata, alia elongata plus minus angulata.
..................*P. tiliæfolium* var. *heterophyllum*

1) **Paritium abutiloides** G. Don, Gen. Hist. Dichl. Pl. I 485 (1831).

Syn. *Malva arborea maritima* etc. Sloan, Nat. Hist. Jamaica 215 t. 135 fig. 4 (1707).

Hibiscus abutiloides Willdenow, Enum. Pl. Hort. Berol. 736 (1809).

Hibiscus arboreus Desvaux in Hamilton, Prodr. Fl. Ind. Occid. 49 (1825).

Paritium tiliaceum A. St. Hilaire, Fl. Brasil. Merid. I, 256 (1827); Grisebach, Fl. Brit. West. Ind. Isl. 86 (1864); etc.

Hibiscus tiliaceus (non L.) Chapman, Fl. South. Unit. States 58 (1872); etc.

Hab. in Florida, Mexico, Equador, India occid., Columbia, et Brasilia.

This American species differs from *Hibiscus tiliaceus* of Old World with its dark green shinning, more venose leaves, deeper and longer lobes of outer calyx, and shorter peduncles.

2) **Paritium boninense** Nakai, comb. nov.

Syn. *Hibiscus boninensis* Nakai in Tokyo Bot. Mag. XXVIII, 311 (1914).

Hab. in Bonin.

3) **Paritium elatum** G. Don, Gen. Hist. Dich. Pl. I, 485 (1831).

Syn. *Malva arborea, foliis rotundis, cortice in funes ductili, flore miniato maximo liliaceo* etc. SLOAN, Nat. Hist. Jamaica 215 t. 315 fig. 1–3 (1707).

Hibiscus elatus SWARTZ, Fl. Ind. Occid. II, 1218 (1800); A. P. DE CANDOLLE, Prodr. I, 454 (1824); GRISEBACH, Fl. Brit. West. Ind. Isl. 86 (1864); etc.

Hab. in Florida, India occid.

4) **Paritium glabrum** NAKAI, comb. nov.

Syn. *Paritium tiliaceum* β? *foliis utrinque glabris* etc. HOODER & ARNOTT, Bot. Captain BEECHEY's Voy. 259 (1838).

Hibiscus tiliaceus var. *glabra* MATSUMURA apud HATTORI in Journ. Coll. Sci. Tokyo XXIII, Art. 10, 30 (1908); MATSUMURA, Ind. Pl. Jap. II, pt. 2, 350 (1912).

Hibiscus glaber MATSUMURA ex NAKAI in Tokyo Bot. Mag. XXVIII, 310 (1919).

Hab. in Bonin.

5) **Paritium Hamabo** NAKAI

(Tab IX)

Paritium Hamabo NAKAI, comb. nov.

Syn. *Hibiscus Hamabo* SIEBOLD & ZUCCARINI, Fl. Jap. II, 176 t. 93 (1841); MIQUEL in Ann. Mus. Bot. Lugd. Bat. III, 19 (1867); Prol. Fl. Jap. 207 (1867); FRANCHET & SAVATIER, Enum .Pl. Jap. I, 63 (1874); ITO, Catal. Pl. Koishikawa Bot. Gard. 15 (1877); MATSUMURA, Nippon Shokubutsumeii 92 (1884), Catal. Pl. Herb. Coll. Sci. Tokyo 27 (1886); OKUBO, Catal. Pl. Bot. Gard. Imp. Univ. 33 (1887); DIPPEL, Handb. Laubholzk. III, 54 f. 33 (1893); HOCHREUTINER in Ann. Conserv. Jard. Bot. Genère IV, 66 (1900); SCHNEIDER, Illus. Handb. Laubholzk. II, 391 (1909); NAKAI, Veget. Isl. Quelpært 64 n. 886 (1914); MORI, Enum. Pl. Cor. 249 (1922); MAKINO & NEMOTO, Fl. Jap. 566 (1925); ed. 2, 725 (1931).

Hibiscus tiliaceus var. *Hamabo* MAXIMOWICZ in Bull. Acad. Imp. Sci. St. Pétersb. XXXI, 20 (1886), in Mél. Biol. XII, 427 (1886); MATSUMURA, Shokubutsu Meii 142 (1895); ITO & MATSUMURA in Journ. Coll. Sci. Tokyo XII, 72 (1899); MATSU-

MURA, Ind. Pl. Jap. II, pt. 2, 350 (1912).

Frutex 3–5 metralis altus ramosissimus. Rami hornotini pilis stellatis glauco-lanuginosi. Stipulæ oblongæ vel ellipticæ, intus virides pilis stellatis pilosæ, extus pilis stellatis lanatæ, deciduæ. Petioli 5–30 mm. longi teretes pilis stellatis lanati. Lamina foliorum depresso-rotundata vel subquinguangularis vel latissime obovata 22–75 mm. longa 23–90 mm. lata, supra viridis pilis stellatis 3–9 radiatis adpressis scabra, infra pilis stellatis dimorphis lanata, supra medium obscure repando-dentata, palmatim 5–nerva. Flores axillari- vel terminali-solitarii. Pedunculi sub anthesin 7–12 mm. longi robusti pilis stellatis lanati. Calyculus 8–10 mm. longus lanceolato-10-lobatus pilis stellatis lanatus, persistens. Calyx 18–25 mm. longus ovato-5-lobatus, lobis distincte 3–nerviis, persistens. Corolla decidua, flava demum parce erubescens fundo atro-purpurea, petalis rotundatis 40–60 mm. longis intus subglabris extus ciliolatis, basi columnæ staminum adhærentibus. Columna staminum 15–18 mm. longa. Antheræ reniformes 1.2–1.5 mm. latæ. Styli exerti, stigmatibus 5–lobatis. Capsula fusco-tomentosa ovoidea acuminata 20–30 mm. longa 5–loculata, loculicide 5–valvata. Semina fusca reniformia 5 mm. longa verrucosa.

Nom. Jap. *Hamabô.*

Hab.

Quelpært : in rupibus littoris Hpaltai (E. TAQUET n. 597, Oct. 1908) ; in littore (E. TAQUET n. 2698, Aug. 1909 ; n. 4139, Sept. 1910).

Distr. Liukiu, Kiusiu, Tsusima, Sikoku, Hondo.

6) **Paritium macrophyllum** G. DON, Gen. Hist. Dichl. Pl. I, 485 (1831) ; DRURY, Handb. Ind. Fl. 74 (1864).

Syn. *Hibiscus macrophyllus* ROXBURGH, Hort. Benghal. 51 (1814), nom. nud.; HORNEMANN, Suppl. Hort. Bot. Hafniensis 149 (1819); A. P. DE CANDOLLE, Prodr. I, 455 (1824), etc.

Hibiscus vulpinus REINWARDT apud BLUME, Catal. Buitenzorg 88 (1823), nom. nud.; MIQUEL, Pl. Junghun. 281 (1851), Fl. Ind. Bat. I, pt. 2, 157 (1859).

Hibiscus spathaceus BLUME, Bijdr. 2 stuk 72 (1825).

Hibiscus setosus ROXBURGH, Fl. Ind. ed. 2, 194 (1832).

Hab. in India. Malaya, Java.

7) **Paritium simile** G. DON, Gen. Hist. Dichl. Pl. I, 485 (1831).

Syn. *Hibiscus similis* BLUME, Bijdr. 2 Stuk 72 (1825).

Hibiscus elatus (non SWARTZ) MIQUEL, Pl. Junghuhn. 280 (1851), Fl. Ind. Bat. I, pt. 2, 154 (1859).

Hab. in Sumatra, Java, Amboina.

8) **Paritium tiliæfolium** NAKAI, comb. nov.

Syn. *Navella repens* [RUMPHIUS, Herb. Amboin. II, 222 t. 73 (1741)].

Hibiscus tiliaceus LINNÆUS, Sp. Pl. ed. 1, II, 694 (1753) ; ed. 2, II, 976 (1763), excl. syn. *Malva arborea maritima*.

Hibiscus tiliæfolius SALISBURY, Prodr. Stirp. Hort. Chapel Allerton vigent. 383 (1796).

Paritium tiliaceum (non A. DE ST. HILAIRE) G. DON, Gen. Hist. Dichl. Pl, I, 485 (1831), etc.

Hibiscus tortuosus ROXBURGH, Fl. Ind. ed. 2, III, 192 (1832).

Hibiscus tiliaceus var. *tortuosus* MASTERS in HOOKER fil., Fl. Brit. Ind. I, 343 (1874).

Hibiscus tiliaceus α. *genuinus* f. *tortuosa* HOCHREUTINER in Ann. Conserv. Jard. Bot. Genère IV, 63 (1900).

Hab. in India, Malaya, Sumatra, Java, Madeira, Amboina, Borneo, Celebes, Banka, Australia bor.-orient. Insulæ Pacificæ, Philippin, China (Kwangtung, Hainan), Indo-China, Philippin, Formosa, Liukiu, Bonin.

Paritium tiliæfolium var. **heterophyllum** NAKAI, comb. nov.

Syn. *Hibiscus tiliaceus* var. *heterophyllus* NAKAI in Tokyo Bot. Mag. XXVIII, 310 (1914).

Hab. in Bonin, Formosa, Philippin.

岩高蘭科

EMPETRACEAE

(1) 主要ナル引用書類

著者名	書名又ハ論文ノ題ト其出版年代

ADANSON, M.   (1) *Cisti*, in Familles des Plantes II, 434–450 (1763).

BAILLON, H.   (2) *Empetreæ*, in Histoire des plantes XI, 193–194 (1891).

BARTLING, E. T.   (3) *Empetreæ*, in Ordines Naturales Plantarum 372–373 (1830).

BENTHAM, G. & HOOKER, J. D.   (4) *Empetraceæ*, in Genera Plantarum III, 413–415 (1880).

BOERHAAVE, H.   (5) *Empetrum*, in Index alter plantarum II, 173 (1720).

BRV, HEIZ   (6) Beitrag zur Untersuchung über die systematische Stellung der *Empetraceen* unter Anwendung der Botanischen Serodiagnostik (1930).

CLUSIUS, C.   (7) *Erica baccifera*, in Atrebatis rariorum aliquot stirpium, per Pannoniam, Austriam, & vicinas quasdam Provincias observatarum Historia 28–30 (1583).

DE CANDOLLE, ALP.   (8) *Empetraceæ* in Prodromus Systematis Naturalis Regni Vegetabilis XVI, pt. 1, 24–27 (1869).

DE JUSSIEU, A. L.   (9) *Erica*, in Genera Plantarum 159–163 (1789).

DON, D.   (10) On the Affinities of the *Empetreæ*, a natural Group of Plants, in The Edinburgh New Philosophical Journal XVI. 59–63 (1826).

EICHLER, A. W.   (11) *Empetraceæ*, in Blüthendiagramma II, 403–405 (1878).

ENDLICHER, S.   (12) *Empetreæ*, in Genera Plantarum 1105–1106 (1840).

FERNALD, M. L. & WIEGAND, K. M.   (13) The Genus *Empetrum* in North America, in Rhodora XV, 211–217 (1913).

GÆRTNER, J.   (14) *Empetrum*, in De Fructibus & Seminibus Plantarum II, 107–108 t. 106 f. 1 (1791).

GIBELLI, G.   (15) Di una singolare struttura delle Foglie delle

Empetracee, in Nuovo Gionale Botanico Italiano VIII, fasc. II, 49–60, Tav. V–VI. (1876).

GOOD, R. D'o.   (16) The Genus *Empetrum*, in The Journal of the Linnæan Society XLVII, 489–523 (1927).

LINDLEY, J.   (17) *Empetreæ*, in A Synopsis of British Flora ed. 1, 224 (1829).

(18) *Empetræ*, in An Introduction to the Botany 109–110 (1830).

(19) *Empetraceæ*, in A Natural System of Botany 117 (1836).

(20) *Empetraceæ*, in The Vegetable Kingdom ed. 1, 285 (1846).

LINNÆUS, C.   (21) *Empetrum*, in Genera Plantarum ed. 1, 319 n. 775 (1737).

(22) *Empetrum*, in Species Plantarum ed. 1, 1022 (1753).

(23) *Empetrum*, in Genera Plantarum ed. 5, 447 n. 977 (1754).

MEISNER, C. F.   (24) *Empetreæ*, in Plantarum Vascularium Genera I, 336 (1836).

NUTTALL, T.   (25) *Empetrum*, in The Genera of North American Plants II, 233 (1818).

PAX, F.   (26) *Empetraceæ*, in ENGLER & PRANTL, Die Natürliche Pflanzenfamilien III, Abt. 5, 123–127 (1890).

REICHENBACH, L.   (27) *Empetrum*, in Flora Germanica Excursoria II, 765 (1832).

ST. HILAIRE, J.   (28) *Erica*, in Exposition des familles naturelles et de la germination des plantes I, 357–365 (1805).

SPACH, E.   (29) *Empetreæ*, in Histoire des Végétaux II, 482–483 (1834).

TOURNEFORT, J. P.   (30) *Empetrum*, in Institutio Rei Herbariæ 579 t. 421 (1700).

VENTENAT, C. E.   (31) *Bicornes*, in Tableau du règne Végétale II, 458–467 (1799).

(2) 朝鮮産岩高蘭科植物研究ノ歴史ト其効用

1911年 中井猛之進ハ Flora Koreana 第 2 巻ニがんかうらんガ濟州島ニアル事ヲ記ス。

1914年 同人ハ濟州島植物調査報告書ニ同種ヲ記ス。

1918年 同人ハ白頭山植物調査書中ニモ同種ヲ記ス。

1922年 森爲三ハ朝鮮植物名彙ニ同種ヲ記ス。

がんかうらんハ高山ノ乾地ニ生ヘ豆大ノ黒色ノ漿果ヲ結ブ。其ハ可ナリ美味ノモノデアル。濟州島ノ住民ハ之ヲ「しろみ」ト云ヒ食用ニ供スル許リデナク古來仙人ノ食スル不老長生ノ果實ダト考ヘテ居ル。事實ハ保證ノ限リデハナイガ昔濟州島ヲ東瀛州ト云ツタ頃漢挐山上ニ産スル此果實ハ不老不死ノ木ノ實デアルト謂ハレテ居タト言ヒ傳ヘテ居ル。近來盆栽ニスル爲メ濟州島デハ禁ヲ犯シテ之ヲ根コソギ採掘スル爲メ非常ニ其個數ヲ減ジタノハ惜シイ事デアル。朝鮮デハ濟州島ノ漢挐山上ノ白頭山ノ近ニアル無頭峯ト南胞胎山トニヨリナイモノデアルカラ濟州島ノモノハ宜シク天然紀念物トシテ保護ヲシタラヨイ。歐洲ニアルがんかうらんハ *Empetrum nigrum* L. 其物デアルガ東亞ノがんかうらん *Empetrum nigrum* var. *asiaticum* NAKAI トハ異リ其果實ハ苦クテ到底食ベラレヌ。恰度くろみのうぐひすかぐら屬 *Lonicera cærulea* L. var. *edulis* REGEL, *Lonicera cærulea* var. *emphyllocalyx* NAKAI ニ對スル歐洲ノ *Lonicera cærulea* L. ヤ、くろまめのき (ツルチユック) *Vaccinium Fauriei* LÉVEILLÉ 對歐洲ノ *Vaccinium uliginosum* L. 又ハ若葉ノ食ベラレルよもぎ *Artemisia asiatica* NAKAI ヤ ひめよもぎ *Artemisia lavandulæfolia* DC ニ對スル食用ニナラヌ歐洲ノ *Artemisia vulgaris* L. トノ關係ニアルモノデ此點丈ケデモ東亞ハ歐洲ヨリモ惠マレテ居ル土地ト謂ヘル。

(3) 朝鮮産岩高蘭科植物ノ分類

岩 高 蘭 科

小サキ匍匐性ノ分岐多キ灌木、雌雄異株又ハ多性、葉ハ密ニ互生シ小サク、單葉無柄又ハ極メテ短キ葉柄アリ、托葉ナク葉緣ハ下側ニ折レ曲リ其爲メニ生ジタル第 2 次的ノ葉緣ニハ小鋸齒アリテ腺毛ヲ生ズ。裏面ニハ短柄アル腺アリ。花ハ葉腋又ハ枝ノ先ニ聚生ス。花被ハ 1 列又ハホボ 2 列、花被片ハ 4-6 個ニシテ相重ナル。雄蕋ハ 2-3 (4) 個、花絲ハ絲狀開出シ離生、葯ハ 2 室內向背部ニテ花絲ニツキ縱裂ス。雌花ニアリテハ發育セズ。

子房ハ雄花ニテハナキカ又ハ痕跡アリ雌花ニテハ無柄 2-9 個ノ心皮ヨリ成
リ 2-9 室、花柱ハナキカ又ハ圓柱狀、柱頭ハ子房ノ室數ト同數ニ分ル。卵
子ハ各室ニ 1 個宛アリテ內側中軸ニツキ屈生、果實ハ漿果 2-9 個ノ核ヲ有
シ各核ニハ 1 個ノ種子ヲ藏ス。種皮ハ薄膜質、胚乳アリ。胚ハ中央ニアリ
テ曲ラズ。子葉ハ極小。

　3 屬ニ屬スル 7 種ノ植物之ニ屬シ亞細亞、歐羅巴、南北亞米利加ニ產ス。
朝鮮ニハ唯 1 屬アルノミ。

がんかうらん屬

　匍匐性ノ小灌木雌雄異株、葉ハ 常綠ニシテ 基ニ關節アリ、苞ハ 2-4 (5)
個、萼ハ 3 個相重ナル。花瓣ハ 3 個萼片ヨリモ大ナリ。雄蕊 3 個葯ハ背着
內向、子房ハ上位 6-9 室、柱頭ハ 6-9 個射出ス。花柱ハ短シ、果實ハ漿質、
黑色、紅色、白色、紫色等アリ、6-9 個ノ核ハ輪狀ニ排列ス。

　亞細亞、歐羅巴、南北亞米利加ノ高山又ハ周北極地方ニ 5 種アリ、朝鮮
ニ 1 種アリ。

がんかうらん

(朝鮮名) シロミ、シルム

(第 X 圖)

　雌雄異株ノ小灌木ニシテ幹ノ直徑ハ最モ太キモノニテモ 10-15 mm.
許ナリ。分岐多ク主幹ハ橫臥シ枝ハ傾上ス。小枝ハ帶紅栗色又ハ帶黑褐紫
色、2-3 年生ノ枝ニハ相踵グ葉痕アリ、表面ニ縮毛ト腺毛トアリ、葉ハ互
生又ハ 輪生密生シ 殆ンド 無柄基脚ニ關節アリ。長サ 2-6 mm. 幅 0.7-1
mm. 先ハヤヽトガルカ又ハ丸ク緣ハ裏面ニ折レテ重ナル爲メ第 2 次ノ緣
ヲ生ズ此緣ニハ小鋸齒アリ、又若キ時ニハ有柄ノ小腺毛アリ、表面ハ光澤
ニ富ミ裏ハ折リ重ナル緣ヲ以テ中洞ヲ作リ內ニ有柄ノ小腺毛アリ、又ハ眞
ノ葉緣ハ相接シ且ツ毛ヲ生ズ。苞ハ 2 個兩側ニ對生シ紅色長サ 1-1.5 mm.
先端部ノ緣ニハ緣毛アリ。萼片ハ 3 個廣卵形紅色、緣ハ相重ナル。花瓣ハ
3 個萼片ト互生シ倒卵長橢圓形帶紅色雌花ニテハ長サ 2.5 mm. 雄花ニテハ
1.5-2 mm. 雄蕊ハ花瓣ト互生シ 3 個、長サ 7-8 mm. 葯ハ背着、球形又ハ倒
卵形兩端凹入シ側方ニテ縱裂ス。子房ハ扁球形綠色、花柱ハ長サ約 1 mm.
柱頭ハ 7-9 個射出シ下ニ反ル。漿果ハ球形直徑 6-8 mm. 黑熟シ甘味ナリ。

　咸北 (無頭峯、南胞胎山)、濟州島 (漢挐山 1700 m. 以上) ニ產ス。

Empetraceæ Lindley, Nat. Syst. Bot. 117 (1836); Veget. Kingd.
ed. 1, 285 (1846); Agardh, Theor. Syst. Pl. 103 t. X, f. 1-2 (1858);

ALP. DE CANDOLLE, Prodr. XVI, pt. 1, 24 (1869); EICHLER, Blüthen-
diagr. II. 403 (1878); BENTHAM & HOOKER, Gen. Pl. III, 413 (1880);
PAX in ENGLER & PRANTL, Nat. Pflanzenfam. III, Abt. 5, 123 (1890).

Syn. *Cisti* ADANSON, Fam. Pl. 434 (1763), pro parte.

> *Ericæ* JUSSIEU, Gen. Pl. 159 (1789), pro parte; J. ST. HILAIRE,
> Exposit. Fam. Pl. I, 357 (1805).

> *Bicornes* VENTENAT, Tab. Règne Végét. II, 458 (1799), pro parte.

> *Coniferæ* Sect. *Empetreæ* NUTTALL Gen. N. America II, 233
> (1818).

> *Empetreæ* NUTTALL apud D. DON in Edinburgh New Phil. Journ.
> XVI, 61 (1826); W. J. HOOKER in Bot. Mag. LIV, sub t.
> 2758 (1827); LINDLEY, Syn. Brit. Fl. ed. 1, 224 (1829), Introd.
> Bot. 109 (1830); BARTLING, Ord. Nat. Pl. 372 (1830); SPACH,
> Hist. Végét. II, 482 (1834); MEISNER, Pl. Vasc. Gen. I, 336
> (1836); KOCH, Syn. Fl. Germ. & Helv. 625 (1837); ENDLICHER,
> Gen. 1105 (1840).

> *Empetrineæ* DUMORTIER, Analyse 80 (1829).

> *Rutaceæ-Empetreæ* REICHENBACH, Fl. Germ. Excurs. II, 765
> (1832).

> *Ericacées-Empetreæ* BAILLON, Hist. Pl. XI, 193 (1891).

Fruticuli debiles, dioici rarissime polygami. Folia alterna v. verti-
cillatim congesta parva simplicia sessilia vel subsessilia exstipullata
margine falcato-reflexa et margines secundarias sæpe serrulatas for-
mantia, subtus pilosa vel glandulosa. Flores axillares vel terminali-
congesti. Perigonium uniseriale vel subbiseriale, segmentis 4–6 imbri-
catis. Stamina 2–3 (4); filamenta filiformia patentia libera; antheræ
biloculares introrsæ dorsifixæ longitudine dehiscentes, in flore ♀ abor-
tiva. Ovarium in floribus ♂ nullum vel abortivum, in floribus fæmi-
neis sessile ex carpidiis 2–9 constitutum, 2–9 loculare. Styli subnulli
vel columnares, stigmatibus loculis ovarii isomeris. Ovulum in angulo
locularum ventrale affixum in quoque loculo solitarium, amphitropum.
Fructus drupaceus succulentus, pyrenis 2–9 unispermis. Semen al-
buminosum cum testa membranacea. Embryo rectus centralis, cum
cotyledonibus minimis.

Species 7 generum 3 in Asia, Europa et America incola. In
Korea genus unicum adest.

Empetrum (non PLINIUS[1], nec TRAGUS[2]) [TOURNEFORT, Instit. Rei Herb. 579 t. 421 (1700); BOERHAAVE, Ind. Pl. II, 173 (1720); LINNÆUS, Fl. Lapp. 305 (1737), Gen. Pl. ed. 1, 319 (1737)]; LINNÆUS, Sp. Pl. ed. 1, II, 1022 (1753), Gen. Pl. ed. 5, 447 n. 977 (1754), Syst. Nat. ed. auct. 140 (1756), Gen. Pl. ed. 6, 515 n. 1100 (1764) Syst. Nat. ed. 13, III, 649 (1770); MILLER, Gard. Dict. abridg. ed. I, En (1754); HILL, Brit. Herb. 511 (1756); HUDSON, Fl. Angl. ed. 1, 367 (1762); ADANSON, Fam. Pl. II, 448 (1763); GLEDITSCH Syst. Pl. 12 n. 41 (1764); HALLER, Hist. Stirp. Indig. Helv. II, 279 (1768); DIETRICH, Pflanzenreich 1148 (1770); MURRAY, Syst. Veget. ed. 13, 737 n. 1100 (1774); LAMARCK, Encyclop. I, pt. 2, 567 (1783); MURRAY, Syst. Veget. ed. 14, 880 n. 1101 (1784); GILLIBERT, Syst. Pl. Europ. IV, 532, 547 (1785); ALLIONI, Fl. Pedemont. I, 236 (1785); VILLARS, Hist. Dauphiné II, 288 (1787); SCHREBER, Gen. Pl. 676 n. 1496 (1789); JUSSIEU, Gen. Pl. 162 (1789); NECKER, Elem. Bot. II, 371 (1790); VITMAN, Summa Pl. V, 404 (1791); GMELIN, Syst. Nat. II, pt. 1, 90 & 209 (1791); GÆRTNER, Fruct. Sem. Pl. II, 107 t. 106 f. 1 (1791); HOST, Syn. Pl. Austr. 530 (1797); PERSOON, Syst. Veget. ed. 15, 923 n. 1100 (1797); SMITH, Engl. Bot. VII, 526 (1798); DIETRICH, Pflanzenreich ed. 2, III, 160 (1799); VENTENAT, Tab. Règn. Végét. II, 465 (1799); WITHERING, Syst. Arrangem. Brit. Pl. ed. 4, II, 176 (1801); WILLDENOW, Sp. Pl. IV, pt. 2, 712 (1804); J. ST. HILAIRE, Exposit. Fam. Pl. I, 363 (1805); SMITH, Fl. Brit. III, 1072 (1806); PERSOON, Syn. Pl. II, pt. 2, 605 (1807); LAPEYROUS, Hist. Arbrég. Pl. Pyrénées I, 604 (1813); LAMARCK & A. P. DE CANDOLLE, Fl. Franc. III, 685 (1815); D. DON in Edinburgh New Phil. Journ. XVI, 62 (1826); SPRENGEL, Syst. Veget. III, 893 (1826); LINDLEY, Syn. Brit. Fl. 224 (1829); LOISELEUR-DESLONGCHAMPS, Fl. Gall. II, 345 (1828); LECHMANN, Fl. Brunsvic. II, 312 (1829); REICHENBACH, Fl. Germ. Excurs. III, 685 (1832); NEES, Gen. Pl. Fl. Germ. III, n. 252 (1835); MUTEL, Fl. Franc. II, 270 (1835); MEISNER, Pl. Vasc. Gen. I, 336 (1836); KOCH, Syn. Fl. Germ. & Helv. ed. 1, 625 (1837); ENDLICHER, Gen. Pl. II, 1106 n. 5761 (1840); DÖLL, Rhein. Fl. 284 (1843); BERTELONI, Fl. Ital. X, 337 (1854); GRENIER & GODRON, Fl. Franc. III, pt. 1, 74 (1855); DÖLL, Fl. Grossherz. Baden II, 570 (1859);

---

(1) *Empetrum* of PLINIUS is *Solanum Dulcamara* L.
(2) *Empetrum* of TRAGUS is *Salsola Kali* L.

GRENIER, Fl. Chaine Jurass. I, 150 (1864); ALP. DE CANDOLLE, Prodr. XVI, pt. 1, 25 (1869); BENTHAM & HOOKER, Gen. Pl. III, 414 (1880), Handb. Brit. Pl. 5 ed. 397 (1887); PAX in ENGLER & PRANTL, Nat. Pflanzenfam. III, Abt. 5, 127 (1890); BAILLON, Hist. Pl. XI, 193 (1891); BRITTON & BROWN, Illus. Fl. N.U.S. & Canada II, 383 (1897); THOMÈ, Fl. Dentsch. III, 241 t. 395 (1905).

Syn. *Erica baccifera* CLUSIUS, Hist. Pann. t. in 29 (1583); BAUHINUS, Pinax 486 (1623).

Fruticuli prostrati dioici. Folia sempervirentia conferta basi articulata. Bracteæ 2–4 (5). Sepala 3 imbricata. Petala 3 sepalis majora. Stamina 3; antheræ dorsifixæ introrsæ. Ovarium superum 6–9 loculare. Stylus brevis vel subnullus. Stigmata 6–9 radiata. Fructus succosus edulis vel astringens, niger vel ruber vel albus vel purpureus. Pyrenæ 6–9 annulari-collocatæ.

Species 5 in Asia, Europa, America sept. & austr. incola. In Korea tantum unica est indigena.

Empetrum nigrum LINNÆUS, Sp. Pl. ed. 1, 1022 (1753), Fl. Suec. ed. 2, 354 (1755).

var. **asiaticum(X)** NAKAI ex H. ITO in Tokyo Bot. Mag. XLVII, 895 (1933), nom.; NAKAI. Catal. Sem. & Spor. Hort. Bot. Univ. Tokyo (1936) 23, nom., Tôa Shokubutu 150. 167, 170, 173, 192 (1936), nom.

Syn. *Empetrum nigrum* (non LINNÆUS) CHAMISSO & SCHLECHTENDAL in Linnæa I, 538 (1826), pro parte; HOOKER & ARNOTT, Bot. Beechey Voy, pt. 3, 116 (1832); TRAUTVETTER in MIDDENDORF, Reise I, pt. 2, 8, 146, 154 (1847); LEDEBOUR, Fl. Ross. III, pt. 2, 555 (1849), pro parte; A. GRAY, Bot. Jap. 398 (1859); MAXIMOWICZ, Amur. 238 (1859); MIQUEL in Ann. Mus. Bot. Lugd. Bat. II, 167 (1866), Prol. 99 (1866); FR. SCHMIDT in Mém. Acad. Imp. Sci. St. Pétersb. 7 sér. XII, no. 2, 60 n. 321, 117 no. 376 (1868); FRANCHET & SAVATIER, Enum. Pl. Jap. I, 429 (1875); MATSUMURA, Nippon Shokubutsumeii 73 (1884); MIYABE, Fl. Kurile 260 (1891); HERDER in Acta Hort. Petrop. XI, pt. 2, 350 (1892), pro parte; MATSUMURA, Shokubutsu Meii 113 (1895); KOMAROV in Acta Hort. Petrop. XXII, 791 (1903); MIYOSHI & MAKINO, Pocket Atlas

Alp. Pl. Jap. I, Pl. XXVI, f. 147 (1907); KOIDZUMI in Journ.
Coll. Sci. Tokyo XXVII, art. 13, 87 (1910); NAKAI, Fl. Kor.
II, 210 (1911); MATSUMURA, Ind. Pl. Jap. II, pt. 2, 311 (1912);
NAKAI, Veget. Isl. Quelpært 60 (1914); TAKEDA in Journ.
Linn. Soc. XLII, 485 (1914); MIYABE & MIYAKE, Fl. Sagha-
lien 433 (1915); NAKAI, Fl. Paiktusan 67 (1918); KUDO, Fl.
Isl. Paramushir 129 (1922); MORI, Enum. Pl. Cor. 235 (1922);
KUDO, Report Veget. N. Saghalien 175 (1924); MAKINO &
NEMOTO, Fl. Jap. 629 (1925); TATEWAKI, Veget. Mt. Apoi 47
(1928); HULTEN in Kungl. Svens. Vet. Akad. Handl. VIII, no.
1, 122 (Fl. Kamtch. III) (1929), partim?; KOMAROV, Fl.
Penins. Kamtsch. II, 300 (1929), partim?; MAKINO & NEMOTO,
Fl. Jap, ed. 2, 664 (1931); TATEWAKI, Prelim. Survey Veget.
M.-Kuriles in Journ. Facult. Agric. Hokkaido Imp. Univ.
XXIX, no. 4, 138, 142, 144, 147, 153, 154, 156, 158, 159, 164,
171, 173, 174, 177, 179, 182, 184 (1931), List Pl. Teshio Univ.
Experim. Forest (II) 193 (1932), Alp. Fl. Mt. Horo-nupuri in
Acta Phytotax. & Geobot. II, no. 2, 88 (1933), Vasc. Pl. N.
Kuriles in Bull. Biogeograph. Soc. Jap. IV, no. 4, 282 (1934),
Kitami Rebuntô Shokubutu Gaikyô 10 (1934).

Empetrum nigrum f. *japonicum* [non GOOD in Journ. Linn. Soc.
XLVII, 518 f. 3-4 (1927)] NAKAI, Veget. Daisetuzan Mts 50
(1930), Veget. Mt. Apoi 58 (1930).

Hæc varietas a typo in sequentibus ingeniis abhoret.

Empetrum nigrum L. var. *genuinum*.

Ramuli tantum papilloso-glandulosi. Folia vulgo oblonga. Bracteæ
4. Stamina petalis 2-2.5 plo longiora. Stylus nullus. Bacca vulgo
amara.

Empetrum nigrum L. var. *asiaticum* (*Empetrum asiaticum* NAKAI).

Ramuli crispulo-hirsuti vel barbulati simulque papilloso-glandulosi.
Folia vulgo lineari-oblonga. Bracteæ 2. Stamina petalis 3-4 plo lon-
giora. Stylus circ. 1 mm. longus. Bacca dulcis edulis.

Fruticulus dioicus. Truncus usque 10-15 mm. latus, prostratus, ra-
mis ramosis ascendentibus. Ramuli rubro-castanei vel atro-fusco-
purpurei, biennes et triennes vulgo cicatrice foliorum imbricatim
vestiti, hornoti pilis fuscis crispis pilosi vel barbulati atque stipitato-

glandulosi. Folia alterna vel verticillata dense congesta subsessilia basi
articulata, 2–6 mm. longa 0.7–1 mm. lata apice acutiuscula vel obtusa,
marginibus ciliolatis et revolutis et sub costa conniventibus, supra lucida
et marginibus secundariis obscure serrulatis vel integris juventute sæpe
papilloso-glandulosis, facie fossæ vel pagina inferiore vera glandulosis
cum stipitibus cellulis 2–3 compositis papillosa. Bracteæ 2 laterali-
oppositæ costato-falcatæ rubescentes 1–1.5 mm. longæ circa apicem

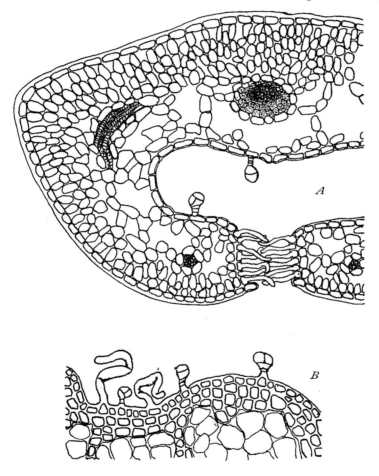

Fig. 2.
A. Larger half of cross-sectioned leaf of Asiatic *Empetrum*.
B. A part of cross section of branchlets of Asiatic *Empetrum*;
   curved hairs and stalked glands are seen at the edge.
   Magnified 100 times.
   (Figures were drawn by Mr. Shidzuo Momose)

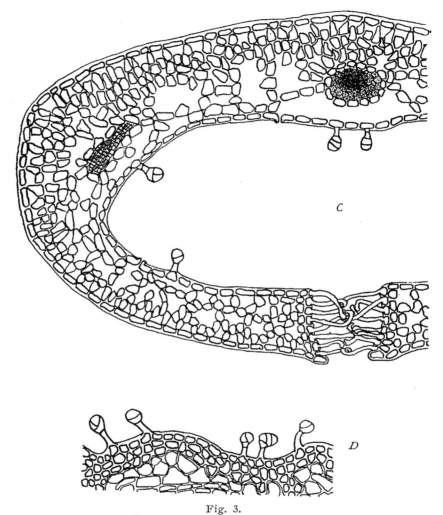

Fig. 3.

C. Larger half of cross-sectioned leaf of Europæan *Empetrum*, in which lower gap of leaf far bigger than the Asiatic.

D. A part of cross section of branchlets of Europæam *Empetrum*, no hairs are present and the stalk of glands is made of only one or two cells while in the Asiatic of two—four cells.

(All are magnified 100 times).

(Figures were drawn by Mr. SHIDZUO MOMOSE).

margine sub lente minutissime fimbriatæ. Sepala 3 late ovata falcato-imbricata rubescentia. Petala 3 sepalis alterna obovato-oblonga rubicunda, in floribus fæmineis 2.5 mm. longa. in floribus masculis 1.5–2

mm. longa. Stamina 3 petalis alterna 7–8 mm. longa ; antheræ dor-
sifixæ rotundatæ vel obovatæ utrinque emarginatæ longitudine sub-
laterali-dehiscentes. Ovarium depresso-globosum viride. Styli circ. 1
mm. longi columnales. Stigmata 7–9 radiata et reflexa. Bacca glo-
bosa 6–8 mm. lata nigra vel parce pruinosa, dulcis vel dulcissimis.

Nom. Jap. *Gankôran.*

Nom. Quelpært. *Siromi, Sirum.*

Hab.

Kanhoku : in monte Minami-Hôtaizan (M. FURUMI n. 201, 11, Jul. 1917);
in monte Mutôhô (T. NAKAI n. 2191 fructif., 8 Aug. 1914).

Quelpært : in monte Hallasan (S. ICHIKAWA, fl. fæm., 1905); ibidem,
in latere boreali 1850 m. (T. NAKAI n. 166, fl. ♂, 17 Maio 1913);
ibidem, in latere australi 1800 m. (T. NAKAI n. 6274, alabastrif., 31
Oct. 1917); in monte Hallasan (T. MORI n. 96); in monte Hallasan
2000 m. (E. TAQUET n. 323, Oct. 1907); in apice Hallasan 2000 m.
(U. FAURIE n. 1882, Jun. 1907); in monte Hallasan 1700 m. (E. TA-
QUET n. 4664, Aug. 1910).

Distr. var. Ussuri, Amur, Hondo, Yeso, Kuriles, Sachalin, Penin-
sula Kamtchatica.

I had tasted myself the fruits of the real *Empetrum nigrum* on Mt.
Jungfrau in Switzerland, and in the coastal island of Sweden during
my sojourn in Europe in 1924–1925. They were bitter and inedible.
East Asiatic *Empetrum* has nice sweet edible fruits. Similar contrasts
are also seen in the followings.

Europe	Asia
Inedible fruits of *Lonicera cærulea* L.	Edible fruits of *Lonicera edulis* TURCZANINOW. Edible fruits of *L. emphyllocalyx* MAXIMOWICZ.
Inedible fruits of *Vaccinium uliginosum* L. ...	Edible fruits of *Vaccinium Fauriei* LÉVEILLÉ.
Inedible foliages of *Artemisia vulgaris* L.	Edible foliages of *Artemisia asiatica* NAKAI. (*A. dubia* f. *asiatica* PAMPANINI). Edible foliages of *A. lavandulæfolia* DC.

In the sterile specimens, the leaves of Asiatic *Empetrum* are remarkably narrower than the Europæan. In this case, the respective relation is quite contradictory to the genus *Diapensia*. With the exception of *Stellaria media*, *Oxalis corniculata*, and a few circumpolar elements Asiatic plants differ from the Europæan specifically or as a variety. The west flank of distribution of East-Asiatic plants is Baical-Davurian region as I had already noticed in the page 252 of Tokyo Botanical Magazine XLVII, 1933. This is probably due to the big gap made by the basins of the Obi and the Jenisei where had been the sea continued to Aral Sea and Caspian Sea untill quite recent geological age. North American plants especially Canadian resemble more to the Asiatic than either to the Europæan or to the American as their origin came from the Asiatic side over the Bering-district where the present two continents were connected untill the American glacier had retired to the north arctic region,

蕁麻科

URTICACEAE

(1) 主要ナル引用書類

著者名	書名又ハ論文ノ題目ト其出版年代

ADANSON, M.　　　(1) *Castaneæ*, in Familles des plantes II, 366–377 (1763).

AGARDH, J. G.　　(2) *Urticeæ*, in Theoria Systematis Plantarum 257–258 (1858).

AITON, W. T.　　(3) *Bœhmeria—Urtica*, in Hortus Kewensis ed. 2, V, 261–266 (1813).

BARTLING, F. T.　　(4) *Urticeæ*, in Ordines Naturales Plantarum 105–106 (1830).

BENTHAM, G. & HOOKER, J. D.

　　(5) *Urticaceæ*, in Genera Plantarum III, 341–395 (1880).

BLUME. C. L.　　(6) Synoptische Beschrijving van eenige planten, behoorende tot de familie der *Urticeën* en *Amentaceën*, op eene, in de jaren 1823–1824 gedane reis over Java, waargenomen en beschreven, in Bijdragen tot de Flora van Nederlandsch Indië 10 Stuk 435–528 (1825).

　　(7) *Urticaceæ*, in Museum Botanicum Lugduno-Batavum II, 137–170, t. XII–XXIV (1856), 193–256, t. XLVIII–LVII, (1856).

DE JUSSIEU, A. L.　　(8) *Urticeæ*, in Genera Plantarum 400–407 (1789).

DE LAMARCK, J. B. A. P. MONNET

　　(9) *Ortie*, in Encyclopédie Méthodique IV, 636–646 (1797).

LE LAMARCK & DE CANDOLLE, A. P.

　　(10) *Urticeæ* Trib. II, *Urticeæ*, in Synopsis Plantarum in Floram Gallicam Descriptarum 184–185 (1806).

　　(11) *Urticeæ*, in Flore Française ed. III, 321–327 (1815).

DUMORTIER, B. C.　　(12) *Urticaceæ*, in Analyse des familles des plantes 17 (1829).

EICHLER, A. W.　　(13) *Urticaceæ*, in Blüthendiagramme II, 49–54 (1878).

ENDLICHER, S.　　(14) *Urticaceæ*, in Prodromus Floræ Norfolkicæ 37–40 (1833).

(15) *Urticaceæ*, in Genera Plantarum 282–285 (1836).

(16) *Urticaceæ*, in Enchiridion Botanicon 169–171 (1841).

ENGLER, A.

(17) *Urticaceæ*, in Die Natürlichen Pflanzenfamilien III, Abt. 1, 98–118 (1888).

FRANCHET, A. & SAVATIER, L.

(18) *Urticaceæ*, in Enumeratio Plantarum Japonicarum I, 437–442 (1875).

GAUDICHAUD, C.

(19) *Urticeæ*, in LOUIS DE FREYCINET, Voyage autour du Monde 492–505 (1826).

(20) *Urticées*, in Voyage autour du Monde exécuté pendant les années 1836 et 1837 sur la corvette la Bonite 143–170, t. 71–133 (1846).

GMELIN, J. F.

(21) *Parietaria—Trophis*, in Systema Naturæ II, pt. 1, 266–272 (1791).

HOOKER, J. D.

(22) *Urticaceæ*, in Flora of British India V, 477–594 (1888).

JACQUIN, N. J.

(23) *Boehmeria*, in Enumeratio systematica plantarum, quas in insulis Caribæis vicinaque Americaces continente detexit novas, aut jam cognitas emendavit 9 & 31 (1760).

KOCH, K.

(24) *Urticeæ*, in Synopsis Floræ Germanicæ et Helveticæ ed. 1, 635–637 (1837).

KUNTZE, O.

(25) *Urticaceæ*, in Revisio generum plantarum II, 621–636 (1891).

LINDLEY, J.

(26) *Urticeæ*, in A Synopsis of the British Flora ed. 1, 218–219 (1829).

(27) *Urticeæ*, in An Introduction to the Botany 93–94 (1830).

(28) *Urticaceæ*, in A Natural System of Botany 175–178 (1836).

LINNÆUS, C.

(29) *Scabridæ*, in Philosophia Botanica, ed. 1, 29 (1751).

(30) *Urtica*, in Species Plantarum ed. 1, 983–985 (1753).

(31) *Urtica*, in Genera Plantarum ed. 5, 423 (1754).

(32) *Caturus*, in Mantissa Plantarum I, 19–20 (1767).

(33) *Scabrideæ*, in Prælectiones in Ordines Naturales Plantarum, ed. P. D. GISEKE, 593 (1792).

LOUREIRO, J.

(34) *Polychroa*, in Flora Cochinchinensis ed. 1, 559–560; *Urtica* 681–683 (1790).

MAXIMOWICZ, C. J.   (35) *Urticaceæ*, in Mélanges Biologiques IX, 618–650 (1877).

MEISNER, C. F.   (36) *Urticaceæ*, in Plantarum Vascularium Genera I, 348–349 (1836).

MIQUEL, F. A. G.   (37) *Splitgerbera*, Novum *Urticacearum* genus Japonicum, in Commentarii Phytographici 133–136 (1839).

(38) *Urticeæ*, in F. W. JUNGHUHN, Plantæ Junghuhnianæ I, 18–41 (1850).

(39) *Urticineæ*, in MARTIUS, Flora Brasiliensis IV, pt. 1, 77–222, t. 26–69 (1853).

(40) *Urticeæ*, in Floræ Indicæ Batavæ II, 224–275 (1859).

MIRBEL, C. F. B.   (41) *Urticeæ*, in Elémens de Physiologie Végétale et de Botanique 904–905 (1815).

MUTEL, A.   (42) *Urticacées*, in Flore Française III, 170–174 (1836).

NAKAI, T.   (43) *Urticaceæ*, in Flora Koreana II, 194–199 (1911).

(44) *Parietaria coreana*, in Tokyo Botanical Magazine XXXIII, 46–47 (1919).

(45) *Pilea oligantha—Pilea Taquetii*, in Tokyo Botanical Magazine XXXV, 140–141 (1921).

PERSOON, C. H.   (46) *Urticeæ* (*Urtica—Elatostemma*), in Synopsis Plantarum II, pt. 2, 552–557 ; *Caturus* 605–606 (1807).

RIDLEY, H. N.   (47) *Urticaceæ*, in the Flora of the Malay Peninsula III, 317–368 (1924).

REICHENBACH, L.   (48) *Urticaceæ*, in Flora Germanica Excursoria II, 178–181 (1831).

(49) *Urticaceæ* (*Parietaria* & *Urtica* tantum) in Icones Floræ Germanicæ & Helveticæ XII, 9–11, t. DCLI–DCLIV (1850).

ST. HILAIRE, J.   (50) *Urticeæ*, Exposition des familles naturelles et de la germination des plantes II, 302–314, t 110 (1805).

SCHREBER, C. D.   (51) *Boehmeria* & *Urtica*, in Genera Plantarum II, 632–633 (1791).

SPACH, E.   (52) *Urticeæ*, in Histoire naturelle des Végétaux XI, 22–34 (1842), excl. Pl. 133.

SPRENGEL, C.   (53) *Urtica—Procris*, in Systema Vegetabilium III,

760 & 836–847 (1826).

THUNBERG, C. P.

(54) *Boehmeria spicata & B. frutescens*, in Transactions of the Linnæan Society II, 330 (1794).

(55) *Urtica*, in Flora Japonica 69–71 (1784).

VENTENAT, E. P.

(56) *Urticeæ*, in Tableau du règne végétale III, 524–550 (1799).

VITMAN, F.

(57) *Urtica*, in Summa Plantarum V, 313–319 (1791).

WEDDELL, H. A.

(58) Revue de la famille des *Urticées*, in Annales des sciences naturelles 4 sér. I, 173–212 (1854).

(59) Monographie de la famille des *Urticées*, in Archives du Muséum d'histoire naturelle, Paris IX, 1–400 t. I–XI, (1856); 401–592 t. XIII–XX, (1857).

(60) *Urticaceæ*, in ALP. DE CANDOLLE, Prodromus systematis naturalis regni vegetabilis XVI, pt. 1, 32–235[64] (1869).

WILLDENOW, C. L.

(61) *Bœhmeria—Urtica*, in Species Plantarum IV, pt. 1, 340–367 (1805).

(2)　朝鮮產蕁麻科植物研究ノ歷史

　1899 年、英國ノ W. B. HEMSLEY 氏ハ The Journal of the Linnæan Society, Botany. XXVI 卷第 6 部ニ WILFORD, OLDHAM 兩氏ガ巨文島ニテ探リシ かてんさう *Nanocnide japonica* BLUME, OLDHAM 氏ガ朝鮮群島ノ何地ニテカ探リシ こけみづ *Pilea peploides* HOOKER & ARNOTT, CARLES 氏ガ京城ノ山ニテ探リシ *Bœhmeria spicata* THUNBERG ト ヲ記ス。但シ最後ノモノハ くさこあかそ *Bœhmeria paraspicata* NAKAI ヲ誤認セルモノナリ。

　1900 年 露國ノ JWAN PALIBIN 氏ハ Acta Horti Petropolitani 第 XVIII 卷ニ朝鮮植物誌第 2 部ヲ發表シテ HEMSLEY 氏ノ記セシト同ジモノヲ列舉セリ。

　1901 年 露國ノ VLADIMIR KOMAROV 氏ハ Acta Horti Petropolitani 第 XIX 卷ニ蕁麻科ノ新屬 *Bœhmeriopsis pallida* KOMAROV ガ北鮮ニアル事ヲ記述セシガ之レハ蕁麻科植物ニ非ズシテ桑科植物ノ くはくさ屬ニ移スベキモノナリ。

　1903 年 同氏ハ Acta Horti Petropolitani 第 XXII 卷ニ滿洲植物誌第 2

部ヲ發表セシガ其中ニ北鮮ニ次ノ蕁麻科植物アルヲ記ス。 *Urtica lœte-virens* MAXIMOWICZ, *Laportea bulbifera* MAXIMOWICZ, *Girardinia cuspi-data* WEDDELL, *Achudenia japonica* MAXIMOWICZ, *Bœhmeria japonica* MIQUEL, *Bœhmeriopsis pallida* KOMAROV, *Parietaria debilis* FORSTER var. *micrantha* WEDDELL. 而シテ *Bœhmeriopsis pallida* ヲ圖解セリ。 但シ *Bœhmeria japonica* ト鑑定セルハ くさこあかそ *Bœhmeria paraspicata* NAKAI ニシテ *Bœhmeriopsis pallida* ハ桑科ノ *Fatoua* ニ移スベキハ既記ノ如シ。

1911 年 中井猛之進ハ 東京帝國大學理科大學 紀要 第 31 卷ニ朝鮮植物誌第 II 部ヲ發表シ、其中ニ次ノ蕁麻科植物ヲ記セリ。

Laportea bulbifera MAXIMOWICZ	*Parietaria debilis* FORTER var. *micrantha* WEDDELL
Girardinia cnspidata WEDDELL	*Pilea pumila* A. GRAY
G. *condensata* WEDDELL	*Pilea peploides* HOOKER & ARNOTT
Urtica lœtevirens MAXIMOWICZ	*Bœhmeria spicata* THUNBERG
Urtica angustifolia FISCHER	*Bœhmeria holosericea* BLUME
Nanocnide japonica BLUME	*Bœhmeria japonica* MIQUEL
Achudenia japonica MAXIMOWICZ	

其中 *Pilea pumila* ハあをみづ *Pilea viridissima* MAKINO, *Bœhmeria holo-sericea* BLUME ハさいかいやぶまを *Bœhmeria pannosa* SATAKE, *Bœhmeria japonica* MIQUEL ハくさこあかそ *Bœhmeria paraspicata* NAKAI ニ改ムベシ。

1914 年 4 月 中井猛之進 提出ノ濟州島植物調査報告書ト莞島植物調査報告書トヲ併セテ朝鮮總督府ヨリ出版アリ其中ニアル蕁麻科植物ハ 16 種 1 變種ナリ。

Achudenia japonica MAXIMOWICZ やまみづ

Bœhmeria japonica MIQUEL……おほあかそ *Bœhmeria tricuspis* MAKINO ニ改ム。

Bœhmeria holosericea BLUME……さいかいやぶまを *Bœhmeria pannosa* SATAKE ニ改ム。

Bœhmeria nivea HOOKER & ARNOTT……一部ハまを *Bœhmeria frutes-cens* THUNBERG ニ改ム。

Bœhmeria Sieboldiana BLUME ながばやぶまを

B. Sieboldiana var. *scabra* NAKAI……濟州ながばやぶまを *Bœhmeria Nakaiana* SATAKE ニ改ム。

Bœhmeria Taquetii NAKAI 濟州あかそ

Bœhmeria spicata THUNBERG こあかそ

Elatostemma sessile FORSTER var. *cuspidata* WEDDELL ときほこり……
　　　　　學名ハ近時 *Elatostemma nipponica* MAKI-
　　　　　NO ト改メラレタリ。

Elatostemma umbellata BLUME ひめうはばみさう

Laportea bulbifera WEDDELL むかごいらくさ

Nanocnide japonica BLUME かてんさう

Pellionia scabra BENTHAM きみづ

Pilea Hamaoi MAKINO みづ……耽羅みづ *Pilea Taquetii* NAKAI ニ改
　　　　　ム。

Pilea peploides HOOKER & ARNOTT こけみづ

Pilea viridissima MAKINO あをみづ

Urtica lætevirens MAXIMOWICZ こばのいらくさ

同年5月中井猛之進ハ FEDDE 氏監修ノ Repertorium Specierum No-
varum Regni Vegetabilis 第 XIII 卷ニ *Bœhmeria Taquetii* ノ記相文ヲ
載ス。

1915年 中井猛之進ノ智異山植物調査報告書ガ總督府ヨリ出版サレシ中
ニハ次ノ3種ノ蕁麻科植物アリ。

Bœhmeria japonica MIQUEL……くさこあかそ *Bœhmeria paraspicata*
　　　　　NAKAI ニ改ム。

Pilea peploides HOOKER & ARNOTT こけみづ

Urtica angustifolia FISCHER……ながばいらくさ *Urtica sikokiana* MAKI-
　　　　　NO ニ改ム。

1916年 中井猛之進ハ朝鮮彙報特別號ニ鷲峯植物ノ調査ト題シテ一文ヲ
草セシ中ニハ蕁麻科植物ハ唯ほそばいらくさ *Urtica angustifolia* FISCHER
一種ノミヲ擧グ。

1918年 中井猛之進提出ノ金剛山植物調査書ガ總督府ヨリ出版セラル。
其中ニ記シアル蕁麻科植物ハ次ノ8種ナリ。

Bœhmeria japonica MIQUEL……くさこあかそ *Bœhmeria paraspicata*
　　　　　NAKAI ニ改ム。

Bœhmeria spicata THUNBERG……同上ニ改ム。

Laportea bulbifera WEDDELL むかごいらくさ

Parietaria debilis FORSTER var. *micrantha* WEDDELL ひかげみづ

Pilea peploides HOOKER & ARNOTT こけみづ

Pilea viridissima MAKINO あをみづ

Urtica angustifolia FISCHER ほそばいらくさ

— 135 —

Urtica lætevirens MAXIMOWICZ こばのいらくさ

1919 年 3 月 中井猛之進ハ東京植物學雜誌ニ咸北七寶山產ノ新種つるみづ *Parietaria coreana* NAKAI ヲ記載發表ス。

1919 年 4 月 中井猛之進提出ノ欝陵島植物調查書ガ總督府ヨリ出版セラル。其中ニアル蕁麻科植物ハ次ノ 4 種ナリ。

Bœhmeria nivea GAUDICHAUD なんばんからむし

Bœhmeria spicata THUNBERG こあかそ

Bœhmeria tricuspis MAKINO おほあかそ

Urtica japonica MAXIMOWICZ いらくさ......*Urtica lætevirens* MAXIMO-
WICZ var. *robusta* F. MAEKAWA ニ改ム。

1921 年 9 月中井猛之進ハ東京植物學雜誌第 35 卷ニ平北、咸南ノ一新みづナルおくやまみづ *Pilea oligantha* NAKAI ト更ニ濟州島ノ耽羅みづ *Pilea Taquetii* NAKAI トヲ記述ス。

1922 年森爲三氏編 朝鮮植物名彙ガ總督府ヨリ出版セラル。其中ニアル蕁麻科植物ハ次ノ如シ。

Achudenia japonica MAXIMOWICZ やまみづ

Bœhmeria japonica MIQUEL あかそ......*Bœhmeria paraspicata* NAKAI
くさこあかそナリ。

Bœhmeria holosericea BLUME のまを......*Bœhmeria pannosa* SATAKE さ
いかいやぶまをナリ。

Bœhmeria nivea GAUDICHAUD まを......一部ハ *Bœhmeria frutescens*
THUNBERG まを、一部ハ *Bœhmeria nivea*
GAUDICHAUD なんばんからむしナリ。

Bœhmeria platanifolia FRANCHET & SAVATIER おほやぶまを......
Bœhmeria longispica STEUDEL やぶまを
ナリ。

Bœhmeria Sieboldiana BLUME ながばやぶまを

Bœhmeria Sieboldiana var. *scabra* NAKAI......*Bœhmeria Nakaiana* SA-
TAKE さいしうながばやぶまをナリ。

Bœhmeria Taquetii NAKAI さいしうあかを

Bœhmeria tricuspis MAKINO おほあかそ

Elatostemma sessilis FORSTER var. *cuspidata* WEDDELL ときほこり......
學名ハ *Elatostemma nipponica* MAKINO
ナリ。

Elatostemma umbellata BLUME ひめうはばみさう

Girardinia cuspidata WEDDELL おほいらくさ......次ノおにいらくさニ

同じ。

Girardinia condensata WEDDELL おにいらくさ

Laportea bulbifera WEDDELL むかごいらくさ

Nanocnide japonica BLUME かてんさう

Parietaria coreana NAKAI つるみづ

Parietaria debilis FORSTER var. *micrantha* WEDDELL ひかげみづ......
　　　　　　　　　　Parietaria micrantha LEDEBOUR ニ同ジ。

Pellionia scabra BENTHAM きみづ......學名ハ *Polychroa scabra* HU ニ
　　　　改ム。

Pilea Hamaoi MAKINO みづ......1部ハ おくやまみづ *Pilea oligantha*
　　　　NAKAI ニシテ1部ハ 耽羅みづ *Pilea*
　　　　Taquetii NAKAI ナリ。

Pilea oligantha NAKAI おくやまみづ

Pilea peploides HOOKER & ARNOTT こけみづ

Pilea Taquetii NAKAI 耽羅みづ

Pilea viridissima MAKINO あをみづ

Urtica angustifolia FISCHER ほそばいらくさ......1部ハ ながばいらくさ
　　　　Urtica sikokiana MAKINO ナリ。

Urtica lœtevirens MAXIMOWICZ こばのいらくさ

Urtica japonica MAXIMOWICZ いらくさ......*Urtica lœtevirens* var. *robusta*
　　　　F. MAEKAWA ナリ。

(3)　朝鮮産蕁麻科植物ノ効用

　蕁麻科植物ハ麻科植物ト共ニ纖維植物トシテ著名ノモノデアル。殊ニら
み―(Ramie)ト云フノハ學名ヲ *Bœhmeria utilis* ANDRÉ ト云ヒ丈モ高ク
育チ纖維モ良質デアルガ暖地ヲ好ムカラ朝鮮デハ濟州島ガ最適地デアラウ。
之ニ次デ纖維ヲ利用シ得ルモノハ南蠻からむし。からむし、西海やぶまを、
やぶまを、おほあかそナドデアルガ殊ニからむし類ハ良質ノ纖維ヲ採ル原
料植物デアリ、廣意ノらみ―ヲナシテ居ル。隣邦滿洲國デハ年々百數十萬
圓ノらみ―ヲ南洋カラ輸入シテ居ルニ鑑ミからむし類ノ適地デアル中鮮以
南デ副業的ニ栽植スルノハ有利ナ事ト考ヘル。殊ニからむしハ堤防ニ植ヱ
テ土砂ヲ防ギ出來ノ惡イ丈ノ低イモノハ唯纖維ヲ集メテ椅子、「ソフアー」
等ノ綿ノ代用品ニスレバ綿ヨリモ良質デアル。又縒リ合セテ丈夫ナ綱ニス
ル事モ出來ル。殊ニ唐米袋、雜穀袋ニハ最適當デアル。
　ひめうはばみさう。みづ等ハ何レモ食用トナル。雜草ヲ何ニヨラズ食べ

ル鮮人ニハ上等ナ「なむる」デアル。

之ニ反シテ本科中最モ厄介ナモノハいらくさノ類デ殊ニほそばいらくさ、おにいらくさノ如キハ繊維ヲ利用スルヨリモ如何ニシテ之ヲ絶スベキカガ先決問題デアル。山林ニ入ルモノガ此等ノ植物ノ刺毛ニ觸レテ刺サレタ時ハ酷シイ場合ニハ蜂ニ刺サレタ以上ニ痛ム事モアル。

(4) 朝鮮産蕁麻科植物ノ分類

蕁 麻 科

1年生又ハ多年生；草本、半灌木、灌木又ハ喬木、有毛又ハ刺毛アリ稀ニ乳管ヲ有スルモノモアル。葉ハ互生又ハ對生、有柄、有鋸齒又ハ全緣、托葉アリ。花ハ雌雄同株又ハ異株稀ニ兩全、葉腋ニ密集スルモノ、穗狀花序ヲナスモノ、頭狀花序ヲナスモノ、圓錐花叢ヲナスモノナドアリ。花被片ハ4又ハ5個又ハ2又ハ3個離生又ハ合萼、花瓣ナシ、雄蕊ハ花被片ト同數ニシテ花被片ニ對生シ蕾ニアリテハ內曲シ、花絲ハ離生又ハ基部相癒合ス。葯ハ背着、側方ニ開ク、但シ雌花ニテハ雄蕊ナキカ又ハ痕跡アルノミ。子房ハ1室、上位、卵子ハ1個基生直立ス。花柱ハ1個分岐セヌモノ2岐スルモノ、毛筆狀ニ分レルモノ、楯形ニ開クモノナドアリ。果實ハ瘦果堅キ果皮ヲ有シ永存性ノ花被又ハ漿質ノ花被ニ包マル。胚乳ハ脂質、幼根ハ上向。

43屬ニ屬スル600餘種之ニ屬シ、全世界ノ溫帶、暖帶、熱帶地方ニ廣ク分布ス。其中朝鮮ニ次ノ各種アリ。

1. **Achudenia japonica** Maximowicz in Bull. Acad. Sci. St. Pétersb. XXII, 241 (1877).
   　　　やまみづ　　　　　　　　濟州島
2. **Bœhmeria frutescens** Thunberg in Trans. Linn. Soc. II, 330 (1794).
   　　　まを　　　　　　　　　　濟州島
3. **Bœhmeria hirtella** Satake, sp. nov.
   　　　けながばやぶまを　　　　濟州島
4. **Bœhmeria longispica** Steudel, Fl. Regensb. 260 (1850).
   　　　やぶまを　　　　　　　濟州島、巨文島、大靑島
5. **Bœhmeria Nakaiana** Satake, sp. nov.
   　　濟州ながばやぶまを　　　　濟州島
6. **Bœhmeria nivea** (L.) Hooker & Arnott, Bot. Capt. Beechey's

Voy. pt. 5, 214 (1836).

　　　南蠻からむし　　　　　　　濟州島、全南、欝陵島

　　　モシ（濟州島）

7.　**Bœhmeria pannosa** SATAKE, sp. nov.

　　　西海やぶまを　　　　　　　濟州島、巨文島、慶南

　　　ブクチン（濟州島）

8.　**Bœhmeria paraspicata** NAKAI, Veget. Mt. Apoi 19 (1930), cum diagn. Jap.

　　　くさこあかそ　　　　　　　慶南、京畿、江原、平南、咸南

9.　**Bœhmeria quelpærtensis** SATAKE, sp. nov.

　　　耽羅やぶまを　　　　　　　濟州島

10.　**Bœhmeria Sieboldiana** BLUME, Mus. Bot. Lugd. Bat. II, 220 (1856).

　　　なかばやぶまを　　　　　　濟州島

11.　**Bœhmeria spicata** THUNBERG in Trans. Linn. Soc. II, 330 (1794).

　　　あかそ　　　　　　　　　　濟州島、全南、慶南、慶北、欝

　　　サンヂン（濟州島）　　　　　陵島、忠南、黃海、平南

12.　**Bœhmeria Taquetii** NAKAI, Veget. Isl. Quelpært 39 (1914), nom. nud., in FEDDE, Repert. XIII, 267 (1914).

　　　濟州あかそ　　　　　　　　濟州島

13.　**Bœhmeria tricuspis** (HANCE) MAKINO in Tokyo Bot. Mag. XXVI, 387 (1912).

　　　おほあかそ　　　　　　　　京畿、欝陵島

14.　**Elatostemma nipponica** MAKINO, Journ. Jap. Bot. II. 19 (1921).

　　　ときほこり　　　　　　　　濟州島

15.　**Elatostemma umbellata** BLUME, Mus. Bot. Lugd. Bat. II, pt. 4, fig. XIX, (1852).

　　　ひめうはばみさう　　　　　平南、濟州島

16.　**Girardinia cuspidata** WEDDELL in ALP. DE CANDOLLE, Prodr. XVI, pt. 1, 103 (1869).

　　　おにいらくさ　　　　　　　京畿、江原、咸北、咸南

17.　**Laportea bulbifera** (SIEBOLD & ZUCCARINI) WEDDELL in Arch. Mus. Paris IX, 139 (1856).

　　　むかごいらくさ　　　　　　江原、平南

18.　**Nanocnide japonica** BLUME, Mus. Bot. Lugd. Bat. II, 154 t. 17 (1856).

かてんさう　　　　　　　濟州島、全南、全北

19. **Parietaria coreana** NAKAI in Tokyo Bot. Mag. XXXIII, 46 (1919).
つるみづ　　　　　　　咸北

20. **Parietaria micrantha** LEDEBOUR. Icones Pl. Nov. Imperf. Cogn.
Fl. Ross. I, pt. 1, t. 7 (1829).
ひかげみづ　　　　　　平南、江原、咸南

21. **Pilea oligantha** NAKAI in Tokyo Bot. Mag. XXXV, 140 (1921).
おくやまみづ　　　　　平北、咸南

22. **Pilea peploides** (GAUDICHAUD) HOOKER & ARNOTT, Bot. Capt.
BEECHEY's Voy. 96 (1832).
こけみづ　　　　　　　濟州島、慶南、黃海、江原

23. **Pilea Taquetii** NAKAI in Tokyo Bot. Mag. XXXV, 141 (1921).
たんなみづ　　　　　　濟州島、慶南

24. **Pilea viridissima** MAKINO in Tokyo Bot. Mag. XXIII, 87 (1904).
あをみづ　　　　　　　濟州島、京畿、江原、平南、平
北、咸南

25. **Polychroa scabra** (BENTHAM) HU in Journ. Arnold Arboret. V,
228 (1924).
きみづ　　　　　　　　濟州島

26. **Urtica angustifolia** FISCHER ex HORNEMANN, Hort. Hafn. Suppl.
I, 107 (1819).
ほそばいらくさ　　　　慶北、京畿、黃海、江原、平南、
平北、咸南、咸北

27. **Urtica lætevirens** MAXIMOWICZ in Bull. Acad. Sci. St. Pétersb.
XXII, 236 (1877).
こばのいらくさ　　　　黃海、江原、咸南
var. **robusta** F. MAEKAWA
たけしまいらくさ　　　欝陵島、巨文島、濟州島
ソワンェ、ソワイン (濟州島)

28. **Urtica sikokiana** MAKINO in Tokyo Bot. Mag. XXIV, 5 (1905).
ながばいらくさ　　　　智異山

以上 28 種ノ中眞ノ木本植物ハからむし屬ノこあかそノミニシテ朝鮮ニ
於テモ濟州島、甫吉島、莞島等ノ暖地ノ溪谷ニ於テハ高サ 4-5 m. 幹ノ直
徑 3-5 cm. ニ達ス。

からむし 屬

多年生ノ草本、半灌木又ハ灌木有毛、葉ハ對生ニシテ相對スル葉ガ同形同大ナルト異型不同ナルモノトアリ。有柄 1-2 年生、托葉ハ離生又ハ基ガ相癒合シ脱落性、花ハ必ズ集團シテ出デ其集團ハ或ハ腋生或ハ穗ヲナシ或ハ圓錐花叢ヲナス。苞ハ鱗片狀、花ハ單性、雌雄同株又ハ異株、雄花ハ 4 (3-5) 個ノ裂片ヲ有スル蕚ト、4 (3-5) 個ノ蕚片ニ對生スル雄蕋トヲ有シ雌蕋ナシ。雌花ハ合蕚ヲ有シ其先端ニ短キ 2-4 齒アリ。蕚ハ永存性ニシテ果實ヲ包ミ往々兩翼アルアリ。雄蕋ナク、子房ハ 1 個 1 室 2 個ノ永存性ノ柱頭ヲ有シ、卵子ハ基生直生 2 珠被アリ。瘦果ハ堅キ果皮ヲ有ス。種皮ハ薄シ。

暖帶、熱帶ニ亙リ約 100 種アリ。朝鮮ニハ次ノ 13 種ヲ産ス。

Urticaceæ DUMORTIER, Analyse 17 (1829), pro parte ; REICHENBACH, Fl. Germ. Excurs. II, 178 (1831), pro parte ; ENDLICHER, Prodr. Fl. Norforkicæ 37 (1833), pro parte ; LINDLEY, Nat. Syst. Bot. 175 (1836), pro parte ; ENDLICHER, Gen. Pl. I, 282 (1836), pro parte ; MEISNER, Pl. Vasc. Gen. I, 348 (1836), pro parte ; ENDLICHER, Enchir. 169 (1841); pro parte ; LINDLEY, Veget. Kingd. ed. 1, 260 (1846), pro parte ; BLUME, Mus. Bot. Lugd. Bat. II, 137 (1856) ; WEDDELL in Arch. Mus. Paris IX, 49 (1856), in ALP. DE CANDOLLE, Prodr. XVI, pt. 1, 32 (1869) ; EICHLER, Blüthendiagr. II, 49 (1878) ; BENTHAM & HOOKER, Gen. Pl. III, 341 (1880) ; ENGLER in ENGLER & PRANTL, Nat. Pflanzenfam. III, Abt. 1, 98 (1888) ; REHDER, Manual 201 (1927).

Syn. *Scabridæ* LINNÆUS [Phil. Bot. ed. 1, 29 (1751)]; ed. 2 a GLEDITSCH 29 (1780) ; Prælect. Ord. Nat. Pl. ed. GISEKE 593 (1792).

Castaneæ ADANSON, Fam. Pl. II, 366 (1763), pro parte.

Urticæ DURANDE, Not. Elém. Bot. 293 (1781), pro parte ; JUSSIEU, Gen. Pl. 400 (1789), pro parte.

Urticeæ VENTENAT, Tabl. Règn Végét. III, 524 (1799), pro parte ; J. ST. HILAIRE. Exposit. Fam. Pl. II, 302 t. 110 (1805), pro parte ; PERSOON, Syn. Pl. II, pt. 2, 552 (1807), pro parte ; MIRBEL, Elém. 904 (1815), pro parte ; LAMARCK & DE CANDOLLE, Fl. Franç. ed. 3, III, 321 (1815) ; pro parte ; GAUDICHAUD in FREYCINET Voy. 492 (1826) ; LINDLEY, Syn. Brit. Fl. ed. 1, 218 (1829), pro parte, Introd. Bot. 93 (1830), pro parte ; BARTLING, Ord. Nat. Pl. 105 (1830) ; RICHARD in Dict. Class. XVI, 479 (1830) SPACH, Hist. Végét. XI, 22 (1842) ; MIQUEL in Pl. Junghuhn. I, 18 (1850), in MARTIUS, Fl. Brasil. IV, pt. 1, 78 (1853) ; AGARDH, Theor. Syst. Pl. 257 (1858).

Urticeæ Trib. II, *Urticeæ* LAMARCK & DE CANDOLLE, Syn. Fl. Gall. 182 (1806), pro parte.

Urticeæ Trib. I, *Urticeæ Genuineæ* KOCH, Syn. Fl. Germ. & Helv. ed. 1, 635 (1837).

Urticacées Sous-ord. IV, *Urticineæ* ROUY, Fl. Franc. XII, 270 (1910).

Herbæ annuæ vel perennes, suffrutices, frutices vel arbores, pilosæ vel urenti-pilosæ, rarius lactiferæ. Folia alterna vel opposita vel ver- ticillatim terna, stipullata, petiolata, serrata, annua vel biennia. Flores monœici vel dioici rarius hermaphroditi, glomerati. Glomeruli florum axillares vel spicati, vel paniculati. Perigonii segmenta 4–5 vel 2–3 libera vel gamosepala. Stamina segmentis perigonii isomera, in ala- bastro incurva ; filamenta libera vel basi coalita ; antheræ basifixæ laterali apertæ ; in floribus fæmineis nulla vel abortiva. Ovarium 1– loculare superum. Ovulum 1 basifixum orthotropum. Stylus 1 indi- visus vel bifidus, vel penicillatus, vel peltatus. Fructus testis crustaceis. Albumen oleaceum. Radicula supera.

Species ultra 600 generum 43 in regionibus temperatis et tropicis per totas regiones orbis distributæ. Inter eas in Korea sequentes sunt indigenæ.

1. **Achudenia japonica** MAXIMOWICZ in Bull. Acad. Sci. St. Pétersb. XXII, 241 (1877).

   Quelpært, Kannan ?

2. **Bœhmeria frutescens** THUNBERG in Trans. Linn. Soc. II, 333 (1794).

   Quelpært.

3. **Bœhmeria hirtella** SATAKE, sp. nov.

   Quelpært.

4. **Bœhmeria longispica** STEUDEL, Fl. Regensb. 260 (1850).

   Quelpært, Prov. Keinan : Insl. Kyosai- tô, Prov. Kokai : insl. Taiseitô.

5. **Bœhmeria Nakaiana** SATAKE, sp. nov.

        Quelpært.

6. **Bœhmeria nivea** (LINNÆUS) HOOKER & ARNOTT, Bot. Capt. BEECHEY'S Voy. pt. 5, 214 (1836).

    Nom. Kor. *Mosi.*   Quelpært, Zennan, Dagelet.

7. **Bœhmeria pannosa** SATAKE, sp. nov.

    Nom. Kor. *Puck-chin*   Quelpært, Prov. Zennan : Isl. Kyobun-tô, Prov. Keinan : Tôrai.

8. **Bœhmeria paraspicata** NAKAI, Veget. Mt. Apoi 19 (1930), cum diagn. Jap.

                    Prov. Keinan, Prov. Keiki, Prov. Kôgen, Prov. Heinan, Prov. Kannan.

9. **Bœhmeria quelpærtensis** SATAKE, sp. nov.

        Quelpært.

10. **Bœhmeria Sieboldiana** BLUME, Mus. Bot. Lugd. Bat. II, 220 (1856).

        Quelpært.

11. **Bœhmeria spicata** THUNBERG in Trans. Linn. Soc. II, 330 (1794).

    Nom. Kor. *San-djin*   Prov. Zennan, Quelpært, Prov. Keinan, Prov. Keihoku, Prov. Tyunan, Prov. Kôkai, Prov. Heinan, Dagelet.

12. **Bœhmeria Taquetii** NAKAI, Veget. Isl. Quelpært 79 (Apr. 1914), nom. nud., in FEDDE, Repert. Nov. Sp. XIII, 267 (Maio 1914).

        Quelpært.

13. **Bœhmeria tricuspis** (HANCE) MAKINO in Tokyo Bot. Mag. XXVI, 387 (1912).

        Prov. Keiki, Dagelet.

14. **Elatostemma nipponica** MAKINO, Journ. Jap. Bot. II, 19 (1921).

        Quelpært.

15. **Elatostemma umbellata** BLUME, Mus. Bot. Lugd. Bat. II, pt. 4 fig. XIX, (1852).

        Prov. Heinan, Quelpært.

16. **Girardinia cuspidata** WEDDELL in ALP. DE CANDOLLE, Prodr. XVI, pt. 1, 103 (1869).

        Prov. Keiki, Prov. Kôgen, Prov. Kannan, Prov. Kanhoku.

17. **Laportea bulbifera** (SIEBOLD & ZUCCARINI) WEDDELL in Arch. Mus. Paris IX, 139 (1856).

> Prov. Kôgen, Prov. Heinan, Quelpært.

18. **Nanocnide japonica** BLUME, Mus. Bot. Lugd. Bat. II, 154 t. 17 (1856).

> Quelpært, Prov. Zennan, Prov. Zenhoku.

19. **Parietaria coreana** NAKAI in Tokyo Bot. Mag. XXXIII, 46 (1919).

> Prov. Kanhoku.

20. **Parietaria micrantha** LEDEBOUR, Icon. Pl. Nov. Imperf. Cogn. Fl. Ross. I, pt. 1, t. 7 (1829).

> Prov. Heinan, Prov. Kannan.

21. **Pilea oligantha** NAKAI in Tokyo Bot. Mag. XXXV, 140 (1921).

> Prov. Heihoku, Prov. Kannan.

22. **Pilea peploides** (Gaudichaud) HOOKER & ARNOTT, Bot. Capt. BEECHEY'S Voy. 96 (1832).

> Prov. Keinan, Prov. Kôkai, Prov. Kôgen, Quelpært.

23. **Pilea Taquetii** NAKAI in Tokyo Bot. Mag. XXXV, 141 (1921).

> Quelpært, Prov. Keinan.

24. **Pilea viridissima** MAKINO in Tokyo Bot. Mag. XXIII, 87 (1904).

> Prov. Kannan, Prov. Kôgen, Prov. Heinan, Prov. Keiki, Quelpært.

25. **Polychroa scabra** (BENTHAM) HU in Journ. Arnold Arboret. V, 228 (1924).

> Quelpært.

26. **Urtica angustifolia** FISCHER ex HORNEMANN, Hort. Hafn. Suppl. I, 107 (1819).

> Prov. Heihoku, Prov. Heinan, Prov. Kôkai, Prov. Kannan, Prov. Kanhoku, Prov. Kôgen, Prov. Keiki, Prov. Keihoku.

27. **Urtica lætevirens** MAXIMOWICZ in Bull. Acad. Sci. St. Pétersb. XXII, 236 (1877).

> Prov. Kôkai, Prov. Kôgen, Prov. Kannan.

var. **robusta** F. MAEKAWA, var. nov.[1]

Isl. Dagelet, Isl. Kyobuntô, Isl. Quel-
pært.

28. **Urtica sikokiana** MAKINO in Tokyo Bot. Mag. XXIV, 5 (1905).

Prov. Keinan, Prov. Zennan.

Bœhmeria JACQUIN, Enum. Syst. Pl. Inst. Carib. 9 & 31 (1760),
Select. Hist. Americ. 216, t. 157 (1763); JUSSIEU, Gen. Pl. 403 (1789);
SCHREBER, Gen. Pl. II, 632 n. 1421 (1791); GMELIN, Syst. nat. II, pt.
I, 217 & 267 (1791); ST. HILAIRE, Exposit. II, 307 (1805); WILLDE-
NOW, Sp. Pl. IV, 340 (1805); PERSOON, Syn. Pl. II, pt. 2, 556 (1807);
AITON, Hort. Kew. ed. 2, V, 261 (1813); SPRENGEL, Syst. Veget. III,
760 (1826); GAUDICHAUD in FREYCINET, Voy. 499 (1826); ENDLICHER,
Gen. Pl. 284 (1836); MEISNER, Pl. Vasc. Gen. I, 349 (1836); MIQUEL
in MARTIUS, Fl. Brasil. IV, pt. 1, 185 (1853); BLUME, Mus. Bot. Lugd.
Bat. II, 194 (1856); WEDDELL in Arch. Mus. Paris IX, 343 (1856);
MIQUEL, Fl. Ind. Bat. II, 249 (1859); BENTHAM & HOOKER, Gen. Pl.
III, pt. 1, 387 (1880); ENGLER in ENGLER & PRANTL, Nat. Pflanzen-
fam. III, Abt. 1, 111 (1889); HOOKER fil., Fl. Brit. Ind. V, 575 (1888);
RIDLEY, Fl. Malay Penins. III, 365 (1924).

Syn. *Caturus* LINNÆUS, Mant. Pl. I, 19 (1767), Syst. Nat. ed. 13, 650
(1770); MURRAY, Syst. Veget. ed. 13, 739 (1774); HOUTTUYN,
Pflanzensyst. IV, 595 (1779); MURRAY, Syst. Veget. ed. 14,
882 (1784); VITMAN, Summa Pl. V, 408 (1791); PERSOON,

---

(1) **Urtica lætevirens** MAXIMOWICZ var. **robusta** F. MAEKAWA var. nov.
Syn. *Urtica japonica* (non MAXIMOWICZ) NAKAI, Report Veget. Isl. Dagelet, Corea,
p. 17 (1918)—MORI, Enum. Corean Pl. p. 127 (1922).
Planta robusta ca. 60–100 cm. alta. Folia longe petiolata, petiolo 4.5–9 cm. longo,
lamina ampla ovata vel late ovata 9–16 cm. longa 9–12 cm. lata apice acuta vel
caudato-acuminata basi late atque breviter cordata margine grosse serrata, serris
deltoideo-falcatis acutissimis. Cetera ut in typico.
Nom. Jap. *Takeshima-Irakusa* (F. MAEKAWA nom. nov.)
Nom. Cor. *Suiyakipul*
Hab. Corea, prov. Keihoku : Insl. Uturyôtô vel Dagelet, Mt. Songosan (T. NAKAI,
Jun. 8, 1917–no. 4240–Typus in Herb. Univ. Imp. Tokyo.)—Mt. Zyôhô (T. NAKAI,
Maio 31, 1917–no. 4242)
prov. Zennan : Insl. Nishi-jima, insularum Kyobun-tô vel Port Hamilton, (T.
NAKAI, Maio 24, 1928–no. 11100), in parva insula Hiyôtô circa Insl. Quelpært (T.
NAKAI, Maio 22, 1913)

Syst. Veget. ed. 15, 925 (1797), Syn. Pl. II, pt. 2, 605 (1807).

Duretia GAUDICHAUD in FREYCINET, Voy. 500 (1826).

Splitgerbera MIQUEL, Comment. Phytogr. 134 (1839).

Ramium RUMPHUIS apud O. KUNTZE, Rev. Gen. Pl. II, 631 (1891).

Herbæ perennes. suffrutices vel frutices, vulgo pilosæ vel scabræ. Folia opposita æqualia vel inæqualia et plus minus asymmetrica, petiolata, annua vel biennia. Stipulæ liberæ vel basi connatæ, deciduæ. Glomeruli florum axillares vel spicati vel paniculati. Bracteæ scariosæ. Flores monœci vel dioici. Flores masculi : perigonium 4 (3–5) lobum vel partitum, lobis valvatis ; stamina 4 (3–5) segmentis perigonii opposita ; pistillum nullum. Flores fœminei : perigonium gamosepalum tubulosum vel ovatum apice 2–4 dentatum in fructu rarius alatum ; stamina 0 ; ovarium 1–loculare stigmatibus binis persistentibus coronatum ; ovulum 1 ex basi erectum orthotropum dichlamydeum. Achenia testa crustacea. Testa seminum membranacea.

Species circ. 100, præcipue in regionibus calidis incolæ. In Korea species 13 sunt spontaneæ.

朝鮮産からむし屬植物ノ分類

男爵　佐竹義輔

Taxonomic Study on Korean *Bœhmeria*

by Baron YOSHISUKE SATAKE

からむし屬植物ハ次ノ2亞屬ニ分類セラル。

葉ハ常ニ互生、葉身ハ下面白色綿毛ヲ密生シ純白色ヲ呈ス。雄花序ハ密ナ
ル複總狀。　　　　　　　　　　　　……………I. からむし亞屬

葉ハ常ニ對生、葉身ハ下面白色綿毛ヲ生ゼズ。短毛又ハ氈毛ヲ布クカ稀ニ
無毛トナル。雌花序ハ穗狀又ハ總狀。　　………II. 眞正やぶまを亞屬

Bœhmeria is divided into two subgenera.

{ Folia alterna, laminis subtus niveo-tomentosis. Inflorescentia fœminea composite paniculata. ……………I. subgen. *Tilocnide*

Folia opposita, laminis subtus non niveo-tomentosis, sed pubescentibus vel holosericeis rarius glabris. Inflorescentia fœminea spicata vel paniculata. ……………II. subgen. *Duretia*

— 146 —

第一亞屬　**からむし**亞屬

{ 莖ノ上部ト葉柄ニ短毛ヲ密生。葉ノ下面ハ白色綿毛ヲ密生スルモ脈上
　ハ無毛或ハ短毛ヲ疎生ス。　　　　　　　　……………………からむし
{ 莖ノ上部ト葉柄ニ灰褐色ノ長剛毛ヲ密生。葉ノ下面ハ白色綿毛ヲ密生。
葉脈上ニハ灰褐色剛毛ヲ生ズ。　　　　　……………………なんばんからむし

Subgen. I. **Tilocnide** SATAKE in Journ. Fac. Sci. Imp. Univ. Tokyo, Sect. III. Bot. IV, pt. 6, 474 (1936).

Bœhmeria sect. *Tilocnide* BLUME in Mus. Bot. Lugd.-Bat. II. p. 210 (1856).

{ Rami superne et petioli pubescentes. Laminæ foliorum subtus
　niveo-tomentosæ, sed in nervis glabræ vel hispidulæ.
　　　　　　　　　　　　　　　　　　　……………………*B. frutescens*
{ Rami superne et petioli dense canescenti-hispidi. Laminæ foliorum
　subtus niveo-tomentosæ, præsertim in nervis canescenti-hirsutæ.
　　　　　　　　　　　　　　　　　　　……………………*B. nivea*

1.　**からむし、まを**

高サ 1-2 m. ニ達スル灌木。莖ハ直立、分枝ス、下方ハ無毛ナレドモ上方ハ短毛又ハ絨毛ヲ密生ス。葉ハ互生、葉身ハ卵形又ハ卵狀披針形ニシテ、先端漸尖尾形ヲナシ、基部ハ截狀鈍形又ハ圓形ヲナス、三行脈、長サ 8-12 cm, 幅 5-8 cm 下面ハ白色綿毛ヲ密生、葉脈ハ無毛又ハ小剛毛ヲ疎生、上面ハ稍無毛又ハ小剛毛ヲ散生シ、平滑又ハ稍粗糙ナリ。葉緣ハ一樣ナル鈍狀鋸齒ニシテ銳尖頭、葉柄ハ葉身ヨリ或ハ長ガク或ハ短カク、無毛又ハ小剛毛ヲ疎生ス。雄花ハ短總狀ヲナシテ下方ニ腋生ス、花被ハ 4 深裂、花被片ハ卵狀舟形ニシテ凸頭、外面ニ絨毛疎生、內面ノ基部ニ長柔毛アリ。雄蕊ハ 4. 退化雌蕊ハ極小、倒卵形ナリ。雌花ハ總狀ヲナシテ上方ニ腋生下垂ス。瘦果ハ橢圓形、緣部ハ極メテ狹マク、剛毛ヲ密生ス。長サ 1 mm 內外ナリ。

濟州島、全羅南道ニ產ス。

（分布）支那、本州、四國、九州、臺灣。

1.　**Bœhmeria frutescens** THUNBERG

Bœhmeria frutescens THUNBERG in Trans. Linn. Soc. II, 339 (1794);

WILLDENOW, Sp. Pl. IV, 343 (1805) ; PERSOON, Syn. Pl. II, 556 (1807) ;
WEDDELL in Arch. Mus. d'Hist. Nat. IX, Liv. III, 384 (1856) ; NAKAI
in Bot. Mag. Tokyo, XLI, 513 (1927) ; HANDEL-MAZZETTI, Symb. Sin.
VII, 151 (1929) ; MAKINO & NEMOTO, Fl. Jap. ed. 2, 222 (1931) ;
NEMOTO, Fl. Jap. Suppl. 145 (1936) ; SATAKE in Journ. Fac. Sci. Imp.
Univ. Tokyo, Sect. III, Bot. IV, Pt. 6, 476 (1936).

Urtica frutescens THUNBERG, Fl. Jap. p. 70 (1784).

Bœhmeria nivea (non GAUDICHAUD) SIEBOLD & ZUCCARINI in
Abh. Münch. Akad. IV, Abt. 3, 214 (1846)—BLUME in Mus. Bot. Lugd.-
Bat. II, 210 (1856) pro parte—MIQUEL in Ann. Mus. Bot. Lugd.-Bat.
III, 131 (1867)—FRANCHET & SAVATIER, Enum. Pl. Jap. I, 439 (1875)
—MAXIMOWICZ in Mél. Biol. IX, 639 (1876)—MATSUMURA & HAYATA,
Enum. Pl. Formos. 385 (1906)—MATSUMURA, Ind. Pl. Jap. II.-2, 42
(1912)—MAKINO, IINUMA's Somoku Dzusetsu, IV, 1270, Pl. 1159 (1912)
—YAMAMOTO, Suppl. Icon. Pl. Formos. I, 20 (1925)—MAKINO & NEMO-
TO, Fl. Jap. 1063 (1925).

Bœhmeria frutescens var. *concolor* (non NAKAI) SASAKI, Catal.
Govern. Herb. 177 (1930).

Frutex monoicus. Caulis erectus, ramosus, inferne glabratus, superne
pubescens vel hirsutus. Folia alterna, laminis ovatis vel ovato-lanceo-
latis, apice acuminato-caudatis, basi truncato-obtusis vel rotundatis,
trinervibus, usque ad 8–12 cm. longis 5–8 cm. latis, subtus niveo-
tomentosis ad nervos glabratis vel sparse hispidulis, supra subglabris
vel sparse hispidulis lævigatis vel scabriusculis, margine æqualiter
crenato-serratis serris acuto-apiculatis, petiolis laminis longioribus vel
brevioribus, glabris vel sparse hispidulis. Glomeruli florum ♂ breve
paniculati inferne axillares descendentes ; perigonium 4-partitum, parti-
bus naviculari-ovatis apiculatis, extus sparse hirsutis, intus ad basin
lanatis ; stamina 4 ; pistillum rudimentale obovatum minimum. Glo-
meruli florum ♀ dense paniculati superne axillares ; perigonium
fructiferum ellipsoideum, angustissime complanato marginatum, apice
brevissime tubulosum dense hirsutum basi subcuneatum pubescens, ca.
1 mm. longum.

Nom. Jap. *Mao, Karamusi.*

Hab.

Quelpært ; circa Saisyu (T. NAKAI, n. 1041, Mai. 1913) ; Kôro (T. NAKAI,

Jun. 1913); Saisyû (T. NAKAI, n. 6157, Oct. 1917); Seikiho (T. NAKAI, n. 6158, Nov. 1917).

Prov. Zennan: Ins. Daikokuzantô (T. ISHIDOYA, n. 3455, Aug. 1919).

Distr. China, Honsyû, Sikoku, Kyûsyû and Formosa.

2. なんばんからむし

高サ 1-2 m. ニ達スル亞灌木。莖ハ叢生スレドモアマリ分枝セズ、下部ハ稍無毛ナレドモ、上部ハ灰白色又ハ灰褐色ノ長剛毛ヲ密生ス。葉ハ互生、葉身ハ廣卵形、銳頭、圓脚又ハ稍心脚、長サ 10-12 cm. 幅 7-9 cm. 上面ハ稍粗糙又ハ平滑ニシテ無毛又ハ剛毛ヲ散生スレド、下面ハ白色綿毛ヲ密布シ特ニ葉脈上ニハ平開スル灰褐色ノ剛毛ヲ密生ス。葉緣ハ一樣ナル鋸齒トナル。葉柄ハ莖ノ上部ト同樣ナル灰褐色ノ長剛毛ヲ密生シ葉身ヨリ短カイ。雄花序ハ短總狀ヲナシテ莖ノ下方ニ腋生、密毛ヲ被ル。花被ハ四深裂、花被片ハ卵形ニシテ外面絨毛密布シ、內面ハ無毛、雄蕊ハ 4. 退化雌蕊ハ棍棒狀ニシテ小形無毛ナリ。雌花序ハ密ナル長總狀ヲナシ上方ニ腋生シ下垂ス。瘦果ハ橢圓形ニシテ長サ約 1.5 mm. 緣部ハ極メテ狹ク剛毛ヲ密生ス。

濟州島、欝陵島、全羅南道ニ產ス。

(分布) 支那、比利賓、印度支那、馬來半島。

2. Bœhmeria nivea GAUDICHAUD

Bœhmeria nivea GAUDICHAUD in Bot. Voy. FREYCINET 499 (1826)—HOOKER & ARNOTT, Bot. BEECHEY Voy. 214 (1841)—MIQUEL, Fl. Ind. Bat. I.-2, 253 (1859) et in Ann. Mus. Bot. Lugd.-Bat. III, 131 (1867); BLUME, Mus. Bot. Lugd.-Bat. II, 210 (1856); WEDDELL in Arch. Mus. d'Hist. Nat. IX, Liv. III, 380, t. 11, f. 10-17 (1856) et in DC. Prodr. XVI.-1, 206 (1869); BENTHAM, Fl. Hongkong, 331 (1861); C. H. WRIGHT in Journ. Linn. Soc. XXVI, 486 (1899); KOORDERS, Exkurs. Fl. Jav. II, 143 (1912)—SCHNEIDER in SARGENT, Pl. Wilson. III, pt. 2, 312 (1916)—GAGNEPAIN in Lecomte, Fl. Gén. L'Indo-Chine, V, 845 (1929); MERRILL, Enum. Philip. Fl. Pl. II.-1, 90 (1923) et in Trans. Amer. Phil. Soc. XXIV, Pt. II, 139 (1935); MAKINO & NEMOTO, Fl. Jap. 1063 (1925) pro parte, SATAKE in Journ. Fac. Sci. Imp. Univ. Tokyo, Sect. III, Bot. IV, Pt. 6, 475, f. 5 (1936).

Urtica nivea LINNÆUS, Sp. Pl. 1398 (1753); THUNBERG, Fl. Jap. 71 (1784); WILLDENOW, Sp. Pl. IV, 366 (1805).

Ramium niveum O. KUNTZE, Rev. Gen. Pl. II 632 (1891).

Suffrutex monoicus. Caulis cæspitosus, simplex vel ramosus, usque
1–2 m. altus, inferne glabratus superne dense canescenti-hispidus.
Folia alterna, laminis late ovatis apice acuto-acuminatis, basi rotun-
datis vel rotundato-subcordatis, usque 10–12 cm. longis 7–9 cm. latis,
supra viridibus subscabridis vel lævigatis, glabris vel sparse hispidis,
subtus niveo-tomentosis præsertim ad nervos patenti-hispidis, margine
æqualiter serratis, petiolis dense canescenti-hispidis laminis fere brevio-
ribus. Glomeruli florum ♂ breve paniculati deorsum axillares; peri-
gonium 4-partitum lobis naviculari-ovatis extus hirsutis intus glabris;
stamina 4; pistillum rudimentale minimum obovoideum glabrum.
Glomeruli florum ♀ dense paniculati sursum axillares descendentes;
perigonia fructifera compresse ellipsoideum usque 1.5 mm. longa, apice
non tubulosa, basi subcuneata, dense hispidula seminibus conformibus
lenticulari-ovatis 1 mm. longis.

Nom. Jap. *Namban-Karamusi*.

Nom. Kor. *Mosi* (Quelpært).

Hab.

Prov. Zennan : Yakusuitei (T. NAKAI, Mai. 1913).

Quelpært : Ins. Hiyôtô (T. NAKAI, Jun. 1913).

Ins. Uturyôtô vel Dagelet : Tûdô (T. ISHIDOYA, n. 158, Mai. 1916) ;
Taikadô (T. NAKAI, n. 4244, Jun. 1917).

D^{i}str. China, the Philippines, Indo-China and the Malay Peninsula.
Commonly cultivated.

第二亞屬　眞正やぶまを亞屬

痩果ト葉トノ性質ニヨリテ次ノ四節ニ分類サル。

痩果ハ一樣ニ生ズル短柔毛ヲ被ル。　 ………………第一節　こあかそ節

痩果ハ殆ンド無毛ナルモ上部ニ於テノミ伏臥セル少數
ノ毛アリ　　 ………………第二節　ながばやぶまを節

痩果ハ短柔毛ヲ被ルモ、特ニ上部ニ於テ剛毛密生ス。

葉緣ハ一樣ナル鈍狀鋸齒ヲ有シ、葉ノ下面ニ氈毛多ク、成熟セル雌花穗
ハ太ク、痩果密生ス。　 …………第三節　さいかいやぶまを節

葉緣ハ一樣ナラザル鋸齒ヲ有シ、先端ハ往々大ナル重鋸齒トナリ又稀
ニ深ク缺刻狀トナル。成熟セル雌花ハ細ク、痩果ハ疎生又ハ稍密生
ス。　 ………………第四節　やぶまを節

Subgen. II. **Duretia** SATAKE in Journ. Fac. Sci. Imp. Univ. Tokyo, Sect. III, Bot. IV, Pt. 6, 478 (1936).

Duretia GAUDICHAUD in Bot. Voy. Freycin. 499 (1826) pro parte.

Bœhmeria Sect. *Duretia* BLUME in Mus. Bot. Lugd.-Bat. 212 (1856).

Species Koreanæ in 4 sectiones distinguendæ.

Perigonia fructifera constanter pubescentia. …………Sect. 1. *Spicatæ*

Perigonia fructifera glabrata sed apice tantum adpresse puberula.

…………………Sect. 2. *Sieboldianæ*

Perigonia fructifera pubescentia præsertim ad apicem dense hispida vel villosa.

Laminæ foliorum margine æqualiter crenatæ, subtus fere holosericeæ vel pannosæ. Spicæ femineæ maturæ sæpe crassi-cylindricæ, cum perigoniis fructiferis conferte glomeratis.

…………………Sect. 3. *Pannosæ*

Laminæ foliorum margine inæqualiter serratæ ad apicem interdum duplicato-serratæ vel inciso-duplicato-serratæ rarius tricuspidatæ. Spicæ femineæ maturæ tenues elongatæ, cum perigoniis fructiferis laxe vel subconferte glomeratis. …………Sect. 4. *Longispicæ*

第一節　こあかそ節

灌木又ハ草本、莖ハ單一又ハ分枝、葉ハ對生、卵形、卵狀披針形又ハ菱狀卵形又ハ披針形、先端尾狀、又ハ三裂ス。基部ハ楔狀又ハ鈍狀又ハ稍圓形、乾ケバ薄キ膜質又ハ紙質又ハ革質トナル。瘦果ハ壓扁倒三角形又ハ倒心臟形ヲナシ、緣部ハ廣ク、先端ハ無筒、基部ハ稍楔形、一樣ナル短柔毛ヲ被ル。朝鮮ニ3種アリ。次ノ如ク區別サル。

葉ハ大形、乾ケバ稍革質、先端深ク裂ケ、裂片ハ披針狀龜尾狀トナル。

…………………**あかそ**

葉ハ小形、乾ケバ紙質又ハ膜質、先端尾狀ヲナスモ深ク裂ケズ。

莖ハ灌木狀、多ク分枝ス。葉身ハ菱狀披針形、基部ハ多ク楔形。

…………………**こあかそ**

莖ハ草質、單一。葉身ハ菱狀卵形、基部多ク圓形。………**くさこあかそ**

Sect. 1. **Spicatæ** SATAKE in Journ. Fac. Sci. Imp. Univ. Tokyo, Sect. III, Bot. IV, Pt. 6, 480 (1936).

Frutex vel herba. Caulis simplex vel ramosus. Folia opposita, laminis ovatis, ovato-lanceolatis vel rhombeo-ovatis vel lanceolatis, apice acutocaudatis vel tri-cuspidatis, basi cuneatis vel obtusis vel subrotundatis, in sicco tenuibus membranaceis, papyraceis vel subcoriaceis. Perigonia fructifera compresse turbinata vel obcordata, late complanato-marginata, apice non tubulosa, basi subcuneata, constanter pubescentia. Species Koreanæ 3.

Laminæ foliorum majores, ad apicem profunde tricuspidatæ, in sicco subcoriaceæ.   ....*B. tricuspis*

Laminæ foliorum minores, ad apicem acuto-caudatæ nunquam tricuspidatæ, in sicco papyraceæ vel membranaceæ.

Caulis fruticosus ramosus. Laminæ foliorum rhombeo-lanceolatæ, basi sæpe cuneatæ.   ....*B. spicata*

Caulis herbaceus, simplex. Laminæ foliorum rhombeo-ovatæ, basi sæpe rotundatæ.   ....*B. paraspicata*

3. あ か そ

高サ 1 m. 內外ノ草本、莖ハ直立、單一又ハ分枝、下部ハ圓形ニシテ無毛、上部ハ圓狀四角ニシテ明瞭ニ縱襞アリ無毛又ハ微毛アリ。葉ハ對生、一對ハ同形同大、葉身ハ半廣卵形、長サ 10-14 cm. 幅 9-12 cm. 基部ハ鈍狀截形、葉緣ハ粗鋸齒、先端ハ深ク缺刻狀ニ裂ケ、裂片ハ披針形ノ尾狀ヲナス。上面ハ小剛毛散在ヤ、粗糙ナレドモ、下面ハ殆ンド無毛ニシテ葉脈上ニノミ毛アリ。葉柄ハ無毛或ハ僅ニ毛アリ。葉身ト同長又ハヤ、短カシ、雄花序ハ穗狀、下方ニ腋生、單一又ハ稀ニ分枝、花被ハ 4 深裂、裂片ハ卵形、外面稍有毛、內外無毛、雄蕊 4. 退化雌蕊ハ棍棒狀ナリ。雌花序ハ穗狀ニシテ單一、上方ニ腋生、花叢ハ稍密ナリ。瘦果ハ壓扁廣倒卵形又ハ心臟形、緣部ハ極メテ廣ク、上部無筒、下部楔狀、一樣ニ短柔毛ヲ被ル、長サ幅約 1 mm. 許リナリ。

京畿道、欝陵島、濟州島ニ産ス。

(分布) 支那、北海道、本州、九州。

3. **Bœhmeria tricuspis** MAKINO

Bœhmeria tricuspis MAKINO in Bot. Mag. Tokyo, XXVI, 387 (1912); MORI, Enum. Pl. Corea, 125 (1922); MAKINO & NEMOTO, Fl. Jap. 1064 (1925); ed. 2, 224 (1931); MIYABE & KUDÔ, Fl. Hokkaido and Saghal. IV, 490 (1934); HARA in Bot. Mag. Tokyo, XLVIII, 812 (1934); MASAMUNE in Mem. Fac. Sci. Agr. Taihoku Imp. Univ. XI. Bot. n. 4,

159 (1934); NEMOTO, Fl. Jap. Suppl. 146 (1936); SATAKE in Journ.
Fac. Sci. Imp. Univ. Tokyo, Sect. III, Bot. IV, Pt. 6, 481 (1936).

Syn. *Bœhmeria platyphylla* var. *tricuspis* HANCE in Journ. Bot. n. ser.
III, 261 (1874).

Bœhmeria japonica var. *tricuspis* MAXIMOWICZ in Mél. Biol. IX,
642 (1876).

Bœhmeria longispica var. *tricuspis* FRANCHET & SAVATIER, Enum.
Pl. Jap. II, 497 (1877).

Bœhmeria platanifolia var. *tricuspis* MATSUMURA, Ind. Pl. Jap. II,
−2, 42 (1912).

Bœhmeria rubricaulis MAKINO, l.c. pro syn.

Herbaceus monoicus. Caulis erectus ca 1 m. altus, simplex vel
ramosus, inferne teres glaber, superne tereti-quadratus distincte 4−
sulcatus glabratus vel pilosellus. Folia opposita, pro quaque pare
longitudine et magnitudine æqualia; laminæ late hemi-ovatæ, usque
ad 10−14 cm. longæ 9−12 cm. latæ, margine grosse serratæ, basi obtuse
truncatæ integræ, apice profunde tricuspidatæ lobo medio oblongo-
lanceolato serrato laterales intus curvato-excisos vix superante, supra
scabriusculæ, sparce hispidulæ, subtus glabræ ad nervos tantum sca-
bro-pilosæ, petiolis glabris vel pilosellis laminis brevioribus vel æquan-
tibus. Spicæ masculæ deorsum axillares, simplices vel ramosæ;
perigonium 4−partitum, partibus ovato-navicularibus extus pilosellis intus
glabris; stamina 4; pistilli rudimentum clavatum glabrum. Spicæ
femineæ sursum axillares, solitariæ, cum floribus densius glomeratis;
perigonia fructifera compresse obcordata vel late obovata, late com-
planato-marginata, apice non tubulosa basi cuneata, constanter pu-
bescentia, usque 1 mm. longa et lata.

Nom. Jap. *Akaso.*

Hab.

Prov. Keiki: Suigen (H. UYEKI, n. 545, Sept. 1912).

Ins. Uturyôtô: Zyôhô (T. NAKAI, n. 4243, Mai. 1917).

Quelpært; in sepibus Saingmoultong 800 m. (E. TAQUET, n. 1408, Jul.
1908); secus torrentis Hongno (E. TAQUET, n. 1406, Sept. 1908).

Distr. China, Hokkaidô, Honsyû and Kyûsyû.

4. こあかそ
（第拾一圖）

高サ 1-2 m. ニ達スル灌木、大ナルモノハ徑 2-5 cm. ニ達スル。多ク分枝ス。枝ハ殆ンド無毛、圓形ニシテ淺ク4縱襞。葉ハ對生、相對スル二葉ハ大キサ長サ不同ナリ。葉身ハ菱狀卵形又ハ卵狀披針形、基部ハ楔狀、又ハ截狀鈍形、先端ハ漸尖尾狀ヲナシ、長サ 5-12 cm. 幅 3-7 cm. 邊緣ハ粗鋸齒、上面ハ殆ンド平滑無毛、房狀體ハ微小圓形ニシテ明瞭、下面ハ無毛、葉脈上ノミヤ、有毛。葉柄ハ立毛ニシテ、葉身ヨリヤ、短カキカ又ハ著シク短カシ。雄花序ハ穗狀單一、下方ニ腋生、花叢ハ疎生、花被ハ4深裂、裂片ハ舟狀卵形、銳頭、外面稍無毛、內面無毛、雄蕊 4, 退化雌蕊ハ倒卵形無毛ナリ。雌花穗ハ單一、上方ニ腋生、花叢稍密生、瘦果ハ壓扁倒圓錐狀又ハ心臟形、緣部ハ廣ク、上部ハ圓形ニシテヤ凹形無筒、下部ハ楔形、一樣ニ短柔毛ヲ生ズ。長サ約 1.5 mm. 幅 1 mm. 種子ハレンズ狀卵形ニシテ長サ約 0.8 mm.

慶尙南道、慶尙北道、全羅南道、黃海道、咸鏡南道、濟州島、欝陵島ニ產ス。

（分布）支那、滿州、本州、四國、九州。

4. **Bœhmeria spicata** THUNBERG[1]
(Tab. XI)

Bœhmeria spicata THUNBERG in Trans. Linn. Soc. II, 330 (1794); WILLDENOW, Sp. Pl. IV, pt. 1. 341 (1805); PERSOON, Syn. Pl. II, pt. 2, 556 (1807); DIETRICH, Vollst. Lexic. Gärt. Bot. X, 297 (1810), Nachtrag I, 620 (1815); STEUDEL, Nom. Bot. ed. 1, I, 112 (1820); SPRENGEL, Syst. Veget. III, 844 (1826); BLUME, Mus. Bot. Lugd. Bat. II, 220 (1856); MIQUEL in Ann. Mus. Bot. Lugd. Bat. III, 131 (1867); FRANCHET & SAVATIER, Enum. Pl. Jap. I, 440 (1875); MAXIMOWICZ in Mél. Biol. IX, 645 (1877); MATSUMURA, Nippon Shokubutsumeii 30 (1884), Cat. Pl. Herb. Coll. Sci. Imp. Univ. 176 (1886); OKUBO, Cat. Pl. Bot. Gard. Imp. Univ. 196 (1887); MATSUMURA, Shokubutsu Meii 50 (1895); C. H. WRIGHT in Journ. Linn. Soc. XXVI, 488 (1899), pro parte; PALIBIN in Acta Hort. Petrop. XVIII, 47 (1900); NAKAI, Fl. Kor. II, 198 (1911); MATSUMURA, Ind. Pl. Jap. II, pt. 2, 43 (1912); MORI, Enum. Pl. Cor; 125 (1922); MAKINO & NEMOTO, Fl. Jap. ed. 1, 1064 (1925), ed. 2, 224 (1931); NEMOTO Supplm. 146 (1936); SATAKE in Journ. Fac. Sci.

---

(1) *The literatures cited of this species were compiled by* T. NAKAI.

Imp. Univ. Tokyo, Sect. III, Bot. IV, pt. 6, 482 (1936).

Syn. *Urtica japonica* LINNÆUS fil., Suppl. 418 (1781), non THUNBERG
    1784[1]; VITMAN, Summa Pl. V, 318 (1791).

    Urtica spicata THUNBERG japon, mspt. ex MURRAY, Syst. Veget.
        ed. 14, 850 (1784), (non BLUME 1825)[2]; THUNBERG, Fl. Jap.
        69 (1784), excl. ' Japonice : Ira Gusa ; GMELIN, Syst. Nat. II,
        pt. 1, 269 (1791); VITMAN, Summa Pl. V, 315 (1791); LAMARCK,
        Encyclop. IV, 641 (1797).

    Urtica elongata GMELIN, Syst. Nat. II, pt. 1, 269 n. 10 (1791).

    Vrtica spicata PERSOON, Syst. Veget. ed. 15, 898 (1797).

    Acalypha japonica THUNBERG apud WILLDENOW, Sp. Pl. IV, pt.
        1, 341 (1805), pro syn. *Bœhmeriæ spicatæ* ; STEUDEL, Nom. Bot.
        ed. 1, I, 112 pro syn. *B. spicatæ* (1821) ; MIQUEL in Ann. Mus.
        Bot. Lugd. Bat. III, 130 (1867), pro syn. *Bœhmeriæ spicatæ*.

    Bœhmeria platyphylla DON γ. *japonica* WEDDELL in Arch. Mus.
        Paris IX, 365 (1856), pro parte, in ALP. DE CANDOLLE, Prodr.
        XVI, pt. 1, 213 (1869), pro parte.

    Bœhmeria platyphylla DON var. *japonica* OLIVER, herb. OLDHAM
        ex MIQUEL in Ann. Mus. Bot. Lugd. Bat. III, 131 (1867), pro
        syn.

Frutex 1–2 m. altus 1–5 cm. in diametro, valde ramosus. Rami glabri
teretes, leviter 4–sulcati. Folia opposita, pro quaque pare longitudine
et magnitudine inæqualia ; laminæ rhombeo-ovatæ vel ovato-lanceolatæ,
apice acuminato-caudatæ basi cuneatæ vel truncato obtusæ, usque
5–12 cm. longæ 3–7 cm. latæ, margine grosse serratæ serris 4–8 mm.
longis et latis, supra glabræ sublævigatæ cystolithis minutissime glo-
bosis distinctis, subtus glabræ sed ad venas pilosellis, petiolis glabris
laminis paulo vel valde brevioribus. Spicæ masculæ deorsum axillares
solitariæ interrupte glomeratæ ; perigonium 4–partitum partibus navi-
culari-ovatis apiculatis, extus glabriusculis intus glabris ; stamina 4 ;
pistilli rudimentum obovoideum glabrum. Spicæ femineæ sursum
axillares solitariæ, subconferte glomeratæ ; perigonia fructifera com-
presse obconica vel obcordata, late complanato-marginata, apice
rotundata subretusa, non tubulosa, basi cuneata, constanter pubes-

---

(1) *Urtica japonica* THUNBERG is *Fatoua villosa* (THUNBERG) NAKAI.
(2) *Urtica spicata* BLUME, Bijdr. 10 Stuk 492 (1825) is *Bœhmeria platyphylla* DON.

centia, usque 1.5 mm. longa 1 mm. lata, seminibus lenticulari-ovatis ca 0.8 mm. longis.

Nom. Jap. *Ko-akaso, Ki-akaso.*

Nom. Kor. *Sanjin* (Quelpært).

Hab.

Prov. Keinan; Mt. Chiisan (T. NAKAI, n. 125, Jun. 1913); Ins. Kyo-saitô (T. NAKAI, n. 11101, 11098, Mai. 1928); Mte. Mirokuhô, Tôei (T. NAKAI, n. 11097, Mai. 1928); Tinkai (T. NAKAI, n. 11096, Mai. 1928); Mt. Inzan (K. YANAGI, n. 48, Aug. 1929); Masan (T. MORI, n. 109, Aug. 1912); Tokusan (T. MORI, n. 107, Aug. 1912).

Prov. Keihoku: Tai Kyû (T. UCHIYAMA, Oct. 1902).

Prov. Zennan: Ins. Wangtô (T. NAKAI, n. 577, Jun. 1913); Ins. Sei-zantô (T. NAKAI, n. 11095, Mai. 1928); Ins. Daikokuzantô (T. ISHI-DOYA, n. 3456, Aug. 1919); Chiisan (R. K. SMITH n. 16, Aug. 1934). Ins. Totuzantô (T. NAKAI, n. 11099, Mai. 1928).

Prov. Kokai: Ins. Taiseitô (T. NAKAI, n. 1267, Jul. 1929); Ins. Haku-reitô (T. NAKAI, n. 12672, Jul. 1926); Tyôzankan (T. NAKAI, n. 12674, 12675, 12677, Jul. 1929); Kumiho (vel Sorai Beach) (R. G. MILLS n. 4461, Jul. 1921).

Prov. Kannan: in rupibus Ouensan (U. FAURIE, n. 596, Aug. 1901).

Prov. Heinan: Kandju (T. NAKAI n. 2979, Sept. 1915).

Quelpært: Mt. Hallasan (T. NAKAI, n. 1061, Mai. 1913); in sepibus (E. TAQUET, n. 5964, Aug. 1911); in silvis 1500 m. (E. TAQUET, n. 4430, Aug. 1910); in rupibus 1000 m. latere australe (T. TAQUET, n. 4429, Jul. 1910); in sepibus Hongno (E. TAQUET, n. 1411, Sept. 1908); in sepibus Hallasan 1400 m. (E. TAQUET, n. 1414, Aug. 1908); in rupibus Yengsil (E. TAQUET, n. 3233, Jul. 1909); sine loco spe-ciali (U. FAURIE, n. 909, Oct. 1906; n. 2044, Aug. 1907); in petrosis Hongno (E. TAQUET, n. 343, Oct. 1907); in petrosis (U. FAURIE, n. 2017, Mai. 1907); in sepibus Hongno cascade (T. TAQUET, n. 1412, n. 1416, Sept. 1908); in silvis 1800 m. (E. TAQUET, n. 1413, Aug. 1908); in rupibus secus torrentis 800 m. (E. TAQUET n. 5967, Sept. 1911); in sepibus Setchineri 600 m. (F. TAQUET n. 1415, Jul. 1908); orientalis Sampang (E. TAQUET n. 4434, Jul. 1910).

Uturyô-tô: Zyôhô (T. NAKAI, n. 4241, Mai. 1917).

Distr. China, Manchuria, Honsyû, Sikoku and Kyûsyû.

5. くさこあかそ

高サ 60-80 cm. 許リノ草本、雌雄同株、莖ハ直立、單一、褐色又ハ褐綠色ニシテ四角狀圓形、僅カニ或ハ明瞭ニ４縦襞、殆ンド無毛ナレドモ、上部ニ於テヤ、有毛。葉ハ對生、相對スルニ葉ハ長サ形ニ於テヤ、不同、葉身ハ菱狀卵形或ハ卵形、漸尖頭尾狀、基部ハ截狀楔形又ハヤ、圓形ヲナシ、緣邊ハ鋸齒又ハ齒牙狀鋸齒ヲ有シ下方ノモノハ小サク上方ノモノハ次第ニ大トナル。上面ハ毛散在、下面ハ無毛ナレドモ特ニ脈上ニ於テ有毛ナリ、三行脈、葉柄ハ長サ 2-5 cm. 無毛又ハ毛ヲ散在ス。雄花穗ハ單一ニシテ下方ニ腋生、花被ハ４裂、裂片ハ舟狀披針形、銳尖頭、外面有毛、４雄蕊、退化雄蕊ハ棍棒狀ニシテ無毛、雌花穗ハ單一ニシテ上方ニ腋生、葉アリ抽出シ、花叢ハ徑 3-4 mm. 疎生ス。瘦果ハ壓扁倒圓形錐狀、廣キ緣部ヲ有シ、長サ 1.5 mm. 幅 1 mm. 一樣ニ短柔毛ヲ被リ。上部ハ圓形無筒、下部ハ楔狀ヲナス。種子ハレンズ卵形、長サ約 1 mm.

京畿道、江原道、咸鏡南道ニ產ス。

(分布) 支那、滿洲、北海道、本洲、四國。

5. **Bœhmeria paraspicata** NAKAI

Bœhmeria parapicata NAKAI Rep. Veg. Mt. Apoi, 17, 19 (1930) ; YAMAMOTO & TSUKAMOTO, Fl. Hakodate, 23 (1932) ; MIYABE et KUDO, Fl. Hokkaido and Saghal. IV, 490 (1934), HARA in Bot. Mag. Tokyo, XLVIII, 812 (1934) ; NEMOTO, Fl. Jap. Suppl. 145 (1936) ; SATAKE in Journ. Fac. Sci. Imp. Univ. Tokyo. Sect. III, Bot. IV, pt. 6, 483, t. 9-10 (1936).

Syn. *Bœhmeria japonica* (non MIQUEL) KOMAROV, Fl. Mansch. I, 101 (1901).

Bœhmeria japonica (non MIQUEL) NAKAI, Fl. Korea II, 198 (1911), MORI, Enum. Pl. Corea, 125 (1922) pro parte.

Bœhmeria spicata (non THUNBERG) NAKAI, l. c. 198 (1911) pro parte.

Bœhmeria tricuspis (non MAKINO) TATEWAKI, Veg. Mt. Apoi, 32 (1928).

Bœhmeria tricuspis MAKINO var. *paraspicata* HARA, l. c. 812 (1934) pro syn.

Planta herbacea monoica. Caulis erectus simplex usque 60-80 cm. altus, fulvus vel fusco-viridis, tetragono-teres, leviter 4-sulcatus omnino glabrescens interdum pilosulus. Folia opposita, pro quaque pare magnitudine et longitudine subæqualia ; laminis rhombeo-ovatis vel ovatis, usque 5–10 cm. longis 3–6 cm. latis apice acuminato-caudatis basi subtruncato-cuneatis vel subrotundatis, margine grandi-arguto-serratis vel -dentato-serratis, serris superiore majoribus 5–10 mm. longis et latis superrime excisis inferiore minoribus, supra sparse pilosis subtus glabris, præsertim in nervis pilosis, trinervibus ; petiolis 2–5 cm. longis glabris vel sparse ciliatis.   Spicæ masculæ deorsum axillares solitariae ; perigonium 4–partitum, partibus naviculari-lanceolatis apiculatis ; extus pilosellis, 4 staminibus, pistillo rudimento clavato-glabro. Spicæ femineæ superne axillares solitariæ folia superantes, interrupte glomeratæ, glomeris 3–4mm. in diametro. Perigonia fructifera compresse turbinata, late complanato-marginata ; usque 1.5 mm. longa 1 mm. lata, apice rotundata non tubulosa basi cuneata, constanter pubescentia. Semina lenticulari-ovoidea ca 1 mm. longa.

Nom. Jap. *Kusa-Koakaso.*

Hab.

Prov. Keiki : in lacunis Nanzan (U. FAURIE n. 908, Sept. 1906) ; Nanzan (T. UCHIYAMA, Jul. 1902) ;ibid. (N. OKADA, Jul. 1909) ; Kôryô (T. MORI, n. 239, Jul. 1912).

Prov. Kôgen : Mt. Kongôsan (T. UCHIYAMA, Aug. 1902).

Prov. Kannan : Genzan (T. NAKAI, Jun. 1909) ; Sanbô (T. NAKAI, n. 14072, Aug. 1930).

Distr. China, Manchuria, Hokkaidô, Honsyû and Sikoku.

第 二 節　　ながばやぶまを節

亞灌木又ハ草本、雌雄同株、莖ハ單一又ハ分枝、殆ンド平滑無毛、稀ニ有毛、葉ハ對生、相對スル二葉ハ同形同大、葉身ハ乾ケバ薄キ膜質、紙質、稍革質トナル。葉緣ハ一樣ナル粗鋸齒、上面ハ無毛又ハ僅カニ短毛アリ。下面ハ無毛、時ニ葉脈ニノミ小毛散在スルカ或ハ短毛ガ密生スルコトアリ。雌雄花穗ハ單一、瘦果ハ壓扁、廣倒卵形又ハ倒圓錐形、緣部ハ廣ク或ハ狹ク、殆ンド無毛ナレドモ、上部ニノミ少數ノ伏臥セル毛アリ。4種アリ次ノ如ク區別サル。

葉ノ下面及ビ葉柄ニ短毛稍密生ス。　　　　……………けながばやぶまを
葉ノ下面及ビ葉柄ハ殆ンド無毛ナリ。

葉ハ狭橢圓形又ハ狭披針形、基部ハ鈍狀楔形、枝ノ上方ニ毛アリ。
　　　　　　　　…………さいしうながばやぶまを

葉ハ卵形又ハ廣卵狀橢圓形、基部ハ鈍狀圓形又ハ圓形、枝ノ上方無毛

葉ハ稍革質、卵形、基部ハヤヽ圓形、鋸齒ハ小ナリ。
　　　　　　　　…………さいしうあかそ

葉ハ稍膜質又ハ紙質、廣橢圓形又ハ卵狀橢圓形、基部鈍狀圓形、
鋸齒ハ大ナリ。　　　　　　　…………ながばやぶまを

Sect. 2. **Sieboldianæ** SATAKE in Journ. Fac. Sci. Imp. Univ. Tokyo, Sect. III, Bot. IV, pt. 6, 486 (1936).

Syn. *Bœhmeria* Sect. *Duretia* BLUME in Mus. Bot. Lugd.-Bat. II, 212 (1856) pro parte.

Planta herbacea vel suffruticosa, monoica, Caulis simplex vel ramosus, interdum glaber vel pilosus. Folia opposita, pro quaque pare magnitudine et longitudine æqualia; laminæ in sicco sæpe membranaceæ vel papyraceæ, rarius coriaceæ, margine æqualiter grosse vel minute serratæ, supra glabræ vel sparse hirtellæ, subtus glabræ in nervis sparse puberulæ rarius densius hirtellæ. Spicæ femineæ et masculæ solitariæ axillares. Perigonia fructifera compresse obovoidea vel turbinata, anguste vel late complanato-marginata, glabra sed apice tantum adpresse puberula. Species Koreanæ 4.

Laminæ foliorum subtus et petioli densius hirtellæ. Rami sursum pilosi. …………*B. hirtella*
Laminæ foliorum subtus et petioli fere glabræ.

Laminæ foliorum angusto-ellipticæ vel -lanceolatæ, basi obtuse cuneatæ. Rami superne pubescentes. …………*B. Nakaiana*
Laminæ foliorum ovatæ vel late ovato-ellipticæ vel late ellipticæ, basi obtuse rotundatæ vel subrotundatæ. Rami superne glabri.

Laminæ foliorum in sicco subcoriaceæ, ovatæ, basi subrotundatæ, margine minute serratæ. …………*T. Taquetii*
Laminæ foliorum in sicco membranaceæ vel papyraceæ, ovatoellipticæ vel late ellipticæ, basi obtuse rotundatæ, margine grosse serratæ. …………*B. Sieboldiana*

6. けながばやぶまを

葉ハ對生、葉身ハ質厚ク、卵形、漸尖頭、圓脚、長サ 10-12 cm. 幅 5-6

cm. 緣邊ハ粗銳鋸齒、上面ハヤ、粗糙、剛毛散在、下面ハ短毛ヤ、密生ス。葉柄ハ長サ 2-2.5 cm. 短毛ヲ密生ス。花、果實不明。

濟州島ニ產ス。

(分布) 固有種。

6. **Bœhmeria hirtella** SATAKE

Bœhmeria hirtella SATAKE in Journ. Fac. Sci. Imp. Tokyo, Sect. III, Bot. IV, Pt. 6, 493 (1936).

Syn. *Bœhmeria Sieboldiana* var. *scabra* NAKAI, Rep. Veg. Quelpært, 39
      (1914) nom. nud.; MORI, Enum. Pl. Corea, 125 (1922).

Folia opposita; laminis ovatis, apice acuminatis, basi rotundatis, usque 10-12 cm. longis 5-6 cm. latis, margine grosse arguto-serratis, supra scabridis sparse hispidis subtus densius hirtellis, petiolis 2-2.5 cm. longis dense hirtellis. Flores et achenia ignota.

Nom. Jap. *Ke-Nagabayabumao.*

Hab.

Quelpært: Sampang (E. TAQUET n. 4433, Aug. 1910).

Distr. Endemica.

7. さいしうながばやぶまを

亞灌木、莖ハ直立、分枝、褐黃色、圓形、下部ハ無毛徑 5 mm. 上部ハ淺ク4縱襞無毛又ハ短毛散生ス。葉ハ對生、同形同大、葉身ハ狹橢圓形、或ハ狹披針形、先端漸尖尾狀、基部鈍狀楔形、緣邊ハ粗鋸齒、上面ハヤ、平滑或ハヤ、粗糙、短毛散在シ、鐘狀體ハ微小球狀、非常ニ明瞭、下面ハ無毛、ヤ、灰白色、脈上ニ稀ニ短毛アリ、葉柄ハ長サ 2-3 cm. 短毛疎又ハ稍密生、托葉ハ尖披針形長サ 3-4 mm. 幅1 mm. 中肋ノ外面有毛ナリ。雄花ハ不明、雌花叢ハ穗狀花序ヲナシ上方ニ腋生、單一、疎又ハヤ、密生、葉ヨリ稍短カシ、瘦果扁壓倒卵形、廣キ緣部ヲ有シ、上部ハ圓形、極短筒、伏臥毛少數散在シ、下部ハ楔形、無毛 長サ約 1.7-2 mm. 幅 1 mm. 種子ハ平滑レンズ狀卵形、長サ 0.7 mm. アリ。

濟州島ニ產ス。

(分布) 固有種。

7. **Bœhmeria Nakaiana** SATAKE

Bœhmeria Nakaiana SATAKA in Journ. Fac. Sci. Imp. Univ. Tokyo,

Sect. III, Bot. IV, pt. 6, 491, Fig. 14-15, (1936).

Syn. *Bœhmeria Sieboldiana* (non BLUME) NAKAI, Rep. Veg. Quelpært, 39 (1914) pro parte; MORI, Enum. Pl. Corea, 125 (1922) pro parte.

Planta suffruticosa mónoica? Caulis erectus ramosus, fulvo-lutescens, teres, multo lenticellatus, inferne haud sulcatus glabratus usque 5 mm. crassus, superne leviter 4-sulcatus glabrescens vel parcissime hirtellus. Folia opposita, pro quaque pare magnitudine et longitudine æqualia; laminis oblongo- vel angusto-ellipticis vel lanceolatis, apice acuminato-caudatis, basi obtuse cuneatis, usque 8-10 cm. longis 2.5-4 cm. latis supra sublævigatis vel scabriusculis sparcissime hirtellis cystolithis minutissime globosis valde distinctis, subtus glabræ subglaucæ in nervis rarissime hirtellis; petiolis 2-3 cm. longis sparse vel densius hirtellis. Stipulæ subulato-lanceolatæ usque 3-4 mm. longæ 1 mm. latæ costis extus pilosis. Flores masculi ignoti, feminei glomerati et spicas sursum axillari-solitarias laxas vel subconfertas foliis paulo breviores formans. Perigonia fructifera compresse obovoidea late complanato-marginata, apice orbicularia brevissime tubulosa sparse adpresse puberula, basi cuneata glabrescentia, usque 1.7-2 mm. longa 1 mm. lata. Semina glabra lenticulari-ovoidea ad 0.7 mm. longa.

Nom. Jap. *Saisyû-Nagabayabumao.*

Hab.

Quelpært: latere boreale (T. NAKAI, n. 6156, Oct. 1917); in silvis 800 m. (E. TAQUET, n. 5966, Sept. 1911).

Distr. Endemica.

8. さいしうあかそ

茎ハ叢生、平滑、無毛、分枝、鈍狀四角形、ヤ、4縱襞、葉ハ對生同形同大、葉身ハ卵形、銳尖頭、基部ハヤ、圓形、長サ 4-10 cm. 幅 2-5 cm. 葉緣ハ一樣ナル小鋸齒、上面ハ毛散生、下面無毛ニシテ脈上ニノミ有毛、葉柄ハ長サ 0.5-2 cm. 無毛、雌花穗ハ上方ニ腋生、單一、長サ 4-10 cm. 花叢ハ疎生、苞ハ卵形長サ 1 mm. 未熟瘦果ハ長サ 0.7 mm. 卵形、剛毛ヲ生ジ、筒部ハ短カク、花柱ハ長シ。

濟州島ニ產ス。

(分布) 固有種。

8. **Bœhmeria Taquetii** NAKAI

Bœhmeria Taquetii NAKAI, Veg. Isl. Quelpært, 39 (1914), nom. nud.;
in FEDDE, Rep. Sp. Nov. XIII, 267 (1914); MORI, Enum. Pl. Corea,
125 (1922); SATAKE in Journ. Fac. Sci. Imp. Univ. Tokyo, Sect. III,
Bot. IV, Pt. 6, 493 (1936).

Planta cæspitosa monoica? Caulis glaber, ramosus, obtuse qua-
drangularis leviter 4-sulcatus. Folia opposita, pro quaque pare longi-
tudine et magnitudine æqualia; laminis ovatis, apice acuminatis basi
subrotundatis, usque 4-10 cm. longis 2-5 cm. latis, margine æqualiter
serrulatis, supra sparse pilosis, subtus glabris secus venas pilosis;
petiolis 0.5-2 cm. longis glabris. Spicæ femineæ sursum axillares,
solitariæ, usque 4-10 cm. longæ, interrupte glomeratis, bracteis ovatis
1 mm. longis. Perigonia fructifera immatura ca. 0.7 mm. longa, com-
presse ovoidea, apice breve tubulosa hispida, stylis elongatis. Flores
masculi ignoti.

Nom. Jap. Saisyû-Akaso (NAKAI).

Hab.

Quelpært: in sepibus (E. TAQUET n. 5965, Aug. 1911); in sepibus
Saingmoultong 800 m. (E. TAQUET n. 1409, Aug. 1908).

Distr. Endemita.

9. **ながばやぶまを**

草本又ハ亞灌木、雌雄同株、莖ハ直立、平滑、多ク分枝ス。鈍狀四角形
明瞭ニ4縱裂、高サ 1-2 m. ニ達ス。葉ハ對生、枝ニ於テハヤヽ互生、相
對スルニ葉ハ大キサ及ビ葉柄ノ長サヤヽ異ナル。葉身ハ卵狀橢圓形、或ハ
卵狀披針形、長サ 10-16 cm. (稀ニ 20 cm.) 幅 4-8 (稀ニ 10) cm.、先端漸
尖尾狀、基部ハ鈍形又ハヤヽ圓形、葉緣ハ一樣ナル粗鋸齒、乾ケバ膜質、
三行脈、上面ハ稍平滑、毛散在シ、下面ハ無毛脈ニノミ稀ニ小毛アリ。葉
柄ハ無毛ニシテ長サ 3-10 cm. アリ。雄花穗ハ下方ニ腋生、細クシテ單一、
花叢ハ疎生、花被ハ4裂、裂片ハ舟狀披針形、尖頭、外面ハ白色毛アリ。
內面ハ無毛、雄蕊 4. 退化雄蕊ハ無毛ニシテ倒圓錐形、鈍頭。雌花穗ハ上
方ニ腋生、單一、葉ヨリ短キカ又ハ長シ、花叢ハ疎又ハ稍密生。瘦果ハ壓
扁倒卵形、緣部ハ廣ク、上部ハ鈍形無筒ニシテ少數ノ伏臥毛ヲ有シ、下部
ハ鈍狀楔形ニシテ 平滑ナリ、長サ 1.5-2 cmm. 幅 1-1.5 mm. 種子ハ長サ
1 mm. 許、壓扁卵形ヲナス。

濟州島ニ産ス。

(分布) 本州、四國、九州。

9. **Bœhmeria Sieboldiana** BLUME

Bœhmeria Sieboldiana BLUME, Mus. Bot. Lugd.-Bat. II, 220 (1856) ;
MIQUEL in Ann. Mus, Bot. Lugd.-Bat. III, 131 (1867) ; MAXIMOWICZ
in Mél. Biol. IX, 644 (1876) ; FRANCHET & SAVATIER, Enum. Pl. Jap.
II, 497 (1877) ; MATSUMURA, Ind. Pl. Jap. II-2, 43 (1912) ; NAKAI,
Rep. Veg. Quelpært, 39 (1914) pro parte ; MORI, Enum. Pl. Korea, 125
(1922) pro parte ; MAKINO & NEMOTO, Fl. Jap. 1044 (1925) et ed. 2,
224 (1931) ; MASAMUNE, Prel. Rep. Veg. Isl. Yakusima, 68 (1929) pro
parte ; in Mem. Fac. Sci. Agr. Taihoku Imp. Univ. n. 4, 53 (1934) ;
NEMOTO, Fl. Jap. Spppl. 146 (1936) ; SATAKE ; in Journ. Fac. Sci. Imp.
Univ. Tokyo, Sect. III, Bot. IV, pt. 6, 490, f. 16 (1936).

Syn. *Bœhmeria longispica* var. *Sieboldiana* FRANCHET & SAVATIER, 1. c.
I, 440 (1875).

Bœhmeria platyphylla var. *Sieboldiana* WEDDELL in DC. Prodr.
XVI.-1, 213 (1869).

Herbacea vel suffruticosa monoica. Caulis erectus glaber, sæpe
ramosus, obtuse quadrangularis distincte 4-sulcatus, usque 1–2 m. altus.
Folia opposita (vel ramorum passim subalterna), pro quaque pare
magnitudine et petiolorum longitudine subinæqualia ; laminis ovato-
ellipticis vel lanceolatis, usque 10–16 cm. (rarius 20 cm.) longis 4–8 cm.
(rarius 10 cm.) latis, apice acuminato-caudatis, basi obtusis vel sub-
rotundatis, margine æqualiter grosse serratis, in sicco membranaceis,
trinervatis, supra sublævigatis sparsissime pilosis, subtus glabris sed
ad nervos sparsissime puberulis, petiolis glabris 3–10 cm. longis. Spicæ
masculæ graciles deorsun axillares, interrupte glomeratæ ; perigonium
4-partitum, lobis naviculari-lanceolatis apiculatis extus setulis albidis
intus glabris ; stamina 4 ; pistillum rudimentum turbinatum obtusum
glabrum. Spicæ femineæ sursum axillares, solitariæ, foliis breviores
vel longiores, cum floribus laxe vel densius glomeratis. Perigonia
fructifera matura compresse obovoidea, late complanato-marginata,
apice obtusa non tubulosa adpresse puberula, basi obtusa vel cuneata
glabra, 1.5–2 mm. longa 1–1.5 mm. lata. Semina lenticulari-ovoidea
ca. 1 mm. longa.

Nam. Jap.*Nagaba-yabumao.*

Hab.

Quelpært : in mònte Hallasan (T. NAKAI, n. 344, Jun. 1913) : Hongno
(T. NAKAI, n. 157, Mai. 1913).

Distr. Honsyû, Sikoku and Kyûsyû

第三節 さいかいやぶまを節

亞灌木、雌雄同株又ハ異株、莖ハ直立、單一又ハ分枝、葉ハ對生、相對
スル二葉ハ同形、同大、葉身ハ菱狀卵形、圓狀卵形、圓狀心臟形又ハ卵狀
心臟形、葉緣ハ一樣ナル粗鋸齒、鈍狀鋸齒、鈍狀齒牙鋸齒、下面ニ短柔毛
ヲ生ジ、又ハ絹樣氈毛ヲ生ジ、稀ニ短毛ヲ散生ス。葉柄ハ葉身ヨリ著シク
短カシ、雌花穗ハ上方ニ腋生、直立斜上、單一又ハ分岐、花叢ハ疎又ハ稍
密生、葉ト同長又ハヨリ長シ。瘦果ハ壓扁倒卵形、多少廣キ緣部ヲナシ、
上部鈍形短筒、剛毛ヲ密生、下部ハ鈍形又ハ稍楔狀短柔毛ヲ生ズ。朝鮮ニ
2 種アリ。

葉身ハ、下面灰白色ノ氈毛又ハビロード狀ノ毛ヲ密生シ、葉柄モビロ
ード狀ノ毛ヲ密生ス。 ……………さいかいやぶまを

葉身ハ、下面短柔毛ヲ生ズ。葉柄ニハ剛毛又ハ絨毛ヲ生ズ。

……………たんなやぶまを

Sect. 3. **Pannosæ** SATAKE in Journ. Fac. Sci. Imp. Univ. Tokyo,
Sect. III, Bot. IV, Pt. 6, 503 (1936).

Planta suffruticosa monoica vel dioica. Caulis erectus simplex vel
ramosus. Folia opposita, pro quaque pare magnitudine et longitudine
æqualia ; laminæ rhombeo-ovatæ, rotundo-ovatæ vel -cordatæ, vel ovato-
cordatæ, margine regulariter grosse serratæ, crenatæ, crenato-dentatæ
vel dentato-serratæ, subtus dense vel plus minus pubescentes vel holo-
sericeæ vel canescenti-pannosæ rarius hirtellæ, petiolis sæpe brevissimis.
Spicæ femineæ sursum axillares erecto-ascendentes solitariæ vel ramosæ,
subconferte vel laxe glomeratæ, foliis æquantes vel longiores. Peri-
gonia fructifera compresse obovoidea plus minus complanato-marginata
apice obtusa breve tubulosa dense hispida, basi obtusa vel subcuneata
pubescentia. Species Koreanæ 2.

Laminæ foliorum subtus canescenti-pannosæ vel velutino-holoseri-
ceæ, petiolis dense velutino-villosis. ……………*B. pannosa*

Laminæ foliorum subtus pubescentes, petiolis hispidis vel villosis.

……………*B. quelpærtensis*

10. さいかいやぶまを

亞灌木、雌雄異株又ハ同株。莖ハ單一、四角狀圓形、ヤ、深キ4縦襞ア
リ。乾イテ褐色又ハ黒褐色ヲ呈ス。上方ハビロード狀密毛ヲ生ジ、下方ハ
毛少ナク、經約 4-5 mm. 葉ハ對生、相對スル二葉ハ圓形同大；葉身ハ卵
形、卵狀圓形、先端漸尖頭、基部ハ圓形又ハ圓狀心臟形又ハ圓狀ニシテ稍
楔形、長サ約 12-18 cm. 幅 10-17 cm. 多クハ3行脈或ハ稍5行脈ヲ有ス。
邊緣ハ一樣ナル鈍鋸齒狀、鋸齒ハ銳尖頭又ハ鈍頭上方ノモノハ大形、長サ
5-6 mm. 幅 7-10 mm. 下方ノモノハヨリ小ナリ。上面ハヤ、粗糙鈎狀剛毛
ヲ密生、鐘狀體ハ明瞭ニシテ微小球形、下面ハビロード狀氈毛ヲ密生ス。
葉柄ハ長サ 3-10 cm. ビロード狀氈毛ヲ密生。托葉ハ披針形長サ 10-12
mm. 幅 3-4 mm. 外面ニ短毛ヲ生ジ、中肋ニ剛毛アリ。雄花序ハ總狀、腋
生、短毛ヲ密生シ、葉ヨリ遙ニ短カシ、花叢ハ疎。苞ハ披針形ニシテ花叢
ト同長。花被ハ4裂、裂片ハ舟狀倒卵形、外面毛ヲ布ク。雄蕊 4. 退化雄
蕊ハ短棍棒狀。雌花穗ハ單一又ハヤ、分枝シ、腋生、花叢ハ疎、葉ヨリモ
短カシ、瘦果ハ未熟、倒披針形、長サ約 2 mm. 幅 7 mm. 上部ニ剛毛ヲ
生ジ下部ハ楔狀短毛ヲ生ズ。

濟州島、慶尙南道ニ生ズ。

(分布) 本州、九州。

10. **Bœhmeria pannosa** Nakai & Satake

Bœhmeria pannosa Nakai & Satake apud Oka in Tennen-Kinenbutu-
Tyôsa-Hokoku, Syokubutu-no-bu, XVI, 4 (1936) nom. tantum ; Satake
in Journ. Fac. Sci. Imp. Univ. Tokyo, Sect. III, Bot. IV, Pt. 6, 510,
f. 30 (1936).

Syn. *Bœhmeria holosericea* (non Blume) Yabe in Bot. Mag. Tokyo,
XVII, 177 (1903) ; Nakai, Veg. Isl. Quelpært, 39 (1914)
pro parte ; Mori, Enum. Pl. Corea, 125 (1922) pro parte.

Suffrutex dioicus vel monoicus. Caulis simplex tetragono-teres sub-
profunde 4-sulcatus, in sicco fulvus vel atro-fuscus, superne velutino-
tomentosus, inferne glabratus usque 4-5 mm. crassus. Folia opposita,
pro quaque pare longitudine et magnitudine æqualia ; laminæ ovatæ
vel ovato-rotundatæ apice acuminato-acutæ basi rotundatæ vel rotun-
dato-cordatæ vel -subcuneatæ, usque ad 12-18 cm. longæ 10-17 cm.
latæ, sæpe trinerves vel subquinquenerves, margine æqualiter crenatæ
crenis apiculatis vel obtusis superiore majoribus ad 5-6 mm. longis 7-
10 mm. latis inferiore minoribus, supra scabriusculæ dense curvato-

hispidæ cystolithis distinctis minutissime punctatis, subtus dense velu-
tino-pannosæ vel -tomentosæ; petioti 3–10 cm. longi dense velutino-
pannosi. Stipulæ lanceolatæ 10–12 mm. longæ 3–4 mm. latæ extus
pubescentes costis hispidulis. Inflorescentia mascula paniculata axilla-
ris foliis valde brevior dense pubescens, floribus laxe glomeratis; bractea
glomeruli lanceolata glomerulo æquilonga; perigonium 4-partitum,
tepalis naviculari-obovatis extus pubescentibus intus glabris; stamina
4; pistilli rudimentum clavatum parvum. Spicæ femineæ axillares
solitariæ vel subramosæ, foliis breviores, floribus laxe glomeratis.
Perigonia fructifera immatura oblanceolata, ca. 2 mm. lcnga 1 mm. lata,
apice breve tubulosa dense villosa, basi subcuneata pubescentia.

Nom. Jap. *Saikai-yabumao.*

Nom. Kor. *Puk-chin* (Quelpært).

Hab.

Quelpært: latere australe, in sepibus (E. Taquet n. 5968, Sept. 1911);
in incultis Hongno (E. Taquet n. 1405, Jul. 1908); in sepibus Tai-
tjyeng (E. Taquet n. 3232, Aug. 1909); sine loco speciali (U. Faurie
Oct. 1906), in declivitatibus (U. Faurie n. 2016, Aug. 1906); in
sepibus Hongno (E. Taquet n. 4432, Aug. 1910); sine loco speciali
(U. Faurie n. 2016, Aug. 1907).

Prov. Keinan: Kaiundai (T. Nakai, n. 11093, Mai. 1928).

Prov. Zennan: Ins. Kyobuntô (T. Nakai, n. 11103, Mai. 1928).

Distr. Honsyû and Kyûsyû.

11. たんなやぶまを

亞灌木、雌雄同株。莖ハ直立、單一、圓狀四角形、淺ク或ハ稍深ク4縱
襞、槪ネ有毛、徑 4–5 mm. 葉ハ對生、相對スル二葉ハ同長同大、葉身ハ
卵形或ハ圓狀卵形、銳頭又ハ銳尖頭、基部ハ圓形稍心臟形、長サ約 10–20
cm. 幅 8–16 cm. 邊緣ハ鈍鋸齒又ハ鈍狀齒牙、鋸齒ハ稍銳頭長サ 5–8 mm.
幅 7–12 mm. 下部ノモノハ小形、上面ハ粗糙稍屈曲剛毛ヲ生ジ、主脈ハ陷
入シ毛密生ス。鐘狀體ハ微小球形、下面ハヤヽ白色ヲ帶ビ短柔毛ヲ生ジ、
脈上ハ剛毛ヲ生ジ、常ニ3行脈、葉柄ハ長サ 2–10 cm. 絨毛密生ス。托葉ハ
披針形長サ約 10 mm. 幅 2–2.5 mm. 外面有毛中肋ニ長毛アリ。雌花穗ハ
腋生。上方ノモノハ單一、下方ノモノハ分岐シ多クハ葉ヲ生ズ、葉ヨリモ
短カク、花叢ハ密接ス。太サ 6–8 mm. 瘦果ハ壓扁倒卵形或ハ倒披針狀倒
卵形、緣部ハ狹ク、上部ハ鈍形短筒、剛毛ヲ密生。下部ハ稍楔形柔毛ヲ有

シ、長サ約 2 mm. 幅 1-1.5 mm. 種子ハ橢圓狀卵形長サ約 1 mm. 雄花ハ不明。

濟州島ニ産ス。

（分布）固有種。

一種葉ノ下面ニ毛ノ少ナキモノアリ。コレヲ

けなしたんなやぶまをト稱ス。コレ亦濟州島ノ特産ナリ。

11. **Bœhmeria quelpærtensis** Satake

Bœhmeria quelpærtensis Satake in Journ. Fac. Sci. Imp. Univ. Tokyo,
Sect. III, Bot. IV, Pt. 6, 514, f. 34-35 (1936).

Syn. *Bœhmeria holosericea* (non Blume) Nakai, Rep. Veg. Quelpært,
39, n. 520 (1914) ; Mori, Enum. Pl. Corea. 125 (1922) pro
parto major.

Suffruticosa monoicus? Caulis erectus, simplex tereti-tetragonus
leviter vel subprofunde 4-sulcatus sæpe hirsutus, usque 4-5 mm. in
diametro. Folia opposita, pro quaque pare longitudine et magnitudine
æqualia ; laminis ovatis vel rotundato-ovatis, apice acutis vel acuto-
acuminatis, basi rotundatis vel subcordatis, usque ad 10-20 cm. longis
8-16 cm. latis, margine crenatis vel crenato-dentatis, dentibus subapi-
culatis 5-8 mm. longis 7-12 mm. latis inferiore minoribus, supra scabris
subcurvato-hispidis, in nervis primariis impressis dense hirtellis, cysto-
lithis minutissimę globosis, subtus subglaucis pubescentibus in nervis
hispidis, sæpe trinervatis ; petiolis 2-10 cm. longis dense villosis.
Stipulæ lanceolatæ ad 10 mm. longæ 2-2.5 mm. latæ extus pubescentes
costis hirsutis. Spicæ femineæ axillares, superiore solitariæ, inferiore
ramosæ, sæpe foliosæ, foliis breviores, cum floribus conferte glomeratis,
usque 6-8 mm. crassæ. Perigonia fructifera compresse obovoidea vel
oblanceolato-obovoidea, anguste complanato-marginata, apice obtusa
breve tubulosa dense hispida, basi subcuneata pubescentia, usque 2 mm.
longa 1-1.5 mm. lata. Semina lenticulari-elliptica vel ovoidea ca 1 mm.
longa. Flores masculi ignoti.

Nom. Jap. *Tanna-yabumao.*

Hab.

Quelpært : Ibi (T. Nakai n. 4999, Nov. 3, 1917) ; Saisyû (T. Nakai n.
4977, Oct. 28, 1917) ; circa Kwannonzi (T. Nakai n. 4998, Oct. 1917).

Prov. Zennan : Ins. Daikokuzantô (T. Ishidoya, n. 3953, Aug. (1919).

Distr. Endemica.

forma **glabra** SATAKE, l. c.

Laminæ foliorum subtus glabratæ.

Nom. Jap. *Kenasi-tanna-yabumao.*

Hab.

Quelpært : Ibi (T. NAKAI n. 4999, Nov. 1917).

Distr. Endemica.

第四節　やぶまを節

亞灌木又ハ草本、莖ハ單一又ハ分枝。葉ハ對生、相對スル二葉ハ同長同
大。葉身ハ卵形、卵狀圓形或ハ卵狀心臟形、緣邊ハ不同ナル鋸齒ヲ有シ、
上部デハ往々淺ク或ハ稍深ク重鋸齒ヲナシ、稀ニ缺刻狀重鋸齒ヲナシ又裂
尾狀ヲナス。上面ハ剛毛ヲ生ジ多クハ粗糙トナリ、下面ハ短柔毛ヲ生ズル
カ絹毛樣毛アリ、又ハ短毛ヲ生ジ、稀ニ無毛トナル、乾ケバ稍紙質又ハ革
質トナル。雌花穗ハ單一又ハ分岐シ上方ニ腋生ス。瘦果ハ扁壓倒卵狀又ハ
倒卵狀橢圓形、緣部ハ多少廣イ、上部ニ剛毛密生、稀ニ散生ス。朝鮮ニ 2
種アリ。

葉身ハ基部圓形又ハ鈍形又ハ 截狀鈍形、乾ケバ質厚ク稍革質、葉緣ノ
上部ハ時ニヤ、重鋸齒ヲナス。上面ニ小剛毛アリ、下面ノ脈上ニ多
少小剛毛アルカ又ハ無毛。　　　　　　　　……………………やぶまを
葉身ハ基部截狀楔形、乾ケバ往々薄紙質、葉緣ノ上部ハ常ニ深キ重
鋸齒ヲナス。上面ニ長剛毛散在、下面ノ脈上ニ平開セル剛毛散生
ス。　　　　　　　　　　　　　……………………めやぶまを

Sect. 4. **Longispicæ** SATAKE in Journ. Fac. Sci. Imp. Univ. Tokyo,
Sect. III, Bot. IV, Pt. 6, 521 (1936).

Syn. *Bœhmeria* Sect. *Duretia* BLUME, Mus. Bot. Lugd.-Bat. II, 212
(1856) pro parte.

Suffrutex vel herbaceus. Caulis simplex vel ramosus. Folia opposita,
pro quaque pare longitudine et magnitudine semper æqualia ; laminæ
ovatæ vel ovato-rotundatæ vel rotundato-cordatæ, margine inæqualiter
serratæ apice interdum leviter vel distincte duplicato-serratæ rarius
profunde inciso-duplicato-serratæ vel tricuspidatæ, supra hispidæ fere
valde scabræ, subtus pubescentes vel holosericeæ vel hirtellæ rarius
glabratæ, in sicco coriaceæ vel papyraceæ vel subchartaceæ. Spicæ
femineæ simplices vel ramosæ sursum axillares. Perigonia fructifera

compresse obovoidea vel obovato-ellipsoidea, plus minus complanato-marginata, apice dense rarius sparse hispida.

Laminæ foliorum, basi rotundatæ vel obtusæ vel truncato-obtusæ, in sicco crassæ subchartaceæ, margine superiore grosse serratæ interdum leviter duplicato-serratæ, supra hispidulæ, subtus ad nervos plus minus hispidulæ vel glabratæ. ....*B. longispica*

Laminæ foliorum basi truncato-cuneatæ, in sicco interdum tenues papyraceæ, margine superiore sæpe profunde duplicato-serratæ vel inciso-duplicato-serratæ, supra sparse hispidæ, subtus ad nervos sparse patenti-hispidæ. ....*B. platanifolia*

12. や ぶ ま を

亞灌木、雌雄同株、莖ハ直立、單一又ハ分岐、下部ハ無毛圓形、徑 5-8 mm. 上部ハ稍四角狀圓形有毛、輕ク4縦襞アリ、高サ 1-1.5 m. ニ達ス。葉ハ對生長柄、相對スル二葉ハ同長同大、葉身ハ卵形又ハ圓狀卵形、長サ約 10-15 cm. (稀ニ 20 cm.) 幅 6-12 cm. (稀ニ 15 cm.)、基部ハ圓形又ハ楔狀鈍形、葉緣ハ不同ナル大鋸齒アリ、又ハ粗重鋸齒、鋸齒ハ下部ノモノ小サク、上部ノモノハ大キク長サ幅 10-15 mm. 許、ヤ、鎌形ヲナシ銳頭、上部ハ往々淺キ粗重鋸齒ヲナシ尾狀ニ終ル。上面ハ粗糙ニシテ短柔毛又ハ小剛毛ヲ有シ、下面ハ短柔毛アルカ又ハ長絹毛アリ。特ニ葉脈ニ小剛毛アリ、3 行脈ヲナス。葉柄ハ葉身ト同長又ハヤ、短カク短柔毛ヲ生ズ。雄花ハ不詳、雌花穗ハ上方ニ腋生、通常單一、稀ニ基部ノミ分岐シ、葉ヨリ超出シ、長キモノハ 26 cm. ニ達スルモノアリ。花叢ハ疎又ハ稍密生、徑 5-6 mm. 瘦果ハ壓扁倒披針形或ハ倒卵形、長サ 1.5 mm. 幅 1 mm. 緣部ハ多少廣ク、上部ハ鈍形短筒剛毛ヲ密生、下部ハ楔狀短柔毛ヲ有ス。種子ハレンズ狀卵形長サ 0.8 mm. 許ナリ。

黃海道、慶尙南道、濟州島ニ生ズ。

(分布) 支那、北海道、本州、四國、九州。

12. **Bœhmeria longispica** STEUDEL

Bœhmeria longispica STEUDEL in Flora Regensb. XXXIII, 260 (1850); BLUME, Mus. Bot. Lugd.-Bat. II, 221 (1856)—FRANCHET & SAVATIER, Enum. Pl. Jap. I, 440 (1875); SATAKE in Journ. Fac. Sci. Imp. Univ. Tokyo, Sect. III, Bot. IV, Pt. 6, 533, f. 53 (1936).

Syn. *Acalypha* HOUTTUYN, Nat. Hist. XI, Aanwy Pl. LXXII, fig. 2 (1779), Pflanzensyst. X, t. 72, fig. 2 (1783), cum nota ' Herr

Houttuyn etc' sub *Acalypha australis* in 226.

Bœhmeria macrophylla SIEBOLD & ZUCCARINI in Abh. Math.-Phys. Akad. Wiss. München, IV–3, 215 (1846) excl. syn. *Urtica spicata* THUNBERG.

Bœhmeria grandifolia WEDDELL in Ann. Sci. Nat. 4-ser. I, 199 (1854) ; C.H. WRIGHT in Journ. Linn. Soc. XXVI, 485 (1899) ; MATSUMURA, Ind. Pl. Jap. II.–2, 41 (1912) ; MATSUDA in Bot. Mag. Tokyo, XXVIII, 7 (1914).

Bœhmeria platyphylla var. *japonica* WEDDELL, Monogr. Fam. Urtic. 365 (1856).

Bœhmeria japonica MIQUEL in Ann. Mus. Bot. Lugd.-Bat. III, 131 (1867) ; MAXIMOWICZ in Mél. Biol. IX, 642 (1876) ; MAKINO, IINUMA's Somoku Dzusetsu, IV, 1272, Pl. 1161 (1912) ; MORI, Enum. Pl. Corea, 125 (1922); MAKINO & NEMOTO, Fl. Jap. 1063 (1925) ; ed. 2, 223 (1931) ; MIYABE & KUDÔ, Fl. Hokkaido and Saghal. IV, 490 (1934); MASAMUNE in Mem. Fac. Sci. Agr. Tai-koku Imp. Univ. XI, Bot. n. 4. 158 (1934).

Bœhmeria platyphylla var. *macrophylla* WEDDELL in DC. Prodr. XVI.–1, 212 (1869).

Bœhmeria spicata (non THUNBERG) WRIGHT, l.c. 488, excl. syn. *Urtica spicata* THUNBERG et *B. platyphylla* var. *japonica* WEDDELL.

Bœhmeria Miqueliana TANAKA in Bult. Sci. Fukult. Kjushu Imp. Univ. I, 198 (1925) ; HATSUSHIMA in Bull. Exp. Forest. Kyushu Imp. Univ. n. 4, 53 (1934); NEMOTO, Fl. Jap. Suppl. 145 (1936).

Ramium caudatum O. KUNTYE, Rev. Gen. Pl. II, 631 (1891).

Suffruticosa monoica. Caulis erectus simplex vel ramosus, ca. 1–1.5 m. altus, inferne glabratus teres 5–8 mm. crassus, superne sub-tetragono-teres pubescens vel tomentosus, leviter vel haud 4-sulcatus. Folia opposita, pro quaque pare longitudine et magnitudine æqualia ; laminæ ovatæ vel orbiculari-ovatæ,·usque ad. 10–15 cm. (rarius 20 cm.) longæ, 6–12 cm. (rarius 15 cm.) latæ, basi rotundatæ vel cuneato-obtusæ, margine inæqualiter grosse serratæ rarius grosse duplicato-serratæ, serris superiore subfalcatis acutis 10–15 mm. longis et latis, apice sub-profunde dentato-serratæ vel duplicato-serratæ, sæpe in cuspidem linearem productæ, supra scabro-pubescentes vel hispidulæ, cystolithis distinctis minutissime punctatis, subtus pubescentes vel holosericeæ præsertim ad nervos hispidulæ, 3-nervatæ; petiolis pubescentibus laminis æquantibus vel brevioribus. Flores masculi ignoti. Spicæ femineæ sursum axillares, sæpe simplices rarissime basi ramulosæ, foliis valde superantes, 5-6 mm. crassæ, interrupte vel densius glomeratæ. Perigonia fructifera compresse oblanceolata vel obovata, ca. 1.5 mm. longa 1 mm. lata, late vel plus minus complanato-marginata, apice obtusa brevissime tubulosa dense hispida, basi cuneata pubescentia, seminibus lenticulari-ovatis ca. 0.8 mm. longis.

Nom. Jap. *Yabumao.*

Hab.

Prov. Kokai: Ins. Taiseitô (T. NAKAI n. 12680, Jul. 1929).

Prov. Keinan: Ins. Kyosaitô (T. NAKAI n. 11094, Mai. 1928).

Quelpært: Hongno (T. NAKAI n. 156, Mai. 1913); circa Kwannonzi (T. NAKAI Oct. 1917).

Distr. China, Hokkaido, Honsyû, Sikoku and Kyûsyû.

13.　めやぶまを

多年生草本、雌雄同株、莖ハ直立、單一又ハ分枝、下部ハ圓形無毛、淺ク4縱襞、徑 3-5 mm. 上部ハ鈍狀四角形明瞭ニ 4 縱襞、短柔毛又ハ稍絨毛ヲ生ズ。高サ約 50-100 cm. ニ達ス。葉ハ對生、相對スル二葉ハ同長同大、葉身ハ廣卵形又ハ稍圓形、長サ幅 10-20 cm. 基部ハ截狀楔形、邊緣ハ粗鋸齒、往々重鋸齒、鋸齒ハ釰狀三角形長サ幅 1-2 cm. 先端銳尖屢々內側ニ曲ル、上端ハ深キ重鋸齒又ハ缺刻狀重鋸齒ヲナシ、乾ケバ往々薄紙質、上面ハ剛毛散生又ハ稍密生、鐘狀體ハ明瞭微小點狀、下面ハ稍白色ヲ帶ビ有毛、時ニ主脈上ニハ平開セル小剛毛ヲ生ズ。葉柄ハ細ク葉身ヨリ短カキカ同長、托葉ハ鈍狀披針形、長サ 10 mm. 幅 2 mm. 中肋ノ外面ニ毛アリ。雄花ハ不詳、雌花穗ハ上方ニ腋生、單一、葉身ヨリ短カク或ハ長シ。花叢ハ疎生、徑 3-4 mm. 瘦果ハ壓扁倒卵形、長サ約 1.5 mm. 幅 1 mm. 緣部ハ多少廣イ、上部ハ鈍狀短筒、剛毛密生ス。下部ハ稍楔形、短毛ヲ生ズ。種子ハレンズ狀卵形平滑、長サ 0.8 mm.

全羅南道、黃海道、慶尚北道、濟州島ニ產ス。

（分布）支那、北海道、本州、九州。

13.　**Bœhmeria platanifolia** FRANCHET & SAVATIER

Bœhmeria platanifolia FRANCHET & SAVATIER, Enum. Pl. Jap. I, 440 (1875); FRANCHET, Pl. David. I, 270 (1884); C. H. WRIGHT in Journ.

Linn. Soc. XXVI, 486 (1899); MATSUMURA, Ind. Pl. Jap. II.-2, 42
(1912); MORI, Enum. Pl. Corea, 125 (1922); HANDEL-MAZZETTI, Symb.
Sin. VII, 151 (1929); MASAMUNE in Mem. Fac. Sci. Agr. Taihoku
Imp. Univ. XI, Bot. n. 4, 158 (1934); SATAKE in Journ. Fac. Sci. Imp.
Univ. Tokyo, Sect. III, Bot. IV, Pt. 6, 534, f. 154 (1936).

Syn. *Bœhmeria longispica* var. *platanifolia* FRANCHET & SAVATER, l.c.
II, 497 (1879).

Bœhmeria holosericea (non BLUME) NAKAI, Fl. Korea. II, 198 (1911).

Bœhmeria japonica var. *platanifolia* MAXIMOWICZ apud MAKINO
& NEMOTO, Fl. Jap. 1063 (1925); ed. 2, 223 (1931).

Bœhmeria Miqueliana TANAKA var. *platanifolia* HATSUSIMA in
Bult. Exper. For. Kyusyu Imp. Univ. V, 55 (1934); NEMOTO,
Fl. Jap. Suppl. 145 (1936).

Herbacea monoica. Caulis erectus simplex vel ramosus, inferne teres
glabratus leviter vel haud 4-sulcatus, 3–5 mm. in diametro, superne
obtuse tetragonus distincte 4-sulcatus pubescens vel subtomentosus,
usque 50–100 cm. altus. Folia opposita, pro quaque magnitudine et
longitudine æqualia; laminis late ovatis vel subrotundatis, usque 10–20
cm. longis et latis, basi truncato-cuneatis, margine grandi-serratis inter-
dum duplicato-serratis, serris falcato-triangularibus 1–2 cm. longis et latis
apice acutis fere intus curvatis, apice sæpe profunde duplicato-serratis
vel inciso-duplicato-serratis, in sicco interdum tenuibus papyraceis,
supra sparse vel densius hispidis, cystolithis distinctis minutissime
punctatis, subtus subglaucis pubescentibus præsertim in nervis primariis
patenti-hispidulis; petiolis gracilibus laminis æquantibus vel brevieri-
bus. Stipulæ lanceolatæ 10 mm. longæ 2 mm. latæ costis extus pilosis.
Flores masculi ignoti. Spicæ femineæ sursum axillares, simplices,
interrupte glomeratæ, foliis longiores vel breviores, 3–4 mm. crassæ.
Perigonia fructifera compresse obovoidea, ca. 1.5 mm longa 1 mm.
lata, plus minus complanato-marginata, apice obtusa breve tubulosa
dense hispida, basi subcuneata pubescentia, seminibus lenticulari-ovatis
glabris ca. 0.8 mm. longis.

Nom. Jap. *Meyabumao, Yamaso.*

Hab.

Prov. Zennan: Insl. Kyobuntô (T. NAKAI n. 11102, Mai. 1928).

Prov. Kokai: Insl. Taiseitô (T. NAKAI n. 12679, Jul. 1929); Peninsula

Tyôzankwan (T. NAKAI, n. 12678, Jul. 1929).
Prov. Keihoku: Mt. Tyôreizan (T. UCHIYAMA, Oct. 1902).
Quelpært: latere boreale (T. NAKAI n. 6155, Oct. 1917).
 Distr. China, Hokkaidô, Honsyû and Kyûsyû.

朝鮮産ノ馬兜鈴科、木通科、小蘗科、海桐花科、錦葵科、岩高蘭科、蕁麻科植物ノ木本類ノ和名、朝鮮名、學名ノ對稱表、

和　　名	朝　鮮　名	學　　　名
きだちうまのすずくさ	トンチョー、トンチヤルモツク	*Hocquartia manshuriensis* NAKAI
むべ、ときはあけび	モーグクル、ム、メウング（濟州島）モーンヨルチュル（莞島）モンノツクプル（外羅老島）	*Stauntonia hexaphylla* DECAISNE
あけび	ユルン、ノトン、チョルゲンイ、ユールムノンチュル（濟州島）、ウクロムヨンチュル（莞島）、オールム（全南長城）、ウフルムノギュル（東醫賓鑑）、オルムナム（字釋）	*Akebia quinata* DECAISNE
やつであけび		*Akebia quinata* var. *polyphylla* NAKAI
たうめぎ		*Berberis Poiretii* SCHNEIDER var. *angustifolia* NAKAI
おほばめぎ		*Berberis amurensis* RUPRECHT
ひろはめぎ		*Berberis amurensis* var. *latifolia* NAKAI
さいしうめぎ		*Berberis amurensis* var. *quelpærtensis* NAKAI
てうせんめぎ		*Berberis koreana* PALIBIN
ながみのてうせんめぎ		*Berberis koreana* var. *ellipsoidea* NAKAI
ほそばのてうせんめぎ		*Berberis koreana* var. *angustifolia* NAKAI
とびらのき	トンナム、ビトンナム（濟州島）、ケボートルナム（莞島）	*Pittosporum Tobira* AITON
はまぼう		*Paritium Hamabo* NAKAI
むくげ		*Hibiscus syriacus* LINNÆUS
がんかうらん	シロミ、シルム（濟州島）	*Empetrum nigrum* L. var. *asiaticum* NAKAI
こあかそ		*Bœhmeria spicata* THUNBERG

朝鮮産ノ馬兜鈴科、木通科、小蘗科、海桐花科、
錦葵科、岩高蘭科、蕁麻科植物木本類ノ分布表

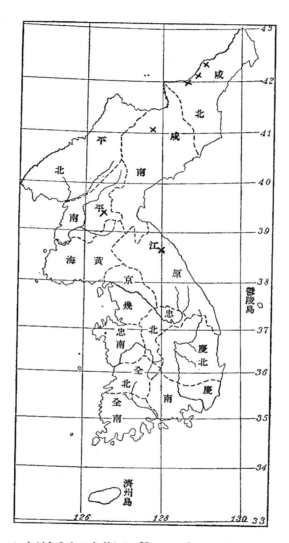

× きだちうまのすずくさ *Hocquartia manshuriensis*

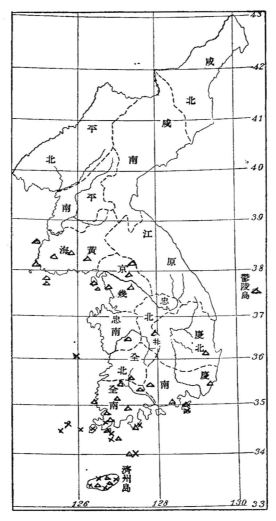

×　む　　　べ　*Stauntonia hexaphylla*
△　あ　け　び　*Akebia quinata*
♯　やつであけび　*Akebia quinata* var. *polyphylla*

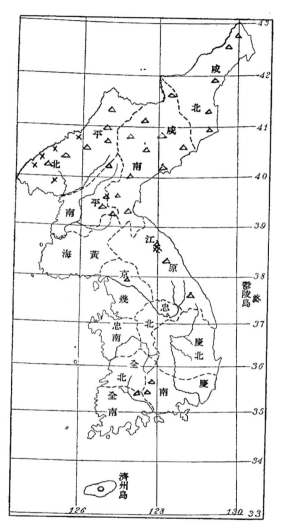

× たうめぎ *Berberis Poiretii* v. *angustifolia*
△ おほばめぎ *Berberis amurensis*
ひろはめぎ *Berberis amurensis* v. *latifolia*
○ さいしうめぎ *Berberis amurensis* v. *quelpærtensis*

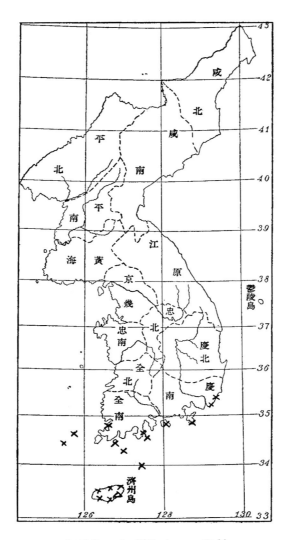

× とびらのき *Pittosporum Tobira*
△ はまぼう *Paritium Hamabo*

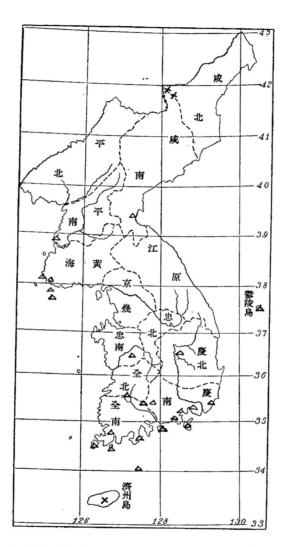

× がんかうらん *Empetrum nigrum* var. *asiaticum*

△ こ あ か そ *Bœhmeria spicata*

第 I 圖　　Tabula I

きだちうまのすずくさ

Hocquartia manshuriensis Nakai

A.　花ヲ附クル枝 (×1)
B.　果實ヲ附クル枝 (×1)
C.　果實ノ縱斷面 (×1)
D.　花柱ト柱頭 (廓大)

A.　Ramus florifer (×1)
B.　Ramus fructifer (×1)
C.　Capsula longitudine secta (×1)
D.　Stylus et stamina (aucta)

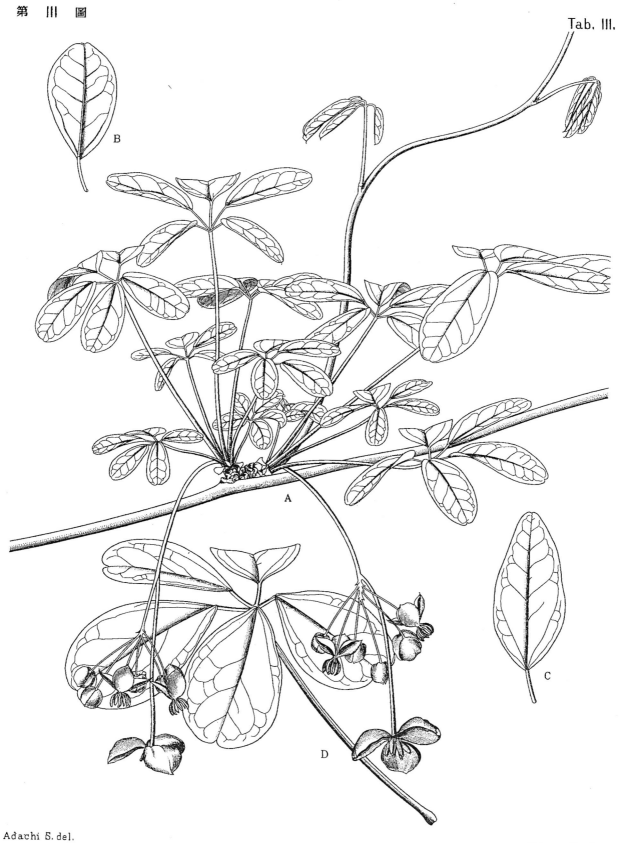

第 IV 圖　　Tabula IV

た う め ぎ

Berberis Poiretii C.K. Schneider
var. *angustifolia* Nakai

果序ヲ附クル枝 (×1)　　　　　Rumus cum infructescentiis (×1)

Tab. IV.

Yamada, T. del.

Nakazawa K. sculp.

第 V 圖　　Tabula V

お ほ ば め ぎ

Berberis amurensis RUPRECHT

A.	樹膚 (×1)	A.	Cortex trunci (×1)
B.	萠枝ノ一部 (×1)	B.	Pars turionis (×1)
C.	果序ヲ附クル枝 (×1)	C.	Ramus cum infructescentia (×1)
D.	花序ヲ附クル枝 (×1)	D.	Ramus cum inflorescentia (×1)
E.	花ヲ廓大ス (ca×3)	E.	Flos (ca×3)
F.	花瓣ヲ廓大ス (×4)	F.	Petalum intus visum (×4)
G.	花瓣ト雄蕋 (ca×6)	G.	Petalum & stamen (ca×6)
H.	雌蕋 (×5)	H.	Pistillum (×5)

Tab. V.

第 VI 圖　　Tabula VI

ひ ろ は め ぎ

Berberis amurensis RUPRECHT
var. *latifolia* NAKAI

A.　蕾ヲ附クル枝 （×1）

B.　果序ヲ附クル枝 （×1）

A.　Ramus cum alabastris （×1）

B.　Ramus cum infructescentia
　　 （×1）

Yamada, T. del.

Nakazawa K. sculp.

第 VII 圖　　Tabula VII

てうせんめぎ

Berberis koreana PALIBIN

A.　幹ノ一部 (×1)	A.　Pars trunci (×1)
B.　萠枝 (×1)	B.　Turio (×1)
C.　花序ヲ附クル枝 (×1)	C.　Ramus cum inflorescentia (×1)
D.　果序ヲ附クル枝 (×1)	D.　Ramus cum infructescentia (×1)
E.　花 (約3倍)	E.　Flos (ca×3)
F.　花瓣ヲ內側ヨリ見ル (×5)	F.　Petalum intus visum (×5)
G.　雄蕊 (×7)	G.　Stamen (×7)
H.　雌蕊 (×7)	H.　Pistillum (×7)

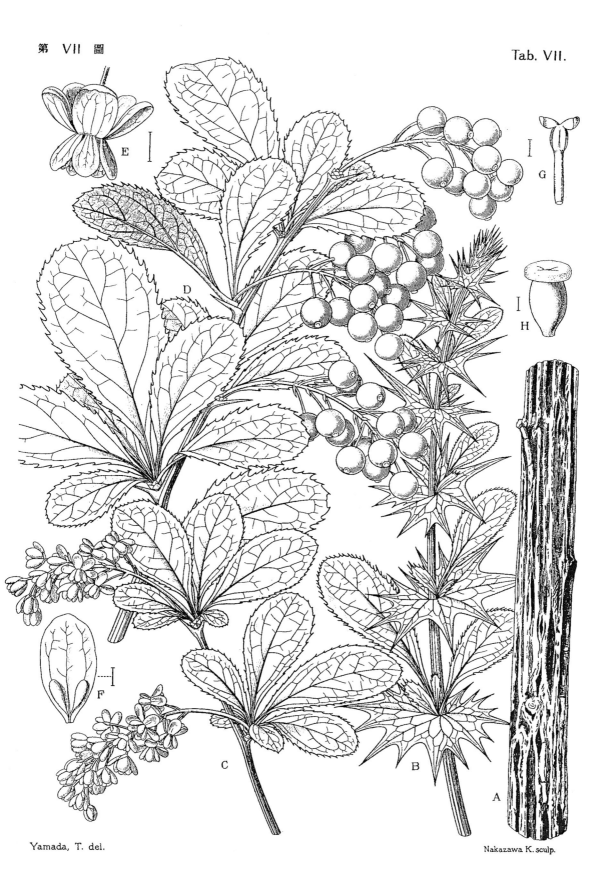

Yamada, T. del.   Nakazawa K. sculp.

第 VIII 圖　　Tabula VIII

と び ら の き

Pittosporum Tobira Aiton

A.　花ヲ附クル枝 (×1)
B.　果實ヲ附クル枝 (×1)
C.　花瓣ヲ内側ヨリ見ル (×3)
D.　花瓣ヲ外側ヨリ見ル (×3)
E.　花瓣ヲ取去リタル花 (×4)
F.　雌蕋 (×5)
G.　雄蕋ヲ背面ヨリ見ル (×5)
G₁.　雄蕋ヲ腹面ヨリ見ル (×5)

A.　Ramus cum floribus (×1)
B.　Ramus cum fructibus (×1)
C.　Petalum intus visum (×3)
D.　Petalum extus visum (×3)
E.　Flos cum petalis seductis (×4)
F.　Pistillum (×5)
G.　Stamen extus visum (×5)
G₁.　Stamen intus visum (×5)

Tab. VIII.

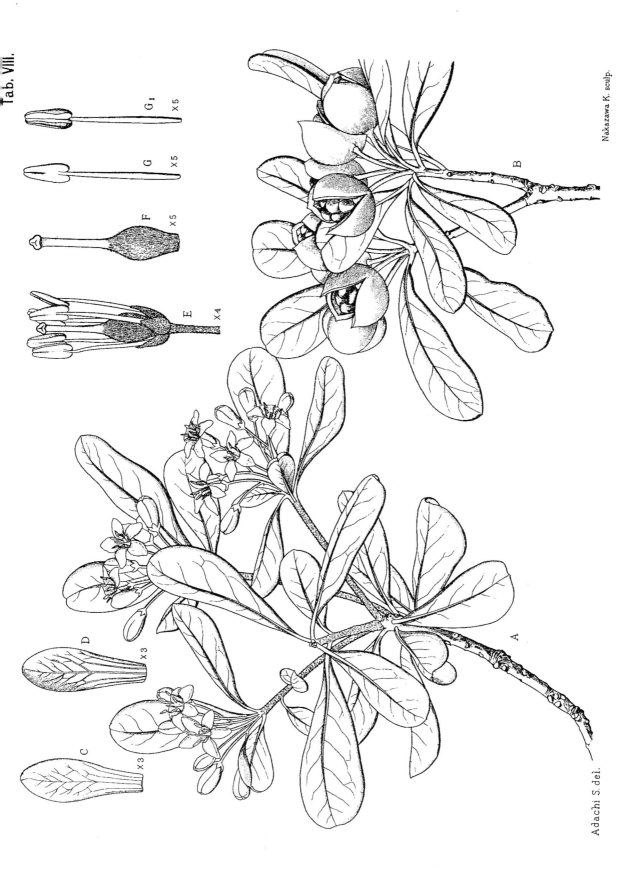

G₁
×5

G
×5

F
×5

E
×4

D
×3

C
×3

A

B

Adachi S. del.

Nakazawa K. sculp.

第 IX 圖　　Tabula IX.

は ま ぼ う

Paritium Hamabo NAKAI

A.　花ヲ附クル枝 (×1)

B.　枝ノ一部 (×1)

C.　果實 (×1)

A.　Ramus cum flore (×1)

B.　Rami (×1)

C.　Fructus (×1)

第 IX 圖

Tab. IX.

Suzuki I. del.

Nakazawa K. sculp.

第 X 圖　　Tabula X.

がんかうらん

Empetrum nigrum LINNÆUS

var. *asiaticum* NAKAI

A.　雄花ヲ附クル雄本ノ一部 (×1)

A.　Pars plantæ masculæ cum floribus (×1)

B.　果實ヲ附クル枝 (×1)

B.　Rami fructiferi (×1)

C.　雄花 (×10)

C.　Flos masculus (×10)

D.　雄蕊ヲ内側ヨリ見ル (×18)

D.　Stamen intus visum (×18)

D₁.　雄蕊ヲ外側ヨリ見ル (×18)

D₁.　Stamen extus visum (×18)

Tab. XI.

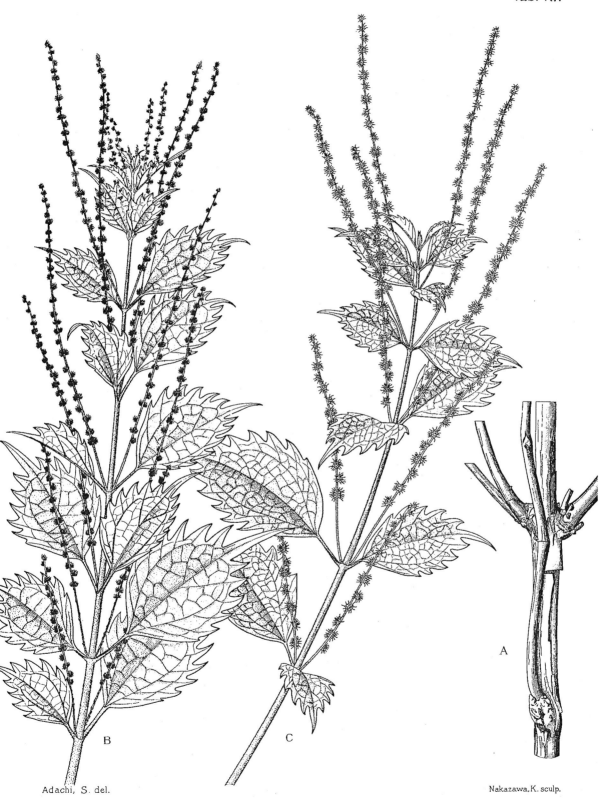

Adachi, S. del.

Nakazawa, K. sculp.

朝鮮森林植物編

22輯

樟　　科　LAURACEAE
菝葜科　SMILACACEAE

目次 Contents

第22輯

樟　科 LAURACEAE

(一) 主要ナル引用文獻
Principal Literatures cited. ·························· 3～10

(二) 朝鮮産樟科植物研究ノ歴史
History of investigation on the Korean Lauraceae.······10～12

(三) 朝鮮産樟科植物ノ効用
Economic uses of the Korean Laureceae.············13～14

(四) 朝鮮産樟科植物ノ分類
Classification and Descriptions of the Korean Lau-
raceae. ··························14～85

(五) 朝鮮産樟科植物ノ分布
Distribution of the Korean Lauraceae. ·················85～88

(六) 朝鮮産樟科植物ノ學名，和名，朝鮮名ノ對稱表
Table of the Scientific, Japanese and Korean names
of the Korean Lauraceae.··························88

菝葜科 SMILACACEAE

(一) 主要ナル引用文獻
Principal Literatures cited. ··················91～93

(二) 朝鮮産菝葜科植物ノ研究ノ歴史
History of investigation on the Korean Smilacaceae.······93～94

(三) 朝鮮産菝葜科植物ノ効用
Uses of the Korean Smilacaceae.··················94～95

(四) 朝鮮産菝葜科植物ノ分類，形態
Classifications and Descriptions of the Korean
Smilacaceae. ··················95～109

(五) 朝鮮産菝葜科植物ノ分布
Distribution of the Korean Smilacaceae. ··················110

(六) 朝鮮産菝葜科木本植物ノ學名，和名，朝鮮名ノ對稱表
Table of the Scientific, Japanese and Korean names
of the Korean ligneous Smilacaceae. ··················110

圖版
Plates

索引　(馬兜鈴科，木通科，小蘗科，海桐花科，錦葵花，岩高蘭科，
Index.　蕁麻科，樟科，菝葜科)

樟　　科

LAURACEAE

（一） 主要ナル引用文献

| 著 者 名 | 書名又ハ論文ノ題ト其出版年代 |

ADANSON, M.
(1) *Papavera* in Familles des plantes II 425–433 (1763).

ALLEN, CAROLINE K.
(2) Studies in the *Lauraceæ* I, in Annales of the Missouri Botanical Garden XXV no. 1, 361–434 (Dec. 1938).

BAILLON, H.
(3) *Lauracées* in Histoire des plantes III, pars 5, 429–486 (1870).

BARTLING, F. T.
(4) *Laurineæ·* in Ordines Naturales Plantarum 111–112 (1830).

BAUHINUS, C.
(5) *Belzoinum officinarum* in Pinax Theatri Botanici 503 (1623), et *Cinnamomum* 408–409.

BEISSNER, L., SCHELLE, E. & ZABEL, H.
(6) *Lauraceæ* in Handbuch der Laubholzbenennung 121–122 (1903).

BENTHAM, G.
(7) *Laurineæ* in HOOKER, Journal of Botany V, 197–200 (1853).

(8) *Laurineæ* in Flora Hongkongensis 289–295 (1861).

(9) *Laurineæ* in Flora Australiensis V, 293–315 (1870).

BENTHAM, G. & HOOKER, J. D.
(10) *Laurineæ* in Genera Plantarum III pars 1, 146–165 (1880).

BLACKWELL, E.
(11) The Cinamon Tree, in A Curious Herball II, Pl. 354 (1739); The Camphire Tree, Pl. 347.

(12) *Camphora*, in Collectio Stirpium IV, Pl. 347 (1760); *Cinnamomum* l.c. IV, Pl. 354.

BLUME, C. L.
(13) *Laurineæ*, in Bijdragen tot de Flora van Nederlandsch Indice 11de Stuk 552–574 (1825).

(14) *Laurineæ* subord. *Flavifloræ*, in Museum Botanicum Lugduno-Batavum I, 322–332 (1851); subord. *Cryptocaryeæ* l.c. 332–335, 338–364; subord. *Daphnidinæ* l.c. 364–365; subord, *Tetrantheræ* l.c. 365–367, 370–388.

BOERHAAVE, H.
(15) *Benzoin* in Index Alter Plantarum II, 259 (1720); *Cinnamomum* l.c. 408–409.

BOEHMER, G. R.
(16) *Laurus* etc. in Deffinitiones Generum Plantarum ed. 2, 35–36 (1747).

BORKHAUSEN, M. B.
(17) *Laurus* in Theoretisch-Praktisches Handbuch der

	Forstbotanik und Forsttechnologie 1106–1107, 1708–1711 (1803).
BREYN, J.	(18) *Arbor Camphorifera Japonica*, in Exoticarum aliarumque minus cognitarum plantarum centuria 11–17 cum fig. (1678); *Arbor Camphorifera* l.c. appendix I–IV.
	(19) *Arbor Camphorifera Japonica* etc. in Prodromi Fasciculi rariorum Plantarum I, 7 (1939); *Arbor Benzonifera* l.c. 44; *Arbor Camphorifera* l.c.; *Arbor Camphorifera* l.c. II, 16, t. II (1739).
BROWN, R.	(20) *Laurinæ* in Prodromus Floræ Novæ Hollandiæ 401–405 (1810).
BRUNFELS, O.	(21) *Cinnamomum*, in P. AEGINET, Pharmaca simplicia fol. 32 dextr. (1534).
	(22) De Cinnamomum in Novi Herbarii II 38–39 (J. MAINARDI FERRARIEN, Annotationes aliquot Simplicium, e scriptis eius extractæ) (1531).
	(22) De Cassi et Cinnamomum in Novi Herbarii ed. 2, II 100 (1536); de Cinnamomo, l.c. 134.
BURMANN, J.	(23) *Cinnamomum*, in Thesaurus Zeylanicus 62.
CHEN, W. C.	(24) *Lauraceæ* in C. P'EI: Vascular Plants of Nanking II in Contributions from the Biological Laboratory of the Science Society of China VIII, 293–296, fig. 21 (1933).
CHUN, WOON YOUNG	(25) Preliminary Notes to the Study of the *Lauraceæ* of China, in Contributions from the Biological Laboratory of the Science Society of China I no. 5, 1–69 (1925).
BRISSEU-MIRBEL, C. P.	(26) Les Lauriers. *Lauri* JUSS. in Histoire Naturelle, Génerale et Particuliere, des Plantes IV, 269–274 (1803); XI, 122–159 (1805).
DESFONTAINES, M.	(27) *Lauriers, Lauri* in Histoire des Arbres et Arbrisseaux I, 64–75 (1809).
DIPPEL, L.	(28) *Lauraceæ* in Handbuch der Laubholzkunde III, 93–97 fig. 46 (1873)
DIETRICH, D.	(29) *Cinnamomum—Plecorrhiza* in Synopsis Plantarum Sect. II Classis V–X, 1334–1367 (1840).
DILLENIUS, J. J.	(30) *Camphorata* in Nova Genera Plantarum 151 t. IX (1719).
DUHAMEL DU MONCEAU	(31) *Laurus* in Traité des Arbres et Arbustes I, 349–352

Pl. 134–135 (1755).

DE JUSSIEU, A. L.

(32) *Lauri* in Genera Plantarum 80–81 (1789).

(33) Notes sur la réunion de plusiers plantes exotiques en un seul genre de la famille des *Lauriers*, in Bulletin des Sciences, par la Société Philomatique III, 73 (1801).

(34) Mémoire sur la réunion de plusiers genres des plantes en un seul dans la famille des *laurinées*, in Annales Muséum d'Histoire Naturelle VI, 197–212 (1805).

(35) *Litsé, Litsea*, in Dictionnaire des Sciences Naturelles XXVII (Lio-Mac) 76–79 (1823).

DE LAMARCK, P. M.

(36) *Litsea chinensis* in Encyclopèdia méthodique III pt. 2, 574–575 (1791); *Laurier Laurus*, l.c. 440–455.

DE LAMARCK, P. M. & DE CANDOLLE, A. P.

(37) *Laurineœ* in Synopsis Plantarum in Floram Gallicam descriptarum 191 (1806).

EICHLER, A. W.

(38) *Lauraceœ* in Blutendiagramme III, 131–134 (1878).

ENDLICHER, S.

(39) *Laurineœ* in Genera Plantarum I, 315–324 (1836).

(40) *Laurineœ* in Enchiridion Botanicon 196–205 (1841).

GERARDE, J.

(41) Of the Canell, or Cinnamon Tree in The Herball of Generall Histoire of plants 1348–1349. fig. (1597).

GÆRTNER, C. F.

(42) De Fructibus et Seminibus Plantarum III (1805); *Persea* 222–224 t. 221; *Borbonia* 224–225 t. 222 f. 1; *Tetranthera* 225–226 t. 222 f. 2.

GMELIN, J. F.

(43) *Fiwa*, in Systema Naturæ II pars I, 745 (1791).

HANDEL-MAZZETTI, H.

(44) *Lauraceœ*, Symbolæ Sinicæ VII Theil 248–260 (1931).

HAYATA, B.

(45) *Laurineœ*, in Journal of College of Science, Tokyo XXX Art. 1, 236–258 (1911).

(46) *Laurineœ*, in Icones Plantarum Formosanarum III, 157–167 fig. 21 (1913).

(47) *Laurineœ*, in Icones Plantarum Formosanarum V, 150–179 (1915).

HEMSLEY, W. B.

(48) *Laurineœ*, in The Journal of the Linnæan Society XXVI, 370–393, Pl. 7–8 (1891).

HERMANN, P.

(49) *Camphorifera arbor* etc.; in Horti Academici Lugduno-Batavi Catalogus 113 (1687).

HOOKER, J. D.

(50) *Laurineœ*, in Flora of British India V pt. 1, 116–189 (1886).

JACQUIN, N. J.

(51) *Lauri Camphorœ*, in Collectanea ad Botanicam, Chemicam, et Historiam Naturalem IV 221–222 t. 3 f. 2

(1790).

(52) *Tetranthera laurifolia*, in Plantarum rariotum Horti Cæsarei Schoenbrunnensis Descriptiones et Icones I 59–60, t. 113 (1797).

KÆMPFER, E.

(53) *Laurus camphorifera*, in Amoenitatum Exoticarum 770–773 fig. (1712).

KAMIKOTI, SIZUKA

(54) Neue und kritische *Lauraceen* aus Taiwan I, in The Annual Report of the Taihoku Botanic Garden III, 77–80 (1933).

KOEHNE, E.

(55) *Lauraceæ*, in Deutsche Dendrologie 145. 172–174 fig. 34 (1893).

KOORDERS, S. H.

(56) *Lauraceæ*, in Exkursionsflora von Java II 260–279 (1912).

KOSTERMANS, A. J. G. H.

(57) Revision of the *Lauraceæ* I, in Mededeelingen van het Botanisch Museum en Herbarium van de Rijksuniversiteit te Utrecht no. 37, 319–757 (1936).

(58) Revision of the *Lauraceæ* II, in Recueil des travaux botaniques néerlandais XXXIV pt. 2, 500–609 (1937).

(59) Revision of the *Lauraceæ* III, in Recueil des travaux botaniques néerlandais XXXV pt. 1, 56–129 (1937).

(60) The African *Lauraceæ* I (Revision of the *Lauraceæ* IV), in Bulletin du Jardin Botanique de l'État Bruxelles XV, fasc. 1, 73–108 (1938).

(61) Revision of the *Lauraceæ* V, in Recueil des travaux botanique néerlandais XXXV pt. 2, 834–931 (1938).

KANEHIRA, RYÔZÔ

(62) *Lauraceæ*, in Formosan Trees indigenous to the Island, revised edition 195–233 (1936).

KUNTZE, O.

(63) *Lauraceæ*, in Revisio Generum Plantarum II, 568–574 (1891).

LECOMTE, H.

(64) *Lauracées* de Chine et D'Indo-Chine, in Nouvelles Archives du Muséum d'Histoire Naturelle 5 sér. V, 43–119, Pl. 3–9 (1913).

(65) *Lauracées*, in Flore Générale de L'Indo-Chine, Fasc. 8, 107–158 (1914).

LINDLEY, J.

(66) *Laurineæ*, in An Introduction to the Natural System of Botany 29–30 (1830).

(67) *Lauraceæ*, in A Natural System of Botany 200–202 (1836).

LINK, H. F.

(68) *Laurinæ*, in Handbuch zur Erkennung der nutzbarsten und am häufisten vorkommenden Gewächse I, 387–389

(1829).

LINNÆUS, C.

(69) *Laurus*, in Genera Plantarum ed. 1, 120 no. 338 (1737).

(70) *Laurus*, in Species Plantarum ed. 1, I, 369–371 (1753).

(71) *Laurus*, in Genera Plantarum ed. 5, 173 no. 452 (1754).

(72) *Laurus*, in Species Plantarum ed. 2, I, 528–530 (1762).

(73) *Laurus*, in Systema Naturæ ed. emend. et aucta 109 no. 452 (1764).

(74) *Glabraria* et *G. tersa*, in Mantissa Plantarum II, 276–277 (1771).

LIOU, H.

(75) *Lauracées* de Chine et d'Indo-Chine, Contribution a l'étude systematique et phytogeographique 226 pages cum 3 phots. et fig. 14 (1934).

LOISELEUR-DESLONGCHAMPS, J. L. A.

(76) *Laurus*, in DUHAMEL, Traité des Arbres et Arbustes ed. 2, 109–120 t. 32–35 (1801).

LOUDON, J. C.

(77) *Lauraceæ*, in Arboretum et Fruticetum Britannicum III, 1296–1305 (1838).

LOUREIRO, J.

(78) *Hexanthus* & *H. umbellatus* in Flora Cochinchinensis ed. 1, I 195–196 (1790); *Laurus* 249–255; *Sebifera* et *S. glutinosa* 637–638.

MAKINO, T. & NEMOTO, KANZI

(79) *Lauraceæ*, in Flora Japonica, revised & enlarged edition 361–376 (1931).

MAXIMOWICZ, C. J.

(80) *Lindera hypoglauca—L. membranacea*, in Bulletin de l'Académie Impériale des Sciences de St. Pétersburg XII, 71–72 (1867).

(81) *Lindera hypoglauca—L. membranacea* in Mélanges Biologiques VI, 274 (1867).

(82) *Machilus*, in Bulletin de l'Académie Impériale des Sciences de St. Pétersburg XXXI, 95–97 (1886).

(83) *Machilus*, in Mélanges Biologiques XII, 534–537 (1886).

MATTHIOLI, A.

(84) .*Cinnamomum*, in Medici Senenses Commentarii 31–35 (1554), Caphura, l.c. 73–74.

MEISSNER, C. F.

(85) *Laurineæ*, in Plantarum Vascularium Genera I, 326–327 (1836).

(86) *Lauraceæ*, in ALP. DE CANDOLLE, Prodromus Systematis Naturalis Regni Vegetabilis XV pars. 1, 1–260 (1864).

(87) *Lauraceæ*, in MARTIUS, Flora Brasiliensis V pars 2,

138–335 t. 45–105 (1866).

MERRILL, E. D.

(88) *Lauraceæ*, in Philippin Journal of Science I supplement I, 56–58 (The Flora of Yamas Forest Reserve) (1906).

(89) *Lauraceæ*, in An Enumeration of Philippin Flowering Plants II, 187–204 (1923); IV 252 (1926).

(90) *Lauraceæ*, in A Commentary on LOUREIRO's Flora Cochinchinensis, in Transaction on the American Philosophical Society, New Series XXIV pt. 2, 163–168 (1935).

MEZ, C.

(91) *Lauraceæ* Americanæ mónographicæ descriptæ, in Jahrbuch des Königlichen botanischen Gartens und des botanischen Museum zu Berlin, V, 1–556, t. I–III (1889).

MILLER, P.

(92) *Laurus*, in The Gardeners Dictionary, abridged from the last Folio edition II La (1754).

(93) *Laurus*, in the Gardeners Dictionary ed. 8, I Lau, 607–610 (1768).

MIQUEL, F. A. G.

(94) *Laurineæ*, in Flora Indiæ Batavæ I, 888–978 (1855).

(95) *Laurineæ*, in Annales Musei Botanici Lugduno-Batavi II, 195–197, 212 (1867).

MORISON, R.

(96) *Camphorata*, in Plantarum Historia Universalis Oxoniensis pars III, Sect. XV, 614 (1699).

NAKAI, T.

(97) *Lauraceæ*, in Flora Koreana II, 177–178 (1911).

(98) *Lauraceæ*, in Vegetation of Quelpaert Island 47–48 (1914).

(99) *Benzoin glaucum—Machilus Thunbergii*, in Vegetation of Wangto Island 7 (1914).

(100) On the Japanese Species of the tribe *Litseæ* of *Lauraceæ*, in the Journal of Japanese Botany XIV no. 3, 177–196 (1938).

NEES VON ESENBECK, F. L. (101) De *Cinnamomo* disputatio 1–74, t. I–VI (1823).

(102) *Laurinæ* Indiæ Orientalis, in N. WALLICH, Plantæ Asiaticæ Rariores II fasc. 8, 58–76 t. 176 (1829).

(103) Annexa plantarum Laurinarum secundum affinitates naturales Expositio, ab Academiæ præside proposita, qua comprehenditur Hufelandiæ Laurini generis novi Laureato sensi consecrata Illustratio, cum 3 tabulis (1833).

(104) Systema Laurinarum, 720 pages with 1 table of dis-

tribution (1836).

(105) *Laurinæ*, in Handbuch der medicinisch-pharmaceutischen Botanik II, 420–436 (1831).

NEMOTO, KANZI (106) *Lauraceæ*, in Supplement to the Flora of Japan 243–251 (1936).

OUTI, TATUO (107) On the Determination of Formosan Species of *Lauraceæ*, basing on the Morphological Characters of the Leaves, in Silvia III no. 3, 1–32, Pl. I–VIII (1932).

PAX, F. (108) *Lauraceæ*, in ENGLER und PRANTL, Die Natürlichen Pflanzenfamilien III Abt. 2, 106–126 (1889).

PELYÆR, S. J. (109) The Camphor-tree in Bulletin of Applied Botany, of Genetics etc. XXIV, (1929–1930), 237–332 (1930).

PERSOON, C. H. (110) *Litsœa*, in Synopsis Plantarum II pars 1, 4 (1806).

PETZOLD, E. & KIRCHNER, G.

(111) *Lauraceæ*, in Arboretum Muscaviense 532 (1864).

PLUMIER, P. C. (112) *Borbonia*, in Nova Genera Plantarum Americanarum 3–4 t. 2 (1703).

POIRET, J. L. M. (113) *Litsé, Litsea*, in LAMARCK, Encyclopédie Méthodique, Supplement III, 479–481 (1813).

RAY, J. (114) De *Cinnamomo, Cassia* et *Canella*, in Historiæ Plantarum II, 1559–1563 (1688).

REHDER, A. (115) *Benzoin*, in Journal of the Arnold Arboretum I, 144–146 (1919).

(116) The American and Asiatic Species of *Sassafras*, in Journal of the Arnold Arboretum I, 242–245 (1920).

(117) *Lauraceæ*, in Manual of cultivated Trees and Shrubs hardy in North America 263–266 (1927).

RIDLEY, H. N. (118) *Laurineæ*, The Flora of the Malay Peninsula III, 75–137 fig. 143–145 (1924).

ROXBURGH, W. (119) *Tetranthera apetala, T. monopetala*, in Plants of the Coast of Coromandel II, 26–27, t. 147–148 (1798).

RUELL, J. (120) *Caphura*, in De Natura Stirpium I, 102 (1537).

SALISBURY, R. A. (121) *Laurus*, in Prodromus stirpium in Horto ad Chapel Allerton vigentium 343–344 (1796).

SARRASIN, J. A. (122) De *Cinnamomo*, in DIOSCORIDES opera, liber I caput XIII, 12–14 (1598).

SCHNEIDER, C. K. (123) *Lauraceæ*, in Illustriertes Handbuch der Laubholzkunde I, 348–353 fig. 225–227 (1905).

SCHREBER, J. C. D. (124) *Laurus*, in Genera Plantarum 270 (1789).

SIEBOLD, P. H. (125) *Laurineæ*, in Verhandelingen van het Bataviaasch

Genootschap XII, 23–24 (1830).

SIEBOLD, P. H. & ZUCCARINI, J. G.

(126) *Tetranthera japonica*, in Flora Japonica I, 166–167, t. 87 (1841), 189 t. 100 fig. II 1–2 (1841).

(127) *Laurineæ*, in Floræ Japonicæ Familiæ Naturales, in Abhandlung der Academien von Wissenschaften zu Muenchen IV Abt. 3, 78–83 (1846).

SPACH, E.

(128) *Laurineæ*, in Histoire Naturelle des Végétaux X, 466–511 (1841).

SPRENGEL, C.

(130) *Laurus—Cassyta*, in Systema Vegetabilium II, 265–271 (1825).

THUNBERG, C. J.

(131) *Lindera & L. umbellata*, in Nova Genera Plantarum III 64–65, t. 3 (1783); *Tomex & T. japonica* 65–66.

(132) *Lindera umbellata*, in Flora Japonica 145–146 t. 21 (1784); *Laurus* 172–175; *Tomex japonica* 190–191.

(133) *Tomex japonica*, in Icones Plantarum Japonicarum III, t. 7 (1801).

VAN RHEED, H. A.

(134) *Carua*, in Hortus Indicus Malabaricus I, 107–110, t. 57 (1678).

VENTENAT, E. P.

(135) *Laurinæ*, in Tableau du règne végétale II, 245–247 (1799).

VILLAR, CELESTINO FERNANDEZ

(136) *Lauraceæ* in Novissima Appendix ad Florum Philippinaram 178–182 (1880).

VIRGILIUS, M.

(137) De *Cassia*, in R. DIOSCORIDES: de medica meteria, liber I caput XII (1518); de *Cinnamomo*, caput XIII.

WILSON, E. H.

(138) *Camphor Cinnamomum camphora* NEES & EBELMAIER, in Journal of the Arnold Arboretum I, 239–242 (1920).

WOODVILLE, W.

(139) *Laurus Cinnamomum*, in Medical Botany I, 80–84, t. 27 (1790).

（二）　朝鮮產樟科植物研究ノ歷史

1894（明治27）年英國ノ HEMSLEY氏ハ其著支那植物目錄中＝ *Machius Thunbergii*（いぬぐす）*Litsea glauca*（しろだも、今日ノ *Neolitsea Sieboldii*), *Litsea japonica*（はまびは、今日ノ *Fiwa japonica*）ガ巨文島＝、*Lindera obtusiloba*（だんかうばい、今日ノ *Benzoin obtusilobum*）

ガ仁川ニ、*Lindera præcox*（やまかうばし *Benzoin glaucum* ノ鑑定
違ヒ）ガ京城ニ産スル事ヲ報ジタ。其當時ハ英國人ハ朝鮮モ琉球モ支
那領ト見做シテ居タノデアルガ日清戰爭前ノ事故已ムヲ得ナイトハイ
ヘ隔世ノ感ガアル。

　1900（明治33）年露國ノ IWAN PALIBIN 氏ハ Acta Horti Petropolitani
第18卷第2輯ニ朝鮮植物概觀第2部（Conspectus Floræ Koreæ II）ヲ
載セタ中ニいぬぐす、しろだも、はまびは、だんかうばい、やまかう
ばしノ5種ヲ載セテ居ル。標本ハ SCHLIPPENBACH, OLDHAM, SONTAG ナ
ドノ採集シタノデアル。

　1911（明治44）年ニ著者ハ東京帝國大學理科大學紀要第31卷ニ朝
鮮植物誌第2卷ヲ載セ其中ニ樟科植物トシテハいぬぐす、はまびは、し
ろだも、だんかうばい、やまかうばし、かなくぎのきノ6種ヲ記シタ。

　1912（明治45）年佛人故 H. LÉVEILLÉ 氏ハ濟州島ノ樟科植物ノ新種
Cinnamomum Taquetii, Litsea coreana ノ二種ヲ FEDDE 氏監修ノ Reper-
torium Novarum Specierum Regni Vegetabilis 第10卷ニ發表シタガ前
者ハくすのき其物デアリ後者ハたぶのき其物デアツテ新種デハナイ。

　1914（大正3）年ニ著者ハ朝鮮總督府出版ノ濟州島植物調査報告書
ヲ著ハシ其中ニハかごのき、やまかうばし、だんかうばい、かなくぎ
のき、くすのき、やぶにくけい、あをがし、いぬぐす、いぬがし、は
まびは、しろだもの11種ヲ報ジ漸ク朝鮮ニモ樟科植物ガ多種類アル
コトガ判明シタ。又同時出版ノ著者ノ莞島植物調査報告書ニハ莞島並
ニ其屬島ナル珠島ニやまかうばし、だんかうばい、かごのき、やぶに
くけい、いぬぐす、しろだもの6種ガアルコトヲ報ジタ。

　1915（大正4）年ニハ著者ノ智異山植物調査報告書ガ總督府カラ出
版サレタガ其中ニハやまかうばし、だんかうばい、かなくぎのきノ3
種ノ樟科植物ガ出テイル。

　1918（大正7）年ニ總督府デ出版シタ著者ノ金剛山植物調査書ニハ
金剛山彙ニハ樟科植物トシテハ僅カニだんかうばいトまるばだんかう
ばいトガアルコトヲ判ラセテアル。

　1919（大正8）年ニ總督府デ出版シタ著者ノ欝陵島植物調査書ニハ
いぬぐすトしろだもトガ欝陵島ニアルコトヲ判ラセテアル。之ニヨツ
テ同島ハ日本海中デ相當北ニ偏在シテハキルガ樟科ノ常綠樹ガアル程
ニ冬ノ溫度ガ高イコトガ判ツタ。

　1922（大正11）年著者ハ自ラ珍島ノ女貴山デ採ツタ葉幅ノ廣イいぬ

ぐすニ基イテ新變種 *Machilus Thunbergii* var. *obovatus* ヲ植物學雜誌第 36 卷ニ記述シタ。

1928（昭和 3）年ニ著者ハ水原高等農林學校敎授植木秀幹氏ガ全羅南道万德山デ採集シタ樟科植物ヲ內地ニアルけくろもじ *Benzoin sericeum* ト同定シテ之ヲ植物學雜誌第 42 卷ニ發表シタ。

1929（昭和 4）年ニハ著者ハ植物學雜誌第 41 卷 488 號デしろだもノ學名ハ *Neolitsea Sieboldii* ヲ用キナケレバナラヌコトヲ報ジタ。

1930（昭和 5）年ニハ著者ハ黄海道長山串ノ植物調査ヲナシタ結果同方向ノ山ニ生ズル方言雷電木ガ新種デアルコトヲ知リ新ニ *Benzoin salicifolium* ほそばやまかうばしト命ジテ植物學雜誌第 44 卷ニ發表シタ。然シ此名ハ以前ニ OTTO KUNTZE 氏ノ附ケタ同學名ガアルノデ上河內氏ハ 1935（昭和 10）年ニ之ヲ *Benzoin Nakaii* KANIKOTI ト改正シタ、著者ノ其後ノ研究ニヨレバ雷電木ハ支那ノ江蘇、浙江兩省ニアル *Lindera angustifolia* CHENG（1933 年版）トハ種類トシテハ區別ノ出來ナイモノデアツテ唯毛ノナイ點ガ異ナルダケ故之ヲ *Benzoin* 屬ニ移シテ *Benzoin angustifolium* var. *glabrum* トスルガ一番正シイコトニナル。

1932（昭和 7）年ニハ著者ハ林業試驗場編纂ノ光陵試驗林一班中ニ光陵試驗林ニアル自生植物ノ目錄ヲ載セ其中ニ樟科植物トシテだんかうばいヲ記シタ。

1934（昭和 9）年初島住彦氏ハ九州帝國大學演習林報告第 5 號ニ南鮮演習林植物調査ナル題下ニ九州帝國大學農學部ニ附屬スル智異山演習林ノ植物ニツキ記述シ、其中ニ樟科植物トシテやまかうばし、かなくぎのき、をほばかなくぎのき、だんかうばいノ 3 種 1 變種ヲ記シタガをほばかなくぎのきハ葉ノ大キイ個體デアツテ變種トスル程ノモノデハナイ、著者ハ初島氏ノ記スモノヨリモ更ニ大キイモノヲ採集シテ居リ又小型ノ葉ヲモツかなくぎのきトノ中間型ハ多數ニ見テ居ル爲メ葉ノ大小ハ取立テヽ區別スベキモノデナイコトヲ知ツタノデアル。

1935（昭和 10）年植木秀幹氏ハだんかうばいノ葉ガ 5 裂片トナルモノヲ全北ノ內藏山デ探リ *Benzoin obtusilobum* f. *quinquelobum* 五裂だんかうばいト命ジテ朝鮮博物學會會報第 20 號ニ記述シタ。

1938（昭和 13）年ニハ著者ハ植物研究雜誌中ニ我邦ノ樟科ノ *Litseæ* 族植物ニツイテト題シテ同族ニ屬スル日本帝國產ノ各屬各種ニツイテ記シ學名ノ改變ヲ斷行シタガ其中朝鮮植物ハかごのき *Actinodaphne lancifolia* MEISSNER トはまびは *Fiwa japonica* J. F. GMELIN トデアル。

（三）　朝鮮産樟科植物ノ効用

（1）　材用

　朝鮮ノ樟科植物中デ最モ良材ヲ生ムノハくすのきデアル。くすのきハモト濟州島ノ南麓ノ森林ニハ多數大木トナツテ居タサウデアルガ著者ガ大正2年5月ニ之ヲ尋ネテ行ツタ折ニハ既ニ2本ヨリ殘ツテ居ナカツタ。其後全部伐リ盡シタサウデ今デハ自生ノ木ハナイ。然シ本來自生ガアル位故植林ハ可能デアル。濟州島ノくすのきハ內地ノくすのきト同品種デアツテ臺灣ノ様ニ臭樟ハナイカラ內地ノくすのきノ種子ヲ育テテ植林スルコトハ出來ル。唯風ノ強イ島デアルカラ其點ヲ豫メ考慮ニ入レル必要ガアル。

　次ニ良材ヲ出スノハいぬぐす（たぶのき）デアル。いぬぐすハ濟州島ハ勿論、全南、慶南ノ諸島ヨリ西側デハ黃海道ノ大靑島、東側デハ欝陵島ニ迄分布シ以前ニハ非常ニ大木ガアツタ。材ハ建築用ニハナラナイガ家具製作用ニハナリ赤味ガアルヨイ材デアル。海印寺ニ藏スル一切經ノ版木ハ先年寺內總督ガ印刷ヲ命ジタ時ニ總督府ノ分室ニ持込マレテ堆高ク積マレテアリ其板ガ何樹ノ材デアルカガ問題ニナツタ。恰度出頭シタ著者ニ其鑑定ヲサセラレタガ著者ハ版木其物ハいぬぐすノ材デアツテ其兩端ニ版木ノ曲ルノヲ防グ爲メニ嵌入シテアル材ハなしのきノ材デアルト見タ。此版木ノ材ハ巨濟島ノ木デ作ツタトノ事故昔ハ巨濟島ニモいぬぐすノ大木ガ澤山ニアツタノデアラウガ今ハ巨濟島ノ本島ニハ殆ンドナク之ニ接スル離レ小島デナケレバいぬぐすノ大木ハ見ラレナイ。欝陵島モ同様デアツテ著者ガ大正7年ニ渡島シタ時ニハ既ニ本島ニハ數ヘル程ヨリナク屬島ノ竹島ニハ大木ハアツタガ藥ニスルトテ其皮ヲ皆剝ギ採ツテ枯ラシテ居タ。

　あをがしモホボ同質ノ材ヲ生ムガいぬぐす程ニ大木ニナラヌ上ニ分布モ限ラレテ居リ產額モ問題ニナラヌ程少イ。然シいぬぐすモあをがしモ朝鮮群島ノ造林樹ノ主要分子トシテ見遁スコトハ出來ナイ。

　かごのきハあをがしトホボ同様ノ分布ヲナシ濟州島並ニ慶南、全南ノ南岸ノ諸島ニハアリいぬぐすニ劣ラヌ大木ニナル。材ハ家具用ニナリ質ハ堅イガ穀物ヲ入レルくり物ニ作リ又ハ薪炭材ニスル。內地デハ大皷ノ胴ニ用キル事ガアル。此木モ亦南岸諸島ノ殖林樹ノ一デアル。

　しろだも、いぬがしノ材ハ堅イケレ共大木ニナラズ又生長モヨクナイカラ朝鮮デハ薪木以上ニハナラナイ。

此外薪炭用ニナルモノハだんかうばい、やまかうばし、はまびは等デアル。

ほそばやまかうばしハ長山串ニノミアル木デアツテ幹ニハ未研究ノ病源ニヨル癌ヲ生ジ材ハ堅イカラ杖ニ適シ地方人ハ之ヲ愛用スル土名ヲ雷電木トイフノハ木ガ雷電ニ撃タレテ癌ヲ生ズルトイフ迷信カラ來タ名デアル。

(2)　藥用並ニ油脂用

いぬぐす並ニあをがしノ樹皮ハ厚朴（フーバ）ト稱シ、剝ガシテ乾シタモノヲ粉末ニシ煎ジテ之ニ薑汁ヲ加ヘテ飲ム、味ハ苦ク中氣、霍亂、婦人ノ産前産後ニ用キ又ハ胃腸病、小兒ノ吐瀉ナドニモ用キル。

だんかうばいノ枝ハ黄梅木トイヒ樹皮ニ芳香ガアルタメ漢法デハ烏藥ノ代用品トシテ煎ジテ飲ム、味ハ辛味ガアリ氣欝性、消化不良、頭痛、脚氣ナドヲ治スニ用キル。

やぶにくけいノ子葉カラ採ル脂ハ體溫デ融解スルカラ近來パパイアノ種子カラ採ル油ノ輸入ガ統制ニヨッテ入ラヌ様ニナツタノデ頓ニ需用ガ多クナリ、四國、九州デハ盛ニ其果實ヲ採集スル様ニナツタ、朝鮮デハやぶにくけいハ全南、慶南ノ諸島並ニ濟州島ニハ普遍的ニアリ屢々生墻ニモ用キテアルカラ之ヲ一層増殖シテ採實用ニスレバ相當ノ利益ヲ舉ゲ得ルデアラウ。

だんかうばいノ種子カラ採ル油ハ楝白油ト云ヒつばき油、からすざんしやう、てうせんごしゅゆノ種子カラ採ル油ト混ジテ古來朝鮮ノ婦女子ノ頭髪用トシテ缺グベカラザルモノデアル、其故だんかうばいヲ楝白木（トンビャクナム）ト呼ブ地方人ハ多イ。

やまかうばし、しろだも、かなくぎのき、いぬぐす等ノ種子カラモ油ハ採レルガ未ダ實用化サレテハ居ナイ。

くすのきカラ樟腦ヲ採ル事ハ餘リニモ有名デハアルガ濟州島デスラ樟腦ヲ採ル目的デ殖林シテモ餘リ利益ハ望メマイ。

(四)　朝鮮産樟科植物ノ分類

くすのき (樟科) Lauraceæ

灌木又ハ喬木、芽ニ鱗片多キモノト少キモノト或ハ殆ンドナキモノトアリ、葉ハ互生又ハ對生托葉ナシ2年生ニシテ厚キカ又ハ1年生ニシテ薄シ、羽狀脈ノモノ又ハ掌狀ニ 3-7 脈アルアリ、單葉ニシテ缺刻

ルカ又ハ掌狀ニ 3-5 裂ス無毛又ハ具毛、裏面ハ屢々網脈狀ニ突起スル
葉脈ヲ有ス、粉白又ハ朧白ノモノ多シ、花序ハ枝ノ先ニ頂生又ハ側方
ニ腋生シ、繖形、複繖房、複岐繖又ハ集團、無毛又ハ具毛、花芽ト混
芽トアリテ混芽ニテハ中央ニ枝芽アリ。鱗片ハ早落性、苞及ビ小苞ハ
アルモノトナキモノトアリ、若シアルトキハ早落性ナリ、花ハ雌雄異
株、多性的雌雄異株又ハ多性的雌雄同株、花被片ハ 3-6 個離生又ハ基
ガ相癒合シテ椀狀又ハ倒圓錐狀又ハ倒卵形又ハ皿狀又ハ杯狀ヲナシ花
被片ハ花後離層ヲ生ジテ落ツルモノト永存性ノモノトアリ、永存スル
モノニアリテハ其儘ニテ凋ムモノト肥厚スルモノトアリ、又往々篦狀
又ハ線狀トナルモノアリ、無毛又ハ具毛、雄蕊ハ 6-15 個ガ 2-5 列
ニ出デ皆有性ノモノ一部又ハ全部ガ無藥雄蕊ニ變化スルモノアリ、
花糸ハ無毛又ハ具毛兩側ノ基部ニ腺體ヲ有スルモノトナキモノトア
リ、藥ハ 2 又ハ 4 室內開又ハ側開又ハ外開上ニ開ク辨ニテ開ク、雌蕊
ハ雄花ニテハ退化シ往々毛ノミトナルアリ、雌花ニテハ完全、花柱ハ 1
個頂生又ハ稍中心ヲハヅレテ出ヅ、柱頭ハ點狀、圓板狀又ハ裂片アリ、
子房ハ 1 室、卵子ハ子房室ノ頂ヨリ下垂シ倒生ニシテ 2 個ノ珠被ヲ有
ス、果實ハ漿果又ハ多肉稀ニ乾燥シテ不規則ニ裂開シ屢々基ハ椀狀ノ
花被筒又ハ花托ニテ包マル。種子ハ 1 個、胚乳ナシ、子葉ハ多肉ニシ
テ脂肪ニ富ミ、幼根ハ上向。

　45 屬 1000 餘種アリテ主トシテ熱帶及ビ亞熱帶ニ產シ稀ニ溫帶ニモ
アリ、其中朝鮮ニ自生スルモノハ 6 屬ニ屬スル 12 種ニシテ次ノ如ク
區別シ得。

葉ハ 1 年生、藥ハ 2 室、被花片ハ 6 個離生。
　果實ハ紅色、葉ハ羽狀脈、倒披針形又ハ倒披針狀長橢圓形、
　　小喬木ナリ。……………………………………かなくぎのき
　果實ハ黑色、灌木又ハ小喬木、
　　葉ハ掌狀ニ 3-5 脈ヲ有シ廣卵形又ハ帶卵球形先ハ通例 3-5
　　　裂ス。
　　葉ハ老成スレバ裏面ニ微毛アリ。
　　　葉ハ先端 3-5 裂ス。
　　　　葉先ハ概ネ 3 裂ス。………………だんかうばい
　　　　葉先ハ概ネ 5 裂ス。………………五裂だんかうばい
　　　葉ハ凡テ廣卵形ニシテ先ハ缺刻セズ。
　　　　……………………………………まるばだんかうばい

葉ハ老成スルモ裏面ニ密毛アリ。先ハ主トシテ3叉ス。
……………………………………けだんかうばい

葉ハ凡テ羽狀脈ヲ有シ卵形又ハ橢圓形又ハ長橢圓形又ハ狹
長橢圓形又ハ狹倒披針形ナリ。

葉ハ無毛、狹長橢圓形又ハ倒披針形。
……………………………………ほそばやまかうばし

葉ハ卵形又ハ橢圓形。

葉裏ニハ一面ニ毛アリ。…………………やまかうばし
葉裏ノ中肋並ニ葉緣ノ央以下ニ微毛アル外ハ葉ハ凡テ
無毛ナリ。……………………………うすげやまかうばし

葉ハ2年生故常綠濶葉樹ナリ、葯ハ4室。

花序ハ短枝ノ先ニ頂生狀ニ腋生、複岐繖花序ヲナス、芽ハ多數
ノ相重ナレル鱗片ニ被ハレ大型ナリ、葉ハ羽狀脈ヲ有ス、雌
雄異花同株、蕚片ハ永存性、漿果ハ紺黑色球形又ハ扁球形。

葉ハ狹披針形又ハ長橢圓披針形先端銳尖。……あをがし
葉ハ橢圓形又ハ倒卵形又ハ長橢圓倒卵形、先ハ微銳又ハ銳
形。………………………………………いぬぐす

花序ハ前年又ハ今年ノ長枝ニ腋生ス。

葉ニ3脈アリ。

花序ハ若枝ノ葉腋ニ腋生シ複岐繖花序ヲナス。芽ハ通例
短シ、花被片ハ6個離生、脫落、漿果ハ黑色。

葉ハ互生卵形又ハ帶卵圓板狀、裏面ノ主脈ノ分岐點ニ
小囊ヲ有シはだにノ隱レ場トナル。樹膚ハ縱ニ不規
則ノ溝多シ、漿果ハ球形。………………くすのき
葉ハ對生橢圓形、主脈ノ分岐點ニ小囊ナシ、花梗ハ長シ、
樹膚ハ平滑、漿果ハ橢圓形又ハ卵形。・やぶにくけい

花序ハ葉又ハ鱗片ニ腋生シ集團花序ヲナス。芽ハ細長シ、
花被片ハ4(3)個脫落ス。

花ハ黃色11月ヨリ翌春4月迄ニ開ク、漿果ハ耕紅色球
形、葉裏ハ臘白ニシテ絹毛アリ。………しろだも
花ハ暗紅色春3-4月ニ開ク、漿果ハ黑色卵形。いぬがし

葉ハ羽狀脈ヲ有シ漿果ハ黑シ。

樹膚ハ平板狀ニ剝グ蛇紋狀ノ斑紋ヲナス。芽ハ小サク長
サ8mm.ヲ出デズ、枝及ビ葉ハ無毛、葉ハ長橢圓形又ハ
倒披針形、花序ハ無柄、漿果ハ球形花被片ノ基又ハ花被
片ノ永存シテ星狀ヲナスモノニ乘ル。……かごのき

樹膚ハ平滑、芽ハ著大ニシテ長サ 1-3cm. アリ、枝及ビ
葉ニ密毛アリ、葉ハ倒卵長橢圓形又ハ長橢圓形、花序
ニ花梗アリ、果實ハ橢圓形ニシテ基ハ椀狀ノ永存性花
被筒ニテ包アル。・・・・・・・・・・・・・・・・・・・・・はまびは

Lauraceæ LINDLEY, Nat. Syst. Bot. 200 (1836) ; LOUDON, Arb. &
Frutic. Brit. III, 1296(1838) ; MEISSNER in DE CANDOLLE, Prodr. XV pt.
1, 1(1864) et in MARTIUS, Fl. Brasil. V pt. 1, 138(1866) ; KOCH, Dendrol.
II, 363 (1872) ; EICHLER, Blutendiagr. II, 131 (1878) ; PAX in ENGLER &
PRANTL, Nat. Pflanzenfam. III Abt. 2, 106 (1889) ; MEZ in Jahrb. Bot.
Gart. & Mus. V, 1 (1889) ; KOEHNE, Deutsch. Dendrol. 145 & 172 (1893) ;
DIPPEL, Handb. Laubholk. III, 93 (1893) ; SCHNEIDER, Illus. Handb.
Laubholzk. I, 348 (1905).

Syn. *Vaginales*, LINNÆUS, Phil. Bot. 30 (1751), pro parte.

Pistaciæ ADANSON, Fam. Pl. II 332 (1763), pro parte.

Papavera ADANSON, l. c. 425, pro parte.

Lauri DURANDE, Not. Élém. Bot. 282 (1781) ; JUSSIEU, Gen. Pl. 80
(1789).

Laurinæ VENTENAT, Tab. Règn. Végét. II 245 (1799) ; R. BROWN,
Prodr. Fl. Nov. Holland. 401 (1810) ; LINK, Enum. Pl. Berol. I,
288 (1822), Handb. I, 387 (1829) ; LINDLEY, Introd. Bot. 29
(1830) ; NEES & EBELMAIRE, Handb. II, 413 (1831) ; NEES in
WALLICH, Pl. Asiat. Rar. II, 62 (1832) ; Syst. Laur. 1 (1836).

Laurineæ J. ST. HILAIRE, Exposit. I, 188 t. 32 (1805) ; LAMARCK &
DE CANDOLLE, Syn. Fl. Gall. 191 (1806) ; DUMORTIER, Comm. Bot.
54 (1822) ; BLUME, Bijdr. 11 stuk 552 (1825) ; BARTLING, Ord.
Nat. Pl. 111 (1830) ; REICHENBACH, Fl. Germ. Excurs. I, 183
(1830) ; ENDLICHER, Gen. Pl. 315 (1936), Enchir. 196 (1841) ;
MEISSNER, Gen. Pl. I, 324 (1836) ; SPACH, Hist. Végét. X, 466
(1841) ; AGARDH, Theor. Syst. Pl. 285 (1858) ; BENTHAM &
HOOKER, Gen. Pl. III, 146 (1880).

Frutices vel arbores. Gemmæ perulatæ vel aperulæ. Folia alterna vel
opposita, exstipullata, biennia et coriacea vel chartacea, vel annua et
herbacea vel papyracea, penninervia vel palmatim 3–7 nervia, simplicia,

indivisa vel 3–5 fida, glabra vel cum indumento, subtus venis sæpe distincte areolato-reticulatis et glauca vel cerifera. Inflorescentia terminalis vel axillaris, umbellata vel corymboso-paniculata vel cymoso-paniculata, vel axillari-glomerata, glabra vel pilosa vel ferrugineo-lanata. Squamæ gemmarum floriferarum deciduæ. Gemmæ floriferæ meræ vel mixtæ. Bracteæ et bracteolæ si adsunt caducæ. Flores dioici vel polygamo-dioici vel polygamo-monœci. Tepala 3–6 libera vel basi coalita et cupuliformia vel turbinata vel obconica vel patellaria; segmenta decidua vel persistentia, perdita vel accrescentia, interdum spathulata vel linearia, glabra vel pilosa. Stamina 6–15, 2–5 serialia, perfecta vel in staminodia variantia; in floribus fæmineis sæpe abortiva. Filamenta glabra vel pilosa glanduligera vel eglandulosa. Antheræ 2- vel 4-loculares introrsæ vel laterales vel extrorsæ, valvis reflexis apertæ. Gynæcium in floribus masculis abortivum, in floribus fæmineis perfectum. Stylus 1, terminalis vel parce excentricus. Stigma integrum vel laceratum. Ovarium uniloculare, ovulo 1 ab apice pendulo anatropo cum integumentis 2. Fructus vulgo baccatus vel carnosus, rarissime exsiccatus et irregulare rupsus, sæpe basi cupula calycina suffultus. Semen unicum exalbuminosum. Cotyledones carnosi crassi oleiferi. Radicula supera.

Genera 45, species ultra 1000 in regionibus tropicis et subtropicis rarissime in temperatis incola. In Korea genera 6 species 12 sunt indigenæ.

樟科 第1族、くすのき族

喬木又ハ小喬木、芽ニハ多數ノ鱗片アルモノト僅ニ 2–3 對ノ鱗片アルモノトアリ、葉ハ互生又ハ對生、3 脈又ハ羽狀脈、花序ハ若枝ノ葉腋ヨリ出デ複岐繖花序ヲナス、花ハ雌雄異花同株、蕚ハ 6 裂シ裂片ハ脱落スルモノト基部杯狀部ヲ殘シテ落ツルモノトアリ。

唯 1 屬くすのき屬ヲ含ム。

第1屬 くすのき屬

喬木、樹膚ハ平滑又ハ平板狀ニ剝脫シ又ハ縱ニ不規則ニ裂溝ヲ有ス、葉ハ 2 年生 3 脈アリ、花序ハ若枝ノ葉腋ニ腋生シ複岐繖花序、準繖形花序、又ハ殆ンド單一花ヲ有ス、無毛又ハ具毛、苞ナキモノト苞モ小

苞モアルモ早落性ノモノトアリ、花被筒ハ倒卵形、洋盃狀、又ハ椀狀、花被片ハ 6 個ニシテ花後全部ガ花被筒ヨリ離レテ落ツルモノト中央ヨリトレルモノトアリ、有毛又ハ無毛、雄蕋ハ 9 又ハ 12 個ニシテ 3 列又ハ 4 列ニ並ビ葯ハ 4 室ナリ。外列ノ 2-3 列ハ花絲ニ腺體ナク葯ハ內開スレドモ最內列ノ 3 本ハ花絲ニ 2 個ノ腺體ヲ具ヘ葯室ハ上方ノ 2 個ハ側開シ下方ノ 2 個ハ外開ス。花柱ハ子房トホボ同長、無毛、柱頭ハ平盤狀又ハ 3 裂又ハ丸シ漿果ハ基部花托ノ成長シタルモノ又ハ其先ニ萼片ノ基部ヲ殘スモノハ生長シテ 6 裂ノ杯狀體ヲナスモノニテ包マル。成熟スレバ黑色又ハ藍黑色トナル。

東亞ノ熱帶又ハ亞熱帶地方ニ 60 種ヲ下ラヌ種類アリ、其中朝鮮ニハ 2 種ヲ產ス。

本屬ハ次ノ 3 節ニ區別サル。學者ニヨリ之ヲ獨立ノ屬ト見做スモノサヘアリ。

第 1 節、肉桂節

葉ハ對生、葉脈ノ主脈ノ分岐點ニ小囊ナシ、萼筒ハ洋盃狀、萼片ハ途中ニテ關節シテトル。故ニ果實ヲ包ム萼筒ハ 6 齒ヲ有ス。樹膚ハ平滑、又ハ平タキ大型ノ鱗片ニテ剝グ、芽ハ 2 乃至 4 對ノ鱗片ヲ有ス。雄蕋ハ 9 個 3 列、無葯雄蕋 3。

基準種 *Cinnamomum zeylanicum* BREYN ex NEES.

次ノ支那、臺灣ノ種ハ此節ニ屬ス。

1. *C. acuminatifolium* HAYATA 臺　　灣
2. *C. chekiangense* NAKAI 浙　　江
3. *C. Chenii* NAKAI 浙　　江
4. *C. hainanense* NAKAI 海　南　島
5. *C. Loureiri* NEES 南支、東京
6. *C. macrostemon* HAYATA 臺　　灣
7. *C. Tsangii* MERRILL 海　南　島

第 2 節、やぶにくけい節

葉ハ對生又ハ準對生、葉脈ノ主脈ノ分岐點ニ小囊ナシ、花序ニハ通例苞ナク岐繖花序又ハ準繖形花序ヲナス。花被片ハ全部花被筒ヨリ離脫スル故果實ヲ包ム萼筒ハ皿狀又ハ椀狀ニシテ緣ハ截形ナリ。樹膚ハ平滑又ハ厚キ平板狀ノ鱗片ニテ剝グ。芽ノ鱗片ハ 5-8 對、雄蕋ハ 9 個、3 列、無葯雄蕋 3 個。

基準種 *Cinnamomum cassia* BLUME.

次ノ日支産ノ種類ハ之ニ属ス。

1.	*Cinnamomum brevifolium* MIQUEL	九　　州
2.	*C.　cassia* BLUME	南支、印度支那
3.	*C.　Chengii* METCALF	支　　那
4.	*C.　Chingii* METCALF	支　　那
5.	*C.　Doederleini* ENGLER	琉　　球
6.	*C.　iners* BLUME	支那、印度支那、馬來、東印度
7.	*C.　japonicum* SIEBOLD	日本、支那
8.	*C.　Kanehirai* HAYATA	臺　　灣
9.	*C.　kwantungense* METCALF	支　　那
10.	*C.　pseudoloureiri* HAYATA	臺　　灣
11.	*C.　pseudopedunculatum* HAYATA	小笠原島
12.	*C.　randaiense* HAYATA	臺　　灣
13.	*C.　reticulatum* HAYATA	臺　　灣
14.	*C.　Sieboldii* MEISSNER	日　　本

第3節、**くすのき節**

葉ハ互生、葉脈ノ主脈ハ分岐點ニ小囊アリ。花序ニハ早落性ノ苞アリ。樹膚ハ縱ニ不規則ノ縱溝アリ。薄片トナリテ上ヨリ漸次ニ剝グ、雄蕋ハ9個無葯雄蕋3個、花被片ハ全部花被筒ヨリ離脱ス。故ニ蕚筒ハ果實ニアリテハ皿狀ナリ。

基準種 *Cinnamomum camphora* SIEBOLD

次ノ日支産ノ種ハ之ニ属ス。

1. *C.　camphora* SIEBOLD　　舊日本、臺灣、濟州島、支那
2. *C.　nominale* HAYATA　　臺灣

以上ノ外、臺灣産トシテ記載サレタル *Cinnamomum micranthum* HAYATA ハ *Persea* 属ニ移リ *C. acuminatissimum* HAYATA ト *C. caudatifolium* HAYATA トハ *Cecidodaphne* 属ニ移ルモノトス。支那、臺灣ノ *C. parthenoxylon* MEISSNER モ亦此属植物ナリ。

1. **やぶにくけい、**（第1圖）

シェンダルナム（莞島）、サンタンナム、シンナム（濟州島）、シェンデャイナム（外羅老島）。

　　　高サ 3-5 米突ニナル小喬木、樹膚ハ平滑、幹ノ直徑ハ 10-15cm ニ達
ス。枝ハ無毛光澤アリ。芽ハ無毛 3-6 對ノ對生セル鱗片ヲ有ス。葉ハ
對生又ハ準對生、葉柄ハ長サ 10-20mm 無毛、上面ニ溝アリ。葉身ハ
長橢圓形又ハ帶卵長橢圓形又ハ廣披針形稀ニ圓板狀、全緣ニシテ基脚
ハ銳形又ハ銳尖稀ニ急尖先端ハ急銳尖稀ニ急尖、表面ハ綠色ニシテ光
澤ニ富ミ裏面ハ粉白無毛、小葉脈ハ著シカラズ、萠枝ノ葉ハ大型ニシ
テ長サ 190mm、幅 95mm ニ達スルモノアレドモ通常葉ハ長サ 45-123
mm、幅 20-50mm 許ナリ。皆 3 脈著シ、花序ハ若枝ノ葉腋ニ獨生シ長
キ花梗ヲ有ス。花梗ノ長サ 35-56mm. ニシテ纖弱無毛開出シ往々枝分
レス、花ハ花梗ノ先ニ殆ンド繖形狀ニ 3-10 個宛集團シテツク其中結實
スルモノハ僅ニ 1-2 個ナリ。廣鐘狀ニシテ直徑 7.0-7.5mm. 帶黃綠色、
直立ス。小花梗ハ長サ 6.0-12.5mm. 苞モ毛モナシ先端ハ急ニ太マリ花
托ノ下ニテ直徑 2mm. 許トナル。蕚片ハ 6 個 2 列ニ出デ開出シ卵形又
ハ橢圓形又ハ帶橢圓卵形、幅廣キ銳尖又ハ漸尖ニシテ先ハ丸クナル。
外面ハ無毛內面ハ短微毛密生シ長サ 3mm. 幅 1.8-2.0mm. 雄蕋ハ有性
ノモノ 9 本無性ノモノ 3 本外側ノ第 1 第 2 列ノ 3 個宛ハ長サ 2mm. 花
絲ハ狹長ニシテ毛アリ、葯ハ花絲ト等長ニシテ內向ニ開ク 4 室ヲ有ス。
第 3 列ノ 3 本ハ長サ 2.5mm. 花絲ハ太ク且ツ毛アリ、央以上ニ兩側ニ
各 1 個ノ腺體ヲ具フ。葯ハ四角形ニシテ 4 室ヲ有シ上ノ 2 室ハ側開シ
下ノ 2 室ハ外開ス。第 4 列ノ 3 本ハ無葯雄蕋ニシテ狹長央頃ニ毛ア
リ先ニハ退化シタル葯室ノ痕跡アリ。雌蕋ハ子房ガ倒卵形ニシテ長サ
1mm. 花柱ハ長サ 2mm. 柱頭ハ大キク倒圓錐楯形直徑 0.5mm. 花托ノ
果實ヲ受クルモノハ皿狀ニシテ直徑 7-9mm. 高サ 2mm. 緣ハ小鋸齒ト
ナル。漿果ハ黑色卵形又ハ橢圓形長サ約 10mm.

慶南（巨濟島）、全南（外羅老島、靑山島、巨文島、莞島、珍島、大黑
山島、梅加島、甫吉島、海南大屯山等）濟州島ニ自生ス。

　　分布、本州、四國、九州、壹岐、對馬、琉球、支那（香港、廣東）。

　　支那ノ浙江省及ビ海南島產ノ植物ニシテ外人學者ニ依リ本種ト同定
サレタルモノハ皆別種ナルノミナラズ所屬モ肉桂節ナリ。詳シクハ歐文
欄ヲ參照スベシ。

2. くすのき（第 II 圖）

ノグナム（濟州島）

　喬木、樹膚ハ褐色ニシテ縱ニ不規則ニ溝アリ。小枝ハ無毛ニシテ光

澤アリ。葉柄ハ濟州島產ノ標本ニテハ長サ 15-33mm. 始メ帶紅綠色ニ
シテ後ニ紅色トナル。葉身ハ廣卵形又ハ圓形基脚ハ急尖又ハ銳角稀ニ
鈍角先ハ銳角又ハ急銳尖緣ハ全緣、表面ハ無毛ニシテ尖澤アリ、裏面
ハ稍粉白又ハ粉白、長サ 22-88mm. 幅 11-47mm. 花序ハ腋生總狀岐繖
花序ヲナシ纖弱ナル花梗ヲ有シ長サ 5.0-8.5mm. 花梗ハ無毛長サ 28-
43mm. 直立開出シ小花梗ハ長サ 2mm. 基ニ早落性ノ小苞アリ。花ハ直
徑 40-48mm. 兩全狀ナレドモ多クハ雄花ニシテ子房ノ結實スルハ 1 花
序中數個ニ止マル、5 月ニ開花ス、帶黃綠色ナリ、花托ハ倒圓錐形ニシ
テ長サ 1mm. 無毛、蕚片ハ 6 個開出シ 3 枚宛 2 列ニ並ビ卵形、外面ハ
無毛內面ニハ密毛アリ長サ 1.6-2.0mm. 幅 1.2-1.5mm. 先ハ鈍又ハ銳、
多肉ニシ花後凋落ス。雄蕋ハ 12 個ガ 4 列ニ並ブ其中外側ノ 9 本ガ有
性、最內列ハ無葯雄蕋トナル、1-3 列ノ雄蕋ノ花絲ハ狹長ナレドモ多肉
厚ク縮毛ヲ有ス、1-2 列ノ雄蕋ハ長サ 1-1.5mm. ニシテ 4 角形內開ノ葯
ヲ有ス、第 3 列ノモノハ長サ 1.5mm. ニシテ花絲ノ兩側ニハ基ヨリ少
シ上ニ各 1 個ノ腺體ヲ具フ、腺體ハ 3 叉シ有柄、葯ハ長サ 0.5mm. ニ
シテ花絲ト同幅ニシテ 4 角形 4 室、上方ノ 2 室ハ側開下方ノ 2 室ハ外
開ナリ。無葯雄蕋ハ廣針形ニシテ極メテ小サシ、子房ハ長サ 1mm. 帶
卵橢圓形、花柱ハ長サ 1mm. 柱頭ハ楯形凹形ナリ。

　濟州島ノ南側麓ノ森林中ニ自生アリシモ今ハ伐リ盡シ僅カニ標本ヲ
殘スノミ近時民家附近ニ苗木ヲ植エアリ。

　分布、本島、四國、九州、對馬、臺灣、支那（浙江、江西、四川、
香港、廣東）東京。

Lauraceæ Tribus **Cinnamomeæ** (NEES) NAKAI, sensu ampl.
Syn. *Laurinæ* Trib. *Cinnamomeæ* NEES, Syst. Laur. 19 & 29 (1836), pro
　　omnino.
　Laurinæ Trib. *Camphoreæ* NEES, l. c. 19 & 85, pro omnino.
　Laurineæ Subord. *Flavifloræ* BLUME, Mus. Bot. Lugd. Bat. I, 322
　　(1851), pro parte.
　Lauraceæ subord. *Laurineæ* trib. *Perseaceæ* MEISSNER in ALP. DE
　　CANDOLLE, Prodr. XV pt. 1, 4 & 9 (1864), pro parte; in MARTIUS,
　　Fl. Brasil. V pars 1, 142 & 146 (1866), pro parte.
　Laurineæ Trib. *Perseaceæ* BENTHAM & HOOKER, Gen. Pl. III pars 1,
　　147 (1880), pro parte.

Lauraceæ-Persoideæ-Cinnamomeæ Pax in Engler & Prantl, Nat. Pflanzenfam. III Abt. 2, 112 (1889).

Arbores vel arboreæ. Gemmæ perulatæ. Folia alternä vel opposita trinervia vel penninervia. Inflorescentiæ cymoso-paniculatæ in axillis foliorum ramorum hornotinorum axillares. Flores polygamo-monœici. Calyx 6-lobatus, lobis aliis supra basin deciduis, aliis ex cupulo deciduis et in fructu incrassatus et basin fructus patellare clausus. Stamina si 9 triserialia et si 12 quadriserialia, exteriora cum antheris introrsis et filamentis eglandulosis, 3 interiora cum antheris laterali-extrorsis et filamentis biglandulatis, 3 intima sterilia staminodia formant.

Genus 1, *Cinnamomum* huc ducendum est.

Gn. 1. **Cinnamomum** [(Theophratus) Dioscorides, Med. Mat. liber 1, fol. 14 dextr. (1518); Brunfels, Nov. Herb. II 100 & 134 (1536); Matthioli, Medic. Sen. Comm. 31 (1554); Gerarde, Hist. Pl. 1349 (1597); Sarrasin in Dioscorides, Opera 12 (1598); Ray, Hist. II, 1559 (1688); Burmann, Thes. Zeyl. 62 t. 27–28 (1737); Ludwig, Deffin. Gen. Pl. ed. 2, 35 (1747)]; Boehmer, Deffin. Gen. Pl. 63 (1760); Blackwell, Coll. Stirp. IV, Pl. 354 (1760); Nees & Ebelmaire, Handb. II 420 (1831); Blume, Bijdr. 11 de stuk 568 (1825); Nees in Wallich, Pl. Asiat. Rar. II, 73 (1832), Annexa 9·(1833), Syst. Laur. 31 (1836); Endlicher, Gen. Pl. I 316 n. 2023 (1836); Meissner, Gen. Pl. I, 324 (1836); Lindley, Fl. Med. 329 (1838); Dietrich, Syn. 1331 (1840); Spach, Hist. Vég. X 474 (1841); Meissner in DC, Prodr. XV pars. 1, 4 & 9 (1864), in Martius, Fl. Brasil. V pars 1, 142 & 146 (1866); Bentham, Fl. Austr. V 303 (1870); Bentham & Hooker, Gen. Pl. III, 154 (1880); Baillon, Hist. Pl. III, 468 (1870); Pax in Engler & Prantl, Nat. Pfl. III Abt. 2, 113 (1889); Liou, Laurac. 21 (1934).

Syn. *Caphura* Ruell, Nat. Stirp. 102 (1537); Matthioli, l. c. 73.

Cinnamomum Bauhinus, Pinax 408 (1623); Blackwell, Cur. Herb. II, Pl. 354 (1737).

Camphora [Ruell, Nat. Stirp. 102 in nota sub *Caphura* (1537); Bauhinus, l. c. 500; Morison, Hist. Oxon. III, 614 (1699); Boerhaave, Ind. Pl. II 261 (1720); Blackwell, l. c. Pl. 347

(1737),] Coll. Stirp. IV t. 347 (1760); BOEHMER, Deffin. 64
(1760); NEES in WALLICH, Pl. Asiat. Rar. II, 72 (1832), Annexa
9 (1833), Syst. Laur. 87 (1836); ENDLICHER, Gen. Pl. I, 316 no.
2024 (1836); MEISSNER, Gen. Pl. I, 325 (1836); LINDLEY, Fl. Med.
332 (1838); SPACH, Hist. Végét. X, 486 (1841).

Carua RHEED, Hist. Malab. I, 107 t. 57 (1678).

Borbonia (non LINNÆUS) [PLUMIER, Gen. 3, t. 2 (1703)]; ADANSON,
Fam. Pl. II, 341 (1763); GÆRTNER fil., Fruct. III, 224 t. 222 f. 1
(1805).

Laurus LINNÆUS, [Gen. Pl. ed. 1, 320 n. 338 (1737), pro parte];
Sp. Pl. I 396 (1753), pro parte; Gen. Pl. ed. 5, 173 n. 452 (1754),
pro parte; MILLER, Gard. Dict. ed. 8, Lau (1768), pro parte;
VENTENAT, Tab. II, 246 (1799), pro parte; J. ST. HILAIRE, Ex-
posit. I, 188 (1805), pro parte; PERSOON, Syn. Pl. I, 448 (1805),
pro parte; DESFONTAINES, Hist. I 64 (1809), pro parte; BLUME,
Bijdr. 552 (1825).

Persea (non GÆRTNER fil.) SPRENGEL, Syst. Veg. II, 267 (1825),
pro parte; LINK, Handb. II, 388 (1829), pro parte.

Arbores. Cortex trunci planus vel lamelleo deciduus vel longitudine
irregulari-fissus. Gemmæ perulatæ. Folia biennia, trinervia vel sub-
trinervia. Cymus paniculatus vel subumbellatus vel reductim 1–2 florus
in axillis foliorum hornotinorum axillaris vel subterminalis, glaber vel
pilosus, ebracteatus vel cum bracteis et bracteolis caducis. Perianthii
tubus turbinatus vel cupularis vel obovatus, segmenta 6 imbricata post
anthesin ut tota vel ex medio decidua, pilosa vel glabra. Stamina fertilia
9, sterilia 3, 4-serialia, antheris 4-locularibus. Stamina exteriora 6 cum
filamentis eglandulosis et antheris introrsis. Stamina 3 interiora cum
filamentis in utroque latere uniglandulatis et loculis antherarum
superiorum lateralibus et inferioribus extrorsis. Stylus ovario fere æqui-
longus glaber. Stigma discoideum vel laceratum vel peltatum vel
obtusum. Drupa baccata basi cum calyce persistente accrescente apice
truncato vel 6-lobato clausa, maturitate nigricans.

Species ultra 60 in Asia & America tropica et subtropica late dis-
tributa, quarum 2 in Korea indigenæ.

Cinnamomum Sect. 1. **Malabathrum** MEISSNER in ALP. DE CANDOLLE, Prodr. XV pars 1, 10 (1864), pro parte.

Syn. *Malabathrum* GARCIN herb. ex BURMANN, Fl. Ind. 92 (1768), pro syn. *Lauri Malabatrum.*

Cortex trunci planus vel cum squamis magnis crassis deciduis. Gemmæ squamæ 2–4 seriales. Folia opposita in axillis venarum primarium non sacculata. Calyx turbinatus. Perianthii lobi supra basin vel medio articulatim decidui. Calyx in fructu 6-dentatus. Stamina 12, intima 3 in staminodia variant.

Typus. *C. zeylanicum* BREYN ex NEES.

Species sequentes Chinenses et Taiwanenses huc ducendæ.

1. *C. acuminatifolium* HAYATA —— Taiwan
2. *C. chekiangense* NAKAI[1] —— Chekiang
3. *C. Chenii* NAKAI[2] —— Chekiang

---

(1) **Cinnamomum chekiangense** NAKAI.

Syn.? *C. pedunculatum* CHUN in Contrib. Biol. Lab. Sci. Soc. China I, no. 5, 14 (1925).

In primo aspectu *Cinnamomum japonicum* in mentam vocat, sed pedunculis mono-carpis gracilibus, lobis perigonii supra basin articulatim sectis exquo bene dignoscen-dum.

Rami glaberrimi. Folia glaberrima; petioli 6–12 mm. longi ventre haud canali-culati; lamina ovata vel ovato-oblonga vel lanceolata basi acuta apice acuta vel acuminata sæpe subfalcata integerrima 57–135 mm. longa 24–40 mm. lata supra nitida subtus glauca subscrobiculata, distincte trinervia. Pedunculi fructiferi graciles 8–17 mm. longi. Pedicelli fructiferi 4–6 mm. longi. Cupula hemisphærica apice truncato-6-dentata 5–6 mm. longa 3–4 mm. alta. Fructus immaturatus ellipsoideus.

Hab. in China.

Prov. Chekiang: Hangchow (W. C. CHENG no. 32, Aug. 23, 1929—typus in herb. Uni-versitatis Imperialis Tokyoensis).

(2) **Cinnamomum Chenii** NAKAI, sp. nov.

Arcte affine *C. pseudopedunculatum* HAYATA {*C. scrobiculatum* (MEISSNER) NAKAI} præcipue ejus speciminibus cum foliis magnis, sed exquo pedunculo elongato robusto, pedicello multo robustiore et breviore bene dignoscendum.

Ramuli glaberrimi sub folia plus minus angulati. Petioli 6–8 mm. longi supra canaliculati glabri. Lamina foliorum glabra ovato-elliptica vel elliptica trinervis utrinque acuta vel breve acuminata apice obtusa, supra nitida infra glauca scrobiculato-venulosa, 60–75 mm. longa 27–34 mm. lata. Pedunculi in parte inferiore ramulorum hornotinorum in axillis foliorum vel squamarum axillares solitarii 50–60 mm. longi 1.0–1.5 mm. lati glabri apicem sensim incrassati ubi 3 mm. lati. Flores umbellati ebracteolati. Pedicelli 4–6 mm. longi 2 mm. lati. Perigonii limbus ex cupula circum-cisso deciduus ita cupula apice truncata. Flores et fructus maturi nostris ignoti.

Hab. in China.

Prov. Chekiang: sine loco speciali (S. CHEN no. 4035; Sept. 6, 1934—typus in Herb. Univ. Imp. Tokyoensis).

4. *C. hainanense* NAKAI[3] —— Hainan

5. *C. Loureiri* NEES —— China, Annam

6. *C. macrostemon* HAYATA —— Taiwan

7. *C. Tsangii* MERRILL —— Hainan

Cinnamomum Sect. II. **Eucinnamomum** NAKAI, nom. nov.

Syn. *Cinnamomum* Sect. 1. *Malabathrum* MEISSNER in ALP. DE CANDOLLE, Prodr. XV pars 1, 10 (1867), pro parte.

Cinnamomum Sect. *Camphora* MEISSNER, l. c. 24, pro parte, excl. syn.

Cortex planus vel squamas deciduas crassas format. Squamæ gemmarum 5–8 seriales. Folia opposita vel subopposita, in axillis venarum primariarum non sacculifera. Inflorescentia vulgo ebracteata cymosa vel subumbellata. Perianthii segmenta ut tota ex cupula sesernunt. Calyx fructifer patellæformis vel cupularis margine truncatus. Stamina 9. Staminodia 3.

---

(3) **Cinnamomum hainanense** NAKAI, sp. nov.

C. Chengii affine sed exquo foliis majoribus minus acuminatis, juvenilibus supra glabris, ramis juvenilibus glabris differt.

Ramuli glaberrimi teretes. Petioli 5–7 mm. longi glabri supra anguste-caliculati. Lamina foliorum oblongo-lanceolata vel oblonga rarius ovata trinervis, basi acuta vel obtusiuscula, apice attenuato-obtusa vel acuto-obtusa sæpe plus minus falciforme curvata, supra nitida infra glauca minute subscrobiculato-venulosa et primo pilis minutissimis caducissimis pilosa, 50–127 mm. longa 20–47 (rarissime 53) mm. lata margine parce repanda. Inflorescentia umbellata vel umbellato-racemosa vel cymoso-paniculata 17–120 mm. longa pilis adpressis sericeis sed mox glabrata. Flores maxime masculi. Pedunculi O vel ramuli racheos inflorescentiæ infima 1–2 subaxillari-evoluti. Pedicelli 5–11 mm. longi. Cupula turbinata sub anthesin extus sericeo-pilosa. Segmenta perigonii 5 mm. longa utrinque sericea supra basin horizontali seserunt, ita cupula truncato-6-dentata. Stamina 9 segmentis perigonii breviora filamentis pilosis, interioribus 3 laterali glanduliferis. Pistillum in floribus masculis abortivum, in floribus fæmineis fertile pilosum. Stigma obtusum. Fructus immaturatus nostris tantum notus ellipsoideus.

Nom. vernaculare. *Kwei-shun* 桂樹.

Hab. in China.

Hainan: in declivitate montis Pak-Shik-Ling（白石嶺）et ejus vicinis oppidi Ku-Tung（古東）districtus Ching-Mei（澄邁縣）(C. J. LEI no. 387—typus florum in herb. Univ. Imp. Tokyoensis), in monte Tai-Wan-Ling（大王嶺）et ejus vicinis oppidi Tung-Pin-Tin（東邊田）districtus Ching-Mei（澄邁縣）(C. J. LEI no. 151, Oct. 21, 1932)—typus fructuum immaturatorum in Herb. Univ. Imp. Tokyoensis), Tung-Koo-Shan（銅鼓山）et ejus vicinis distictus Wen-Chang（文昌縣）(H. FUNG no. 20381, Aug. 4–25, 1932).

Typus. *Cinnamonum cassia* BLUME.

Species sequentes Chinenses et Japonenses huc ducendæ.

C. brevifolium MIQUEL	—— Japonia
C. cassia BLUME	—— China
C. Chengii METCALF	—— China
C. Chiangii METCALF	—— China
C. Doederleinii ENGLER	—— Lyukyu
C. iners BLUME	—— China, Cochinchina, Malaya, India orient.
C. japonicum SIEBOLD	—— Japonia, Korea, China
C. Kanehirai HAYATA	—— Taiwan
C. pseudoloureiri HAYATA	—— Taiwan
C. pseudopedunculatum HAYATA	—— Bonin
C. randaiense HAYATA	—— Taiwan
C. reticulatum HAYATA	—— Taiwan
C. Sieboldii MEISSNER	—— Japonia

1. **Cinnamomum japonicum** SIEBOLD.
(Tab. nostra I)

Cinnamomum japonicum SIEBOLD in Verh. Bat. Genoots. XII, 33 no. 138 (1830), nom. seminud., excl. syn. *Laurus pedunculatus*; NEES, Syst. 79 (1836), pro syn. *C. pedunculati*; NAKAI in Tokyo Bot. Mag. XLI, 517 (1927).

Syn. *Laurus camphora* (non LINNÆUS) THUNBERG, Fl. Jap. 172 (1784), pro parte, specimen β! Icon innominata BANKS, Icon. Select. t. 51 (1791).

Cinnamomum pedunculatum NEES, Syst. 79, excl. syn.; DIETRICH, Syn. 1336 (1840); MEISSNER in DC. Prodr. XV pars 1, 16 (1864); MIQUEL in Ann. Mus. Bot. Lugd. Bat. I, 16 (1863); II, 195 (1867); Prol. 127 (1867); FRANCHET & SAVATIER, Enum. Pl. Jap. I, 410 (1875); HEMSLEY in Journ. Linn. Soc. XXVI, 372 (1891), pro parte; HENRY in Trans. Asiat. Soc. Japan XXIV, Suppl. 79 (1896); MATSUMURA & HAYATA in Journ. Coll. Sci. Tokyo XXII,

350 (1906) ; Matsumura, Ind. II, 135 (1912) ; Nakai, Veget Isl. Quelpært 48 (1914), in Tokyo Bot. Mag. XLI, 518 (1927) ; Liou, Laur. 37 (1934).

Arborescens usque 3–5 metralis alta. Cortex planus. Truncus usque 150 mm. latus. Rami glabri lucidi. Gemmæ glabræ squamis 3–6 jugis decussatis. Folia opposita vel subopposita; petioli 10–20 mm. longi glabri supra canaliculati; lamina oblonga vel ovato-oblonga vel late lanceolata rarum subrotundata 45–123 mm. longa 20–50 mm. lata trinervia integerrima basi acuta vel attenuata rarius mucronata apice cuspidata vel attenuata rarius mucronata supra viridis lucidissima infra glauca glaberrima nervulis in viva inconspicuis. Folia turionum magna usque 190 mm. longa 95 mm. lata. Inflorescentiæ glabræ parte basali ramorum in axillis cataphyllorum vel foliorum axillares, cum ramis cymi subnullis umbellatæ. Pedunculi 10–60 mm. longi. Pedicelli ebracteati 5–14 mm. longi. Flores in quoque pedunculi 3–10 sed fertiles tantum 1–2. Tepala 6, biserialia, patentia ovata vel elliptica vel elliptico-ovata late acuta vel acuminato-obtusa 3 mm. longa 1.8–2.0 mm. lata, extus glabra intus cum pilis brevibus adpresse velutinis. Stamina fertilia 9, sterilia 3 in staminodia variant, seriebus 1 et 2, 2 mm. longis, filamentis linearibus barbatis, antheris cum filamentis æquilongis introrsis 4-locularibus, serie tertia 2.5 mm. longa, filamentis crassis barbatis supra medium utrinque biglandulosis, antheris tetragonalibus 4-locularibus, loculis 2 superioribus lateralibus, 2 inferioribus extrorsis. Staminodia linearia medio barbata, apice antheris abortivis coronata. Ovarium 1 mm. longum obovatum. Stylus 2 mm. longus. Stigma magnum obconico-peltatum 0.5 mm. latum. Cupula patellaris 7–9 mm. lata 2 mm. alta margine denticulata. Bacca nigra ovoidea vel ellipsoidea circ. 10 mm. longa.

Nom. Jap. *Yabu-Nikkei.*

Nom. vern. *Sægdal-nam* (Isl. Wangto) ; *Shendyai* (Isl. Gairarôtô) ; *Santangnam, Shin-nam* (Quelpaert.)

Hab. in

Keinan : in insella Mugisima (T. Nakai no. 11203, 11205, Mai 4, 1928) ; Gakenri oppidi Itiun insulæ Kyosaitô (T. Nakai no. 11206, Mai 3,

1928; MITITARO HASUMI; GEN BETUMIYA).

Zennan: Sinkinri oppidi Hôrai insulæ Gairarôtô (T. NAKAI no. 11208, Mai 22, 1928); insula Nisizima, Kyobuntô (T. NAKAI no. 11207, Mai 24, 1928); insula Seizantô (T. NAKAI no. 11204, Mai 28, 1928); in insella Syutô (T. NAKAI no. 806, Jun. 18, 1913); in silvis Wangtô (T. NAKAI no. 524, Jun. 20, 1913, T. ISIDOYA no. 1503); in silvis montium Taitonsan tractus Kainan (T. NAKAI no. 9792, Jul. 2, 1921; Saburô Fukusima; Tei-daigen); in monte Sensatuzan insulæ Tintô (T. NAKAI no. 9788, Jun. 25, 1921); in monte Mongansan insulæ Daikokuzantô (T. ISIDOYA & TEI-DAIGEN no. 3496, Aug. 4, 1919); in insula Baikwatô (TOSIO MIWA); in insula Hokitutô (T. NAKAI no. 9988, Jun. 1921).

Quelpært: in silvis Piento-Hoatien (E. TAQUET no. 1340, Jun. 12, 1908); in silvis secus torrentis Hioton (E. TAQUET no. 4402, Jul. 26, 1910; no. 4408, Jun. 22, 1910); Mounseumi (E. TAQUET no. 4406, Aug. 9, 1910); in silvis (E. TAQUET no. 5918, Maio 1911); secus valle sub templum Kannonzi (T. NAKAI no. 4951, Nov. 6, 1917); Ikiri (T. NAKAI, no. 4950, Nov. 3, 1917); in silvis Nokatji (E. TAQUET no. 1338-9, Mai 8, 1908); Kantô (T. NAKAI no. 1368, Mai 28, 1913); in silvis 600 m. (U. FAURIE no. 1340, Jun. 1908); sine loco speciali (TAMEZÔ MORI, no. 45, 1911); in silvis Tolsouri (E. TAQUET no. 3152); in silvis (E. TAQUET no. 334); prope cascade Hongno (E. TAQUET no. 351, Oct. 1907); in silvis Poptyangi (E. TAQUET no. 3153, Oct. 1909); in insella Moukan (E. TAQUET no. 4406, Aug. 1910); in silvis Taipyang (E. TAQUET no. 3155, Sept. 1909; no. 3155, Jun. 1909).

Distr. Area: Hondo, Sikoku, Kyusyu, Iki, Tusima, Lyukyu, China (Kwangtung, Hongkong).

Cinnamomum Sect. III. **Camphora** MEISSNER in DC. Prodr. XV pars 1, 24 (1864), pro parte.

Cortex trunci longitudine striato-canaliculatus, in lamella sensim peridus. Folia alterna subtrinervia, in axillis venarum primariarum sacculifera. Inflorescentia cum bracteolis caducis cymoso-paniculata. Sepala decidua. Stamina fertilia 9, sterilia 4.

Typus. *Cinnamomum camphora* Siebold.

Species Japonenses et Chinenses 2 huc ducendæ.

1. *C. camphora* Siebold —— Japonia, Quelpært, Taiwan, China.
2. *C. nominale* Hayata —— Taiwan.

2. **Cinnamomum camphora** Siebold.

(Tab. nostra II).

Cinnamomum camphora Siebold in Verh. Bat. Genoots. XII, 23 no. 137 (1830) ; Koidzumi, Symb. 22 (1930) ; Kanehira & Sasaki in Journ. Soc. Trop. Agric. V no. 4, 399 (1933).

Syn. *Caphura* Ruel, Hist. Nat. 102 (1537) ; Matthioli, Med. Sen. Comm. 73 (1554) ; Dalechamps, Hist. Pl. II, 1783 (1587).

Camphora Ruel, l. c. in nota sub *Caphura*; Rheede, Hort. Ind. Malabar. I, 108 in nota sub *Carua* (1678) ; Durante, Herb. Nuov. 86 cum fig. (1684) ; Ray, Hist. II, 1561 sub *Cinnamomum* (1688) ; Blackwell, Curious Herb. II, Pl. 347 (1737) ; Trew, Cent. IV, 347 (1760).

Camphora officinarum Bauhinus, Pinax 500 (1632) ; Bœrhaave, Ind. Pl. II, 261 (1720) ; Nees in Wallich, Pl. Asiat. Rar. II, pt. 4, 72 (1829) ; Syst. Laur. 88 (1836) ; Lindley, Fl. Medica 333 (1839) ; Dietrich, Syn. 1337 (1840) ; Spach, Hist. Vég. X, 487 (1841) ; Wight, Icon. II, 11 t. 1818 (1852).

Camphorifera arbor Hermann, Acad. Lugd. Bat. Catal. 113 (1687) ; Plukenet, Almag. Bot. 79 (1696).

Arbor camphorifera Japonica Breyn, Prodr. I, 7 (1680) ; Icon. 16 t. II (1739).

Arbor camphorifera Taiwaniana Breyn, Prodr. II, 45 (1689).

Arbor canellifera sylvestris Japonica Breyn, l. c.

Laurus camphorifera Kæmpfer, Amœn. Exot. 770 t. in 771 (1712) ; Salisbury, Prodr. 343 (1796).

Laurus foliis ovatis utrinque acuminatis trinerviis nitidis, petiolis laxis Linnæus, Hort. Cliffort. 154 (1737).

Laurus camphora Linnæus, Sp. Pl. ed. 1, I, 369 (1753) ; Syst. Nat.

ed. 10, II, 1010 (1759) ; Sp. Pl. ed. 2, I, 528 (1762) ; Syst. Nat. emend. & auct. 109 (1764) ; MILLER, Gard. Dict. ed. 8, Lau (1768) ; SCHREBER in LINNÆUS, Mat. Med. 107 (1773) ; HOUTTUYN, Nat. Hist. II, 338 (1774), Pflanzensyst. I 517 (1777) ; MURRAY, Syst. Veg. ed. 13, 317 (1774) ; THUNBERG, Fl. Jap. 172 (1784), specimen γ ; MURRAY, Syst. Veg. ed. 14, 383 (1784) ; VITMAN, Summa Pl. II, 450 (1789) ; JACQUIN, Collect. IV, 221 t. 3 fig. 2 (1790) ; LOUREIRO, Fl. Cochinch. I, 249 (1790), ed. 2 I, 306 (1793) ; LAMARCK, Encyclop. III pt. 2, 445 (1791) ; WOODVILLE, Med. Pl. III, 419 t. 155 (1793) ; WILLDENOW, Sp. Pl. II pt. 1, 478 (1798) ; LOISELEUR-DESLONGCHAMPS in DUHAMEL, Arb. & Arbust. II, 116 t. 35 (1801) ; J. H. HILAIRE, Exposit. I, 189 (1805) ; MIRBEL, Hist. Gen. & Part. Pl. XL, 143 (1805) ; PERSOON, Syn. Pl. I, 448 (1805) ; DIETRICH, Vollst. Lex. Gærtn. & Bot. V, 348 (1805) ; LINK, Enum. Pl. Hort. Berol. I, 288 (1821) ; BLUME, Bijdr. 11de stuk 558 (1825).

Persea Camfora SPRENGEL, Syst. Veg. II, 268 (1825) ; LINK, Handb. II, 388 (1829).

Laurus gracilis Hort. ex G. DON in LOUDON, Hort. Brit. 160 (1830).

Cinnamomum Camphora NEES & EBELMAIRE, Handb. II 430 (1831) ; MEISSNER in DC. Prodr. XV pars 1, 24 (1864) ; MIQUEL in Ann. Mus. Bot. Lugd. Bat. II, 195 (1867), Prol. 127 (1867) ; FRANCHET & SAVATIER, Enum. Pl. Jap. I, 411 (1875) ; KOEHLER, Med. Pfl. I t. 76 (1883) ; BENTLEY & TRIMEN, Med. Pl. III t. 222 (1888) ; HEMSLEY in Journ. Linn. Soc. XXVI, 371 (1891) ; MATSUMURA & HÁYATA in Journ. Coll. Sci. Tokyo XXII, 349 (1906) ; MATSU-MURA, Ind. Pl. Jap. II pt. 2, 135 (1912) ; HAYATA, Icon. Pl. Formos. III, 158 (1913) ; LECOMTE in Nouv. Arch. Mus. Paris 5 sér. V, 73 (1913) ; GAMBLE in SARGENT, Pl. Wils. II, 68 (1914) ; CHUN in Contrib. Biol. Labor. China I no. 5, 10 (1925) ; LIOU, Laur. 27 (1934) ; KANEHIRA, Formos. Trees ed. 2, 201 fig. 148 (1936).

Camphora japonica RAFINESQUE, Sylva Tellur. 136 (1838).

Camphora vera RAFINESQUE, l. c.

Cinnamomum Taquetii LÉVEILLÉ in FEDDE, Repert. X, 370 (1912).

Cinnamomum Camphora var. *nominalis* HAYATA[1] in Journ. Coll. Sci. Tokyo XXII, 349 (1906), quoad specimen a TYUTARÔ ÔWATARI in Kôkatihonsya lectum.

Arbor magnifica. Cortex trunci fuscescens longitudine irregulari-striato-canaliculatus. Ramuli glaberrimi lucidi. Petioli in speciminibus Quelpærtensibus 15–33 mm. longi primo rubescenti-virides demum .erubescentes. Lamina foliorum late ovata vel rotundata basi mucronata vel acuta rarius obtusa, apice acuta vel cuspidata margine integerrima, supra lucida glabra, infra glaucescens vel glauca, 22–88 mm. longa 11–47 mm. lata. Inflorescentia axillaris racemoso-cymosa glaberrima. Bracteolæ parvæ caducæ. Pedicelli 1–2 mm. longi. Flores flavidi maxime masculi. Flores masculi hermaphroditis conformes post anthesin decidui, perigonii segmentis 6 fere æqualibus extus glabris intus pubescentibus, staminibus 12, quadriserialibus, quorum 9 fertilibus, filamentis linearibus crassiusculis carnosis crispulo-hirsutis, 6 exterioribus 1.0–1.5 mm. longis, antheris tetragonalibus quadrilocularibus introrsis, staminibus tertiis 3 ca. 1.5 mm. longis apice incrassatis, filamentis supra basin utrinque biglandula-tis, glandulis trilobato-globosis stipitatis nudis, antheris 0.5 mm. longis cum filamentis æquilatis tetragonalibus, loculis 2 superioribus lateralibus, 2 inferioribus extrorsis. Stamina 4-serialia, 3 sterilia subulata minima. Pistilla in floribus fæmineis fertilia sed omnia conformia. Ovarium ellipsoideum vel ovali-ellipsoideum 1 mm. longum. Stylus 1 mm. longus glaber. Stigma apice peltato-concavum. Cum segmentis perigonii ut tota deciduis cupula patellaris in fructu incrassate 6–7 mm. lata ad pedicellum incrassatum turbinato-attenuata. Bacca glabosa nigra 7–10 mm. lata. Testa seminum crustacea.

Nom. Jap. *Kusunoki.*

Nom. vern. *Nog-nam* (Quelpaert).

---

(1) *Cinnamomum nominale* HAYATA, Icon. III 160 (1913) ex camphora vera ramis, gemmis et foliis juvenilibus albo-pilosis, inflorescentia graciliore latiore sæpe polyantha differt. *Cinnamomum nominale* var. **lanata** NAKAI, var. nova est arbor magna cum ramis, foliis et inflorescentia pilosissimis. Typus in Kwarenko, Taiwan ex legitore ignoto lectus est. *Cinnamomum Camphora* var. *glaucescens* ALEX. BRAUN in Verh. Preuss. Gartenb. Ver. XXI, 9 (1852) est varietas cum foliis subtus glaucissimis. Vidi specimen in herbario musei Parisiense quæ ex auctore ad idem herbarium misit.

Hab.   in Quelpært.

In silvis Tolsoumi (E. TAQUET no. 1344), in silvis Taitpjeng (E. TAQUET no. 3159–61) ; in silvis Tpyongmori (E. TAQUET no. 5917) ; sine loco speciali (T. ISIDOYA).

Distr. Area : Hondo, Sikoku, Kyusyu, Tusima, Quelpært, Taiwan, China (Chekiang, Kiangsi, Setchuan, Kwangtung, Hongkong), Tonking.

樟科　第2族　**あぼかど族**

常綠ノ喬木、葉ハ互生ナレドモ屢々枝ノ先ニ集合ス。羽狀脈ヲ有シ無毛又ハ具毛又ハ頗ル多毛、花序ハ若枝ノ葉腋又ハ頂ニ出デ複岐繖花序又ハ繖房狀又ハ岐繖狀又ハ繖形狀花序ヲナス。花ハ兩全又ハ雌雄同株、苞ナシ。萼ハ6裂永存性又ハ萼筒ヨリ横ニ切レテ落ツ、雄蕊ハ9個3列ニ並ビ葯ハ4室、外側ノ6個ハ花絲ニ腺狀體ナク葯ハ內開ス。第3列ノモノハ花絲ノ兩側ニ各1個ノ腺體ヲ具ヘ葯室ハ上ノ2室ハ內開シ下ノ2室ハ側外開ス。果梗ハ肥大スルモノトセザルモノトアリ。

6屬 *Alseodaphne* NEES, *Cecidodaphne* NEES, *Machilus* (RUMPHIUS) NEES, *Nothaphœbe* BLUME, *Persea* GÆRTNER, *Phœbe* NEES　ガ之ニ屬シ其中朝鮮ニハ *Machilus* いぬぐす屬ノミアリ。

第II屬　**いぬぐす屬**

喬木又ハ小喬木、芽ハ頂生ニシテ大キク多數ノ鱗片ニテ被ハル。葉ハ最初包旋ス。側枝ハ主軸枝ヨリモ長ク延ブ。葉ハ2-3年生互生單葉、葉身ハ羽狀脈アリテ厚シ、花序ハ若枝ノ基部ニ腋生シ圓錐花叢ヲナス。花ハ枝ノ先ニ繖形ニ集合ス。花ハ雌雄同株ニシテ雌雄共ニ甚ダシキ區別ナシ、花被片ハ6個2列ニ並ビ花後延ビテ永存ス。雄蕊ハ9個3列ニ並ビ1-2列ハ腺體ナキ花絲ト內開4室ノ葯トヲ有スルカ又ハ上方ノ2室ハ內開、下ノ2室ハ側開ス。第3列ノ3本ハ基ニ兩側ニ有柄ノ腺體ヲ有シ葯室ハ上ノ2個ガ內開下ノ2個ハ側外開スルカ又ハ全部ガ外開ス。無葯雄蕊3個多肉ニシテ小型ナリ。子房ハ1室各1個ノ卵子アリ。花柱ハ長シ、漿果ハ基ニ永存セル花被片ヲ伴フ。

亞細亞ノ熱帶地方、半熱帶地方又ハ暖帶地方ニ 20 餘種アリ其中2種ハ朝鮮ニモアリ。

3 (1) **あをがし**（第 III 圖）

センタルナム、センダルナム（全南）

小喬木高サ 6–7 米突、幹ノ直徑 20–30cm. トナル。芽ハ帶卵長橢圓形尖ル。葉ハ芽ニアリテハ外卷ス。若枝ハ無毛直徑 1.5–4.3mm. 綠色散在スル皮目アリ。葉柄ハ長サ 7–22mm. 幅 1–1.8mm. ホボ圓柱狀ニシテ腹面ニ少シク溝アリ、葉身ハ開出シ薄キ洋紙質ニシテ長橢圓披針形又ハ披針形長サ 90–168mm. 幅 20–52mm. 先ハ長ク銳尖スレドモ最先端ハ丸シ、基脚ハ銳尖、表面ハ深綠色光澤ニ富ミ無毛、裏面ハ粉白始メ短毛密生スレドモ程ナク無毛トナル。側主脈ハ兩側ニ各 8–14 本ナリ。花序ハ長サ 70–85mm. 立チテ開出シ毛ナシ。花ハ花序ノ枝ノ先ニ 3–7 個宛繖形ニツキ小花梗ハ長サ 50–55mm. 無毛ニシテ先ハ太マル。花ハ皆同形ニシテ兩全花ノ如クナレドモ主トシテ雄花ナリ。五月ニ開キ帶黃淡綠色、蕚片ハ 6 個ガ 2 列ニ並ビ水平ニ開出シ長橢圓形、外列ノ 3 個ハ內列ヨリモ短ク長サ 2.8–3.5mm. 幅 1–1.3mm. 先ハ稍鈍、內列ノ 3 個ハ長サ 3–4mm. 幅 1.2–1.5mm. 緣ニハ顯微鏡下ニ照セバ微毛アリ、又內面ニモ短毛密生ス、花後モ殘リ立ツ。雄蕋ハ 9 個 3 列、長サ 4mm. 外側ノ 1–2 列ハ花絲ニ腺體ナク葯室ハ上方ノ 2 個ガ小サクシテ內開シ下方ノ 2 個ガ大キクシテ側開ス。第 3 列ノ 3 個ノ雄蕋ハ花絲ニ有柄ノ腺體ヲ具ヘ蕋室ハ皆外開ス。無葯雄蕋ハ 3 個雄蕋ヨリモ遙カニ短ク 3 角形ニシテ有柄ナリ。子房ハ卵形、花柱ハ長ケレトモ雄蕋ヨリモ短シ柱頭ハ幅廣シ、漿果ハ球形ニシテ直徑 8mm. 黑藍色、種子ハ扁球形高サ 5mm. 幅 7mm.

慶南（巨濟島ノ屬島）、全南（莞島、甫吉島、巨文島、大黑山島、梅加島、海南郡大芚山）濟州島ニ產ス。

分布、本島、四國、九州、朝鮮。

4 （2）**いぬぐす、たぶのき**
（第 四 圖）

ヌルックナム、ドウルンナム、ドルックナム（濟州島）
フーバナム（全南、慶南、欝陵島）

喬木ニシテ高サ 8–12 米突、幹ノ直徑 1 米突ニナル。芽ハ長卵形尖リ、鱗片ハ相重ナリ褐毛アリ、若枝ハ無毛、太ク直徑 3.5–4.5mm. 葉ハ 2 年生、葉柄ハ太ク長サ 15–25mm. 直徑 1–2mm. 腹面ハ扁平、葉身

ハ開出シ厚ク橢圓形又ハ倒卵橢圓形又ハ倒卵長橢圓形又ハ廣倒披針形
先ハ急ニ狹マレドモ最先端ハ丸シ基ハ丸ク又ハトガル。長サ 65-130
mm. 幅 21-65mm. 全縁、表面ハ藍綠色光澤アリ始メヨリ毛ナキカ又ハ
緣ニ褐毛アレドモ早ク落ツ、裏面ハ粉白、側脈ハ兩側ニ各 9-13 本宛
アリ。花序ハ若枝ノ基部ノ鱗片葉又ハ眞生葉ニ腋生シ直立開出シ長サ
70-90mm. 枝先ニ花ハ稍纖形ニツキ小花梗ハ長サ 5-6mm. ナリ。花ハ
4-5 月ニ開キ帶黃淡綠色長サ 5-6mm. 花被片ハ 6 個開出シ外列ノ 3 個
ハ長橢圓形又ハ長橢圓披針形先ハ丸ク長サ 5-6mm. 幅 2-2.2mm. 背面
ニハ往々極微毛アリ。內面ハ絹毛ガ密生ス。內列ノ 3 個ハ廣長橢圓形
幅ハ 2.5-2.8mm. 雄蕊ハ 9 個、花被片ヨリモ短ク長サ 4.5mm. 花絲ハあ
をがしノ花絲ヨリモ太ク基部ニ疎ナル鬚毛アリ。第 1-2 列ノ雄蕊ノ葯
室ハ皆內開シ第 3 列ノ葯室ハ上ノ 2 個ガ內開シ下ノ 2 個ハ側開ス。又
第 3 列ノ雄蕊ノ花絲ニハ 2 個ノ有柄ノ腺アリ。無葯雄蕊ハ 3 個太クト
ガル。子房ハ倒卵球形長サ 1.8mm. 花柱ハ長サ 2mm. 柱頭ハ斜ニツキ
點狀ナリ。漿果ハ球形又ハ扁球形黑藍色幅ハ 10-11.5mm.

黃海道（大青島）、京畿道（豐島）、慶北（欝陵島）、慶南（東萊郡
竹島、巨濟島、南海島）、全南（万德山、大芚山、巨文島、青山島、甫
吉島、所安島、莞島、珍島、佐治島、突山島、大黑山島、梅加島）、濟
州島。

分布、本島、四國、九州、對馬、朝鮮、琉球、臺灣、支那（浙江、
福建、江西、廣東、廣西、貴州）。

Lauraceæ Tribus **Perseæ**[1] (NEES) NAKAI, comb. nov.

Syn. *Laurinæ* Trib. *Phoebeæ* NEES, Syst. Laur. 17 & 93 (1836), excl.
Apollonias.

Laurinæ Trib. *Perseæ* NEES, Syst. Laur. 20 & 121 (1836), excl.
Boldu.

Laurinæ Trib. *Cryptocaryeæ* NEES, l. c. 21 & 191, excl. *Endiandra,*
Beilschmiedia, Cryptocarya & Caryodaphne.

Laurineæ Trib. *Phoebeæ* NEES apud ENDLICHER, Gen. Pl. I, 316
(1836), pro parte.

Laurineæ Trib. *Perseæ* NEES apud ENDLICHER, l. c. 317 (1836), pro
parte.

---

(1) I use the sectional name *Perseæ* as it implies the principal genera in our sense.

Laurineæ Trib. *Cryptocaryeæ* NEES apud ENDLICHER, l. c. 318 (1836), pro parte.

Lauraceæ subordo *Laurineæ* Trib. *Perseaceæ* MEISSNER in DC. Prodr. XV pars 1, 4 & 9 (1864), pro parte.

Laurineæ Trib. *Perseaceæ* BENTHAM & HOOKER, Gen. Pl. III, 147 (1880).

Lauraceæ Unterfam. *Persoideæ* Trib. *Cinnamomeæ* PAX in ENGLER & PRANTL, Nat. Pflanzenfam. III Abt. 2, 112 (1889), pro parte.

Lauraceæ Subord. *Laureæ* Trib. *Perseeæ* MEZ in Jahrb. Königl. Bot. Gart. Bot. Mus. Berlin V, 6 (1889), pro parte.

Arbores. Folia alterna sed sæpe in apice ramorum congesta, biennia, penninervia, glabra vel pilosa aut lanata. Inflorescentiæ cymoso-paniculatæ vel subcorymbosæ vel subcymosæ vel subumbellatæ, in axillis foliorum vel cataphyllorum ramorum hornotinorum axillares. Flores subhermaphroditi vel monœici ebracteati. Tepala 6 persistentia vel circumcisso-decidua. Stamina 9, triserialia antheris 4-locellatis, quorum 6 exteriora cum antheris ommibus introrsis vel loculis 2 superioribus introrsis et 2 inferioribus lateralibus, filamentis nudis, 3 interiora cum antheris toto extrorsis vel locellis 2 superioribus lateralibus et 2 inferioribus extrorsis, filamentis stipitato-biglandulosis. Staminodia 3. Pedicelli in fructu incrassati vel haud incrassati.

Genera 6, *Alseodaphne* NEES, *Cecidodaphne* NEES, *Machilus* NEES, *Nothaphoebe* BLUME, *Persea* GÆRTNER, *Phoebe* NEES huc ducenda, quorum *Machilus* tantum in Corea et Quelpaert incola.

Gn. II. **Machilus** (RUMPHIUS) NEES in WALLICH, Pl. Asiat. Rar. II fasc. 8, 70 (1929), Annexa 11 (1833), Syst. Laur. 20 & 171 (1836); ENDLICHER, Gen. I 317 no. 2028 (1836); MEISSNER, Gen. 325 (1836); DIETRICH, Syn. 1331 (1840); BLUME, Mus. Bot. Lugd. Bat. I, 329 (1851); MIQUEL, Fl. Ind. Bat. I, 914 (1855); MEISSNER in DC. Prodr. XV pars 1, 4 & 39 (1864); BAILLON, Fam. Pl. III, 469 (1870); BENTHAM & HOOKER, Gen. III, 156 (1880); PAX in ENGLER & PRANTL, Nat. Pflanzenfam. III Abt. 2, 115 (1889); LIOU, Laur. 44 (1934).

Syn. *Machilus* RUMPHIUS, Herb. Amb. III 68 t. XLI–XLII (1743), pro parte, excl. t. XL.

Arbores vel arbusculi. Gemmæ terminales, squamis multis imbricatis, foliis convolutis, juventute nunquam pendulis ut *Neolitzea*. Rami teretes in parte superiore rami hornotini axillares semper quam axis centralis longiores. Folia biennia rarius triennia alterna petiolata simplicia; lamina coriacea penninervia integra. Inflorescentia in parte inferiore rami hornotini axillares paniculata, rachidibus elongatis erectis. Pedicelli umbellatim dispositi. Flores hermaphroditi esse videntur sed maxime masculi, vernales flavi. Tepala 6 biserialia post anthesin elongata persistentia. Stamina 9, triserialia, 1–2 serialia exteriora fertilia filamentis eglandulosis, antheris 4-locularibus loculis omnibus introrsis vel locellis superioribus minoribus introrsis et inferioribus majoribus lateralibus. Stamina tertiserialia 3 fertilia basi stipitato-glandulosa, antheris 4-locularibus loculis omnibus extrorsis vel loculis superioribus 2 introrsis, inferioribus 2 lateralibus vel extrorsis. Staminodia 3 carnosa parva. Ovarium 1-uniloculare 1-ovulatum. Styli elongati. Stigma dilatatum. Drupa globosa cum tepalis persistentibus suffulta.

Species ultra 20 in Asia tropica et subtropica, rarissime in regione temperata incola, quarum 2 in Korea sunt indigenæ.

3 (1). **Machilus japonica** SIEBOLD & ZUCCARINI.
(Tabula nostra III).

Machilus japonica SIEBOLD & ZUCCARINI in Abh. Muench. Akad. IV 3, 202 (1846); BLUME, Mus. Bot. Lugd. Bat. I, 331 (1851); MEISSNER in DC. Prodr. XVI pt. 1, 42 (1864); MIQUEL in Ann. Mus. Bot. Lugd. Bat. II, 195 (1867), Prol. 127 (1867); FRANCHET & SAVATIER, Enum. Pl. Jap. I, 412(1875); MAXIMOWICZ in Bull. Akad. St. Pétersb. XXXI, 96(1886), in Mél. Biol. XII, 531 (1886).

Syn. *Machilus longifolia* (non BLUME) MAXIMOWICZ in Bull. Akad. St. Pétersb. XXXI, 97 (1886), in Mél. Biol. XII, 537 (1886); MATSUMURA, Ind. Pl. Jap. II 2, 139 (1912); NAKAI, Veg. Isl. Quelpaert 41 (1924); MORI, Enum. Corean Pl. 167 (1921).

Machilus Thunbergii var. *japonica* (BLUME) YATABE in Tokyo Bot.

Mag. VI, 177, Pl. V (1892); MATSUMURA, Ind. Pl. Jap. II 2, 139 (1912).

Arbor 6–7 m. alta. Truncus 20–30 cm. latus. Gemmæ ovoideo-oblongæ acutæ, squamis extremis hemisphæricis 2–4 mm. longis late acutis, interioribus longioribus, intimis sæpe ovato-oblongis basi angustatis 25 mm. longis, aestivatione convoluta sed folia jucentute margine sæpe recurva. Rami hornotini glaberrimi 1.5–4.3 mm. lati viridissimi infra medium efoliati demum sparse lenticellati, annotini flavo-brunnescentes sæpe lenticellis cicatricibus crebre verruculosi. Petioli 7–22 mm. longi 1.0–1.8 mm. lati teretiusculi ventre plus minus canaliculati. Lamina lofiorum patens chartaceo-coriacea, oblongo-lanceolata vel lanceolata 90–168 mm. longa 20–52 mm. lata longe acuminata vel attenuato-acuminata sed apex obtusissima, basi subacuminato-acuta nunquam decurrentia, margine integerrima undulata vel plana, supra nitida viridissima glaberrima planissima subtus pruinosa primo dense adpresse sericeo-ciliata mox glabrescentia, in exsiccata nervis minutis sub lente scrobiculatis, nervis lateralibus primariis utrinque 8–14. Paniculæ 70–85 mm. longæ erecto-patentes rachidibus elongatis graciliusculis superne divaricato-ramosis glabris, bracteis destitutis. Flores 3–7 umbellati, 5.0–5.5 mm. longi glabri apice dilatati. Flores subhermaphroditi in mense Maii patentes flavo-viriduli. Tepala 6 biserialia horizontali-patentia vel e basi recurva oblonga, exteriora 3 interioribus navicularia, interiora 3 longiora 3–4 mm. longa 1.2–1.5 mm. lata margine sub lente ciliolata atque intus adpresse pubescentia, omnia persistentia post anthesin erecta. Stamina 9 triserialia, fertilia 4 mm. longa, filamentis erectis filiformibus basi sparse ciliatis, antheris elliptico-oblongis 4-locularibus, loculis superioribus parvis introrsis, inferioribus 2 majoribus laterali-introrsis sed in staminibus intimis tribus extrorsis et filamentis ad basin utrinque glanduliferis, glandulis stipitatis deltoideis vel oblongis deformibus. Staminodia 3 staminibus duplo breviora deltoidea stipitata. Ovarium ovoideum. Stylus elongatus sed staminibus brevior apice stigmate dilatato coronatus. Drupa globosa circiter 8 mm. lata atro-cyanea nitida, in exsiccata crustacea. Semina depressa 5 mm. alta 7 mm. lata.

Nom. Jap. *Aogasi.*

Nom. vern. *Sentalnam* vel *Sendalnam.*

Hab. in

Keinan: in insella Mugisima circa insulam Kyosaitô (T. NAKAI no. 11198–9, Mai 4, 1928).

Zennan: in insula Wangto (T. NAKAI no. 11196–7, Mai 30, 1928, sine numero, Jun. 20, 1913; T. ISIDOYA no. 1499; SADAKITI KAKEBA); in insella Setto circa Tintô (T. NAKAI no. 9794, Jun. 26, 1921); in insula Hokitutô (T. NAKAI no. 9795, Jul. 8, 1921); in monte Taitonzan tractus Kainan (T. NAKAI no. 9793, Jul. 2, 1921); in insula Nisizima grecis Kyobuntô (T. NAKAI no. 11194–5, Mai 24–25, 1928); in insula Baikatô (TUTOMU ISIDOYA & TEI DAIGEN no. 3491, Aug. 29, 1919); in insula Daikokuzantô (T. ISIDOYA & TEI-DAIGEN no. 3489–90, Aug. 25, 1919).

Quelpært: circa cataractum Seikiho (T. NAKAI no. 4958, Nov. 3, 1917); in silvis austro-occidentalibus (E. TAQUET no. 5926–8, Maio 1911); sine loco speciali (RI GENBOKU); in silvis secus torrentes Hioton (E. TAQUET no. 1351, Maio 1908); in silvis Cottoumi (E. TAQUET no. 3165, Oct. 1903; no. 4404, Jul. 27, 1910); secus Hongno (E. TAQUET no. 339. Sept. 1909); in silvis (U. FAURIE no. 1998, Maio 1907); in silvis Mokatji (E. TAQUET no. 1350, Mai 8, 1908); in silvis Hallasan 500 m. (E. TAQUET no. 1341, Mai 8, 1908); Hoatien 800 m. (E. TAQUET no. 4407, Jun. 6, 1910).

Distr. Area: Hondo, Sikoku, Kyusyu, Tusima, Corea.

4 (2). **Machilus Thunbergii** SIEBOLD & ZUCCARINI.
(Tabula nostra IV).

Machilus Thunbergii SIEBOLD & ZUCCARINI in Abh. Muench. Akad. IV, 3, 202 (1846); BLUME, Mus. Bot. Lugd. Bat. I, 330 (1851) cum var. *glaucescens* et *major*; MEISSNER in DC. Prodr. XV pars 1, 42 (1864); MIQUEL in Ann. Mus. Bot. Lugd. Bat. II, 195 (1867), Prol. Fl. Jap. 127 (1867); FRANCHET & SAVATIER, Enum. Pl. Jap. I, 411 (1875); MAXIMOWICZ in Bull. Akad. St. Pétersb. XXXI, 96 (1886), in Mél. Biol. XII, 536 (1886); NAKAI, Fl. Kor. II, 177 (1911); MATSUMURA, Ind. Pl. Jap. II 2, 139 (1912); NAKAI, Veget. Isl. Quelpært 48 (1914), Veg. Isl. Wangto

7 (1914), Veg. Isl. Dagelet 19 (1919); MORI, Enum. Corean Pl. 167 (1921); REHDER in Journ. Arnold Arb. XVII, 327 (1936); LIOU, Laur. 60 (1934).

Syn. *Laurus indica* (non LINNÆUS) THUNBERG in Nov. Acta Reg. Soc. Sci. Upsal. IV 37 (1783), Fl. Jap. 173 (1784).

Persea iaponica SIEBOLD, herb. ex MIQUEL, l. c. pro syn.

Litsea coreana LÉVEILLÉ in FEDDE, Repert. X, 370 (1912), pro parte.

Machilus Thunbergii var. *obovata* NAKAI in Tokyo Bot. Mag. XXXVI, 120 (1922).

Arbor magna 8–12 m. alta. Truncus usque 1 m. latus. Gemmæ elongatæ acutæ, squamis imbricatis exterioribus hemisphæricis apice obtusissimis margine ferrugineo-hirsutis, interioribus majoribus ellipticis sæpe dorso fulvo-sericeo-tomentosis. Rami hornotini glaberrimi basi cum cicatricibus squamarum abbreviato-verruculosi 35–45 mm. lati, annotini sparse lenticellati sæpe læviusculi. Petioli crassi 15–25 mm. longi 1–2 mm. lati ventre plani dorso semiteretes. Lamina foliorum patens crassa chartaceo-coriacea, elliptica vel obovato-elliptica vel obovato-oblonga vel late oblanceolata subito cuspidata, sed cuspide obtusato, basi rotundata vel late acutato-acuminata 65–130 mm. longa 21–65 mm. lata margine integerrima cartilaginea paulum undulata supra intense cyaneo-viridia nitida planissima ab initio glaberrima vel margine tantum pilis caducis fulvis tomentosa glaberrima, subtus sæpe glaucina exsiccata sub lente reticulato-nervosa, nervis primariis utrinque 9–13. Paniculæ in basi ramorum hornotinorum axillares erecto-patentes 70–90 mm. longæ ramulis ultimis umbellatis. Pedicelli 5–6 mm. longi glaberrimi. Flores in mense Aprilis et Maii patentes flavo-viriduli circa 5–6 mm. longi. Tepala 6 erecto-patentia biserialia, exteriora 3 oblonga vel oblongo-lanceolata obtusa 5–6 mm. longa 2.0–2.2 mm. lata dorso interdum minutissime papillosa intus dense sericeo-tomentosa, interiora 3 late oblonga latiora 2.5–2.8 mm. lata. Stamina 9 omnia fertilia sepalis breviora 4.5 mm. longa, filamentis quam ea *Machili japonicæ* crassioribus basi sparse fimbriatis, antheris serium 2–3 ellipticis 1.2 mm. longis 4-locularibus, loculis superioribus parvis, inferioribus dilatatis, omnibus introrsis, series tertiæ oblongis circa 1.5 mm. longis loculis superioribus introrsis sed inferioribus lateralibus, cum filamentis ad basin utrinque glanduligeris, glandulis capitatis stipitatis. Staminodia 3 crâssa quam stamina duplo breviora subulata acutissima. Ovarium obovato-globosum 1.8 mm. longum. Stylus 2 mm. longus. Stigma oblongum obliquum punctatum. Drupa globosa vel depresso-globosa 10.0–11.5 mm. lata atrocyanea primo carnosula, calycibus reflexis persistentibus suffulta.

Nom. Jap. *Inugusu, Tabunoki.*

Nom. vern. *Fûbânam* (Korea) ; *Nurucknam, Drun-nam, Doruck-nam* (Quelpært).

Hab. in

Kôkai : insula Taiseitô (T. NAKAI & TEI-DAIGEN no. 12825, Jul. 27, 1929).

Keihoku : insula Uturyôtô v. Dagelet, sine loco speciali (KINZÔ OKAMOTO, Sept. 1912) ; Mosige (T. NAKAI no. 4296–7, Mai 31, 1917 ; TUTOMU ISIDOYA no. 48, Mai 27, 1916) ; Dôdô (TUTOMU ISIDOYA no. 48, Mai 29, 1916).

Keinan : in insella Tikutô tractus Tôrai (T. NAKAI no. 11246, Mai 1, 1928) ; Gakenri in insula Kyosaitô (T. NAKAI no. 11244, Mai 3, 1928) ; in insella Mugisima prope Kyosaitô (T. NAKAI no. 11255–6, Mai 4, 1916) ; Sekkyôri insulæ Nankaitô (T. NAKAI no. 11243, Mai 17, 1928) ; in insella Botantô prope Nankaitô (T. NAKAI no. 11242, Mai 16, 1928).

Zennan : Nisizima grecis Kyobuntô (T. NAKAI no. 11251–4, Mai 25, 1928) ; in insula Seizantô (T. NAKAI no. 11247–8, Mai 28, 1928) ; Siyôri insellæ Kaitô prope insula Gairarôtô (T. NAKAI, no. 11250, Mai 22, 1928) ; in silvis insulæ Wangtô (T. NAKAI no. 11241, Mai 30, 1928) ; in monte Sensatuzan insulæ Tintô (T. NAKAI, no. 9791, Jun. 25, 1921) ; in insella Settô prope Tintô (T. NAKAI, no. 9798, Jun. 26, 1921) ; in insella Sazitô (T. NAKAI, no. 9800, Jun. 27, 1921) ; in monte Nyokisan insulæ Tintô (T. NAKAI, no. 9796–7, Jun. 28, 1921) ; Zinpo insulæ Totuzantô (T. NAKAI no. 11250, Mai 20, 1928) ; in insula Syoantô (YOSIKATA HANABUSA) ; in insella Syutô prope insula Wangtô (T. NAKAI, no. 835, Jun. 18, 1913) ; in insula Kyobuntô (MITITARÔ HASUMI) ; in monte Mantokusan (TOSINOBU SAWADA) ; in monte Taitonzan (SADAKITI KAKEBA ; SABURÔ FUKUBARA ; TEI-DAIGEN ; T. NAKAI no. 9796, Jun. 1921) ; in insula Baikatô (SABURÔ MIWA) ; in insula

Daikokuzantô (TUTOMU ISIDOYA & TEI-DAIGEN no. 3484–7, Aug. 1919).

Quelpært: Inter Zyôzan & Ikiri (T. NAKAI no. 1376, Mai 30, 1913);
Hôkanri (T. NAKAI no. 1280, Mai 19, 1913); Kozyôri (T. NAKAI no.
1389, Mai 30, 1913); Ikiri (T. NAKAI, no. 4961, Nov. 8, 1917); in pago
Polmongi (E. TAQUET no. 5923, Maio 1911); in pago Hongno (E.
TAQUET no. 3166, Maio 1909); Htepyeng (E. TAQUET no. 5924, Maio
1911); in pago Hongno (E. TAQUET no. 1358, Apr. 1908); in silvis
secus torrentes Htepyang (E. TAQUET no. 1352, Jun. 1908); in pago
Polmongi (E. TAQUET no. 1357, Apr. 1908); prope Hongno (U. FAURIE
no. 1663, Jul. 1907); in pago Syekeni prope mare (E. TAQUET no. 1356,
pul. 1908); in silvis Sanpang (E. TAQUET no. 1355, Oct. 1908); secus
torrentes (U. FAURIE no. 1997, Jul. 1907); Hongno (U. FAURIE no.
1996, Aug. 1907); in silvis Taitpjeng (E. TAQUET), Yangkeuni (E.
TAQUET no. 1356); in pago Syekeni pro mare (E. TAQUET no. 4401).

Distr. Area: Hondo, Sikoku, Kyusyu, Tusima, Quelpært, Dagelet,
Korea, Lyukyu, Taiwan, China (Chekiang, Kwansi, Kwangtung,
Kweichou).

樟科　第3族、**しろだも族**

灌木又ハ小喬木、雌雄異株、葉ハ2年生、3脈、有柄、全緣、花ハ繖
形花序ヲナシ其繖形花序ガ獨生又ハ更ニ繖形ニ出デ又ハ總狀ニ並ビ又
ハ繖房狀ニ並ブ、雄花ハ4(5-6)個ノ花被片ト6個又ハ7-8個ノ雄蕋
ト4室ノ葯ト無葯雄蕋0-6個トヲ有ス。雌花ハ6個ノ離生ノ花被片ト
無葯雄蕋ト雌蕋トヲ有シ花被ハ花後凋落スル故漿果ハ花被ニ包マルヽ
コトナシ。

しろだも屬、*Tetradenia* 屬トガ之ニ屬シ朝鮮ニハしろだも屬ノミア
リ。

第III屬　**しろだも屬**

灌木又ハ小喬木、葉ハ2年生3脈、花ハ基本的ニハ2數卽チ花被ハ
4個ナレドモ稀ニ5個トモナル、而シテ繖形花序ヲナセドモ花序ハ無
柄ニシテ苞ニ包マル。花被片ハ離生花後凋落ス。雄蕋ハ雄花ニノミア
リテ通例6個ナレドモ往々7-8個トナル、皆完全ナリ、內列ノ雄蕋ノ
花絲ニハ2個ノ腺體アリ、葯ハ4室ニシテ上ノ2室ハ內開下ノ2室ハ
側開ナリ。雌花ニハ無葯雄蕋ノミアリ。雌蕋ハ雄花ニテハ無性退化ス

レドモ雌花ニテハ完全ニシテ花柱ハ子房ト同長、柱頭ハ稍3叉スルカ
又ハ楯形ナリ。漿果ハ紅緋色又ハ黒色。

支那、フィリッピン、小笠原島、安南、馬來、日本列島、朝鮮ニ亙リ約
60 餘種アリ其中朝鮮ニハ次ノ2種アルノミ。

5 (1) いぬがし (第Ⅴ圖)

フォンセテギ (濟州島)、ヒンセードギ (巨文島、濟州島)

高サ4-5米突ノ小喬木、樹膚ハ褐色、平ナリ。若枝ニハ淡褐色ノ絹
毛アレドモ後無毛トナル。葉ハ出タテニハ下垂シ白色又ハ帶褐色ノ絹
毛アレドモ老成スレバ横ニ開出シ枝ノ先端部ニ集合ス。葉柄ハ長サ5-
15mm. 若キ時ニハ絹毛アレドモ老成スレバ殆ンド毛キナカ又ハ全ク無
毛トナル。葉身ハ長橢圓形又ハ狹長橢圓形又ハ廣長橢圓狀倒披針形、
基脚ハ鋭角、先端ハ漸尖ニシテ最先端ハ丸シ、3脈著シク、表面ニハ若
キ時ニ絹毛アレドモ老成スレバ深綠色無毛光澤ニ富ム、裏面ハ始メ絹
毛アレドモ老成スレバ無毛トナル代リニ白臘質ヲ分泌ス、長サ25-120
mm. 幅9-31mm.。花芽ハ當年ノ枝ノ基部ノ葉腋又ハ上部ヲ除ク全部ノ
葉腋ニ出デ球形ニシテ徑 2-3mm. 2-4個宛集團ス、無柄又ハ極メテ短
柄アリ、4-6個ノ鱗片アリ。花ハ翌年ノ3-4月ニ開キ血紅色、雄花ハ3-
7個宛繖形ニ集合シ花梗ハ長サ 3.0-3.5mm. 毛多シ、雄花ハ球鐘狀ニシ
テ直徑 6mm. 花被片ハ4個直立シ球形基脚ハ稍細マル、外面ハ短毛生
ジ殊ニ緣ニハ縮毛アリ。雄蕋ハ6個花被ヨリモ長ク長サ 5-6mm. 直立
開出ス、花絲ハ細ク第1-2列ノ雄蕋卽チ4個ノ雄蕋ノ花絲ハ無毛無腺
ナレドモ第3列ノ2個ノ雄蕋ニハ基ヨリ生ズル有柄ノ腺體2個アリ、
葯ハ4室ニシテ其中上方ノ2室ハ小サク內開スレドモ下方ノ2室ハ大
キク且ツ側開ス、雌蕋ハ無性ニシテ花柱ト子房トノ腹面ニ微毛アリ。
雌花ハ直徑僅ニ 3.0-3.5mm. 小花梗ノ長サ2mm. 毛多シ、花被ハ基部
1.2-1.5mm. 許ノ間ハ倒圓錐狀ニ癒合シ外面ニハ絹毛アリ。裂片ハ廣卵
橢圓形背面ハ中肋ニ沿ヒ毛アリ、質厚シ、無葯雄蕋6個花筒ノ喉頭部
ニツキ第3列ノモノニ腺體アリ、雌蕋ハ花被ト同長、長サ 2.5mm. 子房
ハ球形長サ 0.8mm. 柱頭ハ頭狀ニシテ粒狀突起アリ。漿果ハ橢圓形又
ハ球卵形黑色長サ 8-10mm. 幅 6-7mm.

濟州島、巨文島、梅加島、甫吉島、莞島、麥島 (巨濟島ノ屬島) ニ
自生ス。

（分布）　本島、四國、九州。

支那ニハ本種ニ似テ非ナルたういぬがし *Neolitsea paraciculata* Nakai
アリ。

6 (2)　**しろだも**（第 VI 圖）

シンナモ（濟州島）、シグナム（莞島）

高サ 5-7 米突位迄ニナル小喬木ニシテ若枝ニハ銅狀ノ毛密生スレド
モ後無毛トナル。葉ハ互生ナレドモ枝ノ先ニ集合シ唯萠枝ニテハ散生
ス、若キ時ハ下垂シ銅色ノ毛ガ密生シ老成スレバ開出シ表面ハ無毛光
澤ニ富ミ裏面ハ白臘色ナリ、且ツ毛アリ、葉柄ハ長サ 15-32 mm. 葉身ハ
橢圓形又ハ圓橢圓形又ハ長橢圓形ニシテ兩端銳尖又ハ銳角又ハ先端漸
尖銳長サ 50-145 mm. 幅 20-82 mm. アリ、花序ハ當年ノ枝ノ葉腋ニ集團
ス、雌花序ノ直徑ハ 10 mm. 許、雄花序ノ直徑ハ 20-25 mm. 許、9-11 月ノ
候開花シ黄色ナリ。雄花ハ雌花ヨリモ大キク直徑 9-10 mm. 疎生シ、花
梗ハ長サ 6 mm. 褐毛アリ、花被片ハ 4 個薄ク中凹ノ橢圓形ニシテ先ハ
廣銳形又ハ鈍形長サ 4.0-4.5 mm. 幅 2.1-2.3 mm. 外側ニハ縮毛アリ、雄蕊
ハ 6 個ガ 3 列ニ並ビ長サ 5.0-5.5 mm. 第 1-2 列ノ雄蕊ノ花絲ハ無毛ニシ
テ腺體ナク葯ハ長橢圓四方形ニシテ長サ 1.2-1.5 mm. 葯室 4 個上方ノ 2
室ハ內開、下方ノ 2 室ハ側開ス、第 3 列ノ雄蕊ノ花絲ニハ微毛アリテ基
ニ近ク有柄ノ腺體アリ、雌蕊ハ退化シ花柱部ニ微毛アリ無性ナリ。雌
花ハ小サク直徑 4.5 mm. 許、小花梗ハ長サ 2.5-3.0 mm. 毛アリ、花被片
ハ 4 個狹長橢圓形ニシテ厚ク長サ 2.2-2.5 mm. 幅ハ 0.8 mm. 許、外面ニ
短毛アリ、雄蕊ハ凡テ無葯雄蕊トナリ第 3 列ノモノニハ腺點アリ、雌
蕊ハ完全ニシテ長サ 3 mm. 花柱ニハ縮毛密生ス。柱頭ハ斜生シ楯形ナ
リ。漿果ハ球形ニシテ光澤ニ富ミ緋紅色長サ 11-12 mm. 果梗ハ太ク長
サ 10 mm. 許。

濟州島、巨文島、艾島、大黑山島、梅加島、甫吉島、莞島、安眠島、
外烟島、巨濟島、欝陵島ニ自生ス。

（分布）　日本列島、朝鮮、支那（浙江省）。

Lauraceæ Trib. **Neolitseeæ** Nakai, trib. nov.

Syn. *Laurinæ* Trib. *Daphnidia* Nees, Syst. Laur. 27 (1836), excl.
Daphnidium.

　Laurinæ Trib. *Daphnidinæ* Nees, l. c. 585, excl. *Daphnidium.*

Laurineæ Trib. *Daphnidinæ* NEES apud ENDLICHER, Gen. Pl. I, 323 (1836), pro parte.

Laurineæ Subordo *Laureæ* Trib. *Daphnidieæ* MEISSNER, Gen. Pl. I, 327 (1836), excl. *Actinodaphne, Dodecadenia* et *Daphnidium*.

Lauraceæ Subordo *Laureæ* Trib. *Litsæaceæ* MEISSNER in DC. Prodr. XV pars 1, 8 & 176 (1864), pro parte.

Laurineæ Trib. *Litsæaceæ* BENTHAM & HOOKER, Gen. Pl. III, 149 (1880), pro parte.

Lauraceæ Unterfam. *Persoideæ* Trib. *Litseæ* PAX in ENGLER & PRANTL, Nat. Pflanzenfam. III Abt. 2, 118 (1889), pro parte.

Lauraceæ Subordo *Laureæ* Trib. *Litsæeæ* MEZ in Jahrb. Königl. Bot. Gart. Bot. Mus. Berlin V, 6 (1889), pro parte.

Frutices vel arbores dioici. Folia biennia trinervia petiolata integra. Flores unbellati: Umbella solitaria vel umbellata vel racemosa vel corymbosa. Flores masculi: tepala 4 (rarius 5–6) libera decidua; stamina 6 vel 7–8 triserialia cum antheris 4-locularibus; pistillum aborti-vum; staminodia 0 vel 2–6. Flores fæminei: tepala 6 libera; stamina omnia in staminodia variant; pistillum perfectum. Cum tepalis deciduis bacca exposa.

Typus. *Neolitsea* MERRILL.

Tetradenia NEES huc etiam ducendum. In Korea tantum *Neolitsea* adest.

Gen. III. **Neolitsea** MERRILL in Philippin Journ. Sci. Bot. I suppl. I, 56 (1906); LIOU, Laur. Chine & Indochine 139 (1934).

Syn. *Litsæa* (non JUSSIEU) PERSOON, Syn. Pl. II, 4 (1806), pro parte; BLUME, Bijdr. 11de stuk 558 (1825), pro parte; NEES, Syst. 621 (1836), pro parte; ENDLICHER, Gen. I, 323 (1836), pro parte; MEISSNER, Gen. I, 327 (1836), pro parte; DIETRICH, Syn. 1365 (1840), pro parte; MEISSNER in DC. Prodr. XV pars. 1, 220 (1864), pro parte; BLUME, Mus. Bot. Lugd. Bat. I, 345 (1851), pro parte.

Litsæa Sect. *Neolitsea* BENTHAM & HOOKER, Gen. Pl. III, 161 (1880).

Frutices vel arboreæ. Folia biennia trinervia simplicia juventute pendula. Flores fundamentale dimeri vel tepala 4 sed interdum in 5 variant, umbellati sed umbella sessilis et bracteis amplecta. Tepala libera post anthesin decidua. Stamina in floribus masculis 6 interdum 7–8 fertilia triserialia filamentis staminum interiorum basi laterali biglanduligeris, antheris 4-locularibus. Stamina in floribus fæmineis in staminodia variant. Pistillum in floribus masculis sterile et abortivum, in floribus fæmineis fertile, stylo cum ovario æquilongo, stigmate trisulcato vel capitato vel peltato. Bacca coccinea vel nigra vel flava cum margine receptaculi parum aucta disciformi vel concavi insidens.

Species ca. 60 in Japonia, Corea, Bonin, Taiwan, Philippin, China, Indochina, India orient., Malaya incola, quarum 2 in Corea adsunt.

{ Flores sanguinei vel rubri, vernales. Bacca nigra ......*N. aciculata*
{ Flores flavi autumnales. Bacca coccinea................*N. sericea*

5 (1). **Neolitsea aciculata** (Blume) Koidzumi.
(Tabula nostra V).

Neolitsea aciculata (Blume) Koidzumi in Tokyo Bot. Mag. XXXII, 258 (1918).

Syn. *Litsea foliosa* (non Nees) Siebold & Zuccarini in Abh. Muench.
　　 Akad. II, 202 (1846).

　　 Litsea aciculata Blume, Mus. Bot. Lugd. Bat. I, 347(1851) ; Miquel
　　　 in Ann. Mus. Bot. Lugd. Bat. II, 196 (1867), Prol. 128 (1867) ;
　　　 Franchet & Savatier, Enum. Pl. Jap. I, 414 (1875) ; Matumura,
　　　 Nippon Syokubutumeii 111(1884), Syokubutsu-Mei-I 172(1895).

　　 Malapoenna aciculata O. Kuntze, Rev. Gen. Pl. II, 572 (1891) ;
　　　 Nakai, Veget. Isl. Quelpært 48 (1914) ; Mori, Enum. Corean Pl.
　　　 167 (1921).

　　 Tetradenia foliosa Matsumura, Ind. Pl. Jap. II pt. 2, 140 (1912).

Arborea 4–5 m. alta. Cortex planus fuscus. Ramuli hornotini juventute fuscescenti-sericei demum glabrati. Folia juventute reflexa albovel fuscescenti-sericea, adulta subhorizontali patentia vel divergentia in apice ramulorum conferta ; petioli 5–15 mm. longi juveniles sericei sed adulti subglabri vel glaberrimi ; lamina oblonga vel anguste oblonga vel late oblongo-oblanceolata basi acuta apice acuminato-obtusiuscula trinervia, supra juventute sericea adulta viridissima lucida, infra juventute sericea adulta glabra glauca vel glaucescens 25–120 mm. longa 9–31 mm. lata. Gemmæ floriferæ in parte inferiore vel præter apicale ramorum hornotinorum axillari-aggregatim 2–4, subglobosæ 2–3 mm. longæ sessiles vel interdum brevissime stipitatæ, squamis parvis 4–6 obtectæ, squamis intimis maximis hemisphæricis indumento fulvo adpresse pilosis. Flores in mensis Martii et Aprilis sequentis anni patent, sanguinei vel rubri. Flores masculi in una inflorescentia aggregatim 3–7. Pedicelli 3.0–3.5 mm. longi dense pubescentes. Perigonia globoso-campanulata 6 mm. lata. Sepala 4 erecta orbicularia apice rotundata basi obtuso-angustata extus sub lente adpresse ciliata margine pilis crispulis pubescens. Stamina 6 triserialia perianthium superantia 5–6 mm. longa erecto-patentia, filamentis linearibus 1–2 serialium nudis, tertiæ series basi stipitato-glandulosis, antheris oblongo-ellipticis 4-locularibus, loculis superioribus 2 introrsis inferioribus 2 lateralibus. Pistillodum 3.5 mm. longum ventre ciliolato-lineatum. Flores fæminei minores; pedicelli 2 mm. longi pubescentes, perigonia 3.0–3.5 mm. longa et lata 4-partita parte basali 1.2–1.5 mm. longa obconica, extus dense sericeo-pilosa, segmentis erecto-patentibus late ovato-ellipticis obtusis valde concavis dorso circa costam ciliatis textu subcarnosis; staminodia 6 in fauce perigonii inserta erecta linearia carnosa 1.5 mm. longa, 3 series tertiæ tantum basi glanduligera; pistillum perfectum perigonio sub-æquilongum 2.5 mm. longum; ovarium 0.8 mm. longum globosum, stylo glabro, stigmate capitato papilloso. Bacca ellipsoidea vel ovali-rotundata nigra 8–10 mm. longa 6–7 mm. lata.

Nom. Jap. *Inugasi.*

Nom. vern. *Finsetegi, Hinsœdogi.*

Hab. in

Quelpaert: in silvis lateris austro-occidentalis (T. NAKAI, no. 4955, Nov. 4, 1917); in silvis montis Hallasan (T. NAKAI no. 920, Mai 19, 1913); in silvis declivitatis anstralis (T. NAKAI, no. 4954, Nov. 2, 1917); in silvis (U. FAURIE, no. 340, Oct. 19, 1907); in silvis Hallasan 800 m. (E. TAQUET, no. 1341, Mai 8, 1908); in silvis Hallasan 750 m. (TUTOMU

ISIDOYA no. 225, Aug. 16, 1912); is silvis (E. TAQUET no. 358, Oct. 1907); in silvis Tolsoumi (E. TAQUET, no. 3526, Jul. 1910; no. 3148, Oct. 1909); in pago Yetchon (E. TAQUET, no. 1343, Oct. 1908); in silvis secus torrentis Hioton (E. TAQUET, no. 4407, Jun. 1910).

Zennan: in silvis insulæ Wangtô (T. NAKAI, no. 11201, Mai 31, 1928; TUTOMU ISIDOYA no. 1513); in insula Hokitutô (T. NAKAI, Jun. 1921); in insula Baikwatô (SABURÔ MIWA); in insula Nisizima grecis Kyo-buntô (T. NAKAI, no. 11200, Mai 25, 1928).

Keinan: in insella Mugisima prope insula Kyosaitô (T. NAKAI, no. 11200 bis, Mai 4, 1928).

Distr. area: Hondo, Shikoku, Kyusyu.

6 (2). **Neolitsea sericea** (BLUME) KOIDZUMI.
(Tabula nostra VI).

Neolitsea sericea (BLUME) KOIDZUMI in Bot. Mag. Tokyo XL, 343 (1926).

Species Chinensis *N. aciculatæ* proxima est nova species.
Neolitsea paraciculata NAKAI, sp. nov.
Specimina hujus species sub nomine *Neolitsea aurata* (HAYATA) MERRILL ex herbario societatis scienciarum Chinæ in Nanking nostris misa sunt, sed nullam similitudinem prædicant. In primo aspectu *Neolitsea aciculatam* in mentam vocat, sed etiam exqua foliis subtus pilis fuscescentibus minutis persistentibus vestitis, floribus aureis, tepalis multo angustioribus bene distinguenda est.
Dioica. Ramuli hornotini forsan ab initio glaberrimi. Petioli 6–15 mm. longi glabri supra sulcati rugulosi. Lamina foliorum oblonga vel lanceolato-oblonga vel oblanceolato-oblonga 56–90 mm. longa 16–32 mm. lata distincte trinervis, supra glabra lucida, infra primo albo-sericea et adulta glauca et pilis fuscescentibus minutis persis-tentibus obtecta. Flores umbellati sed umbellæ sessiles vel subsessiles in axillis foliorum et cataphyllorum ramorum annotinorum axillares, basi squamis rotundatis imbricatis deciduis amplectæ. Flores masculi aurei; pedicelli 2–3 mm. longi albo-sericei; perigonia tubo nullo limbis obovatis vel ovovato-ellipticis dorso medio ciliolatis ventre glabris circ. 2.5 mm. longis post anthesin deciduis; stamina 6 filamentis basi pilosellis intimis 2 utrinque glanduliferis, antheris omnibus fertilibus cum locellis superioribus introrsis et inferioribus lateralibus, pistillum abortivum. Flores fæminei nostris ignoti. Bacca nigra ellipsoidea 8 mm. longa 6.5 mm. lata cum pedicello 7–9 mm. longo.
Hab. in China.
Prov. Chekiang: Yün-ho (C. CHEN, no. 2794, Apr. 18, 1934—typus florum masculorum in herbario universitatis imperialis Tokyoensis); ibidem (C. CHEN, no. 717, Sept. 13, 1932—typus fructuum in idem herbario).

Syn. *Laurus sericea* BLUME, Bijdr. 11de stuk, 554 (1825).[1]

Litsœa glauca SIEBOLD in Verh. Bataav. Genoots. XII, 24 (1830),
nom. nud.; NEES, Syst. Laur. 633 (1836), excl. syn.; DIETRICH,
Syn. 1366 (1840); SIEBOLD & ZUCCARINI in Abh. Muench. Akad.
IV Abt. 3, 207 (1846), excl. syn.; BLUME, Mus. Bot. Lugd. Bat. I,
347 (1851), excl. syn.; MEISSNER in DC. Prodr. XV pars 1, 224
(1864), excl. syn. et specimina Boninensia; MIQUEL in Ann. Mus.
Bot. Lugd. Bat. II, 196 (1867), Prol. 128 (1867); FRANCHET &
SAVATIER, Enum. Pl. Jap. I, 413 (1875), excl. syn.; HEMSLEY in
Journ. Linn. Soc. XXVI, 381 (1891), excl. syn.; PALIBIN in Acta
Horti Petrop. XVIII, 39 (1900), excl. syn.; NAKAI in Journ. Coll.
Sci. Tokyo XXXI, 176 (1911), excl. syn.; LIOU, Laur. Chin. &
Indochine 148 (1934).

Malapoenna Sieboldii O. KUNTZE, Rev. Gen. Pl. II, 572 (1891);
NAKAI, Veget. Isl. Quelpaert, 48 (1914), Veget. Isl. Wangto 7
(1914), Veget. Dagelet Isl. 19 (1919).

Tetradenia glauca MATSUMURA, Ind. Pl. Jap. II 2, 140 (1912), excl.
syn. *Laurus glauca*; MAKINO & NEMOTO, Fl. Jap. 933 (1925).

Neolitsea glauca KOIDZUMI in Bot. Mag. Tokyo XXXII, 257 (1918),
excl. syn. *Laurus glauca*.

Neolitsea Sieboldii (O. KUNTZE) NAKAI in Tokyo Bot. Mag. XLI,
520 (1927); ALLEN in Ann. Missouri Bot. Gard. XXV, no. 1, 421
(1938).

Arborea 5–7 m. alta. Ramuli juveniles pilis cupreis vestiti demum
glabrati. Folia alterna sursum conferta juvenilia cum petiolis nutanti-
bus dependentia toto pilis cupreis sericea, adulta divergentia vel sub-
horizontalia supra glaberrima lucida infra cerifera et pilosa. Petioli
15–32 mm. longi. Lamina foliorum elliptica vel rotundato-elliptica vel

---

(1) *Laurus sericea* WALLICH, Catal. no. 2608 (Dec. 1827) = *Phoebe sericea* NEES,
Syst. Laur. 99 (1836).
Laurus sericea SIEBER in herb. ex NEES pro syn. *Goeppertia sericca* NEES, l.c.
369.
Laurus sericea HOOKER in herb. ex NEES, l.c.
Laurus sericea WILLDENOW in herb. no. 7798 ex MEISSNER in DC. Prodr. XV
pars 1, 46 (1864), pro syn. *Persœa sericca* KUNTH.

oblonga utrinque acuminata vel **acuta vel** apice attenuata 50–145 mm. longa 20–82 mm. lata. Inflorescentia in axillis raborum hornotinorum glomerata 10–15 flora, in alabastro involucrata globosa, squamis involucri paucis imbricatis 2–6 mm. longis ellipticis vel rotundatis valde concavis dense vulpino-tomentosis sub anthesi deciduis. Flores masculi fæmineis majores 9–10 mm. lati laxiusculi; pedicelli patentes fulvo-tomentosi 6 mm. longi; tepala 4 tenuiter herbacea elliptica navicularia late acuta vel obtusa 4.0–4.5 mm. longa 2.1–2.3 mm. lata extus margineque crispulo-hirsuta; stamina 6 triserialia ie 2 extrema cum 2 intimis opposita, 5.0–5.5 mm. longa; stamina 1–2 serialia cum filamentis nudis glabris antheris oblongo-tetragonalibus 1.2–1.5 mm. longis, loculis 4, 2 superioribus introrsis, 2 inferioribus lateralibus; stamina 2 intima cum filamentis sparse ciliolatis basi glandulis stipitatis ca. 1.5 mm. longis ornatis, antheris tetragonalibus loculis superioribus 2 introrsis, inferioribus 2 lateralibus vel fere extrorsis; pistillodo 3 mm. longo, stigmate papilloso subpeltato, ovario sterile angustato. Flores fæminei parvi 4.5 mm. lati; pedicelli 2.5–3.0 mm. longi pilosi; tepala 4 lineari-oblonga textu sub-carnosa 2.2–2.5 mm. longa ca. 0.8 mm. lata extus adpresse hirsuta; stami-nodia 6, intima 2 biglandulosa; pistillum 3 mm. longum, stylo crispulo-ciliato, stigmate oblique peltato. Drupa in autumno sequenti anni maturans coccinea globosa lucida 11–12 mm. longa cum pedicello crasso 10 mm. longo.

Nom. Jap. *Sirodamo.*

Nom. vern. *Sinnamo* (Quelpaert), *Signam* (Wangtô).

Hab. in

Keihoku: in insula Uturyôtô vel Dagelet, Mosige (T. Nakai, no. 4295, Mai 31, 1917); sine loco speciali (Kinzô Okamoto); Dôdô (Tutomu Isidoya no. 47, Mai 20, 1916).

Keinan: in insella Mugisima prope Kyosaito (T. Nakai, no. 11215 a, Mai 4, 1928).

Tyunan: in insula Anmintô (legitor?); in insula Gaientô (Kentarô Nisiwaki).

Zennan: in insula Nisizima grecis Kyobuntô (T. Nakai, no. 11612–3, Mai 25, 1928); Siyôri in insella Kaitô (T. Nakai, no. 11610–14, Mai 22,

1928) ; in insula Daikokuzanto (Tutomu Isidoya & Tei-daigen no.
3478–9, Aug. 23, 1919) ; in insula Baikatô (Tutomu Isidoya & Tei-
daigen no. 3480–1, Aug. 29, 1919) ; in insula Wangtô (T. Nakai, no.
574, Jun. 20, 1913).

Quelpaert: Ikiri (T. Nakai, no. 4963, Nov. 3, 1917) ; in silvis lateris
australis (T. Nakai, no. 4964, Nov. 2, 1917) ; inter Taisei & Hôkanri
(T. Nakai, no. 1269, Mai 20, 1913) ; in silvis secus torrentis Hioton
(E. Taquet, no. 4409, Jun. 22, 1910) ; in silvis (E. Taquet, no. 358,
Oct. 1907) ; in pago Yetchon (E. Taquet, no. 1343, Oct. 20, 1908) ;
in silvis Hallasan 800 m. (E. Taquet, no. 355, Oct. 1907) ; prope
Hongno (U. Faurie, no. 869, Oct. 1906) ; in silvis (E. Taquet, no. 336,
Oct. 1907 ; in pago Hongno (E. Taquet, no. 335, Oct. 1907 ; no. 4405.
Oct. 1910, no. 3150–1, Sept. 1909) ; in pago Hioton (E. Taquet, no.
3149, Sept. 1909) ; Hôkanri (T. Nakai, no. 145, Mai 20, 1913).

Distr. area: Hondo, Sikoku, Kyusyu, Tsusima, Iki, China (Chekiang).

樟 科　第4族、**かごのき族**

雌雄異株ノ喬木、芽ハ相重ナル多數ノ鱗片ヲ有ス。葉ハ2年生、羽
狀脈ヲ有ス。花ハ繖形花序ヲナシ蕾ニアリテハ相重ナレル鱗片ニテ被
ハレ當年ノ枝ノ葉腋ニ生ジ秋期花咲ク、花被ハ6叉シ裂片ハ基部ヨリ
少シク上リタル所又ハ殆ンド基ニテ關節シテ落ツ、雄蕋ハ雄花ニテハ
9個、3列ニ並ビ又ハ12–18個ニシテ4–6列ニ並ビ第1–2列ノ雄蕋ハ花
絲ニ腺體ナケレドモ第3–6列ノモノニハ基ニ2個ノ腺體アリ、葯ハ4
室上方ノ2室ハ內開シ下方ノ2室ハ側開ス。雌花ニアリテハ皆毛アル
棒狀ノ無葯雄蕋ニ化シ第3–4列ノモノニハ基ニ2個ノ腺體アリ。雌蕋
ハ雄花ニテハ退化シ雌花ニテハ完全ナリ、柱頭ハ3叉ス。漿果ハ花後
肥大成長セル花被ニ包マル、此花被ハ緣ガ截形ナルカ又ハ6齒アリ。
翌年ノ夏ニ成熟ス。

基本屬、*Actinodaphne* Nees.

かごのき屬 *Iozoste* Nees, はまびは屬 *Fiwa* J. F. Gmelin, あこうく
ろもじ屬 *Cylicodaphne* Nees モ亦之ニ屬シ朝鮮ニハ此中かごのき屬ト
はまびは屬トアリ。以上ノ屬ハ諸學者ニヨリ混同サレ居ル故次ニ其區
別法ヲ示ス。

　　　　繖形花ハ總狀又ハ複總狀ニ排列ス。雄蕋9個、果實ノ基ヲ包ム花
　　　　被ハ永存性ノ花被片ヲ有スル故齒牙アリ。‥‥‥‥‥‥‥‥
　　　　　アクチノダフネ屬（日本ニナク、支那、東印度、馬來等ニアリ）
　　　繖形花序ハ葉腋ニ獨生又ハ數個集團ス。
　　　　　雄蕋ハ12個、繖形花序ハ無柄、果實ヲ包ム花筒ハ大型ニシテ
　　　　　緣ハ截形、最內列ノ雄蕋ノ葯ハ外開ス。あこうくろもじ屬
　　　　　　（臺灣、支那、印度支那、馬來等ニアレドモ朝鮮ニナシ）
　　　　雄蕋ハ9個。
　　　　　繖形花序ハ無柄、果實ヲ包ム花筒ハ6齒ヲ有ス。かごのき屬
　　　　　　（亞細亞ノ暖帶、熱帶地方ニアリテ朝鮮ニモアリ）
　　　　繖形花序ハ著シキ花梗ヲ有ス。果實ヲ包ム花筒ノ緣ハ截形
　　　　ナリ。‥‥‥‥‥‥‥‥‥‥‥‥‥‥‥‥‥‥‥はまびは屬
　　　　　　（亞細亞ノ暖帶、熱帶地方ニアリテ朝鮮ニモアリ）

第 IV 屬　**かごのき屬**

　雌雄異株ノ喬木、葉ハ互生2年生、羽狀脈、花ハ當年ノ枝ノ葉腋ニ
腋生シ繖形花序ヲナシ丸キ鱗片ニテ被ハル、無柄ナリ。雄花ハ6叉ス
ル花被ヲ有シ花被片ハ永存性ナリ、雄蕋ハ9個、3列ニ並ビ外側ノ6本
ニハ花絲ニ腺體ナケレドモ內方ノ3本ニハ基ニ2個ノ腺體アリ、葯ハ
皆4室ニシテ上方ノ2室ハ內開下方ノ2室ハ側開ス、雌蕋ハ退化ス。雌
花ハ6叉スル花被ヲ有シ花被片ノ基部ハ永存性、無葯雄蕋ハ9個其中
最內列ノ3個ニハ兩側ノ基ニ腺體アリ、子房ハ1室、柱頭ハ3叉ス。
　東亞ノ熱帶、暖帶地方ニ20餘種アリ、其中1種ハ朝鮮ニモアリ。

7.　**か ご の き**（第 VII 圖）

セ ン タ ル ナ ム（莞島）

　高サ 10-15 米突ニ達スル喬木トナル。樹膚ハ大型ノ片々ニ剝ゲ蛇紋
狀ヲ呈ス、枝ハ無毛ニシテ微小ナル多數ノ皮目アリ。葉ハ互生、葉柄
ハ長サ 5-15mm. 無毛、葉身ハ無毛長橢圓形又ハ倒披針形長サ 48-105
mm. 幅 14-33mm. 先ハ急尖ニシテ最先端ハ丸シ基脚ハ銳角又ハ楔形、
表面ニハ光澤アリ裏面ハ白シ、花蕾ハ若枝ノ葉腋ニ生ジ 8-10 月ニ花
咲ク、始メ 3-4 個宛出デ丸シ、雄花ハ1花序ニ 3-5 個宛アリ、小花梗
ハ長サ 3mm. 密毛アリ蕚筒ハ長サ 1.5mm. 蕚緣ハ6裂シ裂片ハ長サ3.0-

4.5mm. 幅 1.2-1.8mm. 長橢圓形又ハ倒卵長橢圓形、 先ハ稍トガルカ又ハ丸シ外面ニハ微毛アリ質ハ草質、 內列ノ3個ハ外列ノ3個ヨリモ狹長ナリ。雄蕋ハ9個花絲ニ毛アリ。第3列ノ3本ノ基ニハ腺體アリ、葯ハ長サ 1.2mm. 4室ノ中上ノ2室ハ內開シ下ノ2室ハ側開ス。第1列ハ長サ 6.0-6.5mm. ニシテ花被ヨリモ長ク第2-3列ハ長サ 4.5-5.2mm. 花被トホボ同長ナリ。 雌花ハ 3-4個宛集團シ小サク長サ 4.5-5.0mm. 幅3mm. 小花梗ハ太ク長サ 1.5mm. 毛アリ、蕚ハ6裂シ蕚筒ハ帶卵圓筒狀ニシテ長サ 1.0-1.5mm. 外面ニ毛アリ、內面ニハ顯微鏡ニテ見得ル程度ノ微毛アリ、 蕚片ハ外側ノ3個ハ外ニ反リ內側ノ3個ハ立ツ、花後基ヨリ少シ上ニテ關節狀ニ離ル、故ニ蕚筒ニ6齒ヲ殘ス、無葯雄蕋ハ9個、最內列ニハ2個ノ腺體アリ。雌蕋ハ長サ 3.5mm. 子房ハ倒卵球形花柱ニハ疎毛アリ、柱頭ハ3叉ス。果梗ハ太ク長サ 2-6mm. 幅 2-2.5mm. 先ハ蕚筒ヲ戴ク。漿果ハ球形黑色直徑 7-8mm. 許。

全南（巨文島、甫吉島、莞島、青山島、接島（珍島ノ屬島）、外羅老島、海南郡大芚山）、濟州島、慶南（巨濟島）ニ自生ス。
（分布） 本島、四國、九州、對馬、朝鮮、琉球、臺灣。

第 V 屬、はまびは屬

雌雄異株ノ木本、葉ハ互生、羽狀脈分叉セズ、花序ハ腋生、獨生又ハ 2-3個宛集團ス。花梗ノ先ニハ總苞數枚アリテ蕾ヲ包ム。花ハ纖形、雄花ノ蕚筒ハ先ニ6個ノ蕚齒ヲ有シ蕚齒ハ花終レバ落ツ、雄蕋ハ9個3列、葯ハ4室、上方ノ葯室ハ內開、下方ノ葯室ハ側開、第3列ノ雄蕋ノ花絲ニハ腺體アリ。雌花ハ長キ蕚筒ト 5-6個ノ蕚齒トアリ蕚齒ハ花後完全ニ落ツル故蕚筒ハ果實ニアリテハ緣ガ截形ナリ。雌蕋ノ柱頭ハ楯形又ハ 2-3裂ス。漿果ハ太キ果梗ト大型ノ花被トヲ有ス。

東亞ノ熱帶地方及ビ暖帶地方ニ 50餘種アリ、其中1種ハ朝鮮ニモアリ。

8. はまびは（第 VIII 圖）

カマグイチョクナム、カマグェジョグナム（濟州島）

灌木又ハ小喬木分岐多シ、樹膚ハ褐色、若枝ニハ褐色ノ絨毛アリ。芽ハ大型ニシテ相重ナル多數ノ鱗片ヲ有ス。葉ハ2年生、葉柄ハ長サ 10-40mm. 褐色ノ絨毛アリ。葉身ハ長橢圓形又ハ狹長橢圓形稀ニ橢圓形長サ 24-125mm. 幅 10-58mm. 表面ハ始メヨリ無毛ナレドモ裏面ニ

ハ褐色ノ密毛アリテ葉脈ハ著シク突出ス、先ハ丸キカ又ハトガル、蕾ハ若枝ノ葉腋ニ腋生シ10-11月ニ開花ス、花梗アリテ各葉腋ニ 1-4 個宛出ヅ花ヲ包ム總苞ハ 5 個ノ丸キ鱗片ヨリ成ル。繖形花序ハ 6-9 個ノ花ヲ有シ絨毛アリ。雄花ノ小花梗ハ長サ 1-2mm. 蕚片 6 個基部約 1mm. 許ガ蕚筒ヲナス、蕚歯ハ廣針形又ハ長橢圓披針形長サ 4-5mm. 幅 1.2-1.8mm. 開出シ薄シ、雄蕋ハ 9 個、3 列ニ並ビ稀ニ 10-12 個アリテ不完全ノ 4 列トナリあこうくろもじ屬ニ移行スル傾向ヲ示ス、花絲ハ細ク微毛アリ、第 I-II 列ノ花絲ハ長サ 4.5-5.0mm. ニシテ腺體ナク、第 3 (4) 列ノモノハ長サ 3.0-3.7mm. ニシテ基ニ各 2 個ノ腺體ヲ有ス、葯ハ 4 室、第 I-II 列ノ雄蕋ニテハ上方ノ 2 室ハ内開下方ノ 2 室ハ側開シ第 III (IV) 列ニテハ上方ノ 2 室ハ内開下方ノ 2 室ハ殆ンド外開ス。雌花ハ太キ長サ 1.5-2.0mm. ノ小花梗ヲ有シ、蕚ハ鐘狀長サ 3.5-4.0mm. 筒狀ニシテ先ハ 6 裂シ質ハ厚ク堅ク内外兩面ハ小花梗ト共ニ密毛ニテ被ハル、蕚片ハ直立シ狹長披針形鋭尖、無葯雄蕋ハ 9 (10-12) 個、雌蕋ハ長サ 4.5mm. 柱頭ハ 2-3 叉ス。漿果ハ黑色長サ 15-18mm. 幅 11-13 mm. 基ハ深ク蕚筒ニ包マル。

慶南（麥島）、全南（巨文島、鳥島、大黑山島、梅加島）、濟州島ニ産ス。

（分布） 本島ノ西部、四國、九州、對馬、琉球。

Lauraceæ Trib. **Tetrantheræ** (NEES) NAKAI, comb. nov. et sensu restrictu.

Syn. *Laurinæ* Trib. *Tetrantheræ* NEES, Syst. Laur. 26 & 501 (1836), excl. *Polyadenia*.

Laurinæ Trib. *Daphnidia* NEES, l. c. 27 (1836), excl. *Dodecadenia*, *Daphnidium* et *Litsœa*.

Laurinæ Trib. *Daphninæ* NEES, l. c. 585, pro parte.

Laurineæ Trib. *Tetrantheræ* NEES apud ENDLICHER, Gen. I, 332 (1836), excl. *Polyadenia* & *Laurus*; SPACH, Hist. Végét. X, 473 (1841), excl. *Polyadenia* et *Laurus*.

Laurineæ Subordo *Laureæ* Trib. *Tetrantheræ* MEISSNER, Gen. I, 327 (1836), excl. *Laurus, Polyadenia*.

Laurineæ Subordo *Tetrantheræ* BLUME, Mus. Bot. Ludg. Bat. I, 365 & 370 (1851), nom. nud., excl. *Ideadaphne* & *Aperula*.

Lauraceæ Subordo *Laurineæ* Trib. *Litsæaceæ* Subtrib. *Tetranthereæ* MEISSNER in DC. Prodr. XV pars 1, 8 & 176 (1864), excl. *Dode-cadenia* & *Litsæa.*

Laurineæ Trib. II. *Litsæaceæ* BENTHAM & HOOKER, Gen. Pl. III pt. 1, 149 (1880), excl. omnia genera præter *Litsæa.*

Lauraceæ Subordo *Laureæ* Trib. II. *Litsæeæ* MEZ in Jahrb. Königl. Bot. Gart. Bot. Mus. Berlin V, 6 & 474 (1889), pro parte.

Lauraceæ I. *Persoideæ* 3 *Litseeæ* PAX in ENGLER & PRANTL, Nat. Pflanzenfam. III Abt. 2, 112 & 118 (1889), excl. omnia genera præter *Cylicodaphne* et *Litsea* Sect. *Eulitsea.*

Arbores dioicæ. Folia alterna penninervia, biennia, simplicia, in-divisa. Inflorescentia axillaris solitaria v. gemina, umbellata; umbella sessilis v. stipitata vel racemosa v. paniculata. Flores masculi: tepala 6 basi cupulare vel turbinatim connata, stamina 9–18, 3–6 serialia, et si 9 locelli antherarum superiores introrsi, inferiores laterales et si 12–18 interiores 3–9 cum locellis antherarum extrorsis. Stamina florum fæmineorum in staminodia variant. Filamenta staminum exteriorum nuda, interiorum biglandulata. Pistillum florum masculorum abortivum, fæmineorum fertile. Stigma peltatum vel 2–3 lobum. Bacca basi cupula integra vel 6-dentata suffulta.

Typus. *Fiwa* J. F. GMELIN.

Cylicodaphne NEES, *Actinodaphne* NEES, *Iozoste* NEES etiam huc ducenda, qua in modo sequenti inter sese distinguenda.

{ Umbella racemosa vel paniculata. Stamina 9. Cupula 6-dentata....
.................*Actinodaphne* NEES (Typus: *A. pruinosa* NEES).
Umbella axillari-solitaria vel glomerata.

{ Stamina 12, interiora cum antheris extrorsis. Umbella sessilis.
Cupula truncata *Cylicodaphne* NEES (Typus: *C. Wightiana* NEES).
Stamina 9 (10–12), interiora cum locellis antherarum superioribus introrsis et inferioribus lateralibus vel subextrorsis.

{ Umbella sessilis. Cupula 6-dentata.......................
...............*Iozoste* NEES (Typus: *I. chinensis* BLUME).
Umbella distincte stipitata. Cupula truncata..............
....*Fiwa,* J. F. GMELIN (Typus: *F. japonica* J. F. GMELIN).

In Korea *Iozoste* et *Fiwa* etiam indigena sunt.

Gen. IV. **Iozoste** Nees in Wallich, Pl. Asiat. Rar. III, no. 8, 61 &
63 (1829); Laur. Annexa 19 (1833); Blume, Mus. Bot. Lugd. Bat. I,
364 (1851); O. Kuntze, Rev. Gen. Pl. II, 569 (1891), pro parte.

Syn. *Actinodaphne* Nees, Syst. Laur. 590 (1836), pro parte; Endlicher,
Gen. I, 323 (1836), pro parte, Meissner, Gen. I, 327 (1836), pro
parte; Meissner in DC. Prodr. XV pars 1, 210 (1864), pro parte;
Baillon, Fam. Pl. III, 481 (1890), pro parte; Bentham &
Hooker, Gen. Pl. III, 160 (1880), pro parte; Pax in Engler &
Prantl, Nat. Pflanzenfam. III Abt. 2, 119 (1889), pro parte.

Arbores dioicæ. Folia alterna biennia penninervia. Flores in axillis
foliorum hornotinorum axillari-umbellati, squamis rotundatis obtecti.
Pedunculi nulli. Flores masculi: perigonium 6-fidum, stamina 9,
triserialia, exteriora 6 cum filamentis eglandulosis, interiora 3 cum fila-
mentis basi glanduliferis; antheræ omnes 4-loculares, locellis superioribus
introrsis, inferioribus lateralibus; pistillum abortivum. Flores fæminei:
perigonium 6-fidum, lobis basi persistentibus; staminodia 9, quorum 3
intima basi glanduligera. Ovarium stylo æquilongum. Stigma 2–3
lobum.

Ultra 20 species in Asia orientali tropica et calida incola, quarum 1 in
Korea indigena est.

7. **Iozoste lancifolia** (Siebold & Zuccarini) Blume.
(Tabula nostra VII).

Iozoste lancifolia (Siebold & Zuccarini) Blume, Mus. Bot. Lugd.
Batav. I, 364 (1851).

Syn. *Daphnidium lancifolium* Siebold & Zuccarini in Abh. Muench.
Akad. IV Abt. 3, 207 (1846).

Actinodaphne lancifolia Meissner in DC. Prodr. XV pars. 1, 200
(1864); Miquel in Ann. Mus. Bot. Lugd. Bat. II, 196 (1867),
Prol. 128 (1867); Franchet & Savatier, Enum. Pl. Jap. I, 413
(1875); Matumura, Nippon Syokubutumeii 5 (1884), Cat. Pl.
Herb. Imp. Univ. 166 (1886); Okubo, Cat. Pl. Bot. Gard. Imp.
Univ. 186 (1887); Matumura, Syokubutu Mei-I, 8 (1895); Nakai,
Veget. Isl. Quelp. 47 (1914), Veget. Isl. Wangto 7 (1914); Allen

in Ann. Missouri Bot. Gard. XXV, 406 (1938); NAKAI in ASA-
HINA, Journ. Jap. Bot. XIV, 191 (1938).

Actinodaphne chinensis (non NEES) MIQUEL, l. c. l. c.

Litsœa lancifolia VILLAR in BLANCO, Fl. Filip. ed. 3, VII, Nov. App.
181 (1880); HEMSLEY in Journ. Linn. Soc. XXVI, 382 (1891);
HENRY, List Formosa 79 (1896); MATUMURA & HAYATA, Enum.
Pl. Formos. 352 (1906); HAYATA, Materials 249 (1911).

Litsea coreana LÉVEILLÉ in FEDDE, Repert. XII, 370 (1912), pro
parte.

Arbor usque 10–15 m. alta. Cortex trunci lamellis deciduis serpentino-
maculatus. Ramuli glabri lenticellis minutis punctulati. Folia alterna;
petioli 5–15 mm. longi glabri, lamina glabra oblonga vel oblanceolata 48–
105 mm. longa 14–33 mm. lata apice cuspidato-obtusa basi acuta vel
cuneata, supra nitida, infra glauca v. glaucina. Gemmæ floriferæ in
axillis ramorum hornotinorum oriundæ et in mensis Augusti-Octobri
patent, globosæ 4.0–5.0 mm. longæ aggregatim 3–4 sessiles vel brevissime
pedicellatæ, squamis paucis extremis rotundatis concavis crassis versus
intima obovato-elliptica ca. 6 mm. longa dorso vulpino-hirsuta sensim
transeunt. Flores masculi in quaque gemma aggregatim 3–5, pedicello
3 mm. longo ad apicem sensim incrassato pubescente; calycis tubus
obconicus ca. 1.5 mm. longus, limbi 6 patentes 3.0–4.5 mm. longi 1.2–1.8
mm. lati oblongi vel obovato-oblongi acutiusculi vel obtusiusculi extus
piloselli textu herbacei margine undulati, interiores 3 exterioribus
angustioribus. Stamina 9 omnia fertilia, filamentis filiformibus longe,
et sparse crispulo-ciliatis, series tertiæ basi utrinque crassi-glandulosis,
glandulis breviter stipitatis coriaceis auricularibus ca. 1 mm. longis,
antheris tetragono-oblongis 1.2 mm. longis 4-locularibus, locellis superi-
oribus 2 introrsis, inferioribus 2 lateralibus, stamina I series 6.0–6.5 mm.
longa calycem superantia, II–III serium 4.5–5.2 mm. longa calyce sub-
æquilonga. Flores fæminei aggregatim 3–4 laxiusculi parvi 4.5–5.0 mm.
longi 3 mm. lati; pedicelli crassi 1.5 mm. longi cum tubo calycis pubes-
centes; calyx 6-partitus, lobis exterioribus patentim recurvis, interioribus
erectiusculis minoribus ovato-oblongis post anthesin supra basin arti-
culatim deciduis 1.8–2.0 mm. longis 0.6–0.8 mm. latis acutiusculis;

staminodia 9 fauce tubi calycis inserta 3-serialia 1.8–2.0 mm. longa
calycem paulum superantia linearia carnosa sparse hirsuta, I–II serium
nuda, III series basi biglandulata; pistillum 3.5 mm. longum, ovario
obovato-globoso, stylo sparse ciliato, stigmate trifido. Pedicelli fructi-
feri incrassati 2–6 mm. longi 2.0–2.5 mm. lati apice perigonio persistente
6-lobato coronati. Bacca sphærica nigra 7–8 mm. lata.

    Nom. Jap. *Kagonoki.*

    Nom. vern. *Sental-nam* (Insula Wangtô).

    Hab. in

Zennan: in insula Baikwatô (SABURÔ MIWA); in insula Nisizima grecis
    Kyobuntô (T. NAKAI, no. 11237–8, Mai 25, 1928); in insella Kaitô
    prope insula Gairarôtô (T. NAKAI, no. 11239–40, Mai 22, 1928); in
    insella Syutô prope insula Wangtô (T. NAKAI, no. 879, Jun. 18, 1913);
    in insula Seizantô (T. NAKAI, no. 11236, Mai 28, 1928); in monte
    Taitonzan (T. NAKAI, no. 9773, Jul. 2 1921; TEI-DAIGEN, SABURÔ FUKU-
    BARA, TUTOMU ISIDOYA no. 1500); in insula Hokitutô (T. NAKAI, no.
    9774, Jul. 8, 1921); in insula Settô prope insula Tintô (T. NAKAI,
    no. 9775, Jun. 26, 1921); in insula Wangto (SADAKITI KAKEBA).

Prov. Keinan: Gakenri insulæ Kyosaitô (T. NAKAI, no. 11235, Mai 3,
    1928); in insula Kyosaito (GEN BETUMIYA).

Quelpært: in silvis lateris australis montis Hallasan (T. NAKAI, no. 4959,
    Nov. 2, 1917); in pago Polmongi (E. TAQUET, no. 6017, Aug. 2, 1911);
    in silvis Taitjong (E. TAQUET, no. 1355, 1370, Oct. 1908); in silvis
    Sanpangsan (E. TAQUET, no. 317).

    Distr. area: Hondo, Sikoku, Kyusyu, Tusima, Corea, Quelpært, Lyu-
    kyu, Taiwan.

Gen. V. **Fiwa**, J. F. GMELIN, Syst. Nat. II pars 2, 745 (1791).[1]

---

    (1) **Fiwa mushaensis** (HAYATA) NAKAI in ASAHINA, Journ. Jap. Bot. XIV, no.
3, 193 (1938).
Syn. *Litsea mushaensis* HAYATA, Materials 250 (1911).
    Actinodophne mushaensis HAYATA, Icon. Pl. Formos. V, 171 (1915); KANEHIRA,
    Formos. Trees 415 fig. (1917), MAKINO & NEMOTO, Fl. Jap. 920 (1925);
    SASAKI, List Formosa 191 (1928); OUTI in Silvia III no. 3, 8 (1932); KANE-
    HIRA, Formos. Trees ed. 2, 196 (1936).
Nom. Jap. *Musya-damo.* Nom. Chin. *Mo-Cha-Shuc* 毛叉樹.

Syn. *Tomex* (non LINNÆUS, nec FORSTER) THUNBERG, Nov. Gen. Pl. III,
65 (1783), Fl. Jap. 10 (1784); MURRAY, Syst. Veget. ed. 14, 441
(1784); SCHREBER, Gen. Pl. 315, no. 802 (1789); JUSSIEU, Gen.
Pl. 440 (1789); VITMAN, Summa Pl. III, 157 (1789); PERSOON,
Syst. Veget. 473 (1797); WILLDENOW, Sp. Pl. II, 839 (1799);
POIRET in LAMARCK, Encyclop. VII, 696 (1806), pro parte.

Litsœa (non *Litsea* LAMARCK) A. L. DE JUSSIEU in Bull. Soc. Philom.
Paris III, 73 (1801), reprint 10 (1801) typus *Litsœa japonica*;
PERSOON, Syn. Pl. II pt. 1, 4 (1806).

Litsea (non LAMARCK) MIRBEL, Hist. Nat. Gén. & Partic. Pl. IV,
273 (1803), pro parte; BOSC in Nouv. Dict. Hist. Nat. XIII, 289
(1803), pro parte; JUSSIEU in Ann. Mus. Hist. Nat. VI, 211
(1805), pro parte; POIRET in LAMARCK, Encyclop. Suppl. III,
479 (1813), pro parte; JUSSIEU in Dict. Hist. Nat. XXVII, 70
(1823), pro parte; LIOU, Laur. Chine & Indochine 163 (1934),
pro parte.

Tetranthera (non JACQUIN) SPRENGEL, Syst. Veget. II 266 (1825),
pro parte; NEES in WALLICH, Pl. Asiat. Rar. II fasc. 8, 64 (1829),
pro parte, Annexa 19 (1833), pro parte, Syst. Laur. 508 (1836),
pro parte; ENDLICHER, Gen. Pl. I, 322 (1836), pro parte;
MEISSNER, Gen. I, 327 (1836), pro parte; BAILLON, Hist. Pl. II
pars 5, 480 (1870).

Tetranthera Sect. *Tomingodaphne* BLUME, Mus. Bot. Lugd. Bat. I,
375 (1851); MEISSNER in DC. Prodr. XV pars 1, 181 (1864).

Glabraria (non LINNÆUS) MIQUEL, Fl. Ind. Bat. I pars 1, 940
(1855), pro parte.

Litsea 4 *Cylicodaphne* BENTHAM & HOOKER, Gen. Pl. III pars 1,
162 (1880), pro parte.

Litsea Sect. I. *Tomingodaphne* PAX in ENGLER & PRANTL. Nat.
Pflanzenfam. III Abt. 2, 119 (1889), pro parte.

Hab. in China. Kwangtung: in monte Yam-Na-Shan vel Yát-nya-shan (陰那山)
districtus Mei (梅縣) (W. T. TSANG no. 21455, Aug. 1932).

This is a new addition to the Chinese flora; the specimen was sent to us under
the name of *Litsea acutinervia* HAYATA which is very probably being mistaken with
Litsea acutivena HAYATA.

Arboreæ v. arbores rarius frutices dioicæ. Gemmæ magnæ squamis imbricatis vestitæ. Folia alterna, sæpe tomentosa, penninervia, biennia. Inflorescentiæ in axillis ramorum hornotinorum axillares solitariæ vel geminæ pedunculatæ umbellatæ, cum squamis magnis imbricatis umbellas involucratim obtectis. Flores masculi: perigonium 6-fidum; stamina 9 triserialia; antheræ 4-locellatæ, locellis superioribus omnibus introrsis, inferioribus lateralibus; filamenta staminum intimum laterali glandulifera; pistillum abortivum. Flores fæminei: perigonium 6-fidum; staminodia filiformia 9; pistillum fertile; stigma 2–3 fidum vel peltatum. Bacca basi cupula perigonii persistente aucta obtecta, pedicello incrassato.

Species ultra 50 in Asia tropica et subtropica incola, quarum unica in Corea indigena est.

8. **Fiwa japonica** (THUNBERG) J. F. GMELIN.
(Tabula nostra VII).

Fiwa japonica (THUNBERG) J. F. GMELIN, Syst. Nat. II pt. 2, 345 (1791); NAKAI in ASAHINA, Journ. Jap. Bot. XIV no. 3, 184 (1938).

Syn. *Tomex japonica* THUNBERG, Nov. Gen. Pl. III, 65 (1783), Fl. Jap. 190 (1784); MURRAY, Syst. Veget. ed. 14, 441 (1784); VITMAN, Summa Pl. III, 157 (1789); PERSOON, Syst. Veget. 473 (1797); WILLDENOW, Sp. Pl. II pars 2, 839 (1799); THUNBERG, Icon. Pl. Jap. III, t. 7 (1801); POIRET in LAMARCK, Encyclop. VII, 696 (1806); RAFINESQUE, Sylv. Tellur. 166 (1838).

Litsœa japonica JUSSIEU in Bull. Soc. Philom. Paris III, 73 (1801); PERSOON, Syn. Pl. II pars 1, 4 (1806); MATUMURA, Nippon Syokubutumeii 112 (1884).

Litsea japonica MIRBEL, Hist. Nat. Gen. & Partic. Pl. XI, 151 (1805), excl. syn. *Hexanthus umbellatus*, Pl. Chinensis et Cochinchinensis; JUSSIEU in Ann. Mus. Hist. Nat. VI, 212 (1805); POIRET, Suppl. III, 480 (1813); HEMSLEY in Journ. Linn. Soc. XXVI, 382 (1891); MATUMURA, Catal. Pl. Herb. Imp. Univ. 166 (1886), Syokubutu Mei-I 172 (1895); PALIBIN in Acta Hort.

Petrop. XVIII, 39 (1800); BEISSNER, SCHEEL & ZABEL, Handb. Laubholzbenn. 122 (1903); MATUMURA, Ind. Pl. Jap. II pars 2, 138 (1912).

Tetranthera japonica SPRENGEL, Syst. Veget. II, 266 (1825); NEES, Syst. Laur. 524 (1836); DIETRICH, Syn. 1359 (1840); SIEBOLD & ZUCCARINI, Fl. Jap. I, 166 t. 87, 189 t. 100 fig. II (1841); BLUME, Mus. Bot. Lugd. Bat. I, 375 (1851); MIQUEL in Ann. Mus. Bot. Lugd. Bat. II, 196 (1867), Prol. 128 (1867); FRANCHET & SAVATIER, Enum. Pl. Jap. I, 412 (1875).

Litsea tomentosa (non HEYNE) OKUBO, Cat. Pl. Herb. Bot. Gard. Imp. Univ. 186 (1887), excl. syn. *Tomex apetala*.

Malapoenna japonica O. KUNTZE, Rev. Gen. Pl. II, 572 (1891); NAKAI, Veget. Isl. Quelpaert, 48 (1914); MORI, Enum. Corean Pl. 167 (1921).

Arborea vel frutex elatus ramosissimus. Cortex fuscus. Ramuli adpresse fusco-villosi. Gemmæ maximæ squamis imbricatis multis vestitæ. Folia biennia; petioli 10–40 mm. longi fusco-velutini; lamina oblonga vel lineari-oblonga rarum elliptica utrinque obtusa vel obtusiuscula vel acuta 24–125 mm. longa 10–58 mm. lata primo induplicata, supra ab initio glaberrima, infra fusco-tomentosa venis valde elevati-reticulatis. Umbellæ in axillis foliorum hornotinorum axillares 1–4, pedunculo 5–18 mm. longo fusco-velutino sub flore cum bracteis hemisphæricis fuscescenti-velutinis imbricatis. Flores ♂ breviter pedicellati 9–12 mm. lati, pedicello 1–2 mm. longo, calycis tubus 1 mm. longus, lobi 6 subulati vel oblongo-lanceolati 4–5 mm. longi 1.2–1.8 mm. lati patentes et membranacei, margine crispulo-undulati; stamina 9 triserialia rarius 10–12 quadriserialia sæpe irregulari collocata, omnia fertilia, filamentis filiformibus sparse ciliatis, I–II serialia 4.5–5.0 mm. longa eglandulosa, antheris cum locellis superioribus introrsis, inferioribus lateralibus, III–IV serialia 3.0–3.7 mm. longa supra basin stipitato-glandulosa, antheris cum locellis superioribus introrsis, inferioribus subextrorsis. Flores ♀ : pedicelli 1.5–2.0 mm. longi crassi, calycis tubus tubulosus, lobi erecti subulato-lanceolati acuminati, toto 3.5–4.0 mm. longi; staminodia 9–12 3 vel 4 serialia 2 mm. longa ad faucem tubi calycis inserta, I–II serialia linearia carnosa nuda, III–IV serialia sparse hirsuta supra basin utrinque glanduligera, glandulis auricularibus carnosis; pistillum 4.5 mm. longum, stylo exerto, stigmate 2–3 lobato. Drupa 15–18 mm. longa 11–13 mm. lata atra cum perigonio aucto margine truncato cupulare basi clausa.

Nom. Jap. *Hama-Biwa.*

Nom. Kor. *Kamagui-chok-nam, Kamagwe-zyog-nam* (Quelpaert).

Hab. in

Zennan : insula Nisizima grecis Kyobuntô (T. NAKAI, no. 11230, 11617, Mai 24, 1924) ; in insula Daikokuzantô (TUTOMU ISIDOYA & TEI-DAIGEN no. 3483, Aug. 25, 1919) ; in insula Baikwatô (TUTOMU ISIDOYA & TEI-DAIGEN no. 3482, Aug. 1919) ; in Kyobuntô (R. OLDHAM no. 709, 1861) ; in insula Tyôtô (T. NAKAI).

Keinan : in insella Mugisima prope insula Kyosaitô (T. NAKAI, no. 11614–16, Mai 4, 1928).

Quelpaert : Tyôten (T. NAKAI, no. 1364, Mai 27, 1913) ; in insella Hiyôtô (T. NAKAI, Mai 22, 1913) ; Ryutanri (T. NAKAI, no. 1239, Mai 14, 1913) ; in littore australi (E. TAQUET, no. 5915, Oct. 1911) ; in littore (E. TAQUET, no. 337, Oct. 1907) ; in littore (U. FAURIE no. 1997, Jun. 1907) ; in rupibus littoris (U. FAURIE, no. 868, Oct. 1906) ; in littore (E. TAQUET, no. 3175, Oct. 1909).

Distr. Hondo occid., Sikoku, Kyusyu, Tusina, Iki, Lyukyu.

樟 科 第Ⅴ族、**くろもじ族**

灌木又ハ喬木雌雄異株、葉ハ1年生又ハ2年生掌狀ニ 3-5 脈アルカ又ハ羽狀脈ヲ有ス。繖形花序ハ腋生ニシテ無柄又ハ有柄、花ハ4枚ノ總苞ニ包マレ、花被片ハ 6 個花後凋落ス。雄花ハ 9-12 個ノ雄蕋ヲ有シ内方ノ 3-6 個ニハ腺體アリ。葯ハ内向ニシテ2室、雌蕋ハ痕跡ノミ、雌花ハ細キ無葯雄蕋ト完全ナル雌蕋トヲ有ス。漿果ハ花托又ハ花被片ニ包マレズ紅色又ハ黒色ニシテ肉質又ハ漿質ナレドモ稀ニ乾燥シ不規則ニ裂開スルモノアリ。

基本屬、くろもじ屬。

此外あをもじ屬 *Aperula* BLUME, てんだいうやく屬 *Daphnidium* NEES, あぶらちやん屬 *Parabenzoin* NAKAI 及ビ *Polyadenia* (NEES) MEISSNER

ノ4屬之ニ屬ス。其中朝鮮ニハくろもじ屬アルノミ。

第VI屬　くろもじ屬

雌雄異株ノ灌木又ハ喬木、葉ハ1年生又ハ2年生、全緣又ハ先ガ掌
狀ニ 3-5 裂シ羽狀脈又ハ掌狀脈ヲ有ス。花芽ハ前年ノ秋ニ葉腋ニツキ
翌年ノ春開ク。花ハ繖形花序ヲナシ、花序ハ無柄又ハ有柄、花ヲ包ミ
テ4個ノ總苞片アリ花終レバ落ツ、雄花ハ花後小花梗諸共落チ花被片
ハ6個、雄蕊ハ 9-12 個 3-4 列ニ並ビ第 3-4 列ノ雄蕊ノ花絲ニハ2個ノ
腺アリ。葯ハ皆內開ノ2室ヲ有ス、雌蕊ハ退化ス、雌花ハ花後凋落ス
ル6個ノ花被片ト雄蕊ノ退化ヨリ成ル無葯雄蕊トアリ。花柱ト子房ト
同長、柱頭ハ3叉又ハ斜ニ又ハ楯形ヲナス。果實ハ裂開セズ球形ニシ
テ肉質ノ外果皮ヲ有シ太キ果梗ノ上ニツク。

基本種、*Benzoin oleiferum* NEES.

東亞及ビ北米ニ 20 餘種アリ其中5種ハ朝鮮ニモ產シ、3ツノ節ニ區
分サル。

くろもじ屬　第1節　だんかうばい節

崩枝並ニ成長ヨキ枝ト雖モ其年ノ內ニハ分岐セズ。葉ハ1年生幅廣
ク通例先ハ3叉シ稀ニ無叉又ハ5叉シ 3-5 本ノ掌狀脈アリ。芽ハ混芽
卽チ芽ノ外方ノ鱗片ノ間ヨリ花ヲ生ジ中央ニ枝アリ。

基本種、*Benzoin heterophyllum* (MEISSNER) O. KUNTZE.

朝鮮ニハ本節ニ屬スルモノハだんかうばいアリ。

9.　だんかうばい (第IX-X圖)

セェンガンナム (漢法)、トンビャクナム、トンピャクナム
(京畿、忠淸、慶南、全南)、アグサリ (全南求禮)、
フックルナム (莞島)、カサイチュツク (濟州島)

高サ 3-4 米突ノ大型ノ灌木、幹ノ直徑ハ 10-15cm. 樹膚ハ平滑、小
枝ハ無毛又ハ始メ絹毛アレドモ後微毛トナル。屢々皮目ヲ生ズ、葉ハ
始メ折タタムカ又ハ內卷シ葉柄ハ絹毛アレドモ後微毛又ハ無毛トナリ
長サ 7-32mm. 葉身ハ表面綠色又ハ淡綠色始メ絹毛アレドモ後無毛ト
ナル。裏面ハ始メ密ニ絹毛アレドモ後稍薄クナル。先端ハ概ネ3叉シ
3脈アリ裂片ハ卵形又ハ3角形先ハ急尖又ハ銳角基脚ハ心臟形ニシテ

葉柄ノ所ニテトガリ槪形ハ圓狀又ハ圓狀卵形、長サ 40-160mm、幅 40-140mm. 蕾ハ前年ノ枝ノ葉腋ニ出デ 4-5 月頃開花シ無柄ノ繖形花序ヲナシ、褐色ノ凋落性ノ鱗片ニテ被ハル。小花梗ハ長サ 3.5-7mm. 絹毛アリ。雄花ハ 6 個ノ蕚片ヲ有シ蕚片ノ長サ 3.5-4mm. 黃色 5-9 個宛繖形狀ニ集合ス。雄蕋ハ 9 個 3 列ニ並ビ第 I-II 列ノモノハ長サ 2.8-4.0 mm. 葯ハ 2 室橢圓形長サ 0.8mm. 內開、花絲ハ腺體ナク疎毛アリ、第 III 列ノモノハ I-II 列ノモノヨリモ短ク花絲ニハ基ノ少シ上ニ兩側ニ各 1 個ノ多肉ノ腺體アリ。雌花ハ長サ 4.0mm. ノ密毛アル小花梗ヲ有シ花被片ハ 6 個帶卵長橢圓形又ハ卵形長サ 2.0mm. 先ハ丸ク基ニ向ヒテ狹マリ基部ノ外面ニノミ毛アリ、無葯雄蕋ハ 9 個 3 列ニ並ビ長サ 1.5 mm. 直立ス第 I-II 列ノモノハ細ク多肉腺體ナケレドモ第 III 列ノモノハ棍棒狀シニテ基ニ兩側ニ腺體アリ。漿果ハ丸ク黑熟シ徑 7-8mm. 果梗ハ太ク長サ 10-17mm. 殆ンド無毛ナルカ又ハ薄毛アリ。

平北（雲山郡）、平南、江原、黃海、京畿、忠北、忠南、慶北、慶南、全北、全南、濟州島ニアリテ山林又ハ原野、河畔ノ雜木ナリ。

一種全株ノ葉ガ悉ク廣卵形ニシテ分叉セザルモノアリ之ヲまるばだんかうばいト云ヒ咸南、江原、黃海、全南ニテ發見サレタリ。

又全株ノ葉ノ大部分ハ先ガ 5 裂スルモノアリ之ヲ五裂だんかうばいト云ヒ水原農林學校敎授植木秀幹氏ガ全南ノ內藏山ニテ發見セリ。

又葉ガ老成スルモ裏面一體ニ絨毛ヲ殘スモノヲけだんかうばいト云ヒ平南、黃海、京畿、慶北、全北、慶南、全南ノ山野ニアリテ普通ノだんかうばい同樣ニ普遍的ナリ。

（分布） 本島、四國、九州、壹岐、對馬、朝鮮、遼東半島、支那（浙江省）。

くろもじ屬　第 II 節　くろもじ節

崩枝並ニ成長ヨキ枝ハ年內ニ再分岐スル。葉ハ 1 年生分叉セズ羽狀脈ヲ有ス。花芽ハ葉芽ト別々ニ生ジ前年ノ秋ニ葉芽ノ兩側ニ出ヅ。

基本種、くろもじ *Benzoin umbellatum* (THUNBERG) O. KUNTZE.

朝鮮ニハ次ノ 3 種アリ其區別法次ノ如シ。

果實ハ紅色、繖形花序ニ花梗アリ。葉ハ倒披針形又ハ倒卵形又ハ橢圓形、先端ハ銳角又ハ稍鈍角基脚ハ楔形、小喬木。……………………かなくぎのき

果實ハ黑色、繖形花序ハ無柄又ハ殆ンド無柄。

老成葉ノ裏面ニ絹毛アリ、葉脈ハ葉裏ニテハ著シク突起ス、葉
ハ倒卵形又ハ橢圓形兩端銳尖銳角又ハ楔形。‥けくろもじ
老成葉ノ兩面ニハ毛ナシ、葉裏ノ葉脈ハ突起セズ、葉ハ長橢圓
倒披針形又ハ狹倒披針形、兩端銳尖。‥ほそばやまかうばし

10. **かなくぎのき** (第 XI 圖)

ピャイモンナム（全南）、ペアムポギ（濟州島）

高サ 6-7 米突ノ小喬木トナル。幹ノ直徑ハ 20-30 cm. トナル。枝ハ帶
灰褐色又ハ帶褐綠色ニシテ小サキ皮目アリ。頂芽ハ長橢圓形多數ノ相
重ナレル鱗片ニ被ハレ長サ 6-10 mm. トナル。葉ハ始メ褐毛ニテ被ハル
レドモ後葉裏ノ主脈ヲ除ク外ハ無毛トナル。倒披針形又ハ倒披針長橢
圓形又ハ橢圓形長サ 17-180 mm. 幅 8-49 mm. 全緣、表面ハ綠色無毛、裏
面ハ淡粉白又ハ粉白主脈ニ微毛アリ。葉柄ハ長サ 1-20 mm. 無毛、葉先
ハ鈍形又ハホボ鈍形又ハ銳角、基ハ楔形ニ銳尖、蕾ハ前年ノ夏ニ葉芽
ノ兩側又ハ 1 側ニ出デ球形、有柄、花ハ 5 月ニ開ク、雄花ハ 9-12 個宛
繖形ニツキ小花梗ハ毛ヲ有シ長サ 8-9 mm. 先ハ急ニ太マル。萼ハ長サ
3.0 mm. 幅 4.5-5.0 mm. 短鐘狀、萼片ハ 6 個帶卵球形又ハ帶卵橢圓形中
凹基ノ外側ニノミ微毛アリ薄シ、雄蕋ハ 9 個 3 列ニ並ビ長サ 2 mm. 第
I-II 列ノモノハ萼片ノ基ノ少シ上ヨリ出デ傾上シ第 III 列ノモノハ直
立ス、葯ハ長サ 0.8 mm. 廣橢圓形 2 室內開シ花絲ハ絲狀ニシテ第 III 列
ノモノノミニ基ニ 2 個ノ腺體アリ。雌蕋ハ痕跡ノミ、雌花ハ長サ 3.5
mm. 毛アル小花梗ヲ有シ花被片ハ 6 個帶卵圓形多肉長サ 1.5-1.8 mm.
先ハ丸ク外面ニハ央以下ニ微毛アリ。無葯雄蕋ハ 9 個 3 列ニ並ビ絲狀
ニシテ毛ナシ第 III 列ノモノニハ腺體アリ。雌蕋ハ花被ヨリモ長ク長
サ 2.5 mm. 子房ハ倒卵形長サ 0.8 mm. 許リ花柱ハ長サ 1.5 mm. 柱頭ハ斜
ニツキ粒狀突起アリ、果實ハ繖形ニ生ジ緋紅色又ハ紅色丸ク直徑 6-7
mm. 長サ 8-12 mm. ノ果梗ハ先端ノ直徑 3 mm. アリ。

黃海、京畿、慶北、全北、忠南、慶南、全南、濟州島ニ產ス。
（分布） 本島、四國、九州、朝鮮、支那（浙江、河南、陝西）。

11. **けくろもじ** (第 XII 圖)

高サ 2 米突許ニナル灌木、枝ニハ始メ白キ絹毛アレドモ後無毛トナ

リ帶褐緑色ヲ呈ス。葉柄ハ長サ 3-10mm. 白キ絹毛アリ。葉身ハ長橢圓
倒卵形又ハ倒卵橢圓形先ハ鋭尖又ハ急鋭尖基脚ハ鋭角又ハ鋭角狀ニ狹
マリテ先ハ丸クナル。表面ニハ始メ白キ絹毛アレドモ後緑色トナリ短
微毛ヲ殘ス。裏ハ白キ絹毛アリテ葉脈ハ隆起ス。葉ノ長サ 18-150mm.
幅ハ 15-70mm. 朝鮮産ノモノデハ未ダ花ヲ採集セズ、果梗ハ長サ 13-
17mm. 無毛先ハ肥厚ス。果實ハ肉質ノ外果被ヲ有シ球形直徑 7-9mm.
基ニハ徑 3mm. 許ノ花托アリ。

全南双溪山ニ產ス。

（分布）　本島、四國、九州。

12.　ほそばやまかうばし（第XIII圖）

高サ 5 米突許ニナル灌木、樹膚ハ褐色、若枝ハ無毛ニシテ始メ紅色ナ
レドモ後緑色トナリ細ク直徑 1.5-2.0mm. 2 年生ノ枝ハ褐色ナリ。若枝
モ若葉モ紅色ナル上ニ粉白ナリ。葉柄ハ長サ 4-6mm. 紅色ニ終ルモノ
ト始メ紅色ニシテ後緑化スルトアリ個體ニヨリテ異ル。葉身ハ倒披針
形又ハ狹倒披針形枝ノ下方ノモノハ最小ニシテ先ノモノハ大キク長サ
24-130mm. 幅 9-29mm. 多少、內卷スル故實際ノ葉幅ヨリモ狹ク見ユ。
無毛、表面ハ緑色稍光澤アリ。裏面ハ粉白、基脚ハ鋭角先ハ鋭尖、主
脈ハ中肋ノ兩側ニ各 3-8 本アリテ先ハ內曲ス。葉脈ハ葉ノ表面ニテハ
凹ミ裏面ニテハ突起ス。未ダ花ヲ見ズ、繖形果序ハ無柄、前年ノ枝ノ
葉腋ニ腋生シ 1-4 個ノ果實ヲ附ク、小果梗ハ長サ 10-15mm. 幅 3mm.
許ノ花托ニ向ヒ漸次太マル。未ダ成熟シタル果實ヲ見ザレドモ未熟ニ
シテ充分ノ大サニ達セシモノハ直徑 5mm. アリ。

黃海道ノ長山串ノ山及ビ白鷗島、大靑島ニ產シ朝鮮ノ特產ナレドモ
同種類ノモノニテ葉裏ト若枝トニ微毛アルモノハ支那浙江省ノ山地ニ
生ズ。

くろもじ屬　第 III 節　やまかうばし節

崩枝及ビ生長ヨキ枝ト雖モ年內ニハ再分岐セズ。葉ハ 1 年生分叉セ
ズ羽狀脈ヲ有ス。芽ハ混芽ナリ卽チ芽ノ外方ノ鱗片ノ間ヨリ花序ガ出
デ中央ニ枝芽アリ。

基本種、*Benzoin oleiferum* NEES.

朝鮮ニハ本節ニ屬スルやまかうばしアリ。

13. やまからばし (第 XIV 圖)

カムテ（全南）、ペクトンペギ、ベグドンベクナム（濟州島）

高サ 2-6 米突ノ雌雄異株ノ灌木、樹膚ハ帶灰褐色、若枝ニハ始メ絹毛アレドモ後無毛トナリ綠色秋ニハ灰色トナル。芽ハ卵形又ハ橢圓形長サ 5-7mm. 相重ナル褐色ノ鱗片ニテ被ハル。葉柄ハ始メ絹毛アリ老成スレバ絹毛アルモノト上面ニノミ單ニ微毛アルモノト個體ニ依リ差アリ、長サ 1-6mm. 葉身ハ橢圓形又ハ倒卵橢圓形又ハ帶卵橢圓形、表面ハ綠色ニシテ始メヨリ毛ナク裏面ハ始メ絹毛アレドモ後ニハ毛少クナリ粉白トナル。長サ 24-82mm. 幅 10-35mm. 基脚ハ銳角又ハ鈍角先端ハ銳角又ハ微銳角、花芽ハ實ハ混芽ニシテ長サ 6-9mm. 幅 2.5-4.0mm. 既ニ年內ニ發育シテ越冬シ 5-8 枚ノ鱗片ニテ被ハレ其外方ノ鱗片ニテ包マレテ 1-2 個ノ花序ヲ有シ中央ニ枝芽ヲ包ム、花序ハ翌春開キ短キ花梗ヲ有ス花梗ノ長サハ僅ニ 1.0-1.5mm. ナリ。開出スル密毛ヲ有シ 3-5 個ノ綠黃色ノ纖形花ヲ附ク。朝鮮ノモノニテハ未ダ雄花ヲ見ズ。雌花ハ長サ 4.0-6.0mm. 毛アル小花梗ヲ有シ徑 2.5-3.8mm. 小花梗ハ花後微毛トナル、萼ハ鐘狀 6 裂シ裂片ハ立チ帶卵圓形先ハ丸ク無毛長サ 1.5-1.8mm. 幅 1.2-1.5mm. 萼ハ花終レバ花托ヨリ關節シテ落ツ、無藥雄蕋ハ 9 個 3 列ニ並ビ細ク且ツ小サク長サ 0.8-1.0mm. 無毛、第 III 列ノモノニハ基ニ腺體アリ。雌蕋ハ長サ 2.8-3.0mm. 子房ハ長卵形ニシテ花被片ヨリモ抽出シ花柱ハ子房ノ長サノ三分ノ一許、柱頭ハ楯形、果梗ハ長サ 10-14mm. 先ハ幅 2.0-2.5mm. 微毛アリ。果實ハ球形黑色直徑 7-8mm. 外果皮ハ肉質ナリ。

慶南、全南、濟州島ニ生ズ。

一種葉ノ老成スルモノハ裏面ノ中肋ニ沿ヒ又葉緣ノ央以下ニノミ微毛アル外全部無毛ナルアリ。之ヲうすげやまからばしト云ヒ黃海、全南、濟州島ニ生ズ。

（種ノ分布） 支那（浙江、江西、河南、陝西、湖北、廣東）、朝鮮、九州、四國、本島、而シテ臺灣ニハ葉ノ小サキ 1 變種 var. *Kawakamii* HAYATA アリ。

Lauraceæ Trib. **Benzoineæ** NAKAI, nom. nov.

Syn. *Laurinæ* Trib. *Flavifloræ* NEES, Syst. Laur. 25 & 457 (1836), excl.
  Sassafras, in LINDLEY, Nat. Syst. Bot. 202 (1836), excl. *Sassafras.*

Laurinœ Trib. *Daphnidia* NEES, l. c. 27, pro parte.

Laurinœ Trib. *Daphnidinœ* NEES, l. c. 585 (1836), excl. *Dodecadenia, Actinodaphne & Litsœa.*

Lauraceœ 11. *Tetrantherœ* NEES in LINDLEY, Nat. Syst. Bot. 202 (1836), excl. omnia genera præter *Daphnidium.*

Laurineœ Trib. *Flaviflorœ* NEES apud ENDLICHER, Gen. Pl. I, 322 (1836), excl. *Sassafras*; SPACH, Hist. Vég. X, 473 (1841), excl. *Sassafras.*

Laurineœ Trib. *Daphnidinœ* NEES apud ENDLICHER, l. c. 323 (1836), excl. *Dodecadenia, Actinodaphne & Litsœa*; SPACH, Hist. Vég. X, 473 (1841), excl. *Dodecadenia, Actinodaphne & Litsœa.*

Laurineœ Subordo *Laureœ* Trib. *Flaviflorœ* MEISSNER, Gen. I, 327 (1836), excl. *Sassafras.*

Laurineœ Subordo *Laureœ* Trib. *Daphnidieœ* MEISSNER, l. c. 327, excl. *Dodecadenia, Actinodaphne & Litsœa.*

Laurineœ Subordo *Flaviflorœ* BLUME, Mus. Bot. Lugd. Bat. I, 322 (1851), nom. nud., excl. *Parthenoxylon.*

Lauraceœ Subordo *Laurineœ* Trib. *Litsœaceœ* Subtrib. II *Daphnidieœ* MEISSNER in DC. Prodr. XV pars 1, 8 & 228 (1864).

Laurineœ Trib. *Litsœaceœ* BENTHAM & HOOKER, Gen. Pl. III, 149 (1880), pro gn. *Lindera* tantum.

Lauraceœ 1ste Sippe *Laureœ* DIPPEL, Handb. Laubholzk. III, 93 (1893).

Lauraceœ Lauroideœ-Laureœ PAX in ENGLER & PRANTL, Nat. Pflanzenfam. III Abt. 2, 112 & 123 (1889), excl. gn. *Polyadenia, Laurus* et *Iteadaphne.*

Frutices vel arbores, dioici. Folia annua vel biennia 3–5 nervia vel penninervia. Umbellæ axillares sessiles vel pedunculatæ. Flores involucro tetraphyllo cincta; perigonium 6-partitum segmentis deciduis. Flores masculi cum staminibus 9 triserialibus, filamentis interioribus 3 basi glanduligeris, antheris introrsis bilocellatis, pistillo abortivo. Flores fæminei cum staminibus in staminodia filiformia variantibus, pistillo fertile. Bacca nuda rubra vel atra vel cum pericarpio irregulari rupso.

Typus. *Benzoin* (BOERHAAVE) BOEHMER.

Huc genera *Aperula* BLUME, *Daphnidium* NEES, *Parabenzoin* NAKAI
et *Polyadenia* (NEES) MEISSNER ducenda sunt.   In Korea tantum *Benzoin*
adest.

Gn. VI.   **Benzoin** [BOERHAAVE, Ind. Pl. II, 259 (1720) ; MILLER, Gard.
Dict. ed. 1, Be (1731) ; LUDWIG, Deffin. Gen. Pl. 143 (1737), ed. 2, 36
sub *Laurus* (1747)] ; BOEHMER, Deffin. Gen. Pl. 64 (1760).
Syn. *Laurus* pro parte [LINNÆUS, Gen. Pl. ed. 1, 120 no. 338 (1737), ed.
    2, 174 no. 400 (1742)] ; ed. 5, 173 no. 452 (1754) ; MILLER, Gard.
    Dict. Abridg. ed. II, La (1754) ; LINNÆUS, Syst. Nat. ed. 10, II
    1010 (1759) ; MILLER, Gard. Dict. ed. 7, Lau (1759) ; ADANSON,
    Fam. Pl. II, 433 (1763) ; GLEDITSCH, Syst. Pl. 88, no. 363 (1764) ;
    MILLER, Gard. Dict. ed. 8, Lau (1768) ; REICHARD, Syst. Pl. II,
    225 (1779) ; WILLDENOW, Berlin.-Baumzucht 165 (1796) ; BORK-
    HAUSEN, Handb. 1708 (1803) ; DESFONTAINS, Hist. I 64 (1809) ;
    PURSH, Fl. America Sept. I, 275 (1814).
Benzoin FABRICIUS, Enum. Meth. Pl. Helmstad ed. 2, 401 (1763) ;
    O. KUNTZE, Rev. Gen. Pl. II, 568 (1891) ; KOEHNE, Deutsch.
    Dendrol. 173 f. 34 (1893) ; DIPPEL, Handb. Lanbholzk. III, 94
    (1893) ; BRITTON & BROWN, Illus. Fl. II, 98 (1897) ; BRITTON,
    Manual Fl. N. States & Canada 436 (1901) ; SMALL, Fl. South.
    Unit. States 820 (1903) ; REHDER in Journ. Arnold Arboret. I no.
    2, 144 (1919), Manual Cult. Trees & Shrub. 264 (1927) ; RYDBERG,
    Fl. Prairies & Plains C. N. America 351 (1932) ; SMALL, Manual
    South East Fl. 924 (1933).
Lindera (non ADANSON[1]) THUNBERG, Nov. Gen. Pl. II, 64 t. 3
    (1783) ; MURRAY, Syst. Veget. ed. 14, 339 (1784) ; THUNBERG,
    Fl. Jap. 9 t. 21 (1784) ; VITMAN, Summa Pl. II, 340 (1789) ;
    LAMARCK, Encyclop. Méthod. III, 527 (1789) ; SCHREBER, Gen.
    Pl. 222 no. 597 (1789) ; JUSSIEU, Gen. Pl. 429 (1789) ; GMELIN,
    Syst. Nat. II pars 2, 525 & 565 (1791) ; NECKER, Elem. Bot. III,
    362 (1790) ; PERSOON, Syst. Veget. 362 (1797) ; WILLDENOW, Sp.

---

(1)   *Lindera* ADANSON, Fam. Pl. II, 499 (1763) = *Myrrhis* SCOPOLI, Fl. Carn. ed.
2, I 207 (1772) vel *M. odorata* SCOPOLI, l.c.

Pl. II pars 1, 230 (1799); PERSOON, Syn. Pl. I, 388 (1805);
DIETRICH, Vollst. Lex. Gärt. & Bot. V, 489 (1805); J. ST. HILAIRE,
Exposit. Fam. Pl. II, 361 (1805); SPRENGEL, Syst. Veget. II, **126**
(1825); SCHULTES, Syst. Veget. VII, XXIX (1829); BLUME,
Mus. Bot. Lugd. Bat. I, 323 (1851), pro parte; MEISSNER in DC.
Prodr. XV pars 1, 8 & 243 (1864), pro parte; BAILLON, Hist. Pl.
II pars 5, 483 (1870), pro parte; A. GRAY, Manual ed. 5, **423**
(1872); BENTHAM & HOOKER, Gen. Pl. III, 163 (1880), pro parte;
PAX in ENGLER & PRANTL, Nat. Pflanzenfam. III Abt. 3, 123
(1889), pro parte; LIOU, Laur. Chine & Indochine 117 (1934).

Euosmus NUTTALL, Gen. N. America I, 258 (1818), excl. *E. geni-*
culatus & *E. Sassafras*; REICHENBACH, Consp. Reg. Veget. 87
(1828), pro parte; BARTLING, Ord. Nat. Pl. 112 (1830), pro parte.

Calosmon PRESL, Rostlin II, 71 (1823).

Benzoin NEES in WALLICH, Pl. Asiat. Rar. II, 63 (1830), Annexa
17 (1833), Syst. Laur. 26 & 493 (1836), in LINDLEY, Nat. Syst.
Bot. 202 (1836); DIETRICH, Syn. 1333 (1840); ENDLICHER, Gen.
Pl. I, 322 (1836); MEISSNER, Gen. Pl. I, 327 (1836); SPACH,
Hist. Végét. X, 506 (1841); CHAPMAN, Fl. South. United States
394 (1872); MEZ in Jahrb. Bot. Gart. & Mus. Berlin V, 486
(1889).

Frutices vel arbores, dioici. Folia annua vel biennia, indivisa vel
palmatim 3–5 fida, pennivervia vel palmatinervia. Alabastra jam in
autumno in axillis foliorum hornotinorum evoluta sed in verno sequenti
anni flores patent. Flores umbellati et umbellæ sessiles vel stipitatæ et
sub floribus cum bracteis 4 post anthesin deciduis portant. Flores
masculi post anthesin cum pedicello decidui; segmenta perigonii 6;
stamina 9–12, in 3–4 seriebus; filamenta staminum III–IV serium basi
biglanduligera; antheræ omnes introrsæ bilocellatæ; pistillum abortivum.
Flores fæminei, segmenta perigonii 6 decidua; stamina in staminodiis
variant; pistillum fertile, stylo ovario æquilongo vel breviore, stigmate
trilobo vel obliquo vel peltato. Bacca globosa coccinea vel nigra cum
pedicello erecto incrassato.

Typus: *Benzoin oleiferum* NEES.

Species ultra 20 in Asia orientali et America boreali incola, quarum 5 in Korea sunt indigenæ, quæ sectionibus tribus sunt.

Benzoin Sect. **Palminerviæ** (MEISSNER) NAKAI, comb. nov.

Syn. *Lindera* Sect. *Palminerviæ* MEISSNER in DC. Prodr. XV pars 1, 216 (1864), excl. *L. triloba.*

Lindera Sect. IV *Sassafrimorpha* BENTHAM ex HOOKER fil. Fl. Brit. Ind. V, 185 (1886); PAX in ENGLER & PRANTL, Nat. Pflanzenfam. III Abt. 2, 123 (1889).

Turiones et rami vegeti indivisi. Folia annua dilatata vulgo triloba rarius indivisa vel quinqueloba, palmatim 3–5 nervia. Gemmæ floriferæ mixtæ, vel umbellæ in axillis squamarum exteriorum gemmarum axillares et gemma rami unica in centro gemmæ disposita.

Typus: *Benzoin heterophyllum* (MEISSNER) O. KUNTZE.

Species Koreana *B. obtusilobum* huc ducenda est.

9. **Benzoin obtusilobum** (BLUME) O. KUNTZE.
(Tabulæ nostræ IX–X).

Benzoin obtusilobum (BLUME) O. KUNTZE, Rev. Gen. Pl. II, 569 (1891); NAKAI, Veget. Isl. Quelpaert 47 (1914), sphalmate ut *obtusifolium*, Veg. Isl. Wangto 7 (1914), Veget. Chirisan Mts 33 (1915), Veget. Diamond Mts 173 (1918); MORI, Enum. Corean Pl. 166 (1921); NAKAI, Koryo Sikenrin Ippan 35 (1922); HATUSIMA in Report Exper. Forest Kyusyu Imp. Univ. no. 5, 78 (1934).

Syn. *Lindera obtusiloba* BLUME, Mus. Bot. Lugd. Bat. I, 325 (1851); MEISSNER in DC. Prodr. XV pars 1, 246 (1864); MIQUEL in Ann. Mus. Bot. Ludg. Bat. II, 137 (1867), Prol. 129 (1867); FRANCHET & SAVATIER, Enum. Pl. Jap. I, 416 (1875); PAX in ENGLER & PRANTL, Nat. Pflanzenfam. III Abt. 2, 123 (1889); HEMSLEY in Journ. Linn. Soc. XXVI, 390 (1890); PALIBIN in Acta Hort. Petrop. XVIII, 40 (1900); BEISSNER, SCHEEL & ZABEL, Handb. Laubholzbenn. 122 (1903); NAKAI, Fl. Kor. II, 178 (1911); LIOU, Laur. Chine & Indochine 137 (1934); NAKAI in Tyosen Sanrin

Kaihô no. 122, 24 (1935).

Lindera mollis OLIVER in Journ. Linn. Soc. IX, 168 (1867).

Frutices elati 3–4 metralis alti. Truncus circ. 10–15 cm. latus. Cortex planus. Ramuli glabri vel imprimo sericei sed mox glabrati, sæpe lenticellati. Folia primo conduplicata vel convoluta; petioli sericei sed glabrati 7–22 mm. longi; lamina ambitu rotundata vel ovato-rotundata vulgo triloba et palmatim 3-nervis 40–160 mm. longa 40–140 mm. lata, lobis ovatis vel triangularibus mucronatis vel acutis, supra viridis vel viridula primo sericeo-pubescens sed demum glabrata, basi cordato-acuta vel acutiuscula. Alabastra in axillis foliorum annotinorum axillaria, et umbellæ sessiles in gemmis propriis (gemma rami inevoluta) vel ramo laterales, squamis fuscis deciduis margine et intus sericeis obvallatæ. Flores masculi pedicellis 3.5–7.0 mm. longis dense tomentosis; calyx late campanulatus 6-sectus, lobis obovato-ellipticis 3.5–4.0 mm. longis 2.5–3.0 mm. latis concavis obtusis basi breviter angustatis textu herbaceis extus circa basin tantum pilosis; stamina 9 triserialia fertilia, I–II serialium 2.8–4.0 mm. longa sepalis æquilonga, antheris bilocellatis introrsis ellipticis 0.8 mm. longis, filamentis basi nudis sæpe sparse ciliatis, III series paulum breviora antheris introrsis, filamentis supra basin utrinque biglandulatis, glandulis carnosis peltatis oblongo-ellipticis glabris. Flores fæminei; pedicelli 4 mm. longi dense tomentosi; calyx 6-sectus, lobis erecto-conniventibus basi arcuato-ascendentibus circa basin extus tantum hirtellis ovato-oblongis vel ovatis ca 2 mm. longis obtusiusculis basi late cuneatis herbaceis; staminodia 9 triserialia 1.5 mm. longa erecta I–II serialium linearia carnosa nuda, III series latiora clavata basi biglandulosa glandulis parvis rotundatis cartilagineis glabris. Bacca globosa nigra 7–8 mm. lata cum pedicello robusto 10–17 mm. longo subglabro vel piloso.

Nom. Jap. *Dankôbai.*

Nom. Kor. *Saenggangnam* (Nom. medicinum); *Agsari* (tractus Kyurei); *Fucclnam* (Insula Wangto); *Kaseichuc* (Quelpaert), *Tongbyaknam* vel *Tongpaiknamu* (Keiki, Tyusei, Keisyô, Zenla).

Hab. in

Heihoku: in monte Hakuhekizan, Unzan (TUTOMU ISIDOYA, no. 116, Apr.–Jun. 1912).

Heinan: Heizyô (Hanzirô Imai, Oct. 9, 1911); Zyu-nan (Hanzirô Imai, Jun. 9, 1912).

Kôgen: Kenfuturô (T. Nakai no. 14120, Aug. 16, 1930).

Kôkai: in monte Karanzan (S. Takaisi); Kumiho (R. G. Mills no. 4386, Jul. 12, 1921); in insula Hakureitô (T. Nakai, no. 12819, Jul. 25, 1929).

Keiki: Kôryô (Tamezô Mori, no. 254, Jul. 7, 1912); in colle Nanzan (Motogorô Enuma, Aug. 28, 1883); Nanzandô (T. Utiyama, Oct. 11, 1900).

Tyûhoku: in monte Zokurisan (T. Nakai, no. 14946, Aug. 13, 1934).

Keihoku: Kôkô (T. Nakai, no. 4698, Mai 29, 1917).

Zennan: in insella Syutô (T. Nakai, no. 229, Jun. 18, 1913); in monte Hakuyôzan (T. Nakai, no. 1148, Mai 3, 1913); in monte Tiisan (Tamezô Mori, no. 144, Aug. 1912); in monte Yutatusan, Moppo (T. Nakai, no. 9781, Jun. 4, 1921).

Quelpaert: in silvis lateralis boreali-occidentalis (T. Nakai, no. 4956, Oct. 30, 1917); in silvis lateris austro-occidentalis (T. Nakai, no. 4957, Nov. 5, 1917); in Hallasan 1000 m. (Tutomu Isidoya, no. 241, Aug. 16, 1912).

Benzoin obtusilobum f. ovatum Nakai, comb. nov.

Syn. *Benzoin obtusilobum* var. *ovatum* Nakai, Veget. Diamond Mts 173 no. 277 b. (1918), nom. nud.; Mori, Enum. Corean Pl. 166 (1921).

Folia omnia late ovata. Pili foliorum et ramorum ut typica.

Nom. Jap. *Maruba-dankôbai.*

Hab. in

Kogen: Sôtai (T. Nakai, no. 5449, Jul. 30, 1916—typus); Onseiri (T. Nakai, no. 5450, Jul. 27, 1916).

Kannan: in monte Syûaisan (Saburô Fukubara).

Kôkai: in monte Syuyôzan (Tyûbei Muramatu).

Keinan: in monte Tiisan (Tutomu Isidoya no. 5024).

Benzoin obtusilobum f. quinquelobum Uyeki in Journ. Chosen Nat. Hist. Soc. no. XX, 18 (1935).

Folia maxime 5-fida.

Nom. Jap. *Goretu-dankôbai.*

Hab. in

Zennan: in monte Naizôzan (HOMIKI UYEKI).

Benzoin obtusilobum f. **villosum** (BLUME) NAKAI, com. nov.

Syn. *Lindera obtusiloba β. villosa* BLUME, Mus. Bot. Lugd. Bat. I, 325 (1851).

Folia adulta subtus villosula.

Nom. Jap. *Ke-dankôbai.*

Hab. in

Heinan: in monte Taiseizan (HANZIRÔ IMAI, no. 15, Mai 26, 1912).

Kôkai: in insula Sekitô (T. NAKAI, no. 12818, Jul. 31, 1929); in insula Syôtô (T. NAKAI, no. 12817, Aug. 1 1929); in montibus peninsulæ Tyôzankwan (T. NAKAI, no. 12815, Jul. 28, 1929; no. 12816, Aug. 4, 1929).

Keiki: in colle Nanzan (T. UTIYAMA, Jul. 25, 1902); Kôryô (T. NAKAI, Apr. 26, 1913); in monte Hokkanzan (R. G. MILLS no. 844, Mai 23, 1914); Keizyô (NOBUTOSI OKADA, 1909); in monte Sagasan, Yôsyû (TEI-DAIGEN Jul. 7, 1936).

Tyuhoku: in monte Zokurisan (T. NAKAI, no. 14945, Aug. 16, 1934).

Keihoku: Kôkô (T. NAKAI, no. 4699, Mai 29, 1917).

Keinan: Fusan (T. NAKAI, Jun. 4, 1904); in monte Gyokuzyohô insulæ Kyosaitô (T. NAKAI, no. 11234, Mai 5, 1928); Gakenri insulæ Kyosaitô (T. NAKAI, no. 11231, Mai 3, 1928).

Zennan: in monte Tiisan (T. NAKAI, no. 117, Jun. 30, 1913); in monte Hakuyôzan (T. NAKAI, no. 1122, Mai 4, 1913); Zinpo insulæ Totuzantô (T. NAKAI, no. 11233, Mai 20, 1928); Siyôri insellæ Kaitô prope Gairarôtô (T. NAKAI, no. 11232, Mai 22, 1928); in insula Tintô (T. NAKAI, no. 9782–4, Jun. 25, 1921); in monte Taitonzan, Kainan (T. NAKAI, no. 9783, Jul. 2, 1921); in insula Daikokuzantô (TUTOMU ISIDOYA et TEI-DAIGEN, no. 3493, Aug. 23, 1919).

Distr. sp. Hondo, Sikoku, Kyusyu, Iki, Tusima, Korea, Liaotung Peninsula, China (Chekiang).

Benzoin Sect. **Lindera** NAKAI, sect. nov.

Syn. *Lindera* (non ADANSON) THUNBERG, Nov. Gen. Pl. III, 64 t. 3
(1783), Fl. Jap. 9, t. 21 (1784).

Lindera Sect. 2. *Coœtaneœ* MEISSNER in DC. Prodr. XV pars 1, 245
(1864), excl. *Lindera ? Hookeri, L. ? Bootanica, L. ? Griffithii,*
L. sikkimensis, L. Benzoin.

Turiones et rami vegeti in eodem anno semel ramosi. Folia annua
indivisa penninervia. Gemmæ floriferæ meræ ie alabastra umbellarum
in autumno anni præcedentis evoluta et ad gemmam rami laterales.

Typus: *Benzoin umbellatum* (THUNBERG) O. KUNTZE.

Species tres Koreanæ huc ducendæ et in sequenti modo inter sese
distinguendæ.

Bacca rubra. Umbellæ pedunculatæ. Folia oblanceolata vel obovata
vel elliptica apice acuta vel obtusiuscula basi cuneata. Arborea....
. . . .*B. erythrocarpum.*
Bacca nigra. Umbellæ sessiles vel subsessiles.

Folia adulta subtus sericea nervulis elevatis, obovata vel elliptica
utrinque acuminata vel acuta vel cuneata. . . . .*B. sericeum.*
Folia ab inito glaberrima oblongo-oblanceolata vel anguste oblan-
ceolata utrinque acuminata. . . . . .*B. angustifolium* var. *glabrum.*

10. **Benzoin erythrocarpum** (MAKINO) REHDER.
(Tabula nostra XI).

Benzoin erythrocarpum (MAKINO) REHDER in Journ. Arnold Arboret.
I no. 2, 144 (1919).

Syn. *Sassafras Thunbergii* SIEBOLD in Verh. Bataav. Genoots. XII, 23
(1830), nom.

Benzoin Thunbergii SIEBOLD & ZUCCARINI in Abh. Muench. Akad. IV
Abt. 3, 204 (1846), pro parte;[1], WALPERS Ann. I fasc. 3, 576
(1849), pro parte; NAKAI, Veget. Isl. Quelpaert 47 (1914), Veget.
Chirisan Mts. 33 (1915); MORI, Enum. Corean Pl. 166 (1921);
REHDER, Manual 266(927); HATUSIMA in Report Experim. Forest

[1] Specimen unicum hujus species a SIEBOLD lectum et ut *B. Thunbergii* nomina-
tum est in Rijksherbarium in Leiden, quod vidi ipse in Aprilio anni 1925.

Kyusyu Imp. Univ. no. 5, 78 (**1934**), cum var. *macrophylla*.

Lindera umbellata (non THUNBERG) BLUME, Mus. Bot. Lugd. Bat. I, 324 (1851), pro parte 1; MIQUEL in Ann. Mus. Bot. Lugd. Bat. II, 197 (1867), Prol. 129 (1867); FRANCHET & SAVATIER, Enum. Pl. Jap. I, 415 (1875); MATUMURA, Catal. Pl. Herb. Imp. Univ. 166 (1886); HEMSLEY in Journ. Linn. Soc. XXVI, 393 (1890).

Lindera erythrocarpa MAKINO in Tokyo Bot. Mag. XI, 219 (1897), XIII, 138 (1899); MATUMURA, Ind. Pl. Jap. II pt. 2, 137 (1912); NAKAI in Tyôsen Sanrin Kaihô no. 122, 24 (1935).

Arborea usque 6–7 metralis alta. Truncus usque 20–30 cm. latus. Ramuli cinereo-fuscescentes vel fuscescenti-virides minute lenticellati. Gemmæ terminales oblongæ squamis multiserialibus fuscis obtectæ 6–10 mm. longæ. Folia imprimo pilis fuscis vel cupreis sericea sed demum præter venas primarias infra pilosas glabrata, petiolis 1–20 mm longis glabris, oblanceolata vel oblanceolato-oblonga vel elliptica, 17–180 mm. longa 8–49 mm. lata integerrima supra viridia glabra apice obtusa vel obtusiuscula vel acuta basi cuneato-attenuata. Alabastra jam in autumno axillari-evoluta ad gemmas lateralia 1–2, globosa stipitata. Flores in mense Maii patentes. Flores masculi 9–12 in apice pedunculi umbellatim dispositi, pedicellis graciliusculis pubescentibus, 8–9 mm. longis apice subito incrassatis; calyx 3 mm. longus 4.5–5.0 mm. latus breve campanulatus lobis 6 ovato-orbicularibus vel ovato-ellipticis concavis basi extus tantum sparse pilosis herbaceis; stamina 9 triserialia fertilia 2 mm. longa I–II serialium lobo calycis supra basin inserta arcuato-ascendentia, III serialis erecta, antheris 0.8 mm. longis late ellipticis bilocularibus introrsis punctulatis, filamentis filiformibus III serialis tantum basi biglandulatis, glandulis subsessilibus quam anthera minoribus; pistillodum rudimentale. Flores fæminei: pedicelli 3.5 mm. longi apice dilatati pilosi; tepala 6 ovato-rotundata carnosula 1.5–1.8 mm. longa obtusa extus infra medium laxiuscula pilosa; staminodia 9 triserialia filiformia glabra, III serialis utrinque circa medium obovato-glandulosa basi pachypoda; pistillum calycem superans 2.5 mm. longum, ovario obovato ca. 0.8 mm. longo, stylo elongato ca. 1.5 mm. longo, stigmate obliquo subcurvato papilloso. Frustus umbellatus globosus in mense Octobri maturans subbaccato-

carnosus coccineus vel ruber 6–7 mm. latus cum pedicello 8–12 mm. longo
ad apicem 3 mm. latam incrassato.

Nom. Jap. *Kanakuginoki.*

Nom. Kor. *Pyaimon-nam* (Zennan) ; *Peam-pogi* (Quelpaert).

Hab. in

Kôkai: in silvis montium peninsulæ Tyôzankwan (T. NAKAI, no. 12821,
12823–4, Jul. 27, 1929; no. 12822, Aug. 4, 1929) ; in silvis littoris insulæ
Taiseitô (T. NAKAI, no. 12820, Jul. 26, 1929) ; in monte Syuyôzan
(TYUBEI MURAMATU).

Keiki: Kissyomen insulæ Kôkatô (SYÔKO KOBAYASI).

Tyuhoku: in monte Zokurisan (T. NAKAI, no. 14947, Aug. 11, 1934),
ibidem (SABURÔ FUKUBARA).

Keihoku: Taikyu (legitor ?).

Zenhoku: Zinzitu (SYÔKO KOBAYASI).

Tyunan: in monte Keiryûzan (RI-SYÔKO no. 600, Sept. 23, 1912; T.
NAKAI, no. 7916, Aug. 1920).

Keinan: in trajectu Tyôrei (TOMIZIRÔ UTIYAMA, Oct. 2, 1902) ; Tiseppo
insulæ Kyosaitô (T. NAKAI, no. 11217, Mai 5, 1928) ; Gakenri oppidi
Itiunmen insulæ Kyosaitô (T. NAKAI, no. 11214, Mai 3, 1928) ; in
insella Tisintô prope insula Kyosaitô (T. NAKAI, no. 11215, Mai 4,
1928) ; NANKAI insulæ Nankaitô (T. NAKAI, no. 11218, Mai 14, 1928) ;
in monte Tiisan (TAMEZÔ MORI no. 145, Aug. 1912) ; in monte Katisan
(TOSINOBU SAWADA) ; in monte Syuseizan (TOSINOBU SAWADA) ; in
monte Kayasan (TUTOMU ISIDOYA, no. 5023, 5025).

Zennan: in monte Hakuyôzan (T. NAKAI, Mai 4, 1913) ; in monte Tiisan
(T. NAKAI, no. 110, Jun. 30, 1913) ; in monte Sensatusan insulæ Tintô
(T. NAKAI, no. 9790, Jun. 28, 1921) ; in monte Taitonzan tractus Kai-
nan (T. NAKAI, no. 9789, Jun. 2, 1921) ; secus vias insulæ Tintô (T.
NAKAI, no. 9787, Jun. 26, 1921) ; in oppido Kagen tractus Kainan
(T. NAKAI, no. 9786, Jun. 28, 1921) ; in littore Tintô (T. NAKAI, no.
9785, Jun. 25, 1921) ; Zinpo insulæ Totuzantô (T. NAKAI, no. 11216,
Mai 20, 1921) ; in silvis templi insulæ Seizantô (T. NAKAI, no. 11219,
Mai 28, 1928) ; in monte Mutôsan (SABURÔ FUKUBARA) ; in monte
Hakuyôzan (TATE; TEI-DAIGEN no. 1228) ; in monte Yutatusan Moppo

(Tutomu Isidoya) ; in insula Hokitutô (T. Nakai, Jul. 9, 1921) ; in insula Wangtô (Tutomu Isidoya no. 1498).

Quelpaert : in monte Hallasan 750 m. (Tutomu Isidoya, no. 177, Aug. 13, 1912) ; in silvis montis Hallasan (Tamezô Mori, Aug. 1911) ; circa templum Kannonzi lateris borealis (T. Nakai, no. 4752, Act. 30, 1917) ; in silvis Hallasan 500 m. (T. Nakai, no. 1060, Mai 10, 1913) ; in silvis oppiḍi Hongno (T. Nakai, Jun. 6, 1913) ; in silvis lateralis borealis 600 m. (T. Nakai, no. 4953, Oct. 31, 1917) ; in silvis Hallasan (U. Faurie no. 2001–2, Jun. 1907) ; in fruticetis (U. Faurie, no: 870, 872, Oct. 1906) ; in silvis (U. Faurie, no. 2000, Aug. 1907) ; in silvis Hallasan (E. Taquet, no. 3179–81, Maio 1909 ; no. 3182, Oct. 1909 ; no. 1349, Maio 1908).

Distr. area. Hondo, Sikoku, Kyûsyû, Quelpaert, Korea, China (Hônan, Shensi, Chekiang).

11. **Benzoin sericeum** Siebold & Zuccarini.
(Tabula nostra XII).

Benzoin sericeum Siebold & Zuccarini in Abh. Muench. Akad. IV Abt. 3, 204 (1846) ; Walpers, Ann. I fasc. 4, 577 (1849) ; Koehne, Deutsche Dendrol. 174 (1893) ; Nakai in Tokyo Bot. Mag. XLII, 471 (1928).

Syn. *Lindera sericea* Blume, Mus. Bot. Lugd. Bat. I, 324 (1851) ;
    Meissner in DC. Prodr. XV pars 1, 245 (1864) ; Miquel in Ann.
    Mus. Bot. Lugd. Bat. II, 197 (1867), Prol. Fl. Jap. 129 (1867) ;
    Franchet & Savatier, Enum. Pl. Jap. I, 415(1875), pro parte[1] ;
    Makino in Tokyo Bot. Mag. V 53 (1891) ; Beissner, Scheel &
    Zabel, Handb. Laubholzbenn. 122 (1903).

Lindera umbellata var. *sericea* Makino in Tokyo Bot. Mag. XIV,
    184 (1900) ; Matumura, Ind. Pl. Jap. II pt. 2, 138 (1912).

---

(1) *Lindera sericea* of Franchet and Savatier is partly *Benzoin umbellatum* (Thunberg) O. Kuntze *B. hypoglaucum* (Maximowicz) O. Kuntze, *Sassafras Thunbergii* Siebold, *Benzoin Thunbergii* S. & Z. pro parte, *Laurus umbellata* Thunberg apud Mirbel or more correctly the specimen collected by Savatier at Yokoska and numbered as 1050.

Benzoin umbellatum var. *sericeum* REHDER in Journ. Arnold
Arboret. I, no. 2, 146 (1919); Manual 138 (1927).

Frutex circa 2 m. altus. Ramuli primo albo-sericei sed mox glabres-
centes demum fusco-viridescentes. Petioli 3–10 mm. longi albo-sericei.
Lamina foliorum oblongo-obovata vel obovato-elliptica apice acuminata
vel cuspidata basi acuta vel acuto-obtusiuscula, supra primo albo-velutina
demum viridescens et adpresse pilosella, infra albo-sericea et venis
elevatis 18–150 mm. longa 15–70 mm. lata. Flores subcœtanei sed in
Korea adhuc non legi. Pedicelli fructiferi 13–17 mm. longi glabri apice
incrassati. Bacca nigra exocarpio carnosulo globosa 7–9 mm. lata basi
receptaculo plano 3 mm. lato suffulta.

Nom. Jap. *Ke-Kuromozi.*

Hab. in

Zennan: in monte Sôkeizan (HOMIKI UYEKI, no. 4494).

Distr. Hondo, Sikoku, Kyusyu.

In China una varietas distincta occurit, quæ in Japonia attamen
vulgatissima est.

Benzoin sericeum var. tenue NAKAI, var. nov.

Syn. *Lindera sericea* (non BLUME) LIOU, Laur. Chine & Indochine 129
(1934).

Lindera sericea var. *tenuis* MOMIYAMA in scheda herb. Univ. Im-
perialis Tokyoensis.

Folia quam typica teneriora minus pubescentia.

Nom. Jap. *Usuge-Kuromozi* (MAKINO ined.), *Miyama-Kuromozi*
(MOMIYAMA ined.).

Hab. in

Kyusyu. Prov. Hizen: in monte Unzen (F. C. GRÆTREX—typus florum
fæmineorum).

Sikoku. Prov. Tosa: in monte Yokogurayama (TAKASI TUYAMA, Aug.
2, 1934).

Prov. Awa: in monte Kôzusan (Mr. & Mrs. ZYÛRÔ NIKAI, Oct. 1, 1904).

Prov. Iyo: in monte Nisi-Akaisiyama (TAKASI TUYAMA, Jul. 26, 1934).

Hondo. Prov. Suwo: in monte Namerayama (GEN-ITI KOIDZUMI, Maio
1914—typus florum masculorum).

Prov. Aki: Sandankyô (TAKASI TUYAMA, Aug. 6, 1931).

Prov. Bingo: Kumato tractus Hiba (TAKASI TUYAMA, Aug. 2, 1932—typus fructuum).

Prov. Yamato: in monte Ôdaigaharayama 1300 m. (FUMIO MAEKAWA, Aug. 1934).

Prov. Yamasiro: in monte Daibisan (ZENTARÔ TASIRO, Mai 15, 1929); in monte Kuramayama (TAKASI TUYAMA, Sept. 10, 1933).

Prov. Hida: in urbe Ônada (MASAZI HONDA, Aug. 14, 1925); via montis Kasadake (ZENTARÔ TASIRO, Sept. 6. 1929).

Prov. Tôtômi: in monte Akibasan (DENKITI SIMIDZU, Aug. 28, 1930); ibidem (TAIITI MOMIYAMA, no. 971–2, Aug. 21, 1935).

Prov. Sinano: Sedogawa pede montis Ontake (TAKASI TUYAMA, Jul. 17, 1934); Simasimadani (SIDZUO MOMOSE, Jul. 20, 1935); secus viam Yonakofudô pede montis Adzumayama (HIROSI HARA, Jun. 30, 1934); Koseyama, Karuizawa (HIROSI HARA, Jul. 3, 1934).

Prov. Suruga: in monte Fuji 900 m. (BUNZÔ HAYATA, Jul. 28, 1924).

Prov. Musasi: Titibu-Mameyakizawa (KIYOTAKE HISAUTI, Jul. 27, 1933).

Prov. Kôdzuke: Rôsoku-iwa urbis Sakamoto (HIROSI HARA, Aug. 18, 1935); Hôsi-onsen tractus Tone (FUMIO MAEKAWA, Aug. 12, 1935).

Prov. Ugo: in monte Tasirodake (MAGOZI MATUDA, Sept. 1, 1935).

China. Prov. Chekiang. Yün-hê 雲和 (S. CHEN no. 2765, Apr. 16, 1934); Suei-shan 遂昌 (S. CHEN, no. 1239, Apr. 30, 1933); Lung-Ch'üan 龍泉 (S. CHEN, no. 3150, Mai 17, 1934); Ch'ung Yüan 慶元 (S. CHEN, no. 3209, Mai 30, 1934); Tung-Pai-Shan 東白山 (S. CHEN, Mai 26, 1932); Tien-Tai 天臺 (S. CHEN, no. 3679, Aug. 16, 1934).

Prov. Kiang-si: Lushan 蘆山 (legitor ?).

Dist. area. Hondo, Sikoku, Kyusyu, China (Chekiang, Kiangsi, Hupeh).

12. **Benzoin angustifolium** (CHENG) NAKAI.
var. **glabrum** NAKAI.
(Tabula nostra XIII).

Benzoin angustifolium (CHENG) NAKAI, comb. nov.

Syn. *Lindera angustifolium* CHENG in Contrib. Biol. Laborat. Sci. Soc. China, Bot. ser. VIII, 294 (1933), pro parte.[1]

var. glabrum NAKAI, var. nov.

Syn. *Benzoin salicifolium* (non O. KUNTZE) NAKAI, sp. nov. in Tokyo Bot. Mag. XLIV, 29 (1930).

Lindera Nakaiana KAMIKÔTI in Trans. Nat. Hist. Soc. Kagosima College of Agricult. and Forestry IV no. 15, 3 (1935).

A typo foliis ab initio glaberrimis differt.

Frutex usque 5 metralis altus. Cortex trunci fusci. Rami hornotini glabri primo rubri demum viridescentes graciles 1.5–2.0 mm. lati, annotini fusci. Ramuli juveniles cum foliis juvenilibus eximie rubescentes pruinosi. Petioli 4–6 mm. longi, alii rubri, alii primo rubri demum viridantes. Lamina foliorum oblanceolata vel anguste oblanceolata infra minima suprema maxima 24–130 mm. longa 9–29 mm. lata plus minus convoluta

---

(1) The type of *Benzoin angustifolium* is pilose in young leaves, and at least pilose on the principal veins of adult leaves. This is found in the province of Chekiang, and seems not to be rare. CHENG's species implies one more species which should be named as *Benzoin sinoglaucum* NAKAI.

Benzoin sinoglaucum NAKAI, sp. nov.

Syn. *Lindera glauca* (non BLUME) HEMSLEY in Journ. Linn. Soc. XXVI, 388 (1890), saltem pro parte; MATUDA in Tokyo Bot. Mag. XX [146] (1906).

Lindera angustifolia CHENG in Contrib. Biol. Laborat. Sci. Soc. China, Bot. ser. VIII, 294 (1933), pro parte.

Ramuli biennes fusci, hornotini viriduli fuscescenti-sericei demum piloselli. Gemmæ ovatæ 3 mm. longæ fuscæ pilosæ. Petioli sericei demum glabrescentes 2–5 mm. longi ascendentes. Lamina foliorum oblonga 24–110 mm. longa 10–30 mm. lata supra primo viridula adpresse pilosella adulta viridis et glabra infra primo sericea adulta pilosa, reticulato-venulosa, basi longe cuneata vel sensim angustata apice acuminata vel acuta. Flores masculi nostris ignoti, fæminei glomerati gemmæ leterales. Pedicelli 5–8 mm. longi sericei apice in receptaculum turbinatum paulum incrassati. Tepala flava 6, 3 mm. longa glabra, post anthesin decidua. Stamina 6–9 in staminodia filiformia variant, interiora laterali stipitato-glandulata. Ovaria glabra globosa. Styli glabri 2.5 mm. longi. Stigmata triloba. Fructus glomeratim, 2–4, cum pedicello 5–8 mm. longo incrassato raceptaculo 3 mm. lato, globosus circ. 10 mm. latus niger.

Hab. in China.

Prov. Kiangsi: Suchô (SINZÔ OKA, no. 439, Jun. 1905—typus fructus); ibidem (KÔTARÔ ÔNO, 1908); Feng-Wang-Shan (FORBES, no. 1417, Mai 13, 1877).

Prov. Chekiang: Wu-yi 武義 (S. CHEN, no. 1028, Apr. 15, 1933—typus florum fæmineorum).

Hæc species in aspectu *B. angustifolio* simulat, attamen, rami et turiones simplices sunt et forsan sectione diversæ est.

igitur angustior esse videtur, glaberrima supra viridissima luciduscula infra glauca, basi acuta apice acuminata et apiculata venis lateralibus primariis utrinque 3–8 apice incurvato-venulosis ita ad marginem haud attingentibus, venis supra impressis infra elevatis. Flores adhuc nostris ignoti. Umbella fructifera sessilis in axillis ramulorum annotinorum axillaris 1–4 fructibus. Pedicelli fructiferi 10–15 mm. longi in receptaculo 3 mm. lato sensim incrassati. Bacca immatura sed satis developa viridis sphærica 5 mm. longa et lata.

Nom. Jap. *Hosoba-yamakôbasi.*

Hab. in

Kokai: in silvis montium peninsulæ Tyôzankwan (T. NAKAI, no. 12808, Aug. 6, 1929—typus); Mukimpo (T. NAKAI, no. 12809–10, Aug. 1, 1929); in insula Hakureitô (T. NAKAI, no. 12811, Jul. 25, 1929); in insula Taiseitô (T. NAKAI, no. 12812, Jul. 26, 1929).

Benzoin Sect. **Eubenzoin** (PAX) NAKAI, comb. nov.

Syn. *Lindera* Sect. *Præcoces* MEISSNER in DC. Prodr. XV pars 1, 244 (1864), excl. *L. præcox.*

Lindera Sect. *Cœtaneæ* MEISSNER, l. c. 245, excl. *L.? Hookeri, L. umbellata, L.? Bootanica, L.? Griffithii, L. sikkimensis.*

Lindera Subgn. *Benzoin* Sect. *Eubenzoin* PAX in ENGLER & PRANTL, Nat. Pflanzenfam. III Abt. 2, 123 (1889), excl. *L. præcox.*

Turiones et rami vegeti indivisi. Folia annua indivisa penninervia. Gemmæ mixtæ, vel inflorescentiæ in axillis squamarum gemmarum exteriorum axillares et ramus unicus (demum evolutus vel non evolutus) in centro eædem gemmæ positus.

Typus: *Benzoin oleiferum* NEES.

In Korea *B. glaucum* hujus sectionis solum indigenum est.

13. **Benzoin glaucum** SIEBOLD & ZUCCARINI.
(Tabula nostra XIV).

Benzoin glaucum SIEBOLD & ZUCCARINI in Abh. Muench. Akad. IV Abt. 3, 205 (1846); WALPERS, Ann. I, fasc. 4, 577 (1849); NAKAI, Veget. Isl. Quelpaert 47 (1914), Veget. Isl. Wangtô 7 (1914), Veget. Mt. Chiri-

san 33 (1915); Mori, Enum. Corean Pl. 166 (1921); Chun in Contrib.
Biol. Labor. China I no. 5, 48 (1925); Rehder in Journ. Arnold Arboret.
X, 194 (1929); Handel-Mazzetti in Beihefte Bot. Centralb. XLVIII,
2 Abt., 303 (1931); Hatusima in Report Experim. Forest Kyusyu Imp.
Univ. no. 5, 77 (1935).

Syn. *Lindera glauca* (Siebold & Zuccarini) Blume, Mus. Bot. Lugd.
    Bat. I, 325 (1851); Meissner in DC. Prodr. XV pars 1, 244
    (1864); Miquel in Ann. Mus. Bot. Lugd. Bat. II, 197 (1867),
    Prol. 129 (1867); Franchet & Savatier, Enum. Pl. Jap. I, 415
    (1875); Hemsley in Journ. Linn. Soc. XXVI, 388 (1890);
    Beissner, Scheel & Zabel, Handb. Laubholzbenn, 122 (1903);
    Matumura, Ind. Pl. Jap. II pt. 2, 136 (1912); Liou, Laur. Chine
    & Indochine 129 (1934).

Lindera præcox (non Blume) Hemsley in Journ. Linn. Soc. XXVI,
    391 (1890); Palibin in Acta Horti Petrop. XVIII, 40 (1900);
    Nakai, Fl. Kor. II, 178 (1911).

Pirus brunnea (non Léveillé 1912) Léveillé sp. nov. in Mém.
    Acad. Sci. Art Barcelona 3 sér. XII, no. 22, 19 (1916).

Benzoin glaucescens Siebold & Zuccarini apud Rehder, Manual
    266 (1927).

Frutex 2–6 m. dioicus. Cortex cinereo-fuscescens. Ramuli hornotini
primo sericeo-pilosi demum glabrescentes virides in autumno cinerascentes. Gemmæ ovatæ vel ellipsoideæ 5–7 mm. longæ squamis fuscis
imbricatis vestitæ. Petioli primo sericei adulti sericei vel supra tantum
ciliati 1–6 mm. longi. Laminæ foliorum ellipticæ vel obovato-ellipticæ
vel ovato-ellipticæ supra virides ab initio glabræ, infra primo sericeæ
demum minus pilosæ magis glaucæ 24–82 mm. longæ 10–35 mm. latæ
basi acutæ vel obtusæ apice acutæ vel acutiusculæ. Gemmæ floriferæ
mixtæ ad ramos hornotinos axillares oblongo-lanceolatæ utrinque acutæ
6–9 mm. longæ 2.5–4.0 mm. latæ, squamis 5–8 scariosis exterioribus
hemisphæricis brevioribus glabris inflorescentias 1–2 obtectis et versus
interiore elongatis et pilosis, in medio gemmam rami portantes. Umbellæ
brevissime pedunculatæ, pedunculo 1.0–1.5 mm. longo dense patente
hirsuto, floribus 3–5 viridi-flavis. Flores masculi in speciminibus

Koreanis non inveni. Flores fæminei 2.5–3.8 mm. lati, pedicello 4.0–6.0 mm. longo piloso erecto sursum sensim incrassato apice 1.5–1.8 mm. lato, post anthesin elongato incrassato et glabrato. Perigonium campanulatum 6-sectum post anthesin deciduum, lobis erectis ovato-orbicularibus linearibus parvis 0.8–1.0 mm. longis glabris punctulatis, III serialis tantum circa basin glandulis oblique ovatis dilatatis cum pedicello breve sed dilatato 1.2–1.5 mm. longis ornatis. Pistillum 2.8–3.0 mm. longum, ovario oblongo-ovato calycis lobum superante, stylo ovario triplo breviore, stigmate peltato. Pedicelli fructiferi 10–14 mm. longi pilosi apice 2.0–2.5 mm. lati. Bacca exocarpio carnosulo globosa 7–8 mm. lata nigra.

Nom. Jap. *Yamakôbasi.*

Nom. Kor. *Kamte* (Zennan), *Pektonpegi* vel *Baegdongbaegnam* (Quelpaert).

Hab. in

Keinan: in insula Kyosaitô (TAMEZÔ MORI, no. 415, Aug. 1912); in monte Gyokuzyohô insulæ Kyosaitô (T. NAKAI, no. 11209, Mai 5, 1928); Nankai insulæ Nankaitô (T. NAKAI, no. 11212, Mai 14, 1928).

Zennan: in monte Hakuyôzan (T. NAKAI, no. 1128, Mai 4, 1913); Moppo (TUTOMU ISIDOYA, Aug. 4, 1912); Kôsyû (T. NAKAI, Mai 5, 1913); in insula Wangtô (T. NAKAI, Jun. 20, 1913); in monte Yutatusan, Moppo (T. NAKAI, no. 9779, Jun. 14, 1921); in insula Titô (T. NAKAI, no. 9780, Jun. 19, 1921); in insula Hokitutô (T. NAKAI, no. 9777, Jul. 8, 1921); Zinpo insulæ Totuzantô (T. NAKAI, no. 11210, Mai 20, 1928); Siyôri insellæ Kaitô prope insula Gairarôtô (T. NAKAI, no. 11213, Mai 22, 1928).

Quelpaert: in silvis Yetchon (U. FAURIE, no. 3185, Jun. 1909).

Benzoin glaucum forma **glabellum** NAKAI, f. nova.

Folia adulta infra secus costas et margine infra medium pilosella, cetera glaberrima.

Nom. Jap. *Usuge-Yamakôbasi.*

Hab. in

Kôkai: in silvis montium peninsulæ Tyôzankwan (T. NAKAI, no. 12814, Jul. 27, 1929—typus); in insula Hakureitô (T. NAKAI, no. 12813, Jul. 25, 1929).

Zennan: in montibus Taitonzan tractus Kainan (T. NAKAI, no. 9778, Jul. 2, 1921).

Quelpaert: in silvis lateris borealis montis Hallasan 700 m. (T. NAKAI, no. 4962, Nov. 6, 1917).

Distr. area species: China (Chekiang, Hupeh, Kiangsu, Kwangtung, Honan, Kiangsi), Corea, Quelpaert, Kyusyu, Sikoku, Hondo et Taiwan (var. *Kawakamii* HAYATA).

(五) 朝鮮ノ樟科植物ノ分布

樟科植物ガ本來ガ熱帶性ノモノデアリだんかうばいノ様ニ平南、平北、遼東半島ニ迄モ分布スルノハ例外ニ屬シ樟科植物中最モ寒氣ニ耐エ得ル種デアル。殊ニ樟科植物中ノ常綠樹ニ至ツテハ最モ暖地性ノモノデアルカラ朝鮮ニ於ケル常綠樟科植物ノ分布ヲ知レバ直チニ朝鮮ニ於ケル他ノ常綠濶葉樹又ハ暖地性樹木ノ分布ヲ窺フ事ガ出來ルシ暖地植物栽培ニ關スル考定モ出來ル。樟科植物中朝鮮デ最モ少イモノ卽チけくろもじ、ほそばやまかうばしノ二種ハ朝鮮內ダケノ分布デハ何ノ興味モナイモノデアルガ然シけくろもじハ內地デハ九州、四國、本島ニハ極メテ普遍的ノ種デアリ又其毛ノ少イ變種デアルうすげくろもじモ內地ニハ普遍的デアリ支那ニハ浙江省、江西省ニモアルカラ假令朝鮮デハ唯一ケ所全南デ發見サレテ居テモモット外ニ朝鮮內ニモアルモノト見ルベキデアラウ。又ほそばやまかうばしハ黃海道ノ西端長山串ノ連山一帶ト白鶴島トニアルガ其葉裏ニ毛ノアル變種ハ支那ノ浙江省、江蘇省ニモアルカラ是亦種トシテノ分布ハ廣イ事ガ判ル。以上ノ二種ヲ除イテ見ルト落葉樹ノ方デハやまかうばしガ最モ暖地性デアリ慶南、全南ニ多ク之ガ飛ンデ黃海道ノ長山串ヤ白鶴島ニアルノハ全ク暖流ノ影響ニヨルノデアツテ長山串ニハしゆんらんスラ自生スル位故唯緯度デ植物ノ分布ヲ定メル事ハ出來ナイ。次ニかなくぎのきハ忠北、忠南、慶北、慶南、全北、全南、濟州島卽チ朝鮮ノ一番暖イ部ニアル種デアルガ之ガ又飛ンデ京畿道ノ江華島ヤ黃海道ノ大靑島、長山串ナドニアルノハ矢張リ分布ガ暖流ノ支配ヲ受ケテ居ル爲メデアル。朝鮮ノ海岸ハ北緯38度迄ハ東西兩側共殆ンド氣候ガ同ジデアルノニ樟科植物ニ限リ西岸ニノミ發達シテ東岸ニハ餘リナイノハ冬期ノ寒流南下ガ東側ニ於テ强ク其爲メ最低溫度ノ連續期ガ西側ヨリモ長イノデアラウ。

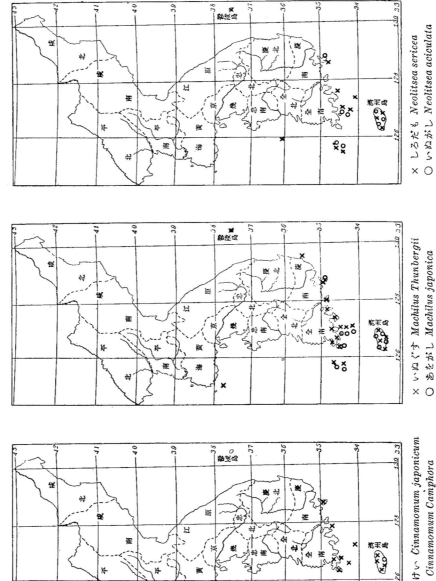

× しろだも Neolitsea sericea
○ いぬがし Neolitsea aciculata

× いぬぐす Machilus Thunbergii
○ あをがし Machilus japonica

× やぶにっけい Cinnamomum japonicum
○ くすのき Cinnamomum Camphora

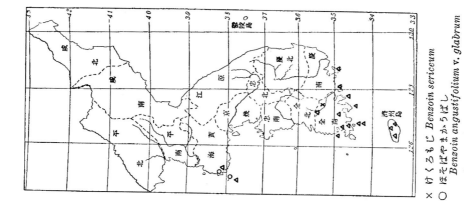

× けくろもじ *Benzoin sericeum*
○ ほそばやまかうばし
　Benzoin angustifolium v. *glabrum*
△ やまかうばし *Benzoin glaucum*

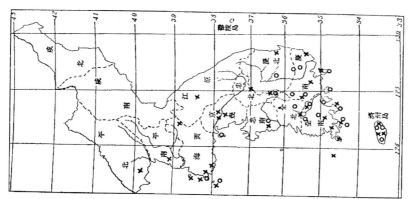

× だんかうばい *Benzoin obtusilobum*
○ かなくぎのき *Benzoin erythrocarpum*

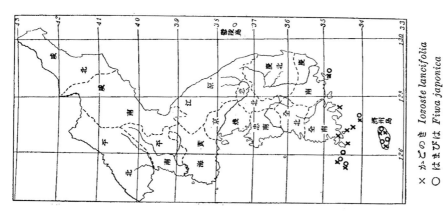

× かごのき *Iozoste lancifolia*
○ はまびは *Fiwa japonica*

　常緑ノ樟科植物中デ最モ暖地性ノモノハくすのき、はまびは、かごのき、いぬがし、あをがし、やぶにくけいノ六種デアツテ殆ンド南部群島ト全南海南郡トニ限ラレテ居リ此等ノ樹ノアル所ハ柑橘、無花果、せんだんナドノ育ツ所デアル。之ニツギ稍寒氣ニ耐ヘ得ルノハいぬぐすとしろだもトデアル。東側デハ欝陵島ニアリ西側デハ黄海道ノ大青島ヲ北限トシテイル。以上ノ種ノ中あをがし、いぬがし、かごのき、はまびはダケガ支那ニハナイガ他ノ種ハ皆内地ニモ支那ニモアルカラ樟科植物ニ關スル限リデハ支那モ日本列島モ朝鮮半島モ同一植物區景ト見ルガ至當デアラウ。

　各種分布狀態ハ別紙分布圖デ見ルベシ。

〔六〕　朝鮮産樟科物ノ學名、和名、朝鮮名對稱表

學　名	和　名	朝　鮮　名
Cinnamomum japonicum SIEBOLD	やぶにくけい	シエンダルナム（莞島）、シエンデヤイ（外羅老島）、サタンナム、シンナム（濟州島）
Cinnamomum Camphora SIEBOLD	くすのき	ノグナム（濟州島）
Machilus japonica SIEBOLD & ZUCCARINI	をあがし	センタルナム、センダルナム（全南）
Machilus Thunbergii SIEBOLD & ZUCCARINI	いぬぐす、たぶのき	フーバーナム（全南、慶南、欝陵島）、ヌルツクナム、ドウルンナム、ドルツクナム（濟州島）
Neolitsca aciculata KOIDZUMI	いぬがし	フインセテギ（濟州島）、ヒンセドギ（亙文島）
Neolitsea sericea KOIDZUMI	しろだも	シンナモ（濟州島）、シグナム（莞島）
Iozoste lancifolia BLUME	かごのき	センタルナム（莞島）
Fiwa japonica J. F. GMELIN	はまびは	カマグヒチョクナム、カマグエジョグナム（濟州島）
Benzoin obtusilobum O. KUNTZE	だんかうばい	セエンガンナム（漢法）、アグサリ（全南求禮）、フツクルナム（莞島）、カサイチユツク（濟州島）、トンビヤクナム、トンビヤクナム（京畿、忠清、慶南、全南）
Benzoin obtusilobum f. *ovatum* NAKAI	まるばだんかうばい	
Benzoin obtusilobum f. *quinquelobum* UYEKI	五裂だんかうばい	
Benzoin obtusilobum f. *villosum* NAKAI	けだんかうばい	
Benzoin erythrocarpum REHDER	かなくぎのき	ピヤイモンナム（全南）、ペアムボギ（濟州島）
Benzoin sericeum SIEBOLD & ZUCCARINI	けくろもじ	
Benzoin angustifolium var. *glabrum* NAKAI	ほそばやまかうばし	
Benzoin glaucum SIEBOLD & ZUCCARINI	やまかうばし	カムテ（全南）、プクトンブギ、ペグドンペクナム（濟州島）
Benzoin glaucum f. *glabellum* NAKAI	うすげやまかうばし	

菝葜科

SMILACACEAE

〔一〕 主要ナル引用文献

著　者　名	文獻ノ題名ト其出版年代

ADANSON, M.　(1) *Liliaceæ* in Familles des plantes II, 42–60 (1763).

AGARDH, J. G.　(2) *Smilaceæ* in Theoria Systematis Plantarum 24–25 (1858).

BARTLING, F. T.　(3) *Smilaceæ* in Ordines Naturales Plantarum 52–53 (1830).

BENTHAM, G. & HOOKER, J. D.
　(4) *Liliaceæ* in Genera Plantarum III, 748–836 (1883).

BOERHAAVE, H.　(5) *Smilax* in Index alter Plantarum II, 60–61 (1720).

BROWN, R.　(6) *Smilaceæ* in Prodromus Floræ Novæ Hollandiæ 292–293 (1810).

CLUSIUS, C.　(7) *Smilax aspera* in Rariorum Plantarum Historia, liber I, 112–113 figs. (1601).

DE CANDOLLE, ALPHONS　(8) *Smilaceæ* in Monographiæ Phanerogamarum I, 1–217 (1878).

DODOENS, R.　(9) *Smilax aspera* in A Nieuve Herball 395–396, fig. (1578).

DUMORTIER, B. C.　(10) *Asparagineæ* in Analyse des familles des plantes 60 (1829).

DE JUSSIEN, A. L.　(11) *Asparagi* in Genera Plantarum 40–43 (1789).

DE LAMARCK, J. B. & DE CANDOLLE, A. P.
　(12) *Asparageæ* in Flora Française ed. 3. III, 172–181 (1815).

DESFONTAINES, M.　(13) *Asperges Asparagi* in Histoire des Arbres et Arbrisseaux I, 8–16 (1809).

ENDLICHER, S.　(14) *Smilaceæ* in Genera Plantarum I, 152–155 (1836).

　(15) *Smilaceæ* in Enchiridion Botanicum 87–90 (1841).

ENGLER, A.　(16) *Liliaceæ—Smilacoideæ* in Die natürlichen Pflanzenfamilien II, Abt. 5, 87–91 (1888).

FRANCHET, A. & SAVATIER, L.
　(17) *Smilaceæ* in Enumeratio Plantarum Japonicarum II pars 1, 48–57 (1876).

GAZA, T.　(18) *Smilax* in Theophrastus, Historia III caput XVIII (1529).

GÆRTNER, J.　(19) *Smilax* in De Fructibus et Seminibus Plantarum I, 59–60, t. 16, f. 7 (1788).

GISEKE, P. D. (20) *Sarmentaceæ* in LINNÆUS, Praelectiones in Ordines Naturales Plantarum 294–305 (1792).

GRISEBACH, H. A. (21) *Smilaceæ* in MARTIUS, Flora Brasiliensis III pars 1, 1–23 t. 1–5 (1872).

HAYATA, B. (22) *Smilax* et *Heterosmilax* in Icones Plantarum Formosanarum V, 233–236 fig. 82–83 (1915).

(23) *Pseudosmilax—Heterosmilax raishanensis* in Icones Plantarum Formosanarum IX, 124–140 fig. 42–51 (1919).

KOCH, K. (24) *Smilacaceæ* in Dendrologie II pars 2, 330–242 (1873)

KOEHNE, E. (25) *Smilax* in Deutsche Dendrologie 59–60, 62 fig. 21 (1893).

KRAUSE, K. (26) *Liliaceæ* in ENGLER, Die natürlichen Pflanzenfamilien 2 Aufl. Band 15 a, 227–386 (1930).

KUNTH, C. S. (27) *Smilacineæ* in Enumeratio Plantarum V, 114–282 (1850).

LINDLEY, J. (28) *Smilaceæ* in An Introduction to the Natural System of Botany 277–278 (1830).

(29) *Liliaceæ* in A Natural System of Botany ed. 2, 351–354 (1836).

(30) *Smilaceæ* in Vegetable Kingdom ed. 3, 215–216 (1853).

LINK, H. F. (31) *Smilacinæ* in Enumeratio Plantarum Horti Regii Botanici Berolinensis altera 426–427 (1822).

(32) *Smilacinæ* in Handbuch zur Erkennung der nutzbarsten und am häufigsten vorkommenden Gewächse I, 275–277 (1829).

LINNÆUS, C. (33) *Smilax* in Genera Plantarum ed. 1, 305 (1737).

(34) *Smilax* in Species Plantarum ed. 1, II, 1028–1031 (1753).

(35) *Smilax* in Genera Plantarum ed. 5, 455 (1754).

LOTSY, J. P. (36) *Smilaceæ* in Vorträge über Botanische Stammungsgeschichte III, 1, 759–760 (1911).

MAXIMOWICZ, C. J. (37) *Smilax* in Bulletin de l'Académie Impériale des Sciences de Saint-Pétersbourg XVII, 168–175 (1871).

(38) *Smilax* in Mélanges Biologiques VIII, 405–415 (1871).

MEISSNER, C. F. (39) *Liliaceæ* in Plantarum Vascularium Genera I, 398–403 (1836).

MIQUEL, F. A. G. (40) *Smilaceæ* in Annales Musei Botanici Lugduno-Batavi III, 147–151 (1867).

MOENCH, C.　　　　　　(41) *Smilax* in Methodus plantas Horti Botanici & Agri Marburgensis I, 308 (1794).

NORTON, J. BAKER　　　(42) *Smilax* et *Heterosmilax* in SARGENT, Plantæ Wilsonianæ III, pars 1, 1–13 (1916).

PERSOON, C. H.　　　　(43) *Smilax* in Synopsis Plantarum II, 618–620 (1807).

ST. HILAIRE, J.　　　　(44) *Smilaceæ* in Exposition des familles naturalles I, 100–107 (1805).

SPACH, E.　　　　　　(45) *Smilaceæ* in Histoire Naturelle des Végétaux XII, 208–252 (1846).

TOURNEFORT, J. P.　　(46) *Smilax* in Institutiones rei Herbariæ, appendix 654 t. 421 (1700).

VENTENAT, E. P.　　　(47) *Smilaceæ* in Tableau de règne Végétale II 146 (1799).

VIRGILIUS, M.　　　　(48) De *Smilacina aspera* in DIOSCORIDES, liber IV caput CXXXV (1518).

WANG, F. T.　　　　　(49) *Smilax riparia—Heterosmilax chinensis* in Notes on Chinese Liliaceæ I in Bulletin of the Fan Memorial Institute of Biology V no. 3, 112–122 (Sept. 1934).

WARBURG, O.　　　　　(50) *Smilax* in L. DIELS, Die Flora von Central-China in ENGLER, Botanische Jahrbücher XXIX, 255–259 (Sept. 1900).

WRIGHT, C. H.　　　　(51) *Heterosmilax Gaudichaudiana—Smilax vaginata* in Journal of the Linnæan Society XXXVI, 85–101 (Apr. 1903).

(二)　朝鮮產菝葜科植物研究ノ歷史

　慶應 3 (1867) 年和蘭國ミケル氏ハアムステルダム理科大學紀要第II卷ニ英人 OLDHAM ガ巨文島デ文久元 (1861) 年ニ採集シタたちしほでヲ新種 *Smilax Oldhamii* トシテ發表シ同年ライデン植物館年報第III卷ニモ之ヲ轉載シタ。

　明治 4 (1871) 年露國ノマクスモーウキツチ氏ハセントピータースブルグ學士院ノ週報第17卷並ニ生物學雜集第8卷ニたちしほでヲ *Smilax herbacea* L. ノ變種ニ下シテ *S. herbacea* v. *Oldhami* トシテ發表シタ。

　明治 19 (1886) 年松村任三先生ハ帝國大學植物標品目錄ニ花房朝鮮公使採集ノ標本ニ基キしほでガ朝鮮ニアルコトヲ記シタ。

　明治 34 (1901) 年露國ノ IWAN PALIBIN 氏ハセントピータースブル

グ植物園論文集第 20 卷ニ朝鮮植物瞥見第 III ヲ出シ其中たちしほでヲ録シタ。

同年露國ノ VLADIMIR KOMAROV 氏ハ滿洲植物誌第 I 部ヲセントピータースブルグ植物園論文集第 20 卷ニ揭ゲしほでヲたちしほでト誤認シテ北鮮ニ產スルコトヲ報ジタ。

明治 36 (1903) 年矢部吉禎氏ハ內山富次郎採集ノ朝鮮ノゆり科植物ヲ研究シテ植物學雜誌第 17 卷ニ發表シタガ其中ニハやまかしう、さるとりいばら、たちしほで、しほでノ 4 種ガアル。

同年英國ノ C. H. WRIGHT 氏ハ支那ノゆり科植物ヲ英京倫敦リンネ協會雜誌第 36 卷ニ發表シタ其中ニハ朝鮮產ノ菝葜科植物やまかしう、さるとりいばら、たちしほでガ加ヘテアル。

明治 44 (1911) 年余ハ東京帝國大學理科大學紀要第 31 卷ニ朝鮮植物誌第 II 部ヲ載セタガ其中ニ本科植物しほで、たちしほで、さるとりいばら、やまかしうノ 4 種ガアル。

大正 3 (1914) 年拙著濟州島並莞島植物調查報告書ガ總督府カラ出版サレタ。其中ニハ濟州島ニさるとりいばら、しほで、たちしほで、やまかしうガアル。

大正 4 (1915) 年拙著智異山植物調查報告書ガ總督府カラ出版サレタ中ニハさるとりいばら、しほで、たちしほで、やまかしうガアル。

大正 7 (1918) 年拙著金剛山植物調查書ガ總督府カラ出版サレタ中ニハさるとりいばら、しほで、たちしほでノ 3 種ガアル。

大正 8 (1919) 年拙著欝陵島植物調查書ガ總督府カラ出版サレタ中ニハしほでガ記シテアル。

昭和 7 (1932) 年林業試驗場出版ノ光陵試驗林一班ニハさるとりいばら、しほで、たちしほで、やまかしうノ 4 種ガ載セテアル。

(三) 朝鮮產菝葜科植物ノ效用

しほでノ嫩芽ハ茹デテ食スレバ美味デアル。畑地ニ栽培スレバ優ニアスパラガスノ代用ニナル。

さるとりいばらノ葉ハかしは餅ノかしはノ葉ノ代用ニ用キ又地下莖ハ煎ジテ屠蘇ニ入レル。漢法デハ地下莖ヲ金剛根又ハ菝葜トイヒ痳病、黴毒ノ藥ニスルガ「サーサパリラ」程ノ效用ハナイ。濟州島デハ森

林中デ非常ニヨク成長シタさるとりいばらノ幹ヲ杖ニシタリ又漁網ノ
浮標ニシタリスル。又果實ノ紅熟シタモノハ兒童ガ食ベルガヨイ味ガ
アルノデハナイ。

　總ジテさるとりいばら、やまかしうナドハ利用スルヨリモ森林內ノ
邪魔物デアリ其刺ノアル枝ハ常ニ山ニ入ルモノヲ苦シメル。

（四）　朝鮮產菝葜科植物ノ分類、形態
さるとりいばら（菝葜）科

　地下莖ハ地中ヲ横ニ匍ヒ太ク多クハ木質ナリ。地上莖ハ木質多年生
又ハ草質1年生、葉序ハ 1/2、葉ハ 1年生又ハ 2年生 3-9 脈アリ第 2
次ノ葉脈ハ横ニ平行スルヲ常トス。葉ノ基ニハ左右ニ托葉ノ變化シタ
ル卷鬚アレドモ Rhipogonium 屬ニテハナシ、葉柄ハ翼ヲ有シ葉身ト關
節ス。花ハ雌雄異株ヲ常トスレドモ Rhipogonium 屬ニテハ兩全花ナ
リ。花被片ハ離生スレバ2列ニ並ブ（Smilax, Rhipogonium）又相癒合
スル時ニハ先ハ 3 (2-5) 又ス（Heterosmilax, Pseudosmilax）. 雄蕊ハ3個
（Heterosmilax）又ハ 6-9 個（Smilax, Pseudosmilax）, 花絲ハ雌蕊ノ基ヨ
リ生ジテ離生（Smilax, Rhipogonium）又ハ花被ニツキテ柱狀ニ癒合シ
（Heterosmilax, Pseudosmilax）, 葯ハ極メテ狹キ隔壁ニテ 2 室ニ分レ內
開シ恰モ 1 室ノ如キ觀ヲ呈ス。子房ハ雄花ニテハ痕跡ノミナレトモ雌
花ニテハ 3 室、卵子ハ各室ニ 1-2 個宛頂ヨリ下垂シ直生又ハ半倒生、
果實ハ漿果又ハ肉質、裂開セズ。胚ハ極メテ小サク種子ノ臍部ニ近ク
位置ス。

　4 屬ニ屬スル 300 餘種ガ全世界ノ溫帶、暖帶、熱帶ニアリ。其中朝
鮮ニハ唯 1 屬アルノミ。

第1屬　さるとりいばら屬

　地下莖ハ地下ヲ匍ヒ木質又ハ多肉、莖ハ地下莖ヨリ頂上シ木質又ハ
草質有刺又ハ無刺、葉柄ハ有翼ニシテ先ニ 2 個ノ卷鬚ヲ有スレドモ往
々之ヲ缺グ、葉ハ葉柄ト關節シ有柄又ハ無柄 3-9 本ノ主脈アリ。花ハ
雌雄異株、花被片ハ 6 個、3 個宛 2 列ニ出ヅ、雄蕊ハ雄花ニテハ 6 個花
被片ト對生シ雌蕊ノ下ヨリ出デ離生、葯ハ殆ンド 1 室樣、雌花ニアリ
テハ雄蕊ハナキカ又ハ單ニ短キ絲狀ノ無葯雄蕊トナル。雌蕊ハ雄花ニ

ハナク雌花ニテハヨク發達シ子房ハ3室各1-2個ノ卵子ヲ有ス。柱頭ハ3個無柄開出ス。果實ハ多肉紅色、黄色又ハ藍黑色。

亞細亞、阿弗利加、北米、南米、ポリネシアニ亙リ320種アリ。其中朝鮮ニハ5種アリ。中木質ノモノハ3種2變種ナリ。其區別法次ノ如シ。

葉ハ草質、薄ク綠色又ハ深綠色。

　莖ニ刺アリ ・・・・・・・・・・・・・・・・・・・・・・・・・・・・・・・・・やまかしう

　莖ニ刺ナシ ・・・・・・・・・・・・・・・・・・・・・・・・・・・・とげなしやまかしう

葉ハ厚ク剛ク淡綠色光澤アリ、莖ニハ概ネ刺アリ。

　葉ハ卵形—廣橢圓形3脈、莖ハ割合ニ分岐少シ。・・さるまめ

　葉幅廣ク廣卵形—扁圓形、5-7脈アリ。

　莖ハ丈高ク卷鬚ニ依リ高ク絡ム。・・・・・・・・さるとりいばら

　莖ハ直立シ高サ 20-50cm. 分岐頗ル多シ。

　・・・・・・・・・・・・・・・・・・・こばのさるとりいばら

1. **やまかしう** (第 XV 圖)

チョプチュ（濟州島）、チョンガシナム（京畿）

雌雄異株、莖ハ木質多年生無毛眞直ノ刺ヲ多數具ヘ高ク絡ム。枝ハ多少稜角アリテ綠色、葉柄ノ先ニ2本ノ卷鬚アリ。葉身ハ卵形又ハ廣卵形無毛光澤アリ長サ 25-100mm. 幅16-71mm. 花序ハ葉腋ニ出デ繖形狀ニ多數ノ花ヲツク、雄花ノ花被片ハ長サ 4-5mm. 幅 1.0-1.5mm. 緣並ニ先端ノ內面ニハ粒狀突起アリ、開出外反ス。雄蕋ハ6個花被片ヨリモ短ク葯ハ長橢圓形長サ 1.5mm. 雌蕋ナシ。雌花ノ花被片ハ長サ 3mm. 花後落チ雄蕋ハナク子房ハ卵形長サ 2.0-2.5mm. 無毛先ハ丸ク3個ノ外反スル柱頭ヲ頂ク、果實ハ漿果樣黑色、球形直徑 7-8mm.

平北、平南、咸南、江原、黄海、忠北、京畿、忠南、慶南、全南、濟州島ニ廣ク分布ス。

やまかしうノ莖ニ刺ヲ生ゼヌモノヲとげなしやまかしうト云ヒ平南江原、黄海、京畿、慶南、全南ノ諸所ニテ發見サル。

分布、支那、日本。

2. **さるまめ** (第 XVI 圖)

莖ハ高サ 1.0-1.5 米突、枝ニハ疎ニ刺アリ。葉柄ハ長サ 2-7mm. 翼ト

溝トアリ。葉身ハ廣橢圓形又ハ圓橢圓形長サ 17-38mm. 幅 9-27mm. 表面ニ光澤アリ裏面ハ粉白基脚ハ鋭角又ハ急尖又ハ鈍角先ハ急尖、纖形花序ハ腋生、雄花ハ長サ 4mm. 幅 2mm. 淡黄色又ハ帶綠黄色ノ花被片 6 個ト長サ 2mm. ノ雄蕋 6 個ト長サ 0.5-0.7mm. ノ葯トヲ有ス。雌花ト果實トハ未ダ朝鮮ニテハ發見セズ。

全南、慶南ニ稀ニ生ズ。

分布、日本。

3. さるとりいばら（貝原益軒命名）（第 XVII 圖）

チョンミレイドッングル（漢法）、ミョンガンナム（全南）、
メンギャナム、ミョングナム（濟州島）

莖ハ木質直徑 3-10mm. 光澤アリ有刺、稀ニ殆ンド刺ナシ。葉柄ハ長サ 5-20mm. 無毛先ニ卷鬚アリ。葉身ハ廣卵形又ハ扁圓形又ハ準腎臟形長サ 25-150mm. 幅 27-170mm. 5-7 脈アリ、アツク洋紙質表面ハ淡綠色光澤アリ裏面ハ粉白、基脚ハ葉柄ニ向ヒトガリ柄狀トナル、其長サ2-13mm. 先ハ急尖又ハ鈍角又ハ凹ム。纖形花序ハ腋生直立シ無毛多數ノ花ヲ附ク、雄花ハ長サ 3-5mm. 幅 2.0-2.5mm. ノ綠黄色ノ 6 個ノ花被片ト長サ 2mm. ノ 6 個ノ雄蕋ト丸キ長サ 1mm. ノ葯トヲ有ス。雌花ハ雄蕋ナク子房ハ卵形長サ 2mm. 3 個ノ開出スル柱頭ヲ頂キ 3 室各室ニ 2（1）個ノ卵子ヲ有ス。果實ハ多肉、球形又ハ扁球形橫徑 8-12mm. 紅熟ス。種子ハ黑色長サ 5mm. 幅 3mm. 光澤アリ。

咸南、江原、京畿、慶南、忠南、黄海、慶北、全北、全南、濟州島ニ多ク生ズ。

（分布） 支那、臺灣、日本列島。

一種莖ハ直立シ分岐頗ル多ク高サ 20-50cm. 葉ハ長サ 10-50mm. 幅 7-43mm. 5 脈アルモノ巨濟島、木浦踰達山、甫吉島、蘆嶺等ニアリ。之ヲこばのさるとりいばらト云ヒ未ダ他地方ニ產スルヲ知ラズ（第 XVIII 圖參照）。

Smilaceæ Koch, Dendrol. II pars 2, 330 (1873)..
Syn. *Sarmentaceæ* Linnæus, Phil. Bot. ed. 1, 32 (1751), pro parte.
 Liliaceæ Sect. *Asparagi* Adanson, Fam. Pl. II, 51 (1763), pro parte.
 Asparagi Jussieu, Gen. Pl. 40 (1789), pro parte.
 Smilaceæ Ventenat, Tabl. II, 146 (1799), pro parte; J. H. Hilaire,

Expos. I, 100 (1805), pro parte; R. BROWN, Prodr. 292 (1810),
pro parte; LINDLEY, Introd. 277 (1830); ENDLICHER, Gen. I, 152
(1836), pro parte, Ench. 87 (1841), pro parte; LINDLEY, Veg.
Kingd. ed. 3, 215'(1853); AGARDH, Theor. 24 (1858); GRISEBACH
in MARTIUS, Fl. Brasil. III pars 1, 1 (1872); ALP. DE CANDOLLE,
Monogr. I, 1 (1878); LOTSY, Stamm. III, 1, 759 (1911).

Asparagoideæ Dioiceæ PERSOON, Syn. Pl. II, 618 (1807), pro parte.

Asparageæ LAMARCK & DE CANDOLLE, Fl. Franc. ed. 3, III, 172
(1815), pro parte.

Smilacineæ LINK, Enum. Pl. Hort. Berol. II, 426 (1822), nom., pro
parte; Handb. I, 275 (1829), pro parte.

Asparagineæ A. RICHARD in Dict. Class. II, 20 (1822), pro parte.

Asparagineæ-Smilacineæ DUMORTIER, Analyse 60 (1829), pro parte.

Smilaceæ-Asparagea BARTLING, Ord. Nat. Pl. 53 (1830), pro parte.

Liliaceæ Subordo *Smilaceæ* Trib. *Asparageæ* MEISSNER, Pl. Vasc.
Gen. I, 402 (1836), pro parte.

Liliaceæ LINDLEY, Nat. Syst. Bot. 351 (1836), pro parte.

Smilacineæ-Smilaceæ KUNTH in Acta Akad. Berol. (1843), 46,
Enum. Pl. V, 159 (1850).

Smilaceæ-Asparageæ SPACH, Hist. XII, 209 (1846).

Liliaceæ-Smilaceæ BENTHAM & HOOKER, Gen. Pl. III, 749 & 751
(1883).

Liliaceæ-Smilacoideæ ENGLER in ENGLER & PRANTL, Nat. Pflanzen-
fam. II Abt. 5, 87 (1888); KRAUSE in ENGLER, Pflanzenfam.
2 Aufl. 15 a, 254 & 381 (1930).

Rhizomata perennia lignosa vulgo incrassata. Plantæ lignosæ vel
herbaceæ, perennes vel annuæ. Phyllotaxis ½. Folia annua vel
perennia 3–9 nervia, nervis secundariis subhorizontali-parallelis, basi
utrinque cirrhifera (in *Rhipogonium* ecirrhosa) et cum petiolis alato-
subvaginantibus articulata. Flores vulgo dioica sed in *Rhipogonium*
hermaphroditi umbellati vel spicati vel racemosi. Perigonii segmenta
si libera biserialia (*Smilax, Rhipogonium*) et si tubuloso-connata apice
3 (2–5) fida (*Heterosmilax, Pseudosmilax*). Stamina 3 (*Heterosmilax*)
vel 6–9 (*Smilax, Pseudosmilax*). Filamenta nunc hypogyna libera

(*Smilax, Rhipogonium*), nunc perigonio affixa et columnali-connata (*Heterosmilax, Pseudosmilax*). Antheræ cum septis angustissimis in loculis 2 divisæ et introrsæ, ita uniloculares esse videntur. Stamina in floribus fæmineis nulla vel in staminodia variant. Ovarium in floribus masculis rudimentale, in floribus fæmineis 3-loculare. Ovula in quoque loculo 1–2 pendula orthotropa vel semianatropa. Fructus baccatus vel carnosus indehiscens. Embryo minimus hilo proxime positus.

Species ultra 350 generum 4 in regionibus calidis et tropicis totius orbis incola, Inter eas species 5 generum 1 in Korea indigenæ sunt.

Smilax [THEOPHRASTUS,[1] Hist. lib. III, Caput XVIII, interprete Gaza 116 (1529) ; BRUNFELS, Herb. III, 129 (1536) ; TOURNEFORT, Instit. Rei. Herb. appendix 654, t. 421 (1700) ; BOERHAAVE, Ind. Pl. II, 60 (1720) ; BUXBAUM, Cent. I, 18, t. XXVII (1728) ; LINNÆUS, Gen. Pl. ed. 1, 305 n. 751 (1737)] ; LINNÆUS, Sp. Pl. ed. 1, I, 1028 (1753), Gen. Pl. ed. 5, 455 no. 992(1754) ; MILLER, Gard. Dict. Abridg. ed. III Sm (1754) ; LINNÆUS, Syst. Nat. ed. auct. et emend. 141 no. 992 (1756), Syst. Nat. ed. 10, II, 1292 no. 992 (1759) ; ADANSON, Fam. Pl. II, 52 (1763) ; LINNÆUS, Gen. Pl. ed. 6, 524 no. 1120 (1764) ; GLEDITSCH, Syst. Pl. 76 no. 319 (1764) ; GÆRTNER, Fruct. Sem. I, 59 t. 16 fig. 7 (1788) ; SCHREBER, Gen. Pl. 692 n. 1538 (1789) ; JUSSIEU, Gen. Pl. 42 (1789) ; NECKER, Elem. Bot. III, 391(1790) ; MOENCH, Method. I, 308(1794) ; WILLDENOW, Berliner Baumz, 438 no. 137 (1796) ; DESFONTAINES, Fl. Atl. II, 367 (1798) ; VENTENAT, Tab. II, 148 (1799) ; J. ST. HILAIRE, Exposit. I, 105 (1805) ; PERSOON, Syn. Pl. II pt. 2, 618 (1807) ; DESFONTAINES, Hist. I, 12 (1809) ; R. BROWN, Prodr. 293 (1810) ; WILLDENOW, Baumzucht 2 ed. 572 (1811) ; LAMARCK & DE CANDOLLE, Fl. Franc. ed. 3, III, 178 (1815) ; LINK, Handb. I, 275 (1829 ; ENDLICHER, Gen. Pl. I, 155 no. 1184 (1836) ; MEISSNER, Pl. Vasc. Gen. I, 403 (1836) ; SPACH, Hist. Vég. XII, 225 (1846) ; KUNTH, Enum. Pl. V, 160 (1850) ; PETZOLD & KIRCHNER, Arb. Musc. 740 (1864) ; GRISEBACH in MARTIUS, Fl. Brasil. III pars 1, 3 (1872) ; KOCH, Dendrol. II pars 2, 231 (1873) ; ALP. DE CANDOLLE,

---

(1) *Smilax* in MATTHIOLI, Commentarius est *Phaseolus*, et in DODOENS, Pemptades est *Calystegia*.

Monogr. I, 45 (1878) ; BENTHAM & HOOKER, Gen. Pl. III, 763 (1883) ;
ENGLER in ENGLER & PRANTL, Nat. Pflanzenfam. II Abt. 5, 88 (1888) ;
KOEHNE, Deutsche Dendrol. 59 fig. 21 (1893) ; KRAUSE in ENGLER,
Pflanzenfam. 2 Aufl. 15 a, 382 fig. 159–161 (1930), pro parte.

Smilax aspera DIOSCORIDES, liber IV Caput. CXXXV (1518) ;
DODOENS, Nieuv. Herb. 395 fig. (1578) ; CLUSIUS, Rar. Pl. Hist.
I, 112 figs. (1601).

Nemexia RAFINESQUE, Neogenyt. 3 (1825), absque charac. ; Med.
Flora U.S. II, 264 (1830).

Parillax RAFINESQUE, Med. Flora U.S. II, 264 (1830).

Coprosmanthus KUNTH, Enum. Pl. V, 263 (1850).

Pleiosmilax SEEMANN in Journ. Bot. VI, 193 t. 81 (1868).

Rhizomata perennia lignosa vel carnosa repentia. Caulis sympodialis
lignosus vel herbaceus aculeatus vel inermis. Petioli alati canaliculati
apice bicirrhosi. Folia 3–9 nervia basi stipitata vel subsessilia cum
petiolo articulata vel inarticulata. Flores dioici, segmentis perigonii 6
liberis, biserialibus. Stamina in floribus masculis 6 segmentis perigonii
opposita libera hypogyna, antheris subunilocularibus, in floribus fæmineis
0 vel staminodia parva filiformia. Pistillum in floribus masculis 0, in
floribus fæmineis bene evolutum, loculis ovarii 3, 1–2 ovulatis. Stigmata
3 sessilia divergentia. Fructus carnosus vel baccatus, ruber vel flavus
vel niger.

Species circa 320 in Asia, Africa, America bor. et austr., Polynesia
distributæ. Inter eas 5 in Korea nascent, quæ in sectionibus 2
dividuendæ.

⎧ Caulis annuus herbaceus. Folia petiolo inarticulata. Fructus
⎪   baccatus niger ....Smilax Sect. Coprosmanthus
⎨ Caulis perennis lignosus. Folia petiolo articulata. Fructus
⎪   carnosus vel baccatus ruber, flavus vel niger..............
⎩   ....Smilax Sect. Eusmilax

I. Plantæ Herbaceæ.

Smilax Sect. **Coprosmanthus** TORREY & GRAY, Fl. N. America II,
303 (1843).

Syn. *Nemaxia* RAFINESQUE, Neogenyt. 3 (1825), absque charac.; Medical
　　Flora of U.S. II, 264 (1830).

Coprosmanthus KUNTH, Enum. Pl. V, 263 (1580), pro parte.

Smilax Sect. I. *Nemexia* ALP. DE CANDOLLE, Monogr. I, 46 (1878),
　　pro parte.

Smilax Subgn. *Nemexia* PENNELL in Bull. Torrey Bot. Club XLII,
　　409 (1916).

　1) **Smilax nipponica** MIQUEL in Versl. en Medel. Konink. Acad.
Wetens. 2 ser. II, 86(1867), in Ann. Mus. Bot. Lugd. Bat. III, 150(1867).
Syn. *Smilax pseudochina* (non LINNÆUS) THUNBERG, Fl. Jap. 152.

Smilax herbacea L. var. *nipponica* MAXIMOWICZ in Bull. Acad. St.
　　Pétersb. XVII, 174 (1871), in Mél. Biol. VIII, 411 (1871).

Smilax herbacea L. var. *Oldhami* MAXIMOWICZ, l. c. 174 et 411, pro
　　parte; YABE in Tokyo Bot. Mag. XVII, 136 (1903); NAKAI, Fl.
　　Kor. II, 338 (1911), pro parte.

Smilax nipponica MIQUEL var. *typica* MAKINO, Journ. Jap. Bot. VI
　　no. 8, 17 (1929).

Smilax Maximowiczii KOIDZUMI, Symb. 10 (1930).

Nom. Jap. *Siode.*

Nom. Kor. *Mil-namul* (Keiki); *Myolsm* (Quelpaert).

Hab. in

Korea septentrionali: Flum. Jalu (V. KOMAROV no. 418, Sept. 2, 1897).

Kannan: in monte Bôzokusan circa Genzan (T. NAKAI, Jun. 8, 1909).

Heinan: in colle Otumitudai, Heizyô (HANZIRÔ IMAI, Aug. 2, 1916);
　　Heizyô (HANZIRÔ IMAI, Jun. 11, 1911).

Keiki: in monte Nanzan (TOMIZIRÔ UTIYAMA, Jul. 20, 1902); Kôryô
　　(TAMEZÔ MORI no. 249, Jul. 7, 1912; T. NAKAI no. 14408, Sept. 1931);
　　Zinsen (TOMIZIRÔ UTIYAMA, Oct. 31, 1900).

Keihoku: in monte Rarikolbon insulæ Uturyôtô (T. NAKAI, no. 4156, Mai
　　31, 1917).

Zennan: Tiisan (T. NAKAI, no. 134, Jun. 30, 1913).

Quelpaert: Hongno (T. NAKAI, Jun. 6, 1913); in latere boreali montis
　　Hallasan 800 m. (T. NAKAI, no. 4864, Oct. 31, 1917); in latere boreali

montis Hallasan 500 m. (T. NAKAI, no. 4841, Oct. 30, 1917); in sepibus
(E. TAQUET no. 5230, Jun. 1911).

Distr. Yeso, Ussuri, Manshuria, Korea, Hondo, Sikoku, Kyusyu.

2) **Smilax Oldhami** MIQUEL in Verslag. en Medel. Konink. Akad.
Wetens. 2 ser. II, 87 (1867), in Ann. Mus. Bot. Lugd. Bat. III, 150
(1867).

Syn. *Smilax herbacea* var. *Oldhami* MAXIMOWICZ in Bull. Akad. St.
   Pétersb. XVII, 174 (1871), in Mél. Biol. VIII, 411 (1871), pro
   parte; PALIBIN in Acta Horti Petrop. XIX, 8 (1901); NAKAI, Fl.
   Kor. II, 238 (1911), pro parte.

Nom. Jap. *Tati-Siode.*

Nom. Kor. *Son-mil-namul.*

Hab. in

Heihoku: Kôkai (R. G. MILLS no. 77, Jul. 9, 1911; no. 999, Aug. 16,
   1911); in monte Hakuhekizan tractus Unzan (TUTOMU ISIDOYA, Mai
   19, 1912).

Kannan: in collibus Genzan (T. NAKAI, Jun. 7, 1909); in monte in-
   nominato 500 Km ex Genzan (T. NAKAI, Jun. 9, 1909); in monte
   Bôzokuzan 8 Km ex Genzan (T. NAKAI, Jun. 8, 1909); in pinetis
   littoralibus Genzan (T. NAKAI, Jun. 8, 1909).

Kokai: in monte Tyozyusan (R. K. SMITH, Mai 21, 1932); Tyozankan
   (T. NAKAI, no. 13917–8).

Kôgen: inter Sanseian et Sinkeizi montium Kongôsan (T. NAKAI, no.
   5247, Jul. 31, 1916); in monte Godaisan (GEN-KIGAKU, no. 30, Jul. 24,
   1937).

Keiki: in monte Kigaku (TAMEZÔ MORI, Jun. 26, 1911); pede montis
   Kôkyôzan, Suigen (RI-SYÔKO no. 100, Mai 5, 1912); in monte Hokkan-
   zan (R. G. MILLS, no. 781, Mai 24, 1914); pede montis Reikisan, Suigen
   (HOMIKI UYEKI, no. 289, Aug. 4, 1912); in monte Nanzan (NOBUTOSI
   OKADA, Mai 30, 1908); Koryô (T. NAKAI, no. 14407, Sept. 1931).

Keinan: in monte Gyokuzyohô insulæ Kyosaitô (T. NAKAI, no. 10850,
   Mai 5, 1928); Nankai in insula Nankaitô (T. NAKAI, no. 10854, Mai
   14, 1928).

Zennan: in monte Tiisan (T. Nakai, no. 358, Jul. 2, 1913); sine loco speciali (Yosikata Hanabusa); in trajectu Rorei (T. Nakai, Mai 2, 1913).

Quelpaert: in sepibus 800 m. (E. Taquet, no. 5229, Maio & Aug. 1911); Hallasan (T. Nakai, Mai 10, 1913); in insella Hiyôtô (T. Nakai, Mai 22, 1913).

Distr. Manshuria, Korea, Kyusyu, Hondo.

II. Plantæ lignosæ sectionis *Eusmilax*.

Folia herbacea papyracea viridissima. Fructus niger baccatus.
   Caulis aculeatus.............................*S. Sieboldii*
   Caulis inermis...................*S. Sieboldii* var. *inermis*.
Folia chartacea viridula lucida subtus glauca. Caulis maxime aculeatus. Fructus ruber vel flavus carnosus.
   Folia ovata—late elliptica trinervia. Caulis laxe remosus....
   .... *S. japonica*
Folia latissime ovata—depresso-rotundata, 5–7 nervia.
   Caulis elatus scandens..........................*S. China*
   Caulis erectus 20–50 cm. altus ramosissimus.............
   ....*S. China* v. *microphylla*.

1. Smilax Sieboldii Miquel.
(Tabula nostra XV).

Smilax Sieboldii Miquel in Versl. en Medik. Koninklijke Akad. Wetens. 2 ser. II, 89 (1867), in Ann. Mus. Bot. Lugd. Bat. III, 150 (1867), Prol. 314 (1867); Maximowicz in Bull. Akad. St. Pétersb. XVII, 169 (1871), in Mél. Biol. VIII, 406 (1871); Franchet & Savatier, Enum. Pl. Jap. II, 49 (1875); Alp. de Candolle, Monogr. I, 48 (1878); Wright in Journ. Linn. Soc. XXXVI, 100 (1903); Yabe in Tokyo Bot. Mag. XVII, 136 (1903); Matumura, Ind. Pl. Jap. II pt. 1, 214 (1905); Nakai, Fl. Kor. II, 237 (1911), Veget. Isl. Quelpaert 31 (1914), Veget. Mt. Chirisan 27 (1915); Norton in Sargent, Pl. Wils. III, pt. 10 (1916).

Dioica, Caulis perennis lignosus scandens glaber aculeis rectis crebris armatus. Ramus plus minus angulatus viridis. Petioli bicirrhosi.

Lamina foliorum ovata vel late ovata glabra nitida 25–100 mm. longa 16–71 mm. lata. Inflorescentia axillaris umbellata multiflora. Flores masculi, segmentis perigonii 4–5 mm. longis 1.0–1.5 mm. latis margine et apice intus verrucosis, divaricato-reflexis, staminibus 6 segmentis perigonii brevioribus, antheris 1.5 mm. longis oblongis, pistillo nullo. Flores fæminei tepalis 6, 3 mm. longis deciduis, staminibus 0, ovario 2.0–2.5 mm. longo glabro apice obtuso et stigmatibus reflexis 3 coronato. Bacca nigra glabra globosa 7–8 mm. lata.

Nom. Jap. *Yama-Kasyû.*

Nom. Kor. *Chonggasinam* (Keiki) ; *Tyop-Tyu* (Quelpaert).

Hab. in

Heihoku: Sensen (R. G. MILLS, no. 777, Aug. 30, 1911) ; Unzan (TUTOMU ISIDOYA, Jun. 6, 1912) ; in monte Kongôsan tractus Gisyû (TUTOMU ISIDOYA, no. 3236, 3300) ; in oppido Hokutinmen (SABURÔ FUKUBARA, no. 1246).

Heinan: Heizyô (HANZIRÔ IMAI, Mai 3, 1911) ; in trajectu Kakaturei (TAMEZÔ MORI, Jul. 17, 1916) ; in oppido Taikyokumen (TYÛ KONDÔ).

Kannan: Genzan (T. NAKAI, Jun. 8, 1909) ; in monte Syûaizan (SABURÔ FUKUBARA).

Kôgen: Utikongô (M. KOBAYASI, Aug. 5, 1932) ; in monte Taikisan (SABURÔ FUKUBARA) ; in monte Tigakusan (TEI-DAIGEN) ; in monte Setugakusan (T. NAKAI, no. 17703, Jul. 1937).

Keiki: Keizyô (R. G. MILLS, no. 866, Mai 23, 1914) ; Nanzandô (TOMIZRÔ UTIYAMA, Oct. 10, 1900) ; in colle Nanzan (TOMIZIRÔ UTIYAMA, Jul. 18, 1902) ; Keizyô (NOBUTOSI OKADA, 1909) ; in monte Ryûmonzan (TOSINOBU SAWADA) ; in monte Kagakusan (TOSINOBU SAWADA) ; in monte Suirakusan (TUTOMU ISIDOYA) ; in monte Hokkanzan (TUTOMU ISIDOYA) ; Kôryô (T. NAKAI, no. 14405–6, Sept. 1931).

Kôkai: in monte Syuyôzan (TYÛBEI MURAMATU) ; in peninsula Tyôzankwan (TEI-DAIGEN) ; in insula Hakureitô (T. NAKAI, no. 13919, Jul. 1929) ; in insula Sekitô (T. NAKAI, no. 13920, Jul. 1929).

Tyûhoku: in monte Zokurisan (SABURÔ FUKUBARA).

Tyûnan: in monte Keiryûzan (TYÛ KONDÔ; T. NAKAI, no. 7817, Jun. 1920).

Keinan: Fusan (Tomizirô Utiyama, Nov. 15, 1900); Nankai in insula Nankaitô (T. Nakai, no. 10852, Mai 14, 1928); Tûdozi (Tosinobu Sawada).

Zennan: in monte Tiisan (T. Nakai, no. 141, Jun. 30, 1913); in insula Seizantô (T. Nakai, no. 10857, Mai 28, 1928); in insula Kyobuntô (T. Nakai, no. 10862, Mai 24, 1928); Zimpo insulæ Totuzantô (T. Nakai, no. 10859, Mai 20, 1928); in monte Gessyutusan (Tosinobu Sawada); in insula Titô (T. Nakai, no. 10328, Jul. 1921); in monte Mutôsan (Saburô Fukubara); in monte Hakuyôzan (Tate).

Quelpaert: inter Hôkanri & Taisei (T. Nakai, Mai 20, 1913); sine loco speciali (Tamezô Mori, 1911).

Smilax Sieboldii var. **inermis** Nakai ex Mori, Enum. Corean Pl. 94 (1921), nom. nud.

Caulis et rami inarmati. Cetera ut typica.

Nom. Jap. *Togenasi-Yamakasyû.*

Nom. Kor. *Mindung-Chonggasi.*

Hab. in

Heinan: Kôtô (T. Nakai, no. 2612, 2619, Sept. 18, 1915).

Kôgen: Utikongô (M. Kobayasi, no. 22, Aug. 2, 1932); in montibus Kongôsan (R. K. Smith, no. 69, Aug. 1932); Umikongô (T. Nakai, no. 5244, 5248, Jul. 24, 1916); in monte Godaisan (Tutomu Isidoya no. 6533).

Kôkai: Kumiho (R. G. Mills, no. 4367, Jul. 12, 1921); in monte Tyôzyusan (R. K. Smith, no. 690, Jul. 12, 1931).

Keiki: Suigen (Ri-Syôko, no. 192, Jul. 10, 1912); Homiki Uyeki, no. 369, Aug. 23, 1912); Kôryô (Tamezô Mori, no. 238, Jul. 7, 1912; T. Nakai, no. 1862, Mai 26, 1914; Tutomu Isidoya no. 2116); Keizyô (R. G. Mills, no. 1000, Jun. 5, 1914).

Keinan: in monte Syuseizan (Tosinobu Sawada).

Zennan: in insella Settô (T. Nakai, no. 10323, Jul. 1921).

Distr. sp. China et Japonia.

2. **Smilax japonica** A. Gray.
(Tabula nostra XVI).

Smilax japonica A. GRAY in Narratives Capt. Perry's Exped. II
append. 320 (1857) ; NAKAI in Journ. Arnold Arboret. V, 92 (1924).
Syn. *Coprosmanthus japonicus* KUNTH, Enum. Pl. V, 268 (1850).

Smilax trinervula MIQUEL in Versl. Med. Konink. Akad. Wetens.
2 ser. II, 86 (1867), in Ann. Mus. Bot. Lugd. Bat. III, 150 (1867),
Prol. 314 (1867) ; MAXIMOWICZ in Bull. Akad. St. Pétersb. XVII,
171 (1871), in Mél. Biol. VIII, 408 (1871) ; FRANCHET & SAVATIER,
Enum. Pl. Jap. II, 50 (1876) ; ALP. DE CANDOLLE, Monogr. I, 207
(1878) ; MAKINO in Tokyo Bot. Mag. IX [112] (1895).

Smilax China var. *trinervula* MAKINO in Tokyo Bot. Mag. XIV, 184
(1900) ; MATUMURA, Ind. Pl. Jap. II pars 1, 213 (1905).

Frutex 1.0–1.5 m. altus. Rami sparse armati. Petioli 2–7 mm. longi
alato-sulcati. Lamina foliorum late elliptica vel rotundato-elliptica 17–
38 mm. longa 9–27 mm. lata supra lucida infra glaucina basi acuta vel
mucronata vel obtusa apice mucronulata. Umbella axillaris. Flores
masculi, tepalis 4 mm. longis 2 mm. latis luteis vel viridi-luteolis ; stamini-
bus 6, 2 mm. longis, antheris ellipticis 0.5–0.7 mm. longis, pistillo 0.
Flores fæminei et fructus in Korea adhuc non legi.

Nom. Jap. *Sarumame.*

Hab. in

Keinan : in montibus Fusan (T. NAKAI, no. 10853, Apr. 29, 1928).

Zennan : in trajectu Rorei (T. NAKAI, no. 1167, Mai 2, 1913).

Distr. Japonia.

3. **Smilax China** LINNÆUS.
(Tabula nostra XVII).

Smilax China LINNÆUS, Sp. Pl. ed. 1, II, 1029 (1753), Syst. Nat. ed. 10,
II, 1292 no. 992 (1759) ; Sp. Pl. ed. 2, II, 1459 (1763) ; BURMANN, Fl. Ind.
313 (1768) ; LINNÆUS, Syst. Nat. ed. 13, III, 6550 (1770) ; DIETRICH,
Pflanzenr. 1168 (1770) ; MURRAY, Syst. Veget. ed. 13, 743 (1774) ;
HOUTTUYN, Nat. Hist. VI, 361 (1776) ; RITTER, Pflanzensyst. IV, 600
(1779) ; THUNBERG in Nova Acta Reg. Soc. Sci. Upsal. III, 198 (1780) ;
MURRAY, Syst. Veget. ed. 14, 887 (1784) ; THUNBERG, Fl. Jap. 152 (1784) ;
AITON, Hort. Kew. ed. 1, III, 402 (1789) ; LOUREIRO, Fl. Cochinch. ed. 1,

II 622(1790); GMELIN, Syst. Nat. II pars 2, 582(1791); VITMAN, Summa
Pl. V, 420 (1791); WOODVILLE, Med. Bot. Suppl. t. 236 (1794); PERSOON,
Syst. Veget. 930 (1797); DIETRICH, Pflanzenr. ed. 2, III, 182 (1799);
LOISELEUR-DESLONGSHAMPS in DUHAMEL, Arb. & Arbust. I, 238 (1801);
POIRET, Encycl. VI, 470 (1804); J. H. HILAIRE, Exposit. I, 105 (1805);
WILLDENOW, Sp. Pl. IV, 778 (1806); PERSOON, Syn. Pl. II pars 2, 619
(1807); DIETRICH, Vollst. Lex. IX, 283 (1809); AITON, Hort. Kew.
ed. 2, V, 387 (1813); SWEET, Hort. Suburb. Lond. 216 (1818); CHAUME-
TON, Fl. Méd. VI, t. 329 (1818); LINK, Enum. Pl. Hort. Berol. II, 426
(1822); NEES, Pl. Offic. I, t. 45 (1828); SWEET, Hort. Brit. ed. 2, 522
(1820); WOODVILLE, Med. Bot. ed. 3, I, 164, t. 63 (1832); SPACH, Hist.
Végét. XII, 227 (1846); KUNTH, Enum. Pl. V, 243 (1850); MIQUEL in
Ann. Mus. Bot. Iugd. Bat. III, 149(1867), Prol. 313(1867); MAXIMOWICZ
in Bull. Akad. St. Pétersb. XVII, 171 (1871), in Mél. Biol. VIII, 408
(1871); FRANCHET & SAVATIER, Enum. Pl. Jap. II, 49 (1875); ALP. DE
CANDOLLE, Monogr. I, 46 (1878), excl. syn. *S. japonica* et *Coprosmanthus
japonicus*; MAXIMOWICZ in ENGLER, Bot. Jahrb. VI, 52 (1885); WARBURG
in ENGLER, Bot. Jahrb. XXIX, 255 (1900); YABE in Tokyo Bot. Mag.
XVII, 136 (1903); WRIGHT in Journ. Linn. Soc. XXXVI, 26 (1903);
MATUMURA, Ind. Pl. Jap. II pt. 1, 212 (1905); NAKAI, Fl. For. II, 237
(1911), Veget. Isl. Quelpaert 31 (1914), Veget. Chirisan Mts. 26 (1915);
NORTON in SARGENT, Pl. Wils. III pt. 1, 4 (1916); MORI, Enum. Corean
Pl. 94 (1921).

Syn. *Cina* vel *China* MATTHIOLI, Med. Sen. Comm. 2 ed., 125 (1558).

　　China radix BAUHINUS, Pinax, 296 (1623).

　　*Frutex Convolvulaceus spinosus, Sinicus rotundiore nervoso folio,
　　　floribus parvis umbellatis, claviculis ligneis binatim donatus*
　　　PLUKENET, Amalth. Bot. 101 t. 408 fig. 1 (1705).

　　*Sankira, vulgo Quaquara. Smilax minus spinosa, fructu rubicundo,
　　　radice virtuoso, Chinæ dicta* KÆMPFER, Amœnit. Exot. 781, fig. in
　　　782 (1712).

　　Smilax Taquetii LÉVEILLÉ in FEDDE, Repert. Nov. Sp. X, 372 (1912).

Rhizoma lignosa crassa. Caulis lignosus perennis 3–10 m. altus
lucidus aculeatus interdum subinermis. Petioli 5–20 mm. longi alato-

sulcati glabri, apice utrinque cirrhosi. Lamina late ovata vel depresso-rotundata vel subreniformia 25–150 mm. longa 27–170 mm. lata 3–7 nervia, chartacea glabra, supra viridula lucida infra glaucina, margine crenato-repanda basi in petiolum stipitato-attenuata, stipite 2–13 mm. longo, apice mucronata vel emarginata vel obtusa. Umbellæ axillares erectæ glabræ multifloræ. Flores masculi segmentis perigonii 6, 3–5 mm. longis 2.0–2.5 mm. latis viridi-flavidulis, staminibus 2 mm. longis, antheris rotundatis vix 1 mm. longis, pistillo nullo. Flores fæminei, segmentis perigonii eis florum masculorum æqualibus, staminibus nullis, ovario ovoideo 2 mm. longo, stigmatibus 3 recurvis coronato, triloculari, ovulis in quoque loculo 2–1. Fructus carnosus 8–12 mm. latus sphæricus vel depresso-sphæricus maturitate rubescens, edulis. Semina nigra lucida 5 mm. longa 3 mm. lata.

Nom. Jap. *Sarutori-Ibara, Kwakwara, Hotendô.*

Nom. Kor. *Meng-gya-nam, Myongenam* (Quelpaert); *Myong-gang-nam* (Zennan); *Chongmiræ-dung-gul* (Keiki).

Hab. in

Kannan: in monte 4 Km. ex Genzan (T. NAKAI, Jun. 9, 1909).

Kôgen: inter Tyôzen & Kôryô (T. NAKAI, no. 5245, Jul. 28, 1916); in monte Tigakusan (TUTOMU ISIDOYA, no. 6222).

Kôkai: in insula Syôtô (TEI-DAIGEN; T. NAKAI, no. 13913, Jul. 1929); in insula Taiseitô (TEI-DAIGEN; T. NAKAI, no. 13915, Jul. 1929); in peninsula Tyôzankwan (T. NAKAI, no. 13914, Jul. 1929); in insula Hakureitô (T. NAKAI, no. 13916, Jul. 1929).

Keiki: in monte Hokkanzan (TOMIZIRÔ UTIYAMA, Jul. 28, 1902; TEI-DAIGEN, Aug. 15, 1936); in monte Sankakusan (YOSIAKI YAMASITA); Kôryô (T. NAKAI, no. 14410, Sept. 1931); in monte Kangakusan (TUTOMU ISIDOYA no. 2111).

Tyûnan: in monte Keiryûzan (T. NAKAI, no. 7816, Jul. 1920).

Keihoku: in monte Hakkôzan (TOSINOBU SAWADA).

Zenhoku: in monte Tokuyûzan (SABURÔ FUKUBARA).

Keinan: Hokkin (TOMIZIRÔ UTIYAMA, Oct. 11, 1902); Syôsinpo insulæ Kyosaitô (T. NAKAI, no. 10863, Mai 7, 1928); in monte Syuseizan (TOSINOBU SAWADA).

Zennan: in trajectu Rorei (T. Nakai, no. 1102, Mai 2, 1913); Moppo (Tomizirô Utiyama, Nov. 6, 1900); in insula Kyobuntô (T. Nakai, no. 10858, Mai 24, 1928); Zimpo insulæ Totuzantô (T. Nakai, no. 10860, Mai 6, 1928); in monte Mantokusan (Tosinobu Sawada); in monte Gessyutuzan (Tei-Daigen); in insula Seizantô (T. Nakai, no. 10855, Mai 28, 1928); in insula Daikokuzantô (Tutomu Isidoya, no. 3367–8, Aug. 1919); in monte Tiisan (T. Nakai, no. 32, Jun. 30, 1913); in insula Hokitutô (T. Nakai); in insula Titô (T. Nakai, no. 10327, Maio 1928); in insula Wangtô (Tutomu Isidoya, no. 2112); in monte Hakuyôzan (Tate); in monte Yutatusan, Moppo (T. Nakai, no. 10325, Maio 1928); in insula Tyôtô (T. Nakai, no. 10324, Maio 1928); in monte Taitonzan, Kainan (Saburô Fukubara).

Quelpaert: in silvis lateris australis montis Hallasan (T. Nakai, no. 4837, Nov. 1, 1917); sine loco speciali (Sanki Itikawa, 1905); in monte Hallasan (T. Nakai, no. 784, Mai 10, 1913); Hongno (T. Nakai, no. 268, Jun. 6, 1913); in sepibus Hongno (E. Taquet, no. 4740, Apr. 1908, no. 3708, Aug. 1909); in silvis Hongno (E. Taquet, no. 3307, Maio 1909); in silvis Hallasan (E. Taquet, no. 3306, Jun. 1909); in dumosis (U. Faurie, no. 992, Oct. 1906), in monte Hallasan (U. Faurie, no. 2112, Jun. 1919).

Distr. area: China, Taiwan, Korea, Japonia, Tonking.

Smilax China var. **microphylla** Nakai, var. nov. (Tabula nostra XVIII).

Caulis 20–50 cm. altus ramosissimus. Folia 10–50 mm. longa 7–43 mm. lata, 5-nervia.

Nom. Jap. *Kobano-Sarutoriibara*.

Hab. in

Keinan: in monte Gyokuzyohô insulæ Kyosaitô (T. Nakai, no. 10861, Mai 5, 1928—typus).

Zennan: in monte Yutatusan (T. Nakai, no. 10326, Jun. 1928); in insula Hokitutô (T. Nakai, no. 10322, Jul. 1928); in trajectu Rorei (T. Nakai, Mai 2, 1913).

（五）　朝鮮産菝葜科植物ノ分布

草本ヲ除キさるとりいばらハ最モ分布廣ク南ハ佛領東京ヨリ支那ノ南東部、中部、臺灣、日本列島ニ廣ク分布シ朝鮮デハ咸南ノ南部黄海道以南濟州島ニ迄分布シ特ニ南部ニ多イ。

さるとりいばらニ似タさるまめハ日本列島ニハ相當多イモノデハアルガ朝鮮デハ全南、慶南ニ稀ニ産スル許リデナク實ニ本種分布ノ西端ハ南鮮デアル。

やまかしうハ朝鮮デハ咸北、咸南ノ大部分、平北ノ大部分ヲ除ク外ハ大概アルガ此種ハさるとりいばらヨリハ分布ガ狭ク南滿洲、支那ノ中東部ニアリ日本列島ニハ廣ク分布シテ居ル。

菝葜科植物ニ關スル限リ分布上興味アル問題ハナク唯こばのざるとりいばらダケハ未ダ南鮮以外ノ地デハ發見サレテ居ナイ、

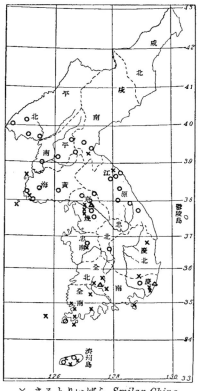

× さるとりいばら Smilax China
○ やまかしう Smilax Sieboldii
△ さるまめ Smilax japonica

（六）　朝鮮産菝葜科木本植物ノ學名、和名, 朝鮮名ノ對稱

學　　名	和　　名	
Smilax Sieboldii Miquel	やまかしう	チョンガシナム（京畿）、チョプチュ（濟州島）
Smilax Sieboldii var. inermis Nakai	とげなしやまかしう	ミンドウンチョンガシ（京畿）
Smilax japonica A. Gray	さるまめ	
Smilax China Linnæus	さるとりいばら	メンギヤナム、ミョンゲナム（濟州島）、ミョンガンナム（全南）、チョンミレードウングル（京畿）
Smilax China var. microphylla Nakai	こばのさるとりいばら	

や ぶ に く け い

Cinnamomum japonicum Siebold.

a.	花ヲ附クル枝 （×1）。	a.	Ramus florifer (×1).
b.	萠枝ニツク大型ノ葉 （×1）。	b.	Folium maximum turionis (×1).
c.	果實ヲ附クル枝 （×1）。	c.	Ramus fructifer (×1).
d.	花 （×10）。	d.	Flos (×10).
e.	第I列雄蕊ヲ内側ヨリ見ル （×10）。	e.	Stamen series primæ intus visum (×10).
f.	第III列雄蕊ヲ内側ヨリ見ル （×10）。	f.	Stamen series tertiæ intus visum (×10).
g.	第III列雄蕊ヲ外側ヨリ見ル （×10）。	g.	Ditto dorsali visum (×10).
h.	無葯雄蕊 （×10）。	h.	Staminodium (×10).
i.	雌蕊 （×10）。	i.	Pistillum (×10).

Tab. I.

Kanogawa I. del.

第 II 圖　Tabula II.

くすのき

Cinnamomum Camphora SIEBOLD.

a. 花序ヲ附クル枝 (×1)。　　a. Ramus cum inflorescentia (×1).

b. 冬芽ヲ附クル枝 (×1)。　　b. Ramus cum gemmis (×1).

c. 果實ヲ附クル枝 (×1)。　　c. Ramus cum fructibus (×1).

d. 葉ヲ裏ヨリ見ル (×1)。　　d. Folium infra visum (×1).

e. 葉脈ニアルはだにノ住ム　　e. Sacculus in axillis venarum
　　囊 (廓大)。　　　　　　　　　(auctus).

f. 花 (×10)。　　　　　　　　f. Flos (×10).

g. 第 I 列雄蕋ヲ內面ヨリ見　　g. Stamen series primæ intus visum
　　ル (×20)。　　　　　　　　　(×20).

h. 第 II 列雄蕋ヲ內面ヨリ　　h. Stamen series secundæ intus visum
　　見ル (×20)。　　　　　　　　(×20).

i. 第 III 列雄蕋ヲ內面ヨリ　　i. Stamen series tertiæ intus visum
　　見ル (×20)。　　　　　　　　(×20).

j. 同上ヲ外面ヨリ見ル　　　　j. Ditto extus visus (×20).
　　(×20)。

k. 無葯雄蕋 (×20)。　　　　　k. Staminodium (×20).

l. 雌蕋 (×20)。　　　　　　　l. Pistillum (×20).

m. 花式圖　　　　　　　　　　m. Diagramma florale.

wa l. del.

第 III 圖　Tabula III.

あ　を　が　し

Machilus japonica SIEBOLD & ZUCCARINI.

a.　春期ノ枝（×1）。
　　 a_1a_1 葉芽 b_1b_1 蟲癭

b.　花序ヲ附クル枝（×1）。

c.　果序ヲ附クル枝（×1）。

d.　花（×5）。

e.　第 I 列ノ雄蕊ヲ背面ヨリ
　　見ル（×10）。

f.　同上ヲ側面ヨリ見ル
　　（×10）。

g.　同上ヲ腹面ヨリ見ル
　　（×10）。

h.　第 II 列ノ雄蕊ヲ腹面ヨ
　　リ見ル（×10）。

i.　第 III 列ノ雄蕊ヲ腹面ヨ
　　リ見ル（×10）。

j.　無葯雄蕊（×10）。

k.　雌蕊（×10）。

l.　花式圖

a.　Ramus in verno (×1).
　　 a_1a_1 Gemmæ rami b_1b_1 Gallia.

b.　Ramus florifer (×1).

c.　Ramus fructifer (×1).

d.　Flos (×5).

e.　Stamen series primæ dorsali visum
　　(×10).

f.　Ditto laterali visum (×10).

g.　Ditto ventrali visum (×10).

h.　Stamen series secundæ ventrali
　　visum (×10).

i.　Stamen series tertiæ ventrali visum
　　×10).

j.　Staminodium (×10).

k.　Pistillum (×10).

l.　Diagramma florale.

第 III 圖

Tab. III.

Kanogawa I. del.

第 IV 圖　Tabula IV

い ぬ ぐ す

Machilus Thunbergii Siebold & Zuccarini.

a.	春期ノ枝 （×1）。	a.	Ramus vernalis cum gemmis (×1).
b.	花序ヲ附クル枝 （×1）。	b.	Ramus florifer (×1).
c.	果序ヲ附クル枝 （×1）。	c.	Ramus fructifer (×1).
d.	花 （×5）。	d.	Flos (×5).
e.	第 I 列ノ雄蕋ヲ内面ヨリ見ル （×10）。	e.	Stamen series primæ ventrali visum (×10).
f.	第 II 列ノ雄蕋ヲ内面ヨリ見ル （×10）。	f.	Stamen series secundæ ventrali visum (×10).
g.	第 III 列ノ雄蕋ヲ外面ヨリ見ル （×10）。	g.	Stamen series tertiæ dorsali visum (×10).
h.	同上ヲ内面ヨリ見ル （×10）。	h.	Ditto ventrali visus (×10).
i.	無葯雄蕋 （×10）。	i.	Staminodium (×10).
j.	雌蕋 （×10）。	j.	Pistillum (×10).

第 IV 圖　　Tab. IV.

Kanogawa l. del.

第 Ⅴ 圖　Tabula Ⅴ.

い　ぬ　が　し

Neolitsea aciculata (Blume) Koidzumi.

a.　嫩葉ヲ附クル枝 (×1)。

a.　Ramus cum ramulis juvenilibus (×1).

b.　花序ヲ附クル枝 (×1)。

b.　Ramus florifer (×1).

c.　果實ヲ附クル枝 (×1)。

c.　Ramus fructifer (×1).

d.　雄花 (×5)。1花被ヲトリ去ル。

d.　Flos masculus (×5), tepalum unicum abtulit.

e.　第Ⅰ列ノ雄蕋ヲ內側ヨリ見ル (×10)。

e.　Stamen series primæ ventrali visum (×10).

f.　同上ヲ外側ヨリ見ル (×10)。

f.　Ditto dorsali visus (×10).

g.　第Ⅲ列ノ雄蕋ヲ內側ヨリ見ル (×10)。

g.　Stamen series tertiæ ventrali visum (×10).

h.　同上ノ葯ヲ外側ヨリ見ル (×10)。

h.　Ditto ventrali visus (×10).

i.　雄花ノ雌蕋 (×10)。

i.　Pistillodium (×10).

j.　雌花 (×5)。

j.　Flos fœmineus (×5).

k.　雌花ノ花被片ト其ニ附ク第Ⅰ. 第Ⅲ列ノ無葯雄蕋 (×10)。

k.　Tepalum floris fœminei cum staminodio series primæ et tertiæ. (×10).

l.　雌花ノ雌蕋 (×10)。

l.　Pistillum (×10).

Tab. V.

Kanogawa l. del.

第 VI 圖 Tabula VI.

し ろ だ も

Neolitsea sericea (Blume) Koidzumi.

a. 嫩枝ヲ附クル枝 (×1)。 　a. Ramus cum ramis juvenilibus (×1).

b. 雄花ヲ附クル枝 (×1)。 　b. Ramus cum floribus masculis (×1).

c. 雌花ト冬芽トヲ附クル枝 (×1)。 　c. Ramus cum floribus fæmineis et gemmis (×1).

d. 雌花ヲ附クル枝 (×1)。 　d. Ramus cum floribus fæmineis (×1).

e. 若キ果實ヲ附クル枝 (×1)。 　e. Ramus cum fructibus immaturatis (×1).

f. 果實ヲ附クル枝 (×1)。 　f. Ramus cum fructibus maturatis (×1).

g. 雄花 (×5)。 　g. Flos masculus (×5).

h. 第I列ノ雄蕋ヲ內面ヨリ見ル (×10)。 　h. Stamen series primæ ventrali visum (×10).

i. 同上ノ葯ヲ外面ヨリ見ル (×10)。 　i. Anthera ejusdem dorsali visa (×10).

j. 第III列ノ雄蕋ヲ內面ヨリ見ル (×10)。 　j. Stamen series tertiæ ventrali visum (×10).

k. 同上ノ葯ヲ外面ヨリ見ル (×10)。 　k. Anthera ejusdem dorsali visa (×10).

l. 雄花ノ退化セル雌蕋 (×10)。 　l. Pistillodium (×10).

m. 雌花 (×5)。 　m. Flos fæmineus (×10).

n. 第I列ノ無葯雄蕋 (×10)。 　n. Staminodium series primariæ (×10).

o. 第III列ノ無葯雄蕋 (×10)。 　o. Staminodium series tertiæ (×10).

p. 雌蕋 (×10)。 　p. Pistillum (×10).

q. 雄花ノ花式圖。 　q. Diagramma floris masculi.

r. 雌花ノ花式圖。 　r. Diagramma floris fæminei.

第 VII 圖

Tab. VII.

Maekawa F., Adati, S. & Kanogawa I. del.

第　VIII　圖　Tabula VIII.

は　ま　び　は

Fiwa japonica J. F. GMELIN.

a.　萠枝ノ葉ヲ表ヨリ見ル
　　（×1）。
　　a_1.　同上ヲ裏ヨリ見ル
　　　　（×1）。
b.　蕾ヲ附クル枝（×1）。
　　b_1.　葉裏ノ1部ヲ廓大ス。

c.　花序ヲツクル枝（×1）。
d.　果實ヲ附クル枝（×1）。
e.　雄花（×5）。
f.　第I列ノ雄蕋ヲ內面ヨリ
　　見ル（×10）。
g.　同上ノ葯ヲ外面ヨリ見ル
　　（×10）。
h.　第III列ノ雄蕋ヲ內面ヨ
　　リ見ル（×10）。
i.　同上ノ葯ヲ側面ヨリ見ル
　　（×10）。
j.　同上ノ葯ヲ背面ヨリ見ル
　　（×10）。
k.　雄花ノ花式圖。
l.　雌花（×5）。
m.　第I列ノ無葯雄蕋
　　（×10）。
n.　第III列ノ無葯雄蕋
　　（×10）。
o.　雌蕋（×10）。

a.　Folium maximum turionis, supra
　　visum (×1).
　　a_1. Idem infra visum (×1).

b.　Ramus cum alabastris (×1).
　　b_1.　Pars paginæ inferioris folii
　　　valde aucta.

c.　Ramus cum inflorescentiis (×1).
d.　Ramus fructifer (×1).
e.　Flos masculus (×5).
f.　Stamen series primariæ ventrali
　　visum (×10).
g.　Anthera ejusdem dorsali visa
　　(×10).
h.　Stamen series tertiæ ventrali visum
　　(×10).
i.　Anthera ejusdem laterali visa
　　(×10).
j.　Anthera ejusdem dorsali visa
　　(×10).
k.　Diagramma floris masculi.
l.　Flos fæmineus (×5).
m.　Staminodium series primariæ
　　(×10).
n.　Staminodium series tertiæ (×10).

o.　Pistillum (×10).

第 IX 圖

Tab. IX.

I

J K

L

A

C

B

D

E

F G

H

ekawa, F. & Kanogawa l. del.

第 X 圖　Tabula X.

だんかうばい

Benzoin obtusilobum (BLUME) O. KUNTZE.

a.　果實ヲ附クル枝 (×1)。　　a.　Ramus fructifer (×1).

b.　樹膚ノ一部 (×1)。　　　　b.　Cortex trunci (×1).

Kanogawa I. del.

第 XI 圖　Tabula XI.

かなくぎのき

Benzoin erythrocarpum (Makino) Rehder.

a. 花ヲ附クル枝 (×1)。　　　a. Ramulus florifer (×1).

b. 果實ヲ附クル枝 (×1)。　　b. Ramus fructifer (×1).

c. 雄花 (×5)。　　　　　　　c. Flos masculus (×5).

d. 雄花ノ内部ヲ見ル　　　　　d. Interior floris masculi exposus
　　(×10)。　　　　　　　　　　(×10).

e. 第I列ノ雄蕋ヲ内面ヨリ　　　e. Stamen series primariæ ventrali
　　見ル (×10)。　　　　　　　　visum (×10).

f. 同上ヲ外面ヨリ見ル　　　　　f. Ditto dorsali visus (×10).
　　(×10)。

g. 第III列ノ雄蕋ヲ内面ヨ　　　g. Stamen series tertiæ ventrali visum
　　リ見ル (×10)。　　　　　　　(×10).

h. 同上ヲ外面ヨリ見ル　　　　　h. Ditto dorsali visus (×10).
　　(×10)。

i. 雌花 (×5)。　　　　　　　　i. Flos fæmineus (×5).

j. 第I列ノ無葯雄蕋　　　　　　j. Staminodium series primariæ
　　(×10)。　　　　　　　　　　(×10).

k. 第III列ノ無葯雄蕋　　　　　k. Staminodium series tertiæ (×10).
　　(×10)。

l. 雌蕋 (×10)。　　　　　　　　l. Pistillum (×10).

Tab. XII.

B₁

B

A₁

A

Kanogawa I. del.

第 XIII 圖 Tabula XIII.

ほそばやまかうばし

Benzoin angustifolium (CHENG) NAKAI.

var. *glabrum* NAKAI.

a. 果實ヲ附クル枝 (×1)。　a.　Ramus fructifer (×1).

b. 葉ノ表面ノ一部ヲ廓大ス。b.　Pars paginæ superioris folii aucta.

c. 葉ノ裏面ノ一部ヲ廓大ス。c.　Pars paginæ inferioris folii aucta.

anogawa I. del.

第　XIV　圖　Tabula XIV.

やまかうばし

Benzoin glaucum Siebold & Zuccarini.

a. 雌花ヲ附クル枝（×1）。
b. 若葉（×1）。
c. 若葉ノ裏面ノ1部ヲ廓大ス。
d. 果實ヲ附クル枝（×1）。
e. 老葉ノ表面ノ1部ヲ廓大ス。
f. 老葉ノ裏面（×1）。
g. 老葉ノ裏面ノ1部ヲ廓大ス。
h. 雌花（×5）。
i. 雌花ノ內部ヲ示ス（×10）。
j. 雌花ノ花式圖。

a. Ramus cum floribus fæmineis (×1).
b. Folium juvenile (×1).
c. Pars paginæ inferioris folii juvenilis aucta.
d. Ramus fructifer (×1).
e. Pars paginæ superioris folii adulti aucta.
f. Pagina inferior folii adulti (×1).
g. Pars paginæ inferioris folii adulti aucta.
h. Flos fæmineus (×5).
i. Interior floris fæminei (×10).
j. Diagramma floris fæminei.

Tab. XIV.

Adati, S. del.

第 XV 圖　Tabula XV.

や　ま　か　し　う

Smilax Sieboldii Miquel.

a.	萠枝 （×1）。	a.	Turio (×1).
b.	雄花序ヲツクル枝 （×1）。	b.	Ramus cum inflorescentiis masculis (×1).
c.	雌花序ヲツクル枝 （×1）。	c.	Ramus cum inflorescentiis fæmineis (×1).
d.	果序ヲツクル枝 （×1）。	d.	Ramus cum infructescentiis (×1)..
e.	雄花 （約6倍大）。	e.	Flos masculus (× ca 6).
f.	雄蕋ヲ内面ヨリ見ル （×10）。	f.	Stamen ventrali visum (×10).
g.	同上ヲ側面ヨリ見ル （×10）。	g.	Ditto laterali visus (×10).
h.	同上ヲ背面ヨリ見ル （×10）。	h.	Ditto dorsali visus (×10).
i.	雌花 （約6倍大）。	i.	Flos fæmineus (× ca 6).

Tab. XVI.

A

B

C D

Adati S. et Kanogawa I. del.

第 XVII 圖　Tabula XVII.

さるとりいばら

Smilax China Linnæus.

a.	葉ヲ附クル枝（×1）。	a.	Ramus cum foliis (×1).
b.	雄花序ヲツクル枝（×1）。	b.	Ramus cum inflorescentiis masculis (×1).
c.	雌花序ヲツクル枝（×1）。	c.	Ramus cum inflorescentiis fæmineis (×1).
d.	果序ヲツクル枝（×1）。	d.	Ramus cum infructescentiis (×1).
e.	雄花（約×4）。	e.	Flos masculus (× ca 4).
f.	小雄蕋ヲ側面ヨリ見ル（×10）。	f.	Stamen minus laterali visum (×10).
g.	大雄蕋ヲ腹面ヨリ見ル（×10）。	g.	Stamen majus ventrali visum (×10).
h.	同上ヲ背面ヨリ見ル（×10）。	h.	Idem dorsali visum (×10).
i.	雌花（×5）。	i.	Flos fæmineus (×5).
j.	花被ノ落チタル雌花（×8）。	j.	Flos fæmineus cum sepalis deciduis (×8).

索 引

INDEX

第 9 巻

21, 22輯

INDEX TO LATIN NAMES

Latin names for the plants described in the text are shown in Roman type. Italic type letter is used to indicate synonyms. Roman type number shows the pages of the text and italic type number shows the numbers of figure plates.

In general, names are written as in the text, in some cases however, names are rewritten in accordance with the International Code of Plant Nomenclature (i.e., Pasania cuspidata β. Sieboldii → P. cuspidata var. sieboldii). Specific epithets are all written in small letters.

As for family names (which appear in CAPITALS), standard or customary names are added for some families, for example, Vitaceae for Sarmentaceae, Theaceae for Ternstroemiaceae, Scrophulariaceae for Rhinanthaceae etc.

和名索引 凡例

本文中の「各科の分類」の項に記載・解説されている植物の種名（亜種・変種を含む），属名，科名を，別名を含めて収録した。また図版の番号はイタリック数字で示してある。

原文では植物名は旧かなであるが，この索引では原文によるほかに新かな表示の名を加えて利用者の便をはかった。また科名については各巻でその科の記述の最初を示すとともに，「分類」の項で各科の一般的解説をしているページも併せて示している。原文では科名はほとんどが漢名で書かれているが，この索引では標準科名の新かな表示とし，若干の科については慣用の別名でも引けるようにしてある。

朝鮮名索引 凡例

本文中の「各科の分類」の項で和名に併記されている朝鮮語名を，その図版の番号（イタリック数字）とともに収録した。若干の巻では朝鮮語名が解説中に併記されず，別表で和名，学名と対照されている。これらについてはその対照表のページを示すとともに，それぞれに該当する植物の記述ページを（　）内に示して便をはかった。朝鮮名の表示は巻によって片かな書きとローマ字書きがあるが，この索引では新カナ書きに統一した。

《A》

Abutilon
  avicennae 21-104
Acalypha
  japonica 21-154
Achlys
  japonica 21-68
Achudenia
  japonica 21-141
Actinodaphne
  chinensis 22-57
  lancifolia 22-56
Akebia
  micrantha 21-48
  quinata 21-45, 174, *21-3*
  ——var. polyphylla 21-48, 174
Aristolochia
  contorta 21-28
  manshuriensis 21-29
ARISTOLOCHIACEAE 21-3, 16
Asarum
  heterotropoides 21-21
  maculatum 21-20
  sieboldii 21-21, 22, 23, 24
  ——*var. japonica* 21-24
  ——*var. mandshurica* 21-23
  ——*var. sachalinensis* 21-21
  ——*var. seoulense* 21-22
  ——*var. sikokianum* 21-24
Asiasarum
  dimidiatum 21-24
  heterotropoides 21-21
  ——var. mandshuricum 21-23
  ——var. seoulense 21-22
  maculatum 21-20
  sieboldii 21-24

《B》

Benzoin
  angustifolium
  ——var. glabrum 22-80, 87, *22-13*
  erythrocarpum 22-75, 87, *22-11*
  glaucescens 22-83
  glaucum 22-82, 87, *22-14*
  ——f. glabellum 22-84
  obtusilobum 22-71, 87, *22-9, 10*
  ——f. ovatum 22-73
  ——f. quinquelobum 22-73
  ——f. villosum 22-74
  ——var. ovatum 22-73
  ——var. villosa 22-74
  salicifolium 22-81
  sericeum 22-78, 87, *22-12*
  ——var. tenue 22-79
  sinoglaucum 22-81
  thunbergii 22-75
  umbellata
  ——*var. sericeum* 22-79
BERBERIDACEAE 21-50, 64
Berberis
  amurensis 21-74, 175, *21-5*
  ——var. latifolia 21-76, 175, *21-6*
  ——var. quelpaertensis 21-77, 175
  amurensis 21-74
  chinensis 21-72
  koreana 21-77, *21-7*
  ——var. angustifolia 21-79
  ——var. ellipsoidea 21-78
  poiretii
  ——var. angustifolia 21-72, 175, *21-4*
  quelpaertensis 21-77
  sinensis 21-72
  ——*var. angustifolia* 21-73

——*f. weichangensis* 21-73
——*var. weichangensis* 21-73
vulgaris 21-75
——*var. amurensis* 21-75
——*var. japonica* 21-75
——*f. amurensis* 21-75
Boehmeria
  frutescens 21-141, 146
  ——var. concolor 21-147
  grandifolia 21-169
  hirtella 21-141, 159
  holosericea 21-164, 166, 171
  japonica 21-154
  ——*var. platanifolia* 21-171
  ——*var. tricuspis* 21-152,
  longispica 21-141, 168
  ——*var. platanifolia* 21-171
  ——*var. sieboldiana* 21-162
  ——*var. tricuspis* 21-152
  macrophylla 21-169
  miqueliana 21-169
  ——*var. platanifolia* 21-171
  nakaiana 21-142, 159
  nivea 21-142, 148
  nivea 21-147
  pannosa 21-142, 164
  paraspicata 21-142, 156
  platanifolia 21-170
  platyphylla
  ——*var. japonica* 21-154, 169
  ——*var. macrophylla* 21-169
  ——*var. sieboldiana* 21-162
  ——*var. tricuspis* 21-152
  quelpaertensis 21-142, 166
  ——f. glabra 21-167
  rubricaulis 21-152
  sieboldiana 21-142, 162

sieboldiana 21-159, 160
——*var. scabra* 21-159
spicata 21-142, 153, 177, *21-11*
spicata 21-156, 169
taquetii 21-142, 161
tricuspis 21-142, 151
tricuspis 21-156
——*var. paraspicata* 21-156
《C》
Camphora
  japonica 22-31
  officinarum 22-30
  vera 22-31
Caulophyllum
  robustum 21-68
  thalictroides 21-68
Celastrus
  tobira 21-90
Cinnamomum
  camphora 22-30, 86, *22-2*
  camphora 22-31, 32
  ——*var. nominalis* 22-32
  chekiangense 22-25
  chenii 22-25
  hainanense 22-26
  japonicum 22-27, 86, *22-1*
  nominale
  ——*var. lanata* 22-32
  pedunculiatum 22-25, 27
  taquetii 22-31
Coprosmanthus
  japonicus 22-106
《D》
Daphnidium
  lancifolium 22-56
《E》
Elatostemma

nipponica 21-142
umbellata 21-142
EMPETRACEAE 21-115, 118
Empetrum
  nigrum
    ——var. asiaticum 21-121, 177, *21-10*
    ——f. japonicum 21-122
    ——var. genuinum 21-122
Epimedium
  koreanum 21-69
  macranthum 21-69
Euonymus
  tobira 21-90
Evonymus
  tobira 21-90
        《F》
Fiwa
  japonica 22-60, 87, *22-7*
  mushaensis 22-58
        《G》
Girardinia
  cuspidata 21-142
        《H》
Hibiscus
  abutiloides 21-108
  arboreus 21-108
  boninensis 21-108
  elatus 21-109
  glaber 21-109
  macrophyllus 21-110
  setosus 21-110
  similis 21-111
  spathaceus 21-110
  syriacus 21-104
  tiliaceus 21-108, 111
    ——*var. genuinus* 21-111

    ——*var. glabra* 21-109
    ——*var. hamabo* 21-109
    ——*var. heterophyllus* 21-111
    ——*var. tortuosus* 21-111
  tiliaefolius 21-111
  tortuosus 21-111
  trionum 21-105
  vulpinus 21-110
Hocquartia
  manshuriensis 21-29, 173, *21-1*
        《I》
Iozoste
  lancifolia 22-56, 88, *22-7*
        《J》
Japonasarum 21-18
Jeffersonia
  dubia 21-70
  manchuriensis 21-71
        《L》
Laportea
  bulbifera 21-143
LARDIZABALACEAE 21-33, 40
LAURACEAE 22-3, 17
Laurus
  camphora 22-27, 30
  camphorifera 22-30
  gracilis 22-31
  indica 22-40
  sericea 22-49
Leontice
  microrhyncha 21-70
Lindera
  angustifolia 22-81
  angustiforium 22-81
    ——*var. glabrum* 22-81
  erythrocarpa 22-76
  glauca 22-81, 83

molis 22-72

nakaiana 22-81

obtusiloba 22-71

praecox 22-83

sericea 22-78, 79

——*var. tenuis* 22-79

umbellata 22-76

——*var. sericea* 22-78

Litsea

coreana 22-40, 57

foliosa 22-46

glauca 22-49

japonica 22-60

lancifolia 22-57

mushaensis 22-58

tomentosa 22-61

《M》

Machilus

japonica 22-37, 86, *22-3*

longifolia 22-37

thunbergii 22-39, 86, *22-4*

——*var. japonica* 22-37

——*var. obovata* 22-40

Malapoenna

aciculata 22-46

japonica 22-61

sieboldii 22-49

Malva

olitoria 21-105

——*var. crispa* 21-105

sylvestris

——*var. mauritiana* 21-105

verticillata 21-105

——var. crispa 21-105

——var. olitoria 21-105

MALVACEAE 21-97, 103

《N》

NANDINACEAE 21-67

Nanocnide

japonica 21-143

Navella

repens 21-111

Neolitsea

aciculata 22-46, 86, *22-5*

glauca 22-49

paraciculata 22-48

sericea 22-48, 86, *22-6*

sieboldii 22-49

《P》

Parietaria

coreana 21-143

micrantha 21-143

Paritium

abutiloides 21-108

boninense 21-108

elatum 21-108

filiaceum 21-111

glabrum 21-109

hamabo 21-109, 176, *21-9*

macrophyllum 21-110

simile 21-111

tiliaceum 21-108, 109

tiliaefolium 21-111

——*var. heterophyllum* 21-111

Persea

camfora 22-31

iaponica 22-40

Pilea

oligantha 21-143

peploides 21-143

taquetii 21-143

viridissima 21-143

Pirus

brunnea 22-83

PITTOSPORACEAE 21-83, 87
Pittosporum
  denudatum 21-92
  makinoi 21-92
  tobira 21-89, 176, *21-8*
  tobira 21-90, 92, 93
  ——*var. calvescens* 21-93
Plagiorhegma
  dubium 21-70
Polychroa
  scabra 21-143

《R》

Raiania
  hexaphylla 21-43
  quinata 21-46
Rajania
  hexaphylla 21-43
  quinata 21-46
Ramium
  caudatum 21-169
  niveum 21-148

《S》

Sassafras
  thunbergii 22-75
SMILACACEAE 22-89, 97
Smilax
  china 22-106, 110, *22-17*
  ——var. microphylla 22-109
  ——var. trinervula 22-106
  herbacea
  ——*var. nipponica* 22-101
  ——*var. oldhami* 22-101, 102
  japonica 22-111, 110, *22-16*

maximowiczii 22-101
nipponica 22-101
——*var. typica* 22-101
oldhami 22-102
pseudochina 22-101
sieboldii 22-103, 110, *22-15*
——var. inermis 22-105
taquetii 22-107
trinervula 22-106
Stauntonia
  hexaphylla 21-42, 174, *21-2*

《T》

Tetradenia
  foliosa 22-46
  glauca 22-49
tetranthera
  japonica 22-61
Tobira
  kaempfer 21-90
Tomax
  japonica 22-60

《U》

Urtica
  angustifolia 21-143
  elongata 21-154
  frutescens 21-147
  japonica 21-144, 154
  laetevirens 21-143
  ——var. robusta 21-144
  nivea 21-148
  sikokiana 21-144
  spicata 21-154
URTICACEAE 21-129, 140

あおい科　21-95
あおがし　22-34　；　*22-3*
あかそ　21-151
あけび　21-39　；　*21-3*
あけび科　21-37，33
あけび属　21-38
あふひ科　21-95
あをがし　22-34　；　*22-3*
いぬがし　22-43　；　*22-5*
いぬぐす　22-34　；　*22-4*
いぬぐす属　22-33
いらくさ科　21-127，137
うすげやまかうばし　22-67
うすげやまこうばし　22-67
うまのすずくさ科　21-1，14
うまのすずくさ属　21-15
おおばうまのすずくさ属　21-15
おおばめぎ　21-63　；　*21-5*
おほばうまのすずくさ属　21-15
おほばめぎ　21-63　；　*21-5*
かごのき　22-52　；　*22-7*
かごのき属　22-52
かなくぎのき　22-65　；　*22-11*
からむし　21-146
からむし属　21-140
がんかうらん　21-118　；　*21-10*
がんかうらん属　21-118
がんこうらん　21-118　；　*21-10*
がんこうらん科　21-113，117
がんこうらん属　21-118
きだちうまのすずくさ　21-16　；　*21-1*
くさこあかそ　21-156
くすのき　22-21　；　*22-2*
くすのき科　22-1，14
くすのき属　22-18
くろもじ属　22-63
けくろもじ　22-65　；　*22-12*

けだんかうばい　22-64
けだんこうばい　22-64
けながばやぶまお　21-158
けながばやぶまを　21-158
けなしたんなやぶまお　21-166
けなしたんなやぶまを　21-166
こあかそ　21-153　；　*21-11*
こばのさるとりいばら　22-97　；　*22-18*
ごれつだんかうばい　22-64
ごれつだんこうばい　22-64
さいかいやぶまお　21-164
さいかいやぶまを　21-164
さいしうあかそ　21-160
さいしうながばやぶまを　21-159
さいしうめぎ　21-63
さいしゅうあかそ　21-160
さいしゅうながばやぶまお　21-159
さいしゅうめぎ　21-63
さるとりいばら　22-97　；　*22-17*
さるとりいばら科　22-87，95
さるとりいばら属　22-95
さるまめ　22-96　；　*22-16*
しろだも　22-44　；　*22-6*
しろだも属　22-42
たうめぎ　21-62　；　*21-4*
たぶのき　22-34　；　*22-4*
たんなやぶまお　21-165
たんなやぶまを　21-165
だんかうばい　22-63　；　*22-9，10*
だんこうばい　22-63　；　*22-9，10*
ちょうせんめぎ　21-63　；　*21-7*
てうせんめぎ　21-63　；　*21-7*
とうめぎ　21-62　；　*21-4*
ときはあけび　21-38　；　*21-2*
ときわあけび　21-38　；　*21-2*
とげなしやまかしう　22-94
とびらのき　21-87　；　*21-8*

とびらのき科　21-81，78

とびらのき属　21-86

とべら科　21-86

ながばやぶまお　21-161

ながばやぶまを　21-161

ながみのちょうせんめぎ　21-64

ながみのてうせんめぎ　21-64

なんばんからむし　21-148

はまびは　22-53　；　*22-8*

はまびは属　22-53

はまびわ　22-53　；　*22-8*

はまびわ属　22-53

はまぼう　21-103　；　*21-9*

はまぼう属　21-102

ひろはめぎ　21-63　；　*21-6*

ほそばのちょうせんめぎ　21-64

ほそばのてうせんめぎ　21-64

ほそばやまかうばし　22-66　；　*22-13*

ほそばやまこうばし　22-66　；　*22-13*

まお　21-146

まるばだんかうばい　22-64

まるばだんこうばい　22-64

まを　21-146

むべ　21-38　；　*21-2*

むべ属　21-37

めぎ科　21-51，59

めぎ属　21-61

めやぶまお　21-170

めやぶまを　21-170

やつであけび　21-40

やぶにくけい　22-20　；　*22-1*

やぶにっけい　22-20　；　*22-1*

やぶまお　21-168

やぶまを　21-168

やまかうばし　22-67　；　*22-14*

やまかしう　22-96　；　*22-15*

やまこうばし　22-67　；　*22-14*

アグサリ 22-63 ; *22-9, 10*
ウクロムヨンチュル 21-39 ; *21-3*
ウフルムノギユル 21-39 ; *21-3*
オールム 21-39 ; *21-3*
オルムナム 21-39 ; *21-3*
カサイチュツク 22-63 ; *22-9, 10*
カマグイチョクナム 22-53 ; *22-8*
カマグェジョグナム 22-53 ; *22-8*
カムテ 22-67 ; *22-14*
ケボートルナム 21-87 ; *21-8*
サンタンナム 22-20 ; *22-1*
シェンダルナム 22-20 ; *22-1*
シェンダイナム 22-20 ; *22-1*
シグナム 22-44 ; *22-6*
シルム 21-118 ; *21-10*
シロミ 21-118 ; *21-10*
シンナム 22-20 ; *22-1*
シンナモ 22-44 ; *22-6*
セェンガンナム 22-63 ; *22-9, 10*
センタルナム 22-34, 52 ; *22-3, 7*
センダルナム 22-34 ; *22-3*
チョプチュ 22-96 ; *22-15*
チョルゲンイ 21-39 ; *21-3*
チョンガシナム 22-96 ; *22-15*
チョンミレイドゥングル 22-97 ; *22 -17*
トンチョー 21-16 ; *21-1*
トンテヤルモツク 21-16 ; *21-1*

トンナム 21-87 ; *21-8*
トンビャクナム 22-63 ; *22-9, 10*
トンピャクナム 22-63 ; *22-9, 10*
ドウルンナム 22-34 ; *22-4*
ドルックナム 22-34 ; *22-4*
ヌルックナム 22-34 ; *22-4*
ノグナム 22-21 ; *22-2*
ノトン 21-39 ; *21-3*
ヒンセードギ 22-43 ; *22-5*
ピトンナム 21-87 ; *21-8*
ピャイモンナム 22-65 ; *22-11*
フィンセテギ 22-43 ; *22-5*
フックルナム 22-63 ; *22-9, 10*
フーバナム 22-34 ; *22-4*
ベグドンベクナム 22-67 ; *22-14*
ベアムボギ 22-65 ; *22-11*
ベクトンベギ 22-67 ; *22-14*
ミョンガンナム 22-97 ; *22-17*
ミョンゲナム 22-97 ; *22-17*
ム 21-38 ; *21-2*
メウング 21-38 ; *21-2*
メンギャナム 22-97 ; *22-17*
モーグクル 21-38 ; *21-2*
モンノツクブル 21-38 ; *21-2*
モーンヨルチュル 21-38 ; *21-2*
ユールムノンチユル 21-39 ; *21-3*
ユルン 21-39 ; *21-3*

조선삼림식물편

지은이: 편집부

발행인: 윤영수

발행처: 한국학자료원

서울시 구로구 개봉본동 170-30

전화: 02-3159-8050 팩스: 02-3159-8051

문의: 010-4799-9729

등록번호: 제312-1999-074호

ISBN: 979-11-6887-146-5